EIDERGRAB

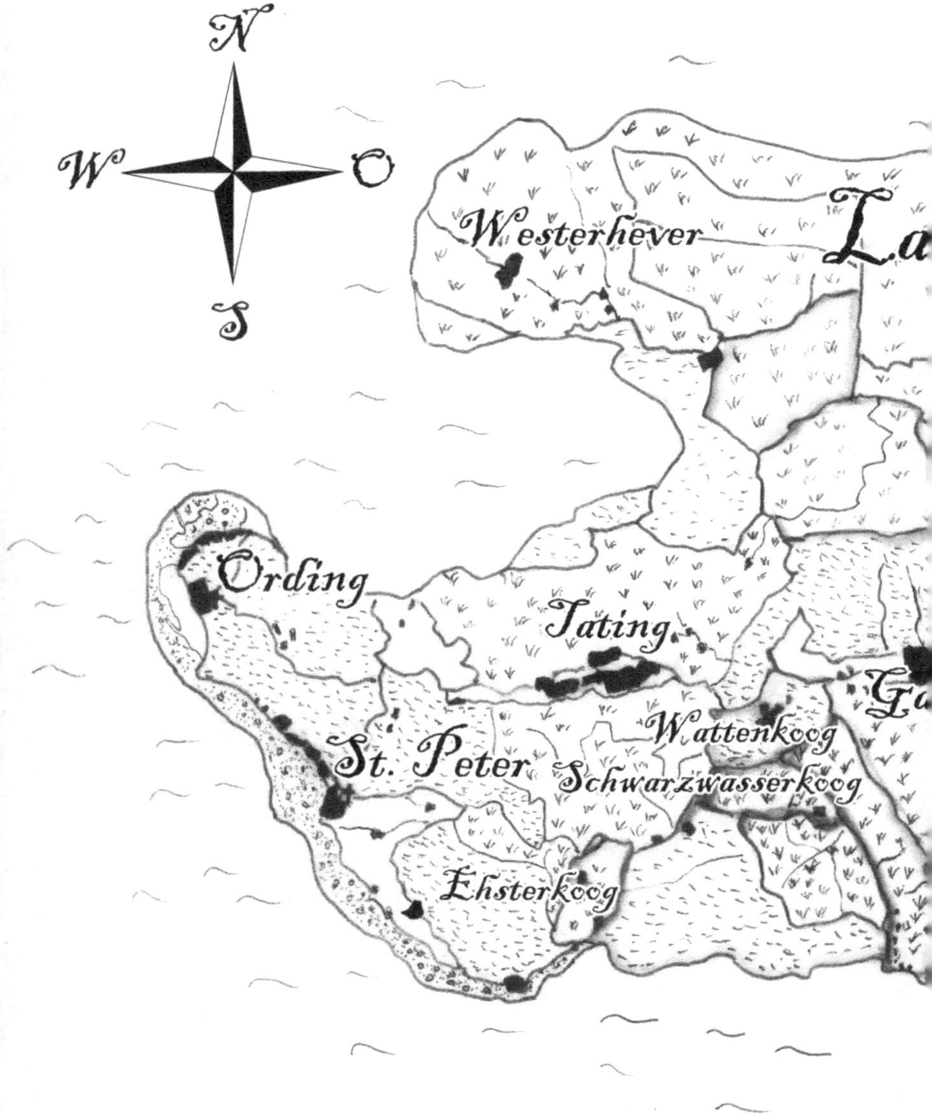
N
W
O
S
Westerhever
Ording
Tating
St. Peter
Wattenkoog
Schwarzwasserkoog
Ehsterkoog

nach
Husum
schaft
Eiderstedt
Tönning
Welt
Fluss Eider
Landschaft
Ditmarschen

Volker Streiter, geboren im westfälischen Soest, kam nach der Polizeiausbildung nach Köln und ließ sich dort nieder. Als Polizist streifte er durch Trabantenstädte wie Millionärshäuser, war Einsatztrainer und ist Teil der »Stadtteilpolizei«. In seiner Freizeit lässt er aus Spaß am Schreiben und der Faszination für die Natur in schönen Gegenden morden.

VOLKER STREITER

EIDERGRAB

HISTORISCHER KÜSTEN KRIMI

emons:

Bibliografische Information der Deutschen Nationalbibliothek
Die Deutsche Nationalbibliothek verzeichnet diese Publikation in der Deutschen Nationalbibliografie; detaillierte bibliografische Daten sind im Internet über http://dnb.d-nb.de abrufbar.

FSC www.fsc.org
MIX
Papier aus verantwortungsvollen Quellen
FSC® C083411

Umschlagmotiv: privat
Umschlaggestaltung: Nina Schäfer
Gestaltung Innenteil: César Satz & Grafik GmbH, Köln
Lektorat: Susanne Bartel
Druck und Bindung: CPI – Clausen & Bosse, Leck
Printed in Germany 2016
ISBN 978-3-95451-902-6
Historischer Küsten Krimi
Originalausgabe

Denn was ich gefürchtet habe,
ist über mich gekommen,
und wovor mir graute,
hat mich getroffen.
Hiob 3,25

PERSONENVERZEICHNIS

Amrum

Dina Martensen – Amrumer Deern, ermittelt heimlich

Immke Simons – vermisste Magd vom Ehsterhof

Auguste und Hinrich Simons – Immkes Eltern und Dorfwirtspaar

Pastor Mechlenburg – historische Person, Inselpfarrer, 1799–1875

Husum

Hans Theodor Woldsen Storm – historische Person, Schriftsteller, 1817–1888

St. Peter

Pastor Wolf und Familie – historische Personen gemäß Volkszählungsliste von 1845

Anna Heller – historische Person, Dienstbotin beim Pastor

Edlef Gerkens – historische Person, Knecht beim Pastor

Knochenhans – Totengräber, Schreiner, Händler

Ording

Bernhard Albert Rose – Dorflehrer

Catharina und Heinrich Jansen – Eltern der Thea Jansen

Caroline und Titus Heller – Eltern der Anna Heller

Tönning

Hans Thomsen – historische Person, Physikus/Amtsarzt, 1810–1888

Dähnhardt – historische Person, Vorname unbekannt, Bürgermeister von 1844–1847

Garding

Staller Justizrat Johann Gottlieb Ingwersen – historische Person, seit 1828 Amtmann auf Eiderstedt, 1794–1885

Cornelius Asmus – Leutnant der Gendarmerie

Schwarzer Hof

Friedrich Besthorn und Gattin Amalie – Viehbauern

Adam Kummerwie – Viehhändler und Besthorns Schwiegervater

Jans Gosch und Sohn Claus – Handlanger

Sinnert Runge – Knecht

Ehsterhof

Julius Hirsch und Gattin Luise – Viehbauern

Hedwig – Magd

Antje – Milchmagd

Vierfinger-Focke – Knecht

Wilko – Pferdeknecht

Wattenmühle

Thea Jansen – Mühlenmagd

GOLDENES HAAR

Die Uhr der Laurentiuskirche schlug mit kaltem, stumpfem Ton zwölf, als der Junge das Geschäft betrat. Eine goldblonde Haarsträhne sah aus dem fleckigen Tuchbündel in seiner Hand hervor. Zögernd setzte er seine schmutzstarrenden Füße auf die Fliesen und ging auf die Ladentheke zu. Sein Blick fiel auf Seidenbänder, geschmückte Damenhüte und -hauben. Hier und da ergänzten elegant gelockte Haarteile die Kopfbedeckungen. Bald stand er einer ältlichen Dame gegenüber, die auf ihn herabsah.

Trotz der sommerlichen Temperaturen trug sie ein hochgeschlossenes Kleid. Sie presste ihre farblosen Lippen aufeinander, rümpfte die Nase und rieb ihre von unzähligen verheilten Nadelstichen verhärteten Fingerspitzen aneinander, dann schaute sie prüfend von der abgerissenen Gestalt zur Tür und hinaus auf den sonnenüberfluteten Marktplatz von Tönning und klopfte energisch auf die Theke. »Nun, was bringst du mir? Du kannst von Glück sagen, dass ich gerade keine Kundin habe, sonst hätte ich dich hinausgejagt. So unappetitlich, wie du aussiehst.«

Zaghaft legte der Junge sein Bündel ab und trat einen Schritt zurück. Seine Augen verfolgten jede Regung der Frau.

Die Putzmacherin zog mit spitzen Fingern das Stoffbündel auseinander, griff dann aber mit einem Lächeln in das volle, schimmernde Haar, das sie vor sich ausbreitete. »Daraus könnte man was Schönes machen«, lobte sie, fuhr durch die langen Strähnen und hielt sie ins Licht. »Wo hast du das her?«

»Von meiner Schwester.« Der Junge blickte zu Boden. »Vater sagt, wir brauchen das Geld. Die Kartoffelpest hat die ganze Ernte vernichtet.«

Die Dame nickte. »Davon hab ich gehört. Und wie heißt deine Schwester?« Sie stutzte und strich über eine Strähne, die rötlich befleckt war. »Mir scheint, das Haar ist nicht ganz sauber. Das hier ist getrocknetes Blut.«

Der Junge riss die Augen auf und blickte auf das Haar. »Sie hat sich gestoßen«, platzte es aus ihm heraus, dann hielt er inne und überlegte kurz. »Die Anna hat sich an einem Türbalken böse wehgetan«, setzte er hastig nach, trat entschlossen an die Theke und hielt der Dame seine kindlich schmale, aber schon zerfurchte Hand hin. »Wie viel bekommen wir dafür?«

»Soso, gestoßen«, wiederholte die Geschäftsfrau und zuckte die Achseln. »Was man mir hier alles für Geschichten auftischt. Aber nun gut. Die Länge ist ordentlich, der Perückenmacher wird damit arbeiten können. Trotzdem ist das Haar schmutzig.« Sie legte die blonden Strähnen auf die Theke, öffnete ihre Registrierkasse und entnahm ihr einige Schillinge. »Mehr darfst du nicht erwarten.« Einzeln zählte sie dem Jungen die Münzen in die Hand. »Wenn du das nächste Mal mit sauberem Haar kommst, kann ich dir etwas mehr geben. Aber du hast immer noch nicht verraten, woher du bist.«

Der Junge hielt das Geld umklammert und sprang zur Tür. »Wir sind aus St. Peter, ganz nahe vom Deich.« Damit lief er aus dem Geschäft und von der hohen Kirche weg, die auf dieser Seite des Platzes stand. Er folgte der sandigen Straße, als eine Gestalt aus einem der Hauseingänge hervorschoss und ihn packte.

Es war ein mittelgroß gewachsener Mann von hagerer Statur. Sein Gesicht war mit kleinen Narben überzogen. »Gib schon her!«, herrschte er den Jungen an, griff nach seinen Händen und bog die Finger auf. »Was hat sie dir gegeben?«

»Das ist alles, was ich bekommen habe«, stammelte der Knabe und hielt dem Mann das Geld hin. »Weil Blut dran war. Die Madame hat gesagt, wenn es beim nächsten Mal sauber ist, kann sie mir auch mehr geben.« Mit eingezogenem Kopf starrte der Junge den Mann ängstlich an, der nach den Münzen griff und sie in eine Tasche seiner abgetragenen Weste steckte.

Knurrend stieß der das Kind weg und hob seine Kappe, um sich durch die fettigen Haare zu fahren. »Soso«, brummte er, »hat die feine Dame also das bisschen Blut gestört? Und beim nächsten Mal zahlt sie mehr, wenn es sauber ist?«

Der Junge nickte heftig.

»Na gut«, lachte der Mann heiser auf, »dann wird es wohl so geschehen.«

BEUNRUHIGENDER BRIEF

Erste Sonnenstrahlen vertrieben den feuchten Dunst, der über der nordfriesischen Insel Amrum lag. Ein leichter Wind wirbelte das Herbstlaub durch den Garten des reetgedeckten Hauses. Dina Martensen, die ihre Ziegen und die einzige Kuh gemolken hatte, trat aus dem angrenzenden Stall, stellte beide Eimer ab und zog hinter sich die Tür zu. Zufrieden blinzelte sie in die Sonne und sog die frische Meeresluft ein. Es schien ein schöner Herbsttag zu werden.

Die strohblonde, gerade gewachsene Friesin war in ihrem neunundzwanzigsten Jahr. Unter einer bestickten Haube lugten einige Haarsträhnen hervor, über ihrem Hauskleid trug sie eine Schürze. Die Schultern bedeckte ein über der Brust gekreuztes Tuch, die Füße steckten in Holzschuhen.

In einem Monat würde ihr Bruder wieder für wenige Wochen sein Schiff verlassen und durch die Gässchen von Nebel streifen, seinem Heimatdorf. In seiner Abwesenheit führte sie die Hauswirtschaft, besorgte die Ernte und versorgte das Vieh. Solange die Geschwister unverheiratet waren, behalfen sie sich mit diesem zufriedenstellenden Arrangement. Ohnehin war Amrum in der meisten Zeit des Jahres eine Fraueninsel, da die Männer monatelang auf See waren. Sie verdingten sich als Matrose, Steuermann oder Kapitän oder fuhren als Robbenschläger in den Norden. Dinas Bruder steuerte die »Apollo«, eigentlich ein Frachtschiff, deren jährliche Fahrten mit den aufziehenden Herbst- und Winterstürmen endeten. Erst im Spätwinter stach die »Apollo« wieder gen Grönland in See. Im ewigen Eis wurden Robben erschlagen, Felle und Tran der Tiere waren begehrt. Zuvor hatte jahrhundertelang der Walfang der Insel zu Reichtum verholfen. Doch seit den Bedrückungen des Napoleonischen Krieges und der damit verbundenen Kontinentalsperre war das einträgliche Geschäft für die Amrumer Seeleute Vergangenheit. Seit gut vierzig Jahren suchten sie ihr Glück nun schon anderweitig.

Dina freute sich auf ihren Bruder und die schönen, fremden Dinge, die er ihr jedes Mal aus den Häfen der Welt mitbrachte. Aber mehr noch genoss sie seine Geschichten, die er zu erzählen wusste. Doch bis Boy Jonas wieder zu Hause sein würde, hielten Haus und Land sie zur Arbeit an.

Sie wollte die Milcheimer in die Küche schleppen, da sie laut ihren Namen hörte. Von der Dorfstraße her winkte eine füllige Frau. Sie trug ein Kleid aus grobem Stoff und schien sich ihr Kopftuch schnell übergeworfen zu haben. Für den frischen Wind war sie nicht ausreichend bekleidet und wirkte, als habe sie überhastet das Haus verlassen. In der Hand hielt sie einen Brief.

Dina erkannte sogleich Auguste, die mit dem Wirt des Norddorfer Dorfkrugs verheiratet war. Sie wird doch wohl nicht den ganzen Weg hierher gelaufen sein, nur um mir die Post zu bringen?, dachte sie.

Ohne zu zögern kam die Besucherin auf sie zu.

Dina blickte in das wettergegerbte Gesicht der Frau, sah, wie sich deren Augen mit Tränen füllten, und hörte das Beben in der Stimme, als Auguste sprach.

»Dina, ach, Dina, wir haben eine schreckliche Nachricht erhalten und sind in großer Sorge. Ich weiß nicht mehr, wie ich mir helfen soll. Hinrich meint, wir sollten den Strandvogt um Hilfe bitten, aber ich glaube nicht daran, dass die Herrschaft sich ernstlich um solche wie uns sorgt. Und ich weiß ja, dass du …«

Dina legte ihre Hände auf die Schultern der aufgeregten Frau und sah sie mitfühlend an. Der Brief war also nicht für sie. »Moin, Auguste! Du bist ja ganz durcheinander. Komm erst mal rein und wärm dich auf. Und dann erzählst du mir die Geschichte von Anfang an, damit ich auch verstehe, worum es geht.« Sie griff die Milcheimer und trug sie durch den Flur in die nach hinten gelegene Küche. »Geh schon mal in die Stube!«, rief sie Auguste zu und schürte das Feuer auf der Herdstelle. Nachdem sie einige vertrocknete Heidepflanzen und Strandholz nachgelegt hatte, warfen die tanzenden Flammen ihr Licht auf Eisenpfannen und irdene Tiegel. Die gusseiserne

Takenplatte des Herdes würde die Wärme schnell aufnehmen und den hinter der Küche liegenden Raum erwärmen.

Gespannt trat Dina in die Stube und sah sich prüfend um. Das glänzende Messingpendel der Wanduhr schwenkte gemächlich hin und her, und die blau-weißen Delfter Kacheln waren frei von Staub. Die taubenblaue Tür zu ihrem Alkoven war geschlossen, das Bettzeug dahinter nicht zu sehen. Wie schnell war man unter den Hausfrauen der Insel als liederlich verschrien, wenn Ordnung und Sauberkeit im Haushalt zu wünschen übrig ließen. Doch trotz des überraschenden Besuches schien sie diesem Urteil entkommen zu sein. Beruhigt atmete sie auf und wies auf einen der Stühle, die am Tisch nahe dem Fenster standen.

Auguste legte ihr Kopftuch ab, setzte sich unsicher und schob Dina schluchzend den Brief zu. Schnell zückte sie ein mit nur wenig Spitze besetztes Taschentüchlein aus ihrem Ärmel, trocknete ihre Tränen und schnäuzte sich. »Der Postläufer hat ihn gestern gebracht. Er muss schon einige Tage auf der Post in Wyk auf Föhr gelegen haben.«

Der Brief war ein grobes Stück Papier, gefaltet und zuvor mit etwas Wachs verschlossen gewesen. »Hinrich Simons, Dorfkrug Norddorf auf Amrum«, stand dort mit Bleistift in einer Schrift aus akkuraten Spitzen und Bögen geschrieben.

Dina drehte den Brief herum. »Von wem ist er?«, wollte sie wissen.

»Von Anna Heller, Hinrichs Nichte. Sie arbeitet als Magd beim Pastor von St. Peter auf der Halbinsel Eiderstedt. Ihre Familie lebt nicht weit davon in Ording. Einfache Leute. Anna schreibt, sie habe unsere Tochter Immke nun schon …« Wieder schluchzte die Wirtsfrau auf und wies auf den Brief. »Lies doch selbst.«

Dina konzentrierte sich auf die Zeilen.

St. Peter, den 21. September 1846

Lieber Onkel, liebe Tante,
ich hoffe, Ihr seid wohlauf. Es ist viel Zeit vergangen, seitdem ich Euch das letzte Mal geschrieben habe. Das war wohl, da Ihr

um einen Verding für Eure Tochter, meine liebe Cousine Immke, nachgefragt hattet. Damals konnte ich dank der Hilfe unseres Pastors Wolf ganz in der Nähe von St. Peter eine Stelle für sie finden. Nun bete ich zu Gott, dass ihr dort kein Unbill widerfahren und sie wohlauf ist. Denn, lieber Onkel, liebe Tante, es schmerzt mich ungeheuer, das zu berichten, aber das letzte Mal, da ich Immke sah, war am 19. August dieses Jahres auf dem Tönninger Pferdemarkt, der für das Gesinde der Gegend immer eine schöne Gelegenheit zum lustigen Beisammensein ist. Das nächste Mal, da ich sie hätte sehen sollen, wäre in der dritten Septemberwoche gewesen, wenn man dort den Viehmarkt abhält. Doch habe ich vergeblich auf sie gewartet, und überhaupt scheint sie wie vom Erdboden verschluckt. Ihre Leute vom Hof waren ratlos, als ich sie um Immkes Verbleib befragte. Sie sagten, auch sie hätten meine liebe Cousine zuletzt beim Tönninger Pferdemarkt gesehen. Danach sei ihre Schlafstatt von einem Tag auf den andern leer gewesen, von ihr fehle jede Spur. Allein eins ihrer schönsten Kleider hatte sie einer anderen Magd geliehen, das sollte wohl noch da sein. Es ist das grün-rot gestreifte mit der grünen Weste. Der Bauer habe nach ihrem Verschwinden nur die Schultern gezuckt und sich nicht weiter um ihren Verbleib geschert. Vermutungen gibt es, dass ihr die Arbeit nicht mehr gefallen und sie sich davongestohlen habe. Aber das kann ich nun gar nicht glauben, war sie doch immer wohlgemut und verrichtete ihr Tagwerk gerne.
Ich mache mir gehörige Sorgen, ja, Vorwürfe sogar, und bin außerordentlich ratlos, was mit ihr geschehen ist. Nun schreibe ich in der Hoffnung, dass Immke sich zu Euch begeben hat. Bitte erlöst mich und gebt mir umgehend eine, wie ich zu hoffen wage, gute Nachricht. Sollte, was Gott verhindern möge, meine liebe Cousine weiterhin verschollen bleiben, so schreibt mir, was ich zu tun habe. Soll ich mich an die hiesigen Autoritäten wenden? In großer Ungeduld erwarte ich eine Antwort und grüße Euch sorgenvoll.

Eure Anna

Nachdenklich faltete Dina das Papier zusammen, den Blick auf die Tischplatte gerichtet. Erst als sie der besorgten Mutter den Brief zurückgab, sah sie in deren Augen. Angst lag darin, aber auch so etwas wie eine flehende Bitte. »Das sind wirklich keine guten Neuigkeiten, Auguste. Wo kann deine Tochter nur sein? Warum ist sie nicht mehr bei ihrer Arbeit?«

Die Dorfkrugwirtin hob wimmernd die Schultern und brachte kein Wort heraus.

Dina atmete tief durch und lehnte sich auf ihrem Stuhl zurück. »Was also denkst du, was ich für dich tun kann? Eiderstedt ist weit, ich wüsste niemanden, den ich dort um Hilfe bitten könnte. Am besten zeigst du Pastor und Amtmann an, dass du deine Tochter vermisst, und drängst auf obrigkeitlichen Beistand. Es kann nicht angehen, dass eine junge Frau über Nacht spurlos vom Angesicht der Erde verschwindet.«

Bei diesen Worten bedeckte Auguste ihr tränennasses Gesicht mit den Händen und wimmerte noch lauter. »Aber der Hinrich und ich«, schluchzte sie, »wollen mehr tun, als nur einen Brief aufsetzen. Wir waren so froh, dass unsere Immke auf dem großen Milchhof im Eiderstedter Land eine Stellung gefunden hatte. Und es war so tröstlich, zu wissen, dass ihre Cousine ganz in der Nähe war. So war sie in der Fremde doch nicht allein. Leider hat sie uns nur selten von sich berichtet, das Schreiben liegt ihr wenig. Bisher war das ja auch nicht nötig. Und Anna, diese treffliche Deern, ist erst zwanzig Jahre alt. Wir wollen ihr nicht noch mehr zusetzen, als ihre Sorgen es ohnehin schon tun.« Sie wischte sich mit dem Handrücken die Augen trocken, betupfte mit ihrem Tüchlein das Gesicht und räusperte sich. »Hinrich meinte, jemand solle vor Ort nach dem Rechten sehen. Jemand, dem wir vertrauen und der etwas Mut mitbringt.«

Dina schwante bereits, was jetzt kommen würde, und richtete sich auf ihrem Stuhl kerzengerade auf.

»Wir bitten dich, nach unserer Tochter zu suchen«, sagte die besorgte Mutter nun in einem sehr viel entschiedeneren Ton als zuvor. »Nachdem du im vergangenen Jahr so klug und mutig geholfen hast, den Tod des armen Postläufers aufzuklären, kam uns dein Name in den Sinn. Einerseits ist so etwas keine Sache für uns Frauen, doch andererseits werden unsere Fähigkeiten allzu häufig unterschätzt, nicht wahr? Geht ein Mann umher und stellt Fragen, misstraut man ihm schnell. Dem weiblichen Geschlecht dagegen wird man wohl eher eine schwatzhafte und neugierige Natur unterstellen. Lästig, aber harmlos. Für die Zeit deiner Abwesenheit würde einer unserer Hausknechte die Sorge für dein Vieh übernehmen.« Beherzt griff Auguste mit ihren fleischigen Händen nach Dinas Arm und drückte ihn kräftig. »Du musst uns helfen!«, rief sie.

Dina bedauerte die Verzweiflung der Frau, noch mehr aber setzte ihr die Heftigkeit zu, mit der sie sie bedrängte. Immerhin galt es, in einem unbekannten Landstrich und unter fremden Menschen nach der vermissten Amrumerin zu suchen. Im vergangenen Jahr hatte die Jagd nach einem Mörder ihr Tage voller Spannung beschert, sie aber auch in Lebensgefahr gebracht. Doch das Verschwinden der Immke Simons auf Eiderstedt war etwas anderes. Dieser Landstrich war ihr fremd, und bis auf Anna Heller, die zwanzigjährige Cousine der Verschwundenen, hätte sie dort keinen vertrauensvollen Kontakt.

Nachdenklich erhob sich Dina, schritt zur Anrichte und entnahm ihr zwei Likörgläser, die sie vor die erstaunte Auguste stellte. Ohne sich weiter zu erklären, verließ sie die Stube und holte aus der Speisekammer neben der Küche eine Flasche Rum. Im Kopf ging sie dabei die Arbeiten durch, die im Garten, auf dem Feld und im Stall noch zu erledigen waren, bevor der Winter kam: Ein Teil des Obstes musste gepflückt und eingemacht werden, ein halber Kartoffelacker war noch abzuernten.

Zurück in der Stube füllte Dina die Gläser mit dem süßlich riechenden Alkohol und schob eins davon vor ihre Besucherin. Als beide Frauen anstießen, fiel ein Strahl der Herbstsonne durch das Fenster und ließ den Rum in warmen Goldtönen funkeln.

»In Eiderstedt soll es ja reichlich Bernstein geben, was man so hört.« Dina leerte das Glas und genoss den Geschmack des schweren Rums auf ihrer Zunge. »Auf Bauernhöfen verschwinden immer wieder Mägde. Es heißt, sie seien unzuverlässig oder liefen ihrem Glück hinterher. Sogar auf unserer Insel ist das schon vorgekommen. Auch bezüglich Immkes Fortbleibens wird man wohl so denken und sich kaum anstrengen, es zu ergründen. Wenn die Obrigkeit von Eiderstedt sich so wenig um die einfachen Leute kümmert wie unser Strandvogt auf Amrum, dann sollte man vielleicht tatsächlich auf eigene Faust nachforschen.« Dina blickte aus dem Fenster auf einen bunt belaubten Birnbaum, stellte ihr Glas ab und reichte Auguste die Hand. »Gib mir einen Tag Bedenkzeit. Ich muss gestehen, mir ist die Sache nicht ganz geheuer. Ich werde Immkes Verschwinden mit Pastor Mechlenburg besprechen. Der Mann weiß immer Rat. Dann will ich dir und deinem Mann alsbald Bescheid geben.«

ABGETRAGENES ZEUG

Abseits vom belebten Eiderhafen, am nordöstlichen Stadtrand von Tönning, drängten sich windschiefe Katen aneinander. Rinnsale durchzogen die morastigen Gassen. Hier wohnten Tagelöhner und Matrosen mit ihren Familien, aber auch das Kleingewerbe fand sein Auskommen: Kesselflicker, Spengler, Schneider, Flickschuster und Leineweber. Vereinzelt saßen neben den Eingängen Frauen auf Bänken und lasen mit ihren krummen, geschundenen Händen Erbsen aus. Schmuddelige Kinder, denen es sichtbar an Nahrung mangelte, spielten zwischen den Häusern. Das milchige Herbstlicht tauchte die Szenerie in Trostlosigkeit.

Der hagere Mann, der durch den Morast schritt, trug unter dem Arm seiner abgewetzten braunen Jacke ein Kleiderbündel. Sein Gesicht war narbig, seine dunkle Kniebundhose fleckig. Müde und in leicht gebeugter Haltung sah er die Reihe der Katen entlang, als suche er etwas. Die wenigen Menschen in der Gasse nahmen von dem groben Kerl kaum Notiz. In einer Hafenstadt wie Tönning waren sie fremdes Volk gewohnt und scherten sich nicht um dessen Kommen und Gehen. Der Mann blieb vor der Tür eines niedrigen Hauses stehen. Neben dem Eingang hingen einige Schürzen und Hosen zum Verkauf. Er blickte kurz die Gasse entlang, duckte sich dann schnell und trat ein. Muffiger Geruch schlug ihm entgegen. Er entstieg den Haufen getragener Kleidungsstücke, die im dunklen Flur der Kate lagerten. Auch im angrenzenden Raum konnte sich der Mann nur mühsam zwischen den übereinandergestapelten Frauenkleidern, Arbeitsschürzen, Männerhosen, Schultertüchern und Westen bewegen. Suchend sah er sich im Halbdunkel um und zuckte zusammen, als ein trockenes Husten aus der dunkelsten Ecke die Stille zerriss.

»Moin, was führt den werten Herrn zu mir? Will Er verkaufen oder kaufen?« Der kleine Ladenbesitzer löste sich von der hintersten Wand und kam dem Gast entgegen. Er lüpfte seinen

Zylinder, den er wohl auch in Räumen zu tragen pflegte. Mit stechendem Blick sah er sein Gegenüber an, kein Lächeln war in seinem Gesicht auszumachen. »Bei meiner letzten Fahrt über Land konnte ich einige schöne Stücke erwerben und wäre bereit, sie Ihm für einen guten Preis zu überlassen.«

Der vermeintliche Kunde brummte unwirsch und hielt dem Händler das mitgebrachte Bündel hin. Aufmerksam beobachtete er, wie der Kleidertrödler die Stoffe auseinanderzog und sie prüfend durch seine Finger gleiten ließ.

»Das Hemd einer Deern, feines weißes Linnen, Halbarm mit schmalem Rüschenbesatz.« Er deutete auf dunkle Flecken und schnupperte am Stoff. »Allerdings arg verschmutzt. Ruß, will ich meinen.« Er legte das Hemd beiseite und widmete sich dem zweiten Kleidungsstück. »Ein ärmelloses Baumwollkleid, dunkelblau mit dünnen weißen Streifen, der Stoff eher robust als erlesen und leider auch nicht sauber.« Er kniff ein Auge zusammen, hielt den Kopf schief. »Ist die Deern hingefallen?«, murmelte er für sich und rieb an den lehmigen Flecken, die sich leicht entfernen ließen. »Ein Schultertuch aus roter Wolle, mit blauen und grünen Blumen bedruckt«, fuhr er fort und ging damit zum Fenster. In dem schwachen Licht, das in seinen Laden fiel, zupfte er ein Haar von dem Stoff und stieß einen leisen Pfiff aus. »Von goldenem Blond und wunderbar lang«, kommentierte er seinen Fund und ließ ihn los. Langsam schwebte das Haar zu Boden, zu den Flusen und dem Staub der Kleider, die hier auf ein neues Leben warteten. »Wie alt ist die letzte Trägerin? Sie wird doch nicht schon unter der Haube sein? – Nun, die Sachen entsprechen gewiss nicht der neuesten Mode und sind verdreckt«, begann er das Feilschen und wies auf das Paar flacher schwarzer Schuhe, das ebenfalls in dem Bündel steckte. »Und die hier sind für viele meiner Kundinnen zu schmal. Zudem sieht man ihnen deutlich an, dass sie eher auf Planken und auf Schotterwegen als in einem Ballsaal getragen wurden. Nein, viel werde ich Ihm dafür nicht geben können.«

Wortlos ging der Mann auf den Kleidertrödler zu und machte Anstalten, das Mitgebrachte wieder an sich zu nehmen.

Sofort steckte der Händler die Hände in seine Hosentasche und brachte einige Schillinge zum Vorschein. Einzeln zählte er sie dem hageren Mann in die Hand. Als er fertig war, hielt er inne.

Sein Kunde verzog den Mund und wies auf die Münzen.

Der Händler lachte. »Ja nun, der Herr scheint ein harter Geschäftsmann zu sein«, lobte er sein Gegenüber und legte zwei weitere Schillinge nach. »Und ein schweigsamer dazu. Aber mehr kann ich Ihm beim besten Willen nicht geben, es soll ja auch für mich ein Geschäft sein. Das Zeug gehörte sicher keiner reichen Deern und wird wohl auch zu keiner kommen. Da muss ich kleine Preise machen und sehen, wo ich bleibe.«

Noch immer hielt die hagere Gestalt beharrlich die Hand auf und machte keine Anstalten, zu gehen.

»Ich kann Ihm ein Kopftuch dazugeben, so eins, wie man es auf den Halligen trägt. Oder dieses schöne Hutband aus Seide«, bot der Händler an und zeigte auf die Textilien.

Doch der andere antwortete auf das Angebot mit einem Kopfschütteln und deutete auf einen Gürtel mit einer glänzenden Messingschnalle, deren Oberflächenstruktur der eines Hanfseils nachempfunden war.

»Nun gut, dann lege ich das noch drauf«, gab der Trödler seufzend nach und drückte dem Kunden das gute Stück in die Hand. »Aber das ist mein allerletztes Wort, werter Herr. So wollen wir den Handel beschließen oder ihn lassen.«

Der Verkäufer ließ die Münzen in seine Jackentasche gleiten, legte den Gürtel um und tippte mit den Fingern seiner rechten Hand an seine Kappe, bevor er wortlos den Laden verließ. Inzwischen war die Dämmerung hereingebrochen. Schon nach wenigen Augenblicken war nicht mehr auszumachen, wohin der Mann sich begab.

Am Abend desselben Tages betrat Dina Martensen auf Amrum den Norddorfer Dorfkrug. Die Tabakluft brannte in ihren Augen. Einige Männer saßen in Gruppen zusammen, tranken aus Zinnbechern und spielten Karten.

Die Amrumerin hatte den Tag wie jeden anderen mit der Versorgung ihrer Tiere und auf dem Feld verbracht, doch ihre Gedanken hatten sich fast ausschließlich um das Verschwinden der Immke Simons gedreht. Sie sah sich im verrauchten Schankraum um und ging direkt auf Auguste zu, die gerade einen Tisch mit einem Lappen schwungvoll sauber rieb. »Moin«, grüßte Dina und trat einen Schritt zurück, als die füllige Frau sich ihr zudrehte.

Als Auguste Dina erkannte, hellten sich ihre Gesichtszüge auf. »Moin, Dina. Das ist aber schön, dass du den Weg zu uns findest. Bringst du gute Nachricht?«

Dina zog zwei versiegelte Briefe aus der Tasche ihres Kleides und lächelte verschmitzt. »Ich will gerne zugeben, dass mich das Schicksal eurer Tochter Immke beschäftigt. Also bin ich zu Pastor Mechlenburg gegangen und habe mit ihm gesprochen. Du kannst dir vorstellen, dass er nicht davon begeistert war, dass ich mich auf die Suche im Eiderstedter Land mache und mich vielleicht sogar in Gefahr begebe. ›Siehe, die Furcht des Herrn, das ist Weisheit; und meiden das Böse, das ist Verstand.‹ So hat er aus dem Buch Hiob zitiert. Ich habe ihn dann daran erinnert, dass uns das Böse auch schon heimgesucht hat und es nur durch Handeln verschwunden ist. Nicht durch bloßes Wegsehen. Da hat er stumm genickt.«

Auguste setzte sich an den Tisch und winkte ihren Mann, den Wirt, herbei.

»Zusammen haben der Pastor und ich diese Briefe aufgesetzt. In einem bescheinigt er mir eine verfaulte Kartoffelernte und allerlei andere Misslichkeiten. Er beklagt, dass ich auf Amrum niemanden habe, der mich durch den Winter bringt, und lobt meinen Fleiß und meine Ausdauer. Mit diesem Schreiben empfiehlt er mich einem gnädigen Arbeitgeber.«

Die Wirtsleute sahen sich fragend an.

»Ich werde diesen Brief dem Prediger von St. Peter überreichen. Vielleicht kann er bei den Bauern der Umgebung ein Wort für mich einlegen. Wenn auch eure Nichte Anna sich für mich einsetzt, findet sich womöglich ein Unterschlupf für mich. Wir sollten keine Zeit verlieren und ohne langes Zaudern nach dem Verbleib von Immke forschen. Ihr könnt eurem Knecht sagen, dass er sich fortan um meine Tiere kümmern und den Rest der Ernte einbringen soll. Ich verlasse mich darauf, dass alles wohlgerät. Morgen früh fahre ich mit dem Steenodder Austernfischer nach Husum zu einem Rechtsanwalt. Er ist ein Brieffreund des Pastors.« Vielsagend hielt Dina den anderen Brief in die Höhe. »Dann werde ich sehen, wie ich weiterkomme.«

GRAUE STADT AM MEER

Am frühen Abend des darauffolgenden Tages erreichte Dina Martensen auf dem Austernfischer das schmale Hafenbecken Husums. Müde und durchgefroren stand sie an der Reling und blickte auf die dunklen Silhouetten der eng stehenden Häuser. Das Licht, das durch ihre Sprossenfenster nach draußen drang, versprach Gemütlichkeit und Wärme.

Sie band ihr Kopftuch neu, hob ihren Rock an und sprang etwas schwerfällig von Bord. Ihre Reisetasche wurde ihr vom Fischer zugeworfen. Er würde die Nacht auf seinem Schiff verbringen, dergleichen Unannehmlichkeiten war er gewohnt. Dina winkte ihm dankbar zum Abschied und verließ den Hafen über eine gepflasterte Straße in nördliche Richtung. In der Dunkelheit der anbrechenden Nacht waren nur noch wenige Menschen unterwegs. Sorgsam zählte sie die Quergassen und bog bald nach links ab. Nach ein paar Schritten hielt sie vor einem weiß getünchten Ziegelbau, dessen Eingang etwas zurückversetzt lag. Vergeblich suchte sie nach einem Türklopfer und schlug zuerst zaghaft, dann entschlossener mit der Faust gegen die Tür. Die Klaviermusik, die von drinnen erklang, brach ab, und wenige Augenblicke später wurde die Haustür geöffnet.

Dina sah sich einem Mann von nicht ganz dreißig Jahren gegenüber, der sie durch seine Nickelbrille musterte. Wie sie da im Halbdunkel vor dem Eingang stand, das Haar, das unter dem Kopftuch hervorschaute, zerzaust und in einem einfachen, derben Kleid, machte sie wohl einen wenig vertrauenswürdigen Eindruck. Und mit ihrer Reisetasche musste sie wirken wie eine Hausiererin.

Der Herr zog die Augenbrauen zusammen und sah fragend zu ihr hinunter. Unsicher nestelte er an der kleinen Seitentasche seiner Weste, dann fuhr er sich über seinen dunklen Schnurrbart. »Was gibt es? Um diese Uhrzeit empfangen wir für gewöhnlich keine Händlerinnen.«

Dina sah an ihm vorbei in den schwach beleuchteten Hausflur. Eine Frau mit Häubchen und weißer Schürze gesellte sich neugierig zu einer anderen, besser gekleideten Dame. Beide blickten misstrauisch in ihre Richtung.

Der Hausherr drehte sich kurz zu ihnen um. »Es ist nichts, meine Liebe, ich bin gleich wieder bei dir«, sagte er und war bereits im Begriff, die Tür zu schließen.

»Sind Sie Herr Storm, Herr Rechtsanwalt Theodor Storm?«, fragte Dina schnell. »Ich bringe eine Nachricht von Pastor Mechlenburg auf Amrum. Es ist dringend.« Ohne eine Antwort abzuwarten, zog sie den Brief aus ihrer Kleidertasche und hielt ihn wie ein Beweisstück in die Höhe.

Der Herr zog die Stirn in Falten, machte aber einen Schritt beiseite und lud sie schließlich mit einer Handbewegung ein, in den Flur zu treten. »Von Mechlenburg, sagen Sie? Und Sie sind nur wegen dieser Nachricht hier? Das muss ja eine lange Fahrt über die See gewesen sein, und das bei diesem Herbstwind. Berta«, wandte er sich an die Haushilfe in der weißen Schürze, »haben wir für …?«

»Dina Martensen aus Nebel auf Amrum«, stellte sich Dina vor und wagte einen unbeholfenen Knicks. Auf derlei bürgerliche Umgangsformen verzichteten die Inselfriesen nur allzu gerne, kamen aber auch nur selten in die Verlegenheit. »Ich bin auf der Durchreise.« Damit übergab sie dem Hausherren den Brief.

Storm griff nach ihm mit einer leichten Verbeugung und wandte sich Richtung Salon um, wo mehrere Öllichter für mehr Helligkeit sorgten. »Nun, Berta«, sagte er im Gehen und blätterte den Brief auf, »dann sei so gut und versorg Fräulein Martensen mit einer Suppe oder etwas ähnlich Wärmendem. Es wird doch sicher noch etwas da sein.« Er hielt inne und musterte Dina erneut. Sein Blick glitt über ihre Kleidung und blieb an ihren angestoßenen schwarzen Schnürstiefeln hängen. »Wenn Sie unserer Berta in die Küche folgen wollen, meine Liebe? Dort ist es gewiss wärmer als im Salon.« Er wedelte mit dem Brief. »Ich werde eben ein Auge auf die Zeilen meines verehrten Brieffreundes werfen, dann sehen wir weiter.«

Dina löste ihr Kopftuch und folgte der Haushilfe. Während sie ihre Reisetasche im Hausflur stehen ließ, bemerkte sie aus dem Augenwinkel, wie der Hausherr gegenüber der Dame im Salon in einer Geste der Ratlosigkeit die Schultern zuckte und die Arme hob.

Mit einer kurzen Handbewegung und einem Brummen wies die Haushilfe Dina einen Platz an dem langen Küchentisch zu. Kaum hatte sich diese mit einem wohligen Stöhnen gesetzt, wurde ihr auch schon ein Teller mit dampfend heißer Gemüsesuppe vorgesetzt. Mit Schwung und lautem Scheppern ließ Berta den Löffel mehr auf den Tisch fallen, als dass sie ihn legte.

»Ich danke Ihnen sehr«, sprach Dina und lächelte Berta an. »Es ist nicht meine Art, abends in fremden Häusern vorzusprechen und zu erwarten, verköstigt zu werden. Es wäre mir unangenehm, wenn ich stören sollte.« Sie nahm einen Löffel voll, blies auf die Suppe und musste schmunzeln. Der Herr Rechtsanwalt und vermutlich seine Gattin sind doch erkennbar ratlos, wie sie mit mir umgehen sollen, dachte sie. Für den feinen Herrn und die junge Frau im hochgeschlossenen Seidenkleid bin ich wohl etwas zwischen Hausmagd und Marketenderin.

Dina blickte sich in der Küche um. Das Kochgeschirr aus goldenem Kupfer glänzte. Bei ihr auf Amrum war es aus dunklem Eisen. Hier gab es weißes Porzellan und nur wenige bräunliche Tontiegel, bei ihr verhielt es sich umgekehrt. Der schwarz-weiß gekachelte Fußboden strahlte gediegene Eleganz aus. Da bin ich wohl in bessere Gesellschaft geraten, dachte sie und fühlte sich mit einem Mal seltsam eingeschüchtert.

»Nun, normalerweise räume ich um diese Uhrzeit schon die Küche auf«, unterbrach Berta ihre Gedanken und fuhr mit dem Trockentuch über einige Teller. »Und was die Herrschaft über Ihren Besuch wirklich denkt, das lässt sich nicht sagen. Die beiden haben erst vor Monaten in Segeberg geheiratet. Dabei ist sie noch so jung, gerade einmal einundzwanzig Jahre alt. Doch sie scheinen froh, Zeit für sich zu haben und dem Trubel großer Gesellschaften entgehen zu können. Aber ich glaube nicht, dass Sie stören.« Berta stellte den letzten Teller ab und gesellte sich zu Dina an den Tisch. »Brot dazu?«

Dina schüttelte den Kopf.

»Kennen tun sich die beiden jedoch schon lange. Sie müssen wissen, die Madame ist die Cousine vom Herrn Rechtsanwalt. Er ist eine so feinfühlige Seele«, schwärmte die Haushilfe und wischte in Gedanken versunken mit ihrer Hand über die Tischplatte. »Er dichtet und schreibt Geschichten.« Dieser Information verlieh sie mit einem heftigen Nicken Nachdruck.

Ach, sieh an, dachte Dina. Daher vermutlich die Bekanntschaft mit Pastor Mechlenburg, der ein ausgesprochenes Interesse für Sprachen und friesische Märchen hegte.

In diesem Augenblick wurde die Tür zur Küche aufgestoßen, und der Hausherr betrat den Raum. »Mein liebes Fräulein Martensen«, begann er und rieb sich die Hände, »ich hoffe, das frugale Abendessen lässt Sie nicht allzu schlecht von uns denken. Pastor Mechlenburg lobt Sie ja in den höchsten Tönen, was Ihr Wirken auf seiner Insel betrifft. Das haben Sie uns sträflich verschwiegen. Hätten wir das gleich gewusst, wäre unser Empfang mit Sicherheit gastlicher ausgefallen. Glauben Sie mir, meine Frau Constanze macht mir diesbezüglich bereits größte Vorhaltungen. Dürfen wir Sie also, sobald Sie sich gestärkt haben, in den Salon bitten? Constanze ist ganz begierig darauf, etwas mehr über Ihre Mission und Ihre Heimat, die wilde Düneninsel, zu erfahren. Und selbstverständlich verbringen Sie die Nacht hier, nicht wahr? Berta wird Ihnen ein Zimmer richten.« Er nickte der Haushilfe zu, die den Mund verzog. »Schön, schön!«, rief er und klatschte in die Hände. »Dann werde ich mal einen Rheingauer öffnen. Sie mögen doch Rheinwein?«

Nachdem die Suppe sie gewärmt hatte, stieg Dina in eine Dachkammer hinauf, in der Berta ein Bett für sie bezog. Als sie alleine war, richtete sie ihren Haarknoten und suchte aus den wenigen Kleidungsstücken, die sich in ihrer Tasche befanden, einen Schal aus violetter Seide aus. Den feinen Stoff legte sie sich in lockeren Falten um Hals und Schultern und betrachtete sich im kleinen Spiegel an der Kammerwand. Ein von Sonne und Wetter gerötetes Gesicht blickte ihr entgegen. Der Teint der Stadtdamen war sehr viel blasser, aber Puder, um ihre Haut aufzuhellen, hatte sie nicht. Schließlich war sie unterwegs, um sich in der Landschaft Eiderstedt unter das einfache Volk zu mischen und sich auf einem der Höfe zu verdingen, nicht um in der Stadt *à la mode* zu wandeln. Das Seidentuch war das einzig elegante Stück in ihrem Gepäck, und sie freute sich, es schon an diesem Abend tragen zu können.

Das durch ihre Ankunft unterbrochene Klavierspiel setzte wieder ein. Schon auf der Treppe klang ihr eine Schubert-Weise entgegen. Auf Amrum war Hausmusik so gut wie unbekannt. Da wurde nur sonntags die Orgel von St. Clemens gespielt.

Dina betrat den erleuchteten Salon, in dem Constanze Storm am Pianoforte saß und mit einem Lächeln auf den Lippen die Tasten des Instrumentes bediente. Ihr Mann stand hinter ihr, um die Notenseiten umzublättern. Beide waren so in die Musik vertieft, dass Dina sich von ihnen unbemerkt auf einen der Salonstühle niederließ und aufmerksam lauschte. Als die letzten Töne hell verklangen, sah sich das Paar in die Augen, und Herr Storm streichelte seiner Gattin über die Wange. Plötzlich, als würden sie der Anwesenheit ihres Gastes gewahr, drehten sich beide gleichzeitig um. Constanze Storm erhob sich, strich über ihr Seidenkleid und ging auf Dina zu, die ebenfalls aufstand.

Die junge Hausherrin gab ihr die Hand und lächelte verlegen. »Liebes Fräulein Martensen, nun will auch ich Sie willkommen heißen in unserer grauen Stadt am Meer, wie mein Mann Husum zu nennen pflegt. Ich hoffe, Sie fühlen sich in unserem Hause wohl und leisten uns an diesem Abend noch etwas Gesellschaft.« Sie wies auf das mit feinem Stoff bespannte Kanapee, wartete, bis Dina sich gesetzt hatte, und nahm dann neben ihr Platz. »Theodor, sei so gut und schenk uns nun von deinem Rheinwein ein«, bat sie ihren Gatten.

Storm kam der Bitte sogleich nach und füllte drei geschliffene Weingläser aus einer hohen grünen Flasche.

Seine Frau reichte Dina ein Glas, und die Damen stießen miteinander an. »Herzlich willkommen in Husum!« Die Hausherrin nippte und stellte den Wein neben sich auf dem Tisch ab.

Theodor Storm ließ sich auf einem der Polsterstühle mit elegant geschwungenen Rückenlehnen nieder, die zusammen mit dem runden, einbeinigen Tisch und dem Kanapee die Sitzgruppe des Salons bildeten. »Sagen Sie, Fräulein Martensen, waren Sie schon einmal auf der Halbinsel Eiderstedt?« Er nahm einen Schluck Rheinwein, dem er einen kurzen Augenblick mit geschlossenen Augen hinterherschmeckte. Als Dina verneinte, nickte er und schien dabei zu überlegen. »Die Landschaft und die Leute sind wohl deutlich anders als auf den Nordfriesischen Inseln«, sprach er leise. »Für die meisten Eiderstedter ist die Seefahrt nicht von Belang, sie leben von der Viehhaltung und vom Ackerbau. Anders als auf Amrum durchziehen Entwässerungsgräben und Siele das flache Land. Dünen gibt es nur selten. Allerdings gilt dies nicht für den Westen Eiderstedts. In Ording mussten sie die Kirche schon zweimal versetzen, weil der Sand das Gotteshaus sonst aufgefressen hätte. Aber nicht nur in dieser Hinsicht gibt es Unterschiede. Auch der Menschenschlag ist ein anderer, die Bewohner Eiderstedts erscheinen mir weniger egalitär als die der Inseln. Großbauern spielen hier eine wichtige Rolle.« Storm hatte sich erhoben und ging nun mit seinem Glas in der Hand auf und ab. »Die Landschaft Eiderstedt, wobei der Begriff ›Landschaft‹ eine Art Amtsbezirk bezeichnet«, führte er aus, »kennt eine gewisse Selbstverwaltung. Doch nur die, die viel besitzen, dürfen bei der Wahl des Stallers mitentscheiden.«

»Des Stallers?«, wiederholte Dina mit fragendem Blick.

»Ein traditionsreicher Ausdruck«, erklärte Storm. »Man könnte auch Amtmann sagen. Der Staller regelt das Leben der Bewohner der Landschaft. Für diese verantwortungsvolle Aufgabe präsentieren die reichen Lehnsmänner dem König sechs Kandidaten, von denen Seine Majestät einen auswählt und allerhöchst ernennt.«

Constanze Storm unterbrach den Verwaltungsvortrag ihres

Mannes durch ein Hüsteln. »Hans Theodor Woldsen Storm!«, sagte sie vorwurfsvoll. »Du darfst unseren Gast doch nicht mit einem so sperrigen Thema langweilen. Wer möchte schon wissen, wie ein Staller in Amt und Würden kommt? Für Fräulein Martensen wird viel mehr von Interesse sein, wo sie auf ihrer Reise ein bequemes Quartier finden und wie sie Räuberbanden und anderen Gefahren entgehen kann.« Sie wandte sich Dina zu und ergriff ihre Hand. »Nicht wahr, liebes Fräulein, wir Frauen müssen in einer von Männern beherrschten Welt auf uns achtgeben. Aber was genau ist denn nun der Grund dafür, dass Sie Ihre Insel verlassen und sich auf den Weg nach Eiderstedt gemacht haben?«

Dina räusperte sich und blickte den Hausherrn an. Was von dem Briefinhalt hatte er seiner Frau erzählt? »Freunde haben mich gebeten, nach ihrer Tochter zu sehen, die sich in der Nähe von St. Peter auf einem großen Hof als Milchmagd verdingt hat. Das Mädchen ist spurlos verschwunden.«

»Dass Sie als Frau sich nach der Vermissten umsehen, ist ein durchaus geschickter Schachzug«, befand Theodor Storm und setzte sich wieder. »Sie sind selbstverständlich unauffälliger als ein Mann, der in der Landschaft Fragen stellt. Ihre Neugier wird man gewiss als Eigenschaft verstehen, die dem weiblichen Geschlecht nun mal innewohnt, und keinen Argwohn hegen. Zudem sind Sie, wie Mechlenburg andeutet, in dergleichen Nachforschungen in gewisser Weise erfahren. Meine liebe Constanze, ich fürchte, die Zukunft ist nicht aufzuhalten. Bald werden Frauen auch die gefährlichsten Berufe ergreifen und uns Männern beweisen, dass wir nicht immer das stärkere Geschlecht sind.«

»Ich frage mich, an wen von der Obrigkeit ich mich wenden kann, wenn ich auf der Halbinsel Hilfe benötige«, überlegte Dina laut. »Auf Amrum sind wir es gewohnt, die Dinge unter uns zu regeln. Polizei und Gericht sind weit weg.«

»Wie schon gesagt, der Staller hat alles unter sich. Der Bürgermeister von Tönning ist wiederum auch örtlicher Polizeimeister. In der Hafenstadt an der Eider sitzt zudem die Kriminalgerichtsbarkeit«, erklärte Rechtsanwalt Storm. Er schien einen Hang zum Dozieren zu haben. »Wie Sie vielleicht wissen, betreten Sie mit dem Land an der Eider den südlichsten Teil des Herzogtums Schleswig. Schon das andere Flussufer gehört zum Herzogtum Holstein und ist deutsches Land. Es wird zwar ebenfalls vom dänischen König regiert, dieser ist hier aber der Herzog von Holstein und damit Mitglied im Deutschen Bund. Deshalb haben wir eine verwirrende, doch durchaus interessante staatsrechtliche Situation. Bereits zu Zeiten Karls des Großen trennte die Eider sein Reich von dem des dänischen Wikingerkönigs Hemming.« Storm hob sein Glas zu einem Trinkspruch. »*Eidora Romani Terminus Imperii!* Gemeinhin übersetzt mit: Bis zur Eider und nicht weiter.« Er nahm einen kräftigen Schluck und stellte das Weinglas ab. »Somit befinden wir uns heute auf dänischem Boden. Allerdings besteht ein gewisser Vertrag von Ripen aus dem Jahr 1460. Demnach sollen die Herzogtümer Schleswig und Holstein *up ewig ungedeelt* bleiben, wie es so schön heißt. Das lässt sich aber wohl nur gestalten, wenn Schleswig nicht mehr zum dänischen Reich gehört. Und so gibt es unter der deutschen Bevölkerung Schleswigs Bestrebungen, das Herzogtum aus dem dänischen Reichskörper herauszulösen und mit Holstein zu vereinen. Das Ziel ist ein eigener Staat Schleswig-Holstein, Mitglied im Deutschen Bund. Ein Ansinnen, das unserem König Christian natürlich nicht gefallen kann.«

Dina schwirrte der Kopf von so vielen neuen Informationen. Sie gaben ihr nicht wirklich das Gefühl, in Eiderstedt Hilfe zu bekommen, sollte sie sie benötigen.

Constanze Storm erhob sich kopfschüttelnd vom Kanapee. »Du und deine Politik«, schimpfte sie ihren Mann. »Zumindest ist durch deinen Vortrag deutlich geworden, dass man sich in Eiderstedt in ein Grenzgebiet und damit in die Nähe all der dunklen Gestalten und Unwägbarkeiten begibt, die jede Grenze mit sich bringt.« Sie ging zum Pianoforte. Aus den Notenblättern suchte sie ein Stück heraus, stellte die Partitur auf und setzte sich auf den kleinen Hocker. Gefühlvoll drückte sie die elfenbeinernen Tasten des Instrumentes, und eine warme Melodie erfüllte den Raum. »Als Antwort auf die trockenen

Worte meines Mannes über Politik und Verwaltung bleibt mir nur eine scharfe Waffe: die ›Mondscheinsonate‹.« Sie wandte sich Dina lächelnd zu. »Sie mögen doch Beethoven?«

Ihr Mann strich sich über seinen Schnurrbart, nippte am Wein und setzte sich zurück auf seinen Stuhl. Mit geschlossenen Augen schien er sich ganz der Musik hinzugeben.

ÜBER LAND

Am anderen Morgen erwachte Dina Martensen im Dämmerlicht des frühen Tages. Über Nacht hatte die klamme Herbstluft ihre Gastkammer deutlich ausgekühlt. Fröstelnd zog sie sich an und trat ins Treppenhaus. Der belebende Duft frisch gebrühten Kaffees stieg ihr bereits in die Nase. Sie zog ihr Schultertuch enger und ging leise ins Erdgeschoss. Im Hausflur stieß sie auf die Haushilfe Berta, die ihr wortlos die Reisetasche aus der Hand nahm und sie in das Speisezimmer führte. Das Geschirr auf dem fein gedeckten Tisch zierten blau-weiße Blumen.

»Moin! – Ich meine natürlich, guten Morgen«, verbesserte sich Dina schnell. »Bin ich zu früh?«

»Moin, aber woher denn«, antwortete Berta lächelnd. »Die Herrschaften müssen jeden Augenblick erscheinen. Der Herr Rechtsanwalt ist Frühaufsteher, und seine junge Frau weiß, dass er ohne sie den Tag nicht beginnen mag. Möchten Sie Kaffee?«

Dina nickte und nahm am Tisch Platz. Die Informationen des gestrigen Abends gingen ihr nicht aus dem Kopf. Worauf hatte sie sich da nur eingelassen? Ihr war klar, dass ihr so auf sich gestellt die Nachforschungen zu Immke Simons' Verschwinden nicht gelingen würden. Aber wer sollte ihr dabei helfen? Während sie ihren Gedanken nachhing, erschien Berta neben ihr mit einer großen Kanne und goss ihr Kaffee ein.

»Draußen wartet schon der Karl«, sagte sie. »Ein etwas wunderlicher Geselle, er erledigt für den Herrn Rechtsanwalt Botengänge. Er traut sich nur dann ins Haus, wenn es kälter ist oder regnet. Vor der Gelehrsamkeit und den feinen Leuten hat er eine gewisse Scheu. Jedenfalls wird er Sie gleich nach dem Frühstück zur Postkutsche bringen.«

Die Geräusche von sich schließenden Türen und schnellen Schritten ließen die beiden Frauen aufblicken.

Theodor Storm stand auf der Schwelle zum Speisezimmer, deutete eine Verbeugung an und trat an den Tisch. Er trug eine bequeme Hausjacke und nestelte an seinem steifen Hemdkragen, bevor er sich setzte. »Guten Morgen, liebes Fräulein. Ich hoffe, Sie haben gut geschlafen, denn heute steht Ihnen eine anstrengende Landpartie bevor. Meine Frau wird sich jeden Augenblick zu uns gesellen.« Er hielt Berta seine Tasse hin. »Ist Karl schon da?«, fragte er sie. »Und weiß er Bescheid?«

Berta nickte zweimal und verschwand in der Küche, um warmes Brot zu holen.

»Ah, Kaffee«, murmelte Constanze Storm, während sie den Raum betrat und mit einer schnellen Handbewegung den Sitz ihres Haares prüfte.

Ihr Gatte erhob sich, um sich sodann mit ihr wieder zu setzen.

»Sie haben wohl geruht?«, fragte sie Dina, die mit einem dankbaren Lächeln antwortete. »Sie müssen wissen«, fuhr Madame Storm fort, »dass dies eigentlich noch ein Junggesellenhaus ist. Erst seit unserer Hochzeit hält hier langsam weibliche Heimeligkeit Einzug. Ihre Dachkammer, nun, die muss zum Beispiel noch etwas wohnlicher gestaltet werden. Bisher haben in ihr nur Literaturfreunde meines Mannes gehaust, für die der Komfort gereicht haben mag.« Sie tätschelte Storm beschwichtigend die Hand, der wohl gerade zu einem Protest ansetzen wollte.

»Aber verehrte Madame Storm, ich bin Ihnen und Ihrem Gatten außerordentlich dankbar für die überaus herzliche Gastfreundschaft. Darauf hat Pastor Mechlenburg gewiss nicht zu hoffen gewagt, als er mich Ihnen empfahl. Aber nun sollte ich doch bald aufbrechen, um eine möglichst frühe Kutsche zu nehmen. Die Reise wird gewiss länger dauern.«

»Sie waren uns sehr willkommen«, sagte Theodor Storm, »und als echte Friesin einer sturmerprobten Insel eine wahre Inspiration.« Sinnierend lehnte er sich zurück und blickte an die Decke.

»Graues Geflügel huschet
neben dem Wasser her;
wie Träume liegen die Inseln
im Nebel auf dem Meer.«

Mit gewissem Stolz blickte er sich um.

»Ist das neu?«, fragte seine Frau und bestrich ein Stück Brot mit Konfitüre. »Meinem Mann fallen zu allen erdenklichen Gelegenheiten wie aus dem Nichts hübsche Verse ein«, erklärte sie Dina. »Gedichte und Romane sind seine wirkliche Passion.«

»Ich habe gerade an den Meeresstrand der Nordsee gedacht«, sprach Storm. »Oder, wie die Menschen hier mit ihrer recht provinziellen Sichtweise sagen, der Westsee.«

»Westsee?«, wunderte sich Dina.

»Das ist an der Küste der geläufige Begriff für das Meer vor unserer Haustür. Betrachtet man nur einen kleinen Ausschnitt der Küstenkarte, so befinden wir uns im Westen. Ist man jedoch ein Amerika- oder Grönlandfahrer mit einem Blick für das Große und Ganze, so ändert sich diese Sicht, und unsere Gestade liegen eher im Norden. Alles eine Frage des Horizontes und der Perspektive, will ich meinen. – Aber nun, Fräulein Martensen, lassen Sie uns über Ihre Reise sprechen. Ich habe nachgedacht, ob ich auf der Halbinsel jemanden kenne, dem ich Sie anvertrauen kann, und mir ist Pastor Wolf, der Prediger von St. Peter, eingefallen. Wenn ich nicht irre, ist das Dorf ohnehin Ihr Ziel? Der Mann ist von ganz vorzüglichem Charakter, er steht auf der Seite der Schleswiger Freiheit. Ich habe bereits ein oder zwei Briefe mit ihm gewechselt. Menschliche Schicksale wie das Ihrer verschwundenen Landsmännin werden ihn gewiss anrühren.«

Als Storm den Namen des Pastors nannte, erschrak Dina erst, spürte aber dann Erleichterung. Der Prediger von St. Peter war ohnehin ihr Ziel. Eine glückliche Fügung, dass sie ihn jetzt auch noch mit der Empfehlung des Rechtsanwaltes aufsuchen konnte.

»Berta!«, rief Storm in die Küche. »Ist der Reiseproviant für unseren Gast gerichtet? Fräulein Martensen muss sich bald auf den Weg machen, die Postkutschen warten nicht.«

Dina verabschiedete sich vom Ehepaar Storm mit einem kräftigen Händedruck und einem linkischen Knicks.

Karl, der draußen in der Kälte vor dem Haus gewartet hatte,

zog seine Kappe, griff Dinas Tasche und humpelte voran. Auf direktem Weg brachte er sie zum Markt, auf dem vor der Marienkirche eine Postkutsche wartete.

Um ganz sicherzugehen, auch die richtige Verbindung zu nehmen, nannte Dina dem stämmigen Kutscher ihr Ziel. »Ich möchte nach St. Peter.«

»Was denn, in diese verlassene Gegend?«, brummte der und verstaute ihre Reisetasche auf dem Kutschdach. »Wir transportieren nur bis Tönning, von dort müssen Sie anders weiter«, sagte er und ließ die Münzen, die Dina für die Reise bezahlte, sogleich in einem Geldbeutel verschwinden. »Steigen Sie ein, wir fahren gleich los.«

So rollte die Kutsche zuerst über die gepflasterten Straßen Husums, um schon bald auf buckligen und schlammigen Wegen die Südermarsch gen Friedrichstadt zu durchqueren. Dina, die mit sieben weiteren Passagieren eng beieinandersaß, versuchte, durch die Fenster in den Kutschentüren einen Blick auf die Landschaft zu erhaschen. Sie wollte sich ablenken, denn schon jetzt mischten sich die schweißigen Ausdünstungen einiger schlecht gewaschener Reisender mit dem Geruch lang getragener Kleidung. Der feine Duft von Puder und Eau de Cologne, der eine andere Mitreisende umwehte, ging darin unter wie der einer zarten Blume auf einem Misthaufen.

Nur mühsam durchbrach die Sonne den Nebel, der über grünen Weiden und abgeernteten Feldern lag. Herden von Rindern und Milchkühen grasten, hier und da drang das Blöken von Schafen in die Kutschkabine. Wassergräben durchzogen den Landstrich, und nur selten passierte das Gefährt einzelne Gehöfte.

Dinas Sitznachbar war ein älterer Herr. Er trug einen knielangen Rock aus blauem Tuch mit einer Reihe goldfarbener Knöpfe, darunter spannte sich eine violett-gelb gestreifte Seidenweste über seinem mächtigen Bauch. Aus einer kleinen Tasche seiner sandfarbenen Kniebundhose baumelte eine massiv silberne Uhrenkette, mit der seine feisten Finger spielten. Seidenstrümpfe bedeckten die im Kontrast zum Leib dünnen Waden, die Füße steckten in schwarzen Schuhen mit Silberschnallen. Seinen hohen Hut aus hellem Stoff hatte er an einen Haken an der Kutschwand gehängt. Er strich sich über das schüttere weiße Haar und blickte auf die dahinschaukelnde Gruppe in sich gekehrter Mitreisender. Wohl um sich abzulenken, begann er eine Unterhaltung, indem er sich nach dem Woher und Wohin der anderen erkundigte. Ungefragt teilte er diesen mit, dass er unterwegs sei, seine Tochter zu besuchen. Sie sei mit einem Großbauern verheiratet, das Gut liege in der Nähe von Garding.

Weil die Kutsche immer wieder in verschiedene Himmelsrichtungen fuhr, wunderte Dina sich laut über den Zickzackkurs. Einige der Mitreisenden lachten ob ihrer Unwissenheit kurz auf.

»Ja nun, min Deern, Sie waren also noch nie in dieser Gegend?«, fragte der ältere Herr und nestelte an seinem Halstuch. »In der Landschaft Eiderstedt fehlt es an guten Überlandstraßen. Stattdessen zuckeln wir von Kreuzung zu Kreuzung, umrunden eingedeichte Köge und tiefe Wassergräben. Leider wird die Situation zur Küste hin nicht besser, ganz im Gegenteil. Schließlich nimmt die Bevölkerung in diesem Landstrich auch immer stärker ab. Aber nun steuern wir erst einmal Friedrichstadt an, und danach geht es am Deich entlang weiter gen Tönning.«

Dina blickte nach draußen. Gerade kreuzten sie eine Allee, die zu einem imposanten Gebäude führte. Es besaß ein enormes Dach aus Reet, und Dina konnte die mit hohen Giebeln verzierten Seiten des Hauses erkennen.

Der ältere Herr hatte sie beobachtet und grinste. »Eine Augenweide, nicht wahr?« Sein Blick glitt unverhohlen auf ihre Brust. »Haubarge wie dieser sind typisch für Eiderstedt. Einige von diesen Bauernhöfen sind sogar größer als Kirchen. Ihre Bauart, den ganzen Hofbetrieb unter einem Dach zu vereinen, soll aus dem Holländischen kommen.«

»Und was bedeutet Haubarg?«, fragte Dina, obwohl sie sich den unangenehmen Herrn weit wegwünschte.

»Der Name stammt vom Wort ›Heuberg‹, denke ich wohl«,

erklärte der. »Vom Boden bis hoch zur Spitze wird Heu oder Korn gelagert. Darum herum befinden sich die Räume für die Familie, das Vieh, das Gesinde und die Dreschtenne. Manche Bauern ziehen die Milchwirtschaft dem Getreide vor und machen auch Käse. Eine gute Entscheidung, als Viehhändler verstehe ich etwas davon. Aber inzwischen habe ich mich aus dem Geschäft zurückgezogen und zolle meinem Alter Tribut. – Meine Tochter hat mit ihrem Mann auch so ein Gehöft. Ich kann nicht sagen, dass es ihnen schlecht geht.«

Den letzten Satz quittierten die übrigen Reisenden mit unwirschem Brummen oder leisem Lachen. »Natürlich nicht«, empörte sich ein jüngerer Herr in einem abgetragenen grauen Rock. Die langen Hosen, in denen seine dünnen Beine steckten, waren aus demselben Stoff und liefen nach unten hin schmaler aus. Ein markanter, geölter Seitenscheitel teilte sein Haupthaar in zwei enorme Wellen. Der Stoff des Zylinders, den er in der Hand hielt, war an den Rändern deutlich ausgefranst. »Wer einen Haubarg unterhalten kann, dem mag es wohl gut gehen, lässt er doch zahlreiche Leute für sich arbeiten und nennt auch fünfzig bis hundert Demath Land sein Eigen. Aber dieses Glück ist nicht jedem beschieden. Zu viele Menschen in der Landschaft fristen ihr Dasein als Tagelöhner oder leben mehr schlecht als recht von dem, was Strand und Watt ihnen schenken.«

»Der Herr kennt sich wohl aus bei den kleinen Leuten?«, höhnte der ausstaffierte Alte und ließ seine Uhrenkette durch die Finger gleiten. »Mein Schwiegersohn sagt immer, wenn Gott ihm anrechnen würde, wie viel von dem arbeitsscheuen Gesinde er durchfüttert, so hätte er Anrecht auf gleich zwei Plätze im Himmel. Gerade vor gut acht Wochen habe ich ihn das letzte Mal so reden hören. Die Mägde können besonders liederlich sein. Für das vage Versprechen auf ewige Liebe lassen sie ihre Arbeit im Stich und geben sich romantischen Träumen hin. Dabei kommt nur der zu was, der sein Tagwerk fleißig verrichtet, das sag ich Ihnen.«

»Oder man heiratet einen Haubargbauern«, ätzte der Jüngere und schlug in unterdrückter Wut den Zylinder gegen sein Bein.

»Friedrichstadt!«, rief der Kutscher. Wenige Augenblicke später hielt die Gesellschaft am Ufer eines Flusses. Die Reisenden stiegen aus und blickten zu der Stadt mit ihren Häusern hinüber, deren stattliche Fassaden stufige Giebel prägten. Die ersten Passagiere verließen die Gruppe, an ihrer statt kamen neue hinzu, und der Kutscher verstaute ihr Gepäck. Dina machte einige Schritte entlang des Wassers und bemerkte, dass es ihr der streitbare jüngere Herr gleichtat. Korrekterweise trug er nun seinen Hut.

»Sagen Sie, ist das hier die Eider?«, wollte sie wissen.

»Nein, meine Dame, das ist die Treene. Sie mündet gleich dort drüben in die Eider, deren Verlauf wir ab jetzt folgen werden.« Er deutete in die entsprechende Richtung. »Und jenseits des Flusses …«

»… endet das Herzogtum Schleswig«, schloss Dina den Satz und lächelte.

»Sieh an, sieh an. Ganz so ahnungslos, wie Sie sich eben gaben, scheinen Sie ja doch nicht zu sein«, freute sich der Herr, zog seinen Zylinder und verbeugte sich. »Wenn ich mich vorstellen darf: Bernhard Albert Rose, Schulmeister auf dem Weg zu einer neuen Anstellung.«

»Dina Martensen von der Insel Amrum.« Sie deutete einen Knicks an. »Auch ich bin auf dem Weg zu einem neuen Verding. Wohin genau wird es Sie verschlagen?«

»In den Flecken Ording«, antwortete Rose lächelnd. »Und Sie?«

»In die Nähe von St. Peter«, sagte Dina leise und war sich unsicher, ob sie noch mehr preisgeben sollte. »Alles Weitere wird sich erst vor Ort ergeben«, fügte sie schließlich hinzu.

Als der Kutscher laut zum Aufbruch mahnte, gingen beide zu den übrigen Wartenden zurück.

»Da sind wir dann ja nah beieinander«, murmelte der Dorflehrer und sah Dina von der Seite an. »Wenn ich Sie noch um etwas bitten dürfte«, flüsterte er in einem Ton von Heimlichkeit. »Behalten Sie meine zukünftige Verwendung für sich. Da ich mich eben im Gespräch hinreißen ließ, muss ich nun befürchten, mit meiner kritischen Haltung den reichen

Großbauern gegenüber als wenig geeignet zu erscheinen, Untertanen zu erziehen. Wes Brot ich ess, des Lied ich sing: Auf dem Land ist die Idee noch stärker verbreitet als in der Stadt. Und diese Leute meinen ja wirklich, ihnen gehöre die Halbinsel.«

»Seien Sie unbesorgt«, beruhigte ihn Dina, »ich kann schweigen.«

Damit bestiegen sie wieder die Postkutsche und rollten über den Damm in westlicher Richtung.

Dina blickte aus dem linken Kutschenfenster, erhaschte aber nur anfänglich den einen oder anderen Blick auf den breiten Fluss. Ein grasbewachsener Erdwall bildete den Horizont. Der Deich sollte das Marschland schützen, das nahe der Eidermündung und dem Meer lag. Die weitere Landschaft bestand aus niedrigeren Bodenerhebungen, die auf weiter Fläche große Weiden und Felder umsäumten.

Eine schläfrige Ruhe hatte sich auf die Passagiere gelegt. Auch der stolze Schwiegervater des Haubargbauern hielt die Lider geschlossen und atmete tief und regelmäßig. Schulmeister Rose, der Dina gegenübersaß, beobachtete sie beim Betrachten des grünen Landes.

Sie wandte sich ihm zu, traf seinen Blick und lächelte. Seine blauen Augen stehen ihm gut, dachte sie. Und seine Art, sich für die weniger Begünstigten einzusetzen, gefiel ihr auch. Nur die geölten und gescheitelten Haare kamen ihr doch allzu modisch vor.

»So etwas werden Sie von Amrum her nicht kennen«, störte er ihre Gedanken. »Ein eingedeichtes Landstück nennt man Koog. Manche Köge sind so groß, dass ganze Dörfer hineinpassen. Das Land wurde vor Generationen dem Meer abgetrotzt. Es ist immer noch sehr feucht.«

»Daher auch die Wassergräben«, erkannte Dina, und der Schulmeister nickte.

In diesem Augenblick passierten sie erneut einen imposanten Haubarg, der etwas zurückversetzt an der Straße lag. Ihm folgten weitere Höfe links und rechts des Weges, länglich gebaut und weniger beeindruckend.

»Das muss der Süderfriedrichskoog sein«, vermutete Bernhard Rose. »Also sind wir kurz vor Tönning.« Als hätten die Reisenden nur auf diese Worte gewartet, kam auch schon Leben in die müden Gesichter, und die Passagiere regten sich, soweit es die enge Kabine zuließ.

»Tönning, Endstation!«, rief denn auch schon der Mann auf dem Bock.

Kaum rollte die Postkutsche von Osten kommend in die Stadt ein, lenkte der kräftige Kerl seine Pferde Richtung Hafen. An Dina zogen Bürgerhäuser mit runden, spitzen oder stufigen Giebeln vorbei. Am liebsten wäre sie ausgestiegen und eine größere Strecke gelaufen. An dem herbstlichen Nachmittag herrschte einiges Treiben in Tönnings Straßen. Von Ochsen gezogene Bauernkarren bahnten sich ihren Weg durch Gruppen von Seeleuten. Damen der Gesellschaft standen in ihren fein gestreiften, seidig glänzenden Kleidern vor den Geschäften und begutachteten die Auslagen. Ihre Gesichter waren unter Schuten und Hauben verborgen. Sie begleitende Herren in eng taillierten Röcken, bunten Westen und langen Hosen waren jedoch im Straßenbild eine Seltenheit. Stattdessen überwogen kräftige Männer, die in Reitstiefeln und Kniebundhosen die Straße entlangschritten, ihre starken Leiber in feste Jacken gezwängt. Sie trugen steife Zylinder oder Schirmmützen und schienen dringenden Geschäften nachzugehen.

»Heda, Kutscher!«, rief der Schulmeister aus dem Fenster. »Halten wir nicht auf dem Markt?«

»In Tönning ist immer der Hafen das Ziel!«, dröhnte die Stimme von draußen.

»Na dann«, meinte Rose zu Dina. »Dabei haben Sie gewiss schon einige Häfen gesehen. Zu schade, so verpassen Sie die berühmte Laurentiuskirche. Ihr schöner Turm soll im Herzogtum Schleswig der höchste sein.«

Bald kamen die Masten der ersten Schiffe in Sicht, die sich im ruhigen Wasser entlang der Mole aneinanderreihten. Dina fiel ein großer, lang gezogener Ziegelbau auf, der auf der anderen Seite des Hafenbeckens viergeschossig in den Himmel wuchs. Seine Türen und Fenster versperrten grün gestrichene Läden.

»Das königliche Packhaus«, erklärte der Schulmeister. »Es wird vom Hafeninspektor verwaltet. So dicht an der Grenze zweier Herzogtümer hat seine Majestät den Wunsch, die Dinge mit fester Hand zu führen.«

Kaum war die Kutsche zum Stehen gekommen, als auch schon das Gepäck der Fahrgäste vom Dach geholt und säuberlich neben die Mole gestellt wurde. Matrosen, Packer, Kaufleute und Viehtreiber liefen an den Neuankömmlingen vorbei und hatten kaum ein Auge für sie. Ihre Aufmerksamkeit galt dem Gut, das im Hafen verladen wurde. Entschlossen griffen die Reisenden nach ihren Koffern und Taschen und entschwanden. Lediglich Dina, der Schulmeister und ihr Reisenachbar, der ältere Herr, blieben am Hafenbecken zurück. Inzwischen war der Nachmittag weit fortgeschritten, und die Herbstsonne tauchte die kleinen Häuser am Hafenrand in rötliches Licht. Der Kutscher zog grüßend seine Kappe und dirigierte seine Tiere fort.

Dina sah ihm nach und verspürte plötzlich großen Durst. Seit dem Frühstück bei den Storms hatte sie nichts mehr getrunken. An einem Stand sah sie ein heranwachsendes Mädchen, das Passanten kühlen Süßmost in tönerne Becher füllte. Als sie herantrat, stieg ihr das Aroma frisch gepresster Äpfel in die Nase. Sie kaufte einen Trunk und hörte, wie ihr Magen knurrte. Wie gut, dass ihre Gastgeber von letzter Nacht sie mit Reiseproviant versorgt hatten. Dina suchte sich einen Hafenpoller und ließ sich nieder. Voller Vorfreude zog sie das kleine Päckchen aus ihrer Reisetasche. In ihm waren ein Stück harte Dauerwurst, eine Ecke Käse, eine Birne und mehrere fingerdicke Scheiben Brot. Ob es sich hier schickte, in der Öffentlichkeit zu essen? Aber wer von den groben Leuten um sie herum sollte sie deshalb schief ansehen? Einen Ruf hatte sie als Fremde hier zumindest nicht zu verlieren. So konnte sie sich auch gleich in eine Magd hineinversetzen, die keinen Sinn für gezierte Lebensart hat. Dina lächelte kurz bei dem Gedanken, stillte ihren Hunger und genoss dazu den frischen, süßen Fruchtsaft.

»Na, dann wünsche ich einen guten Appetit!«

Dina drehte sich um.

Der Schulmeister gesellte sich zu ihr.

»Und Sie?«, fragte Dina. »Auch Sie haben den ganzen Tag über nichts gegessen. Möchten Sie eine halbe Birne oder etwas von der Wurst?« Sie hielt ihm ein Stück Brot hin.

Rose lächelte dankbar, verbeugte sich leicht, nahm das Stück Brot entgegen und biss hinein. »Keine Wurst für mich, danke. Ich erprobe die fleischlose Kost nach einer Idee des Arztes Christoph Wilhelm Hufeland«, erklärte er und schmunzelte, als er Dinas ratlosen Blick sah. »Der Mediziner beschreibt in seinem Buch ›Makrobiotik‹ die Kunst, durch eine Ernährung ohne Fleisch das Leben zu verlängern. Ein lohnenswerter Versuch, nicht wahr? Aber das will ich nur am Rande erwähnen. All die vielen Menschen, die nicht wissen, ob sie am kommenden Tag überhaupt etwas zu essen haben, werden derlei Theorien freilich als Wohlstandsflausen verspotten.« Er kaute und schluckte. »Wie dem auch sei, gerade habe ich mit unserem Plutokraten gesprochen. Er dürfte uns noch einen Teil der Strecke begleiten.«

»Mit wem?«, fragte Dina. Der von Rose verwendete Begriff war ihr neu.

»Die Plutokratie ist eine Herrschaftsform, in der die Reichen regieren. Unser betagter Anhänger des Großbauerntums scheint mir ein würdiger Vertreter dieser Art zu sein. Er käme nie auf die Idee, dem niederen Volk bei der Selbstverwaltung der Kommune ein Mitspracherecht zuzugestehen. Derlei machen Land- und Fabrikbesitzer nur allzu gern unter sich aus«, erklärte der Dorflehrer. »Jedenfalls müsste bald ein Wagen kommen, der uns den Deich entlang in Richtung St. Peter bringt. Zum Glück habe ich mich nicht in eine weitere politische Diskussion hineinziehen lassen. Denn hier«, er breitete seinen Arm aus, »bin ich als Schulmeister nun den Herrschenden ausgeliefert.

›Wir wollen auf Erden glücklich sein,
und wollen nicht mehr darben;
verschlemmen soll nicht der faule Bauch,
was fleißige Hände erwarben.‹«

Dina sah den Mann überrascht an und schmunzelte. »Sie dichten? Und dann auch noch solch kritische Töne? Wen meinen Sie mit den fleißigen Händen? Doch nicht sich selbst, oder? Sie sind doch Schulmeister.« Ihre Augen blitzten, und Rose sah errötend zu Boden, als hätte sie ihn überführt.

»Diese Zeilen sind freilich nicht von mir, sondern von einem gewissen Heinrich Heine, Sie schelmisches Fräulein.« Er fasste in seine Rocktasche, zog ein schmales braunes Büchlein hervor und reichte es ihr.

»›Deutschland, ein Wintermärchen‹«, las Dina den Titel, bevor sie es aufschlug.

Während sie neugierig durch die Seiten blätterte, blickte Rose aufmerksam um sich. Als ihm Dina das Buch wiedergab, nahm er es mit einem erleichterten Seufzer entgegen und steckte es in seinen Rock zurück.

»Man könnte meinen, wir tun etwas Ungehöriges«, kommentierte Dina sein Verhalten irritiert.

»Wir sind hier zwar im Königreich Dänemark, aber nicht weit entfernt, in den deutschen Ländern, ist dieses Büchlein tatsächlich verboten. Ich hab es in Hamburg bei einem verschwiegenen Drucker erstanden. Heinrich Heine hat seine lyrische Winterreise erst vor zwei Jahren geschrieben, aber damit schon den Unmut der herrschenden Klasse geweckt. Zu gerne spottet er über die Zustände im Land. Und auf dem Weg zu meiner neuen Anstellung möchte ich natürlich nicht den Geruch eines Revolutionärs verbreiten. Der bin ich auch gar nicht, denn dazu fehlt mir schlichtweg der Mut. Dennoch habe ich mir vorgenommen, mein Denken durch die Zeilen eines der bedeutendsten Dichter unserer Zeit zu schärfen. Leider scheint der Geist einer neuen Freiheit noch nicht bis in die Dörfer und Weiler vorgedrungen zu sein. Hier herrschen die gemästeten Landherren gottgegeben wie eh und je.«

Dina nickte und trank einen letzten Schluck. Der Schullehrer sollte sie bloß nicht für dumm halten. Dass Geld die Welt regierte, war ihr auch auf Amrum nicht entgangen. Allerdings war dort der Umgang der Bewohner miteinander von einer ihnen innewohnenden Gleichheit geprägt. Unterwürfigkeit und Buckeln waren den Friesen fremd. Ob das von der jahrhundertelangen Erfahrung rührte, dass man sich auf See aufeinander verlassen musste und jedes Leben den gleichen Wert hatte? Das herrische Gebaren der Strand- und Bauernvögte ertrugen die Leute jedenfalls noch immer gemeinsam, ohne dass die Gemeinschaft in verschiedene Klassen von Speichelleckern zerfiel.

»Letztes Jahr hat uns auf Amrum ein Leierkastenmann besucht«, erzählte sie dem irritiert dreinblickenden Schulmeister. »Er hatte neue Lieder im Programm, darunter auch solche von einem gewissen Hoffmann von Fallersleben. Besonders hat mir ›Ein Männlein steht im Walde‹ gefallen, kennen Sie das? Von dem Leierkastenmann habe ich auch erfahren, dass der Dichter von der geheimen Polizei einiger Länder verfolgt wird. Er kämpft wohl für mehr Rechte für alle Bürger und die Einheit Deutschlands. Das kann den vielen Fürsten natürlich nicht gefallen. Hat er vielleicht eine ähnliche Gesinnung wie Ihr Heinrich Heine? Sie sehen, so ganz ab vom Schuss sind wir selbst auf unserer kleinen Insel nicht.«

»Von Fallersleben«, brummte Rose und spitzte die Lippen. »Mein Fräulein, Sie beeindrucken mich. Das hätte ich nun wirklich nicht gedacht.« Er sah Dina lächelnd in die Augen und nickte anerkennend. Dann zog er ein kleines Messer aus der Hosentasche, klappte es auf und deutete auf die Birne, die in Dinas Schoß lag.

Sie reichte ihm die Frucht, und er halbierte sie. Ihr Blick blieb an dem Messer hängen, das einen silbernen, ungewöhnlich geriffelten Griff besaß. Eines in dieser Art hatte sie noch nie gesehen.

Rose bemerkte ihr Interesse und reichte es ihr. »Aber seien Sie vorsichtig«, mahnte er. »Schauen Sie.« Er zeigte ihr seinen rechten Zeigefinger mit einer schmalen Narbe auf der Kuppe. »Das Messer hat keine Sperre und klappt manchmal schneller zu, als einem lieb ist. Einmal war mein Finger dazwischen. Leider hat sich die Wunde entzündet und damit den tiefen Schnitt verewigt.«

Dina gab ihm den scharfen Gegenstand zurück.

Während beide genussvoll in die Birnenhälften bissen, entdeckte Dina zwischen den Häusern an der Mole eine leere Kutsche, die auf sie zurollte. Der offene Wagen mit Sitzbänken längs zur Fahrbahn wurde von zwei kräftigen Kaltblütern gezogen. Langsam bahnte er sich den Weg durch die Hafenpassanten und kam wenige Schritte vor dem Dorflehrer und ihr zum Stehen. Schon näherte sich ihr Mitfahrer dem Gefährt und winkte dem Fahrer.

»Ich glaube, es geht weiter.« Dina packte den Rest ihres Proviants zusammen und schlenderte zur Kutsche.

»Nun denn«, seufzte der Schulmeister und schloss sich ihr an. »Ich bin gespannt, wen wir auf den letzten Meilen der Reise noch kennenlernen werden. Und natürlich interessiert es mich, wer der Großbauer ist, auf den unser Freund so stolz ist. Gott sei Dank wird dessen Haubarg nicht zu meiner Schule gehören. – Habe ich Sie eigentlich schon gefragt, als was Sie sich verdingen wollen?«, fragte Rose, aber das Durcheinander rund um den Wagen ließ keine Unterhaltung mehr zu.

Inzwischen gesellten sich weitere Reisende zu ihnen, und der Kutscher hatte seine liebe Mühe, den verschiedenen gewünschten Zielen zu entsprechen. Von Tönning sollte die von ihm geplante Fahrt über Kating, Vollerwiek und Garding bis Tating gehen. »Nee, nee«, antwortete der Mann auf Dinas Frage, »ich fahre nicht nach St. Peter. Ich muss den ganzen Weg ja auch wieder zurück. Das wird auch ohne den Umweg sehr spät werden, und dunkel noch dazu. Aber keine Sorge, von Tating aus wird Sie schon jemand mitnehmen.«

So kletterten insgesamt acht Reisende auf den Wagen und schoben ihr Gepäck unter die Sitzbänke. Dina Martensen setzte sich neben Bernhard Rose. Zwei Gänse reckten ihre Hälse durch die Holzlatten eines Käfigs und zischten böse, als sie schwankend aufgeladen wurden. Kleine Fässer mit Salz folgten, Spaten und Eimer landeten zu Füßen der Passagiere. Dina musterte ihre neuen Mitfahrer. Bis auf den auffällig gekleideten älteren Herrn mit der gestreiften Seidenweste trugen die Männer abgenutzte Jacken aus schwerem Tuch und derbe Stiefel. Die Frauen schützten sich mit warmen Umhängen und

Schultertüchern vor dem kalten Wind. Ihre Haare verbargen sie unter großen Hauben. Alle schienen körperliche Arbeit gewohnt zu sein, ihre Gesichter waren vom Wetter gezeichnet, die Rücken gebeugt. Aber ihr Tagwerk schien sie gut zu nähren, und auch wenn die Kleidung derb war, so saßen hier doch keine Hungerleider, stellte Dina fest. Feinere Städter dagegen trieb es wohl nicht so weit in den Westen.

Die Kutsche verließ den Hafen und rollte entlang des Eiderdeiches. Schon bald war Tönning außer Sicht, und wieder sah Dina nur die Landschaft aus Wassergräben und grünen Rinderweiden. Eine Böe ließ die Reisenden frösteln, und Dina zog ihr Schultertuch enger. Nach einer Weile fiel ihr Blick auf einzelne kleine Hütten am Deich. Zwischen den Katen trockneten Fischernetze, eins wurde von einem sitzenden Fischer geflickt. Frauen kamen vom Feld, die Gemüsehacke geschultert. Schafe grasten. Männer hockten vor den Behausungen und pafften Rauchwölkchen aus ihren Pfeifen in den Himmel. Hier und da trockneten blaugraue Wäschestücke im Freien.

Dina hatte nicht bemerkt, wie der Wagen seine Fahrt verlangsamte. Nun hielt er auf der Straße. Die Kinder auf dem Deich, in einer Hand einen Krabbenkescher, trugen schwer an dem Eimer in der anderen. Neugierig starrten sie die Ankömmlinge an.

»Groß Olversum!«, rief der Kutscher.

Einer der bäuerlich gekleideten Männer erhob sich schwerfällig und kletterte vom Wagen. Von einem Mitfahrer ließ er sich einen Spaten und eines der Fässchen reichen und tippte grüßend an seine Mütze, bevor er breitbeinig zu einem der Häuser stiefelte. Da niemand zustieg, rollte die Gesellschaft weiter.

Schulmeister Rose, der Dina beobachtet hatte, neigte sich zu ihrem Ohr und raunte: »So leben die kleinen Leute, Tagelöhner, Bootsführer, Gemüsebauern und Porrenfänger. Ihre Produkte verkaufen sie in Tönning.«

»Porren?«, fragte Dina.

»So nennt man hier, was woanders Krabben heißt«, erklärte

er. »Und was woanders Taschenkrebse sind, sind hier wiederum Krabben.«

Wie aus dem Nichts standen plötzlich ein hagerer Mann und ein Junge am Wegesrand und winkten. Neugierig sahen die Reisenden zu ihnen hinunter. Das Gesicht des Erwachsenen war auffällig mit kleinen Narben überzogen. Wohl von Windpocken, dachte Dina und erinnerte sich mit Grausen der Kinderkrankheit.

»Moin, kannst du uns mitnehmen? Nur ein Stück?«, bat der Mann den Kutscher und nahm seine Kappe ab. Der Knabe neben ihm trat von einem dreckigen, bloßen Fuß auf den anderen, blickte zu Boden und setzte müde eine Kiepe ab.

Er war so dürr, dass er Dina leidtat. Ob der Kerl neben ihm sein Vater war?

Plötzlich drehte der sich zu dem Jungen um und versetzte ihm einen Schlag auf den Hinterkopf. »Steh gerade!«, zischte er und stieß das Kind von sich.

»Nein, du, die Fahrt kostet Geld«, antwortete der Kutscher und schüttelte den Kopf. »Und du hast keins, wie ich dich kenne. Ich mache keine Ausnahmen, denn meine Tiere brauchen ihr Futter, und das ist auch nicht umsonst.« Die ersten Fahrgäste begannen zu murren und drängten zur Weiterfahrt, also griff er zur Peitsche und ließ sie in der Luft über seinen Gäulen knallen.

Der Wagen machte einen Ruck, und die beiden Fußgänger brachten sich mit einem Satz in Sicherheit. Der Hagere quittierte das höhnische Gelächter einiger Passagiere mit lauten Flüchen. Dina sah noch, wie er ausspuckte und drohend seine kräftige Faust hob. Im Gesicht des Jungen spiegelte sich Enttäuschung wider.

»Die Hitzlöper werden noch zu einer richtigen Plage«, rief einer der Landmänner und machte eine wegwerfende Bewegung. Sein Gesicht war feist und von roter Farbe.

Einige der Mitfahrer nickten, und auch der beleibte Herr in der gestreiften Seidenweste schloss sich ihnen an.

»Kennen kein ehrbares Handwerk«, rief der Rotgesichtige weiter, »sind liederlich und leben in den Tag hinein! Kein Platz, an dem dieses Pack nicht auftaucht und die Hand aufhält.« Um Zustimmung heischend blickte er in die Runde, und Dina schien es, als wären seine Wangen in den letzten Sekunden noch röter geworden.

»Hitzlöper nennt man hier die armen Teufel, die auf der Suche nach irgendetwas Verwertbarem die Strände ablaufen«, erklärte der Schulmeister Dina leise. Dann wandte er sich dem feisten Kerl zu. »Wenn der Flugsand immer weiter die Äcker zerstört und die Bauern nur noch das Hornvieh mästen, dann braucht es eben weniger Landarbeiter!«, rief er erzürnt.

Dina zuckte ob seiner wütenden Stimme zusammen.

»Soll das Pack doch über die Eider nach Dithmarschen gehen«, höhnte der Rotgesichtige. »Von dort ist ohnehin nichts Gutes zu erwarten. Dort fällt das Lumpenpack nicht einmal auf.«

»Was sollen die Leute denn stattdessen machen? Wohin mit ihnen? Industrie gibt es ja kaum! Es besteht kein Grund, über diese Habenichtse zu lachen. – So ein Verhalten wäre auch wenig christlich«, setzte Rose hinzu. Vielleicht war es der Zusatz, der dazu führte, dass der Wortführer ihm nur noch ein abfälliges »Jaja« entgegnete.

Dina bemerkte, wie der Dorflehrer neben ihr seine Hände knetete und gleichzeitig die Kaumuskeln spielen ließ. Schon nach einem Tag war sie überrascht von den Menschen dieses Landstriches, deren Miteinander eher einem Gegeneinander glich.

»Wir wollen auf Erden glücklich sein, und wollen nicht mehr darben …«, murmelte sie. »Jetzt machen Sie sich doch nicht noch weitere Feinde«, mahnte sie leise und hoffte, dass Rose seine Wut bändigte. »Überhaupt, da Sie sich so gut mit der hiesigen Geografie und den Menschen auskennen«, sagte sie nach einer Weile, um ihn abzulenken, »muss ich doch annehmen, dass Sie eigentlich von der Halbinsel stammen. Und dennoch sagten Sie, Sie würden hierherkommen, um Ihre Stellung anzutreten.«

Dorflehrer Rose, den Hut auf den Knien, prüfte immer wieder in sich gekehrt den Sitz seines Seitenscheitels. Der Wagen passierte weitere Straßensiedlungen, verließ dann aber plötzlich mit einer Rechtswendung das Eiderufer. Wie aus einem Traum erwacht, blickte der Lehrer um sich und dann Dina an. »Wie? Entschuldigen Sie, ich war in Gedanken.« Dina wiederholte ihre letzte Überlegung, und Rose nickte. »Ja, Sie haben recht mit Ihrer Vermutung. Ich stamme aus Welt, ganz in der Nähe. Ein wirklich kurioser Name für so einen kleinen Flecken, den wir übrigens gleich erreichen werden. Meine Eltern sind einfache Leute und haben sich und uns Kinder durch allerlei Tagelöhnerei über Wasser gehalten. Dem Prediger von St. Michael habe ich es zu verdanken, dass aus mir etwas anderes geworden ist. Ich war lange Zeit nicht mehr hier und werde nun wohl kurz nach den beiden Alten sehen, bevor ich mein Amt in Ording antrete. Das ist doch das wenigste, was man von einem Sohn erwarten darf. Allein, die Heimkehr weckt in mir ein eigentümliches Gefühl.«

»Wo waren –«, setzte Dina zu einer Frage an, als der Kutscher laut »Welt!« rief.

Bernhard Rose blickte mit glasigem Blick an ihr vorbei, lächelte zaghaft und zog sein Gepäck unter der Sitzbank hervor. Als er vom Wagen gesprungen war, setzte er seinen Hut auf und verbeugte sich. »Mein liebes Fräulein Martensen, ich bedanke mich für Ihre reizende und inspirierende Gesellschaft. Leider hatten wir keine Gelegenheit, uns näher kennenzulernen, aber ich gebe die Hoffnung nicht auf, dass wir dies recht bald nachholen werden. Wir sind ja nun nicht allzu weit voneinander entfernt. Ich wünsche Ihnen ein gutes Leben unter uns Eiderstedtern. Einen kleinen Eindruck haben Sie ja schon gewinnen können. Meine Empfehlung.«

Dina lächelte. Sie hatte Gefallen an dem Mann gefunden. Doch bevor sie etwas erwidern konnte, drehte Rose sich um und schritt auf das nächstbeste Haus zu, ohne noch einmal zurückzublicken.

Die Fahrt ging weiter. Der Wagen rumpelte über ausgefahrene, schlammige Wege im Zickzack gen Garding.

Endlich erreichten sie das Städtchen. Entlang der Straße lagen niedrige Häuser Wand an Wand, deren Fassaden in die Höhe wuchsen, je näher sie dem Ortskern kamen. Schließlich weitete sich der Blick auf einen Platz, in dessen Mitte eine Kirche thronte. Das Gotteshaus mit seinem gedrungenen Turm stand erhöht wie auf einem deichähnlichen Podest. Als die Kutsche zum Stehen kam, sah Dina mehrere Landfrauen, die ihre Körbe und Kiepen zusammenpackten und sich wohl für den Heimweg bereit machten.

»Heute ist Dienstag«, kommentierte der Alte in der Seidenweste ihren Blick und kletterte steifbeinig vom Wagen. »Dienstags ist hier immer Wochenmarkt. Doch nun will ich weiter zu meiner Tochter und ihrem Mann.«

Dina hatte auf der langen Fahrt kaum noch an den eigentlichen Grund ihrer Reise gedacht. Zu viele Eindrücke waren auf sie eingestürmt. Doch nun, so kurz vor dem Ziel, kam ihr das seltsame Verschwinden von Immke wieder in den Sinn. Vor allem deshalb konnte es nicht schaden, möglichst viel über die Gegend und ihre Bewohner zu erfahren.

»Wo liegt denn der schöne Hof?«, fragte sie und lächelte den alten Mann vom Wagen aus besonders strahlend an.

»Südwestlich von hier«, erklärte der Herr nach kurzem Zögern und wies in die ungefähre Richtung. »Auf den Flecken Ehst zu.«

»Das Anwesen hat gewiss auch einen Namen?«

»›Schwarzer Hof‹, er liegt im Schwarzwasserkoog«, antwortete der Gefragte etwas weniger laut und wich dem sichtlich überraschten Blick des rotgesichtigen Landmannes aus. »Aber jetzt heißt es, jemanden zu finden, der mich dorthin bringt. Der Kutscher will ja unbedingt weiter nach Tating.« Er ließ sich sein Gepäck herunterreichen, tippte grüßend an den Rand seines hellen Zylinders und ging zu den Landfrauen hinüber.

Der Kerl mit dem roten Gesicht sah ihm neugierig hinterher. »Wenn Wochenmarkt ist, kommt dieses Volk aus Dithmarschen rüber, um hier einzukaufen«, stieß er schließlich hervor und streckte sich. »Soll uns recht sein, dann lassen sie wenigstens Geld hier. Und unter den Augen des Stallers werden sie sich zu benehmen wissen.«

Dina erinnerte sich an ihre Unterhaltung mit Rechtsanwalt

Storm. Hatte der nicht auch diesen Mann erwähnt? »Unter seinen Augen? Wohnt er denn in der Nähe?«, fragte sie laut.

Der Bauer deutete mit seinem dicken Finger auf ein rotes Backsteinhaus, das sie bei ihrer Einfahrt in Garding passiert hatten. Es lag nur ein Haus entfernt vom Kirchplatz. Über dem Hauseingang thronte ein auffällig hoher Giebel mit zwei Fenstern. »Wohlgeboren Ingwersen ist hier die Hand des Königs. Schlecht geht es ihm nicht. – Kutscher, fahren wir nun weiter?«, drängte er.

Tating lag von Garding aus gesehen gen Westen, doch es gab keine gerade verlaufende, direkte Verbindung dorthin. So mäanderten die Reisenden an verschiedenen Högen vorbei durch die Marsch. Zweimal noch hielten sie an, um Passagiere abzusetzen, und am Ende saß Dina nur noch der feiste, rotgesichtige Landmann gegenüber, der sie unverhohlen anstarrte.

Streng erwiderte sie seinen Blick, die Lippen fest zusammengepresst, den Kopf hoch erhoben. Sie wechselten kein Wort.

Bald passierten sie eine Windmühle, und kurz danach erreichten sie das Ziel, Tating. Von den entlang der Straße liegenden Häusern waren wenige stattlich, viele dagegen klein und machten einen ärmlichen Eindruck. Als Dinas Blick an einem auffallend langen und breiten Haus hängen blieb, lachte der feiste Kerl höhnisch auf.

»Unser Armenhaus. Sechshundert Fuß lang soll es sein«, erklärte er. »In diesen Zeiten ist der Andrang wohl sehr hoch, weil das Pack sich die Miete nicht mehr leisten kann. Daneben gibt es noch eins nur für die Brut der Habenichtse. Die Kleinen sollen dort das Arbeiten lernen, aber meiner Meinung nach ist das weggeworfenes Geld. Faule Eltern, faule Kinder!«

Der Wagen hielt auf dem Platz bei der Kirche, und der Kutscher drehte sich um. »Ende der Reise«, sagte er müde und stieg vom Bock.

Dina war froh, endlich der Gesellschaft des Rotgesichtigen zu entkommen. Sie griff ihre Tasche und kletterte vom Gefährt, verharrte dann aber ratlos. Wie sollte es jetzt weitergehen?

»Wenn Sie weiterwollen, würde ich im Krug nachfragen«, brummte der Wagenführer und wies ihr die Richtung.

Der Landmann dagegen schien genau zu wissen, wohin er musste. Grußlos und ohne sie eines weiteren Blickes zu würdigen, überquerte er den Platz und verschwand zwischen den Häusern. In diesem Augenblick ärgerte sich Dina, ihn nicht näher ausgefragt zu haben. Zwar kannte sie jetzt seine Ansicht über die armen Leute und die Bewohner Dithmarschens, aber über ihn selbst hatte sie nichts erfahren.

Zögernd blickte sie zum Dorfkrug. Nach der langen Kutschfahrt war sie der lauten Männer überdrüssig, die ungefragt ihre Meinung in die Welt hinausposaunten. Nein, in der Gaststätte wollte sie nicht um eine Mitfahrt bitten. Stattdessen wandte sie sich einigen Landfrauen zu, die mit Kiepen und Bündeln beieinanderstanden.

»Moin zusammen«, grüßte sie und vermied dabei jede Anrede. Als Friesin war sie das vertraute Du gewohnt, das auf ihrer Insel auch zwischen einfachen Eiersammlern und Kapitänen üblich war. Auf der Halbinsel Eiderstedt war sie noch unsicher, welche Umgangsformen die richtigen waren.

Die Frauen taxierten sie misstrauisch.

»Ich muss heute noch nach St. Peter. Könnte mich jemand dorthin mitnehmen?«

Kopfschütteln war die Antwort.

»Das ist über eine Stunde Fußweg«, sagte eine der älteren Bäuerinnen.

Wieder glitten die Augen der Frauen abschätzend über Dinas Kleidung und Statur, bis sie schließlich auf ihren Händen ruhten.

»Warum St. Peter?«, fragte die, die eben schon gesprochen hatte, während sie sich ihre Kiepe aufsetzte. »Eine Tagelöhnerin scheinst du mir nicht zu sein, und an Hausdienern mangelt es den Herrschaften auch nicht. Oder willst du dich vielleicht als Milchmagd verdingen?« Als Dina ihr keine Antwort gab, machte sie eine wegwerfende Handbewegung. »Ist ja auch egal. Nur solltest du aufpassen, mit wem du Umgang hast, und besser nicht alleine deiner Wege gehen.«

»Was sollte mir denn passieren?«, fragte Dina und setzte ein treuherziges Gesicht auf. »Diese Gegend wird auch nicht gefährlicher sein als andere ihrer Art.«

Die Bäuerin lachte auf.

»Ist das Huhn aus dem Stall, holt es sich der Fuchs«, antwortete sie. »Und vielleicht sind die Füchse auf Eiderstedt ja hungriger und schneller als anderswo.« Sie deutete auf den Dorfkrug. »Geh hinein und frag nach Knochenhans. Der Kerl müsste gleich nach St. Peter aufbrechen, wenn er nicht im Dunkeln ankommen will. Bei ihm bist du sicher, seine wilden Tage sind lange vorbei.« Sie wandte sich mit den übrigen Frauen zum Gehen.

Knochenhans, wunderte sich Dina, was für ein komischer Name. Was für eine Person mochte sich hinter ihm verstecken? Sie griff ihre Tasche und ging auf die Gaststätte zu, aus der ihr ein alter Mann entgegenkam. Er steuerte auf einen auffallend hohen Leiterwagen mit großen Rädern zu. Ein betagtes Pferd war eingespannt, dünn lag sein Fell über den Knochen. Ächzend hievte der Mann einen Weidenkorb auf die Ladefläche und wollte wieder in den Krug gehen.

Dina trat ihm in den Weg. »Guter Mann«, begann sie, »wo kann ich hier jemanden finden, den sie Knochenhans nennen?«

Der hagere Alte riss den Kopf zu ihr herum, und sie erschrak. Sein linkes Auge war blind und milchig weiß. Es schien sie böse anzustarren, sodass sie einen Schritt zurücktrat.

Der Kerl grinste, nickte und zog an einer kurzen Pfeife. Er war von den Schuhen über die Strümpfe und die Kniebundhose bis hoch zur Halsbinde in Schwarz gekleidet. Heller Staub lag auf seinem Rock, Lehm hatte seine Kniepartie beschmutzt. Die Wangen seines schmalen Gesichts waren eingefallen, der Mund, in dem die Pfeife steckte, hatte kaum noch Zähne. Einen Hut trug er nicht, lange, dünne Haare hingen ihm in fettigen Strähnen auf den Schultern. »Den Mann kenne ich gut«, behauptete er. Er hustete, spuckte aus und blitzte sie mit seinem gesunden Auge misstrauisch an. »Was will eine Deern wie du von ihm?«

Dina machte eine beschwichtigende Handbewegung. »Ich

habe nur gehört, er könnte mich nach St. Peter mitnehmen. Der Pastor dort erwartet mich.«

Der Kerl leerte seine Pfeife, indem er sie gegen den Wagen klopfte, und verstaute sie in der großen Tasche seines Rocks. »Soso, der Pastor also«, wiederholte er und blickte nervös zum Eingang des Dorfkrugs. »Dabei hat der doch schon so viele Dienstboten. Na, dann steig mal auf, ich kann dich hinbringen.«

»Und der Knochenhans? Oder bist …?« Es verhielt sich also doch ähnlich wie in ihrer Heimat, dachte Dina. Auch hier duzten sich die einfachen Leute ohne künstliche Zier.

»Sehr richtig, der bin ich. Aber jetzt sollten wir wirklich los«, mahnte er und bestieg mit einem leisen Stöhnen den Wagen.

»Wolltest du nicht noch einmal in den Krug? Nicht dass ich dich von etwas abhalte«, sagte Dina.

»Das hat schon seine Richtigkeit. Dann schreibt der Wirt eben an. Es ist schon spät.«

Dina hatte bei dem Alten kein gutes Gefühl, er sah zu gruselig aus. Andererseits hatte ihr die Bäuerin den Mann empfohlen. Und die Chancen, um diese Zeit noch jemand anderen zu finden, der sie an ihr Ziel bringen würde, standen nicht besonders gut. Also stellte sie ihre Reisetasche neben den Weidenkorb auf die Ladefläche, wo auch zahlreiche unbearbeitete Bretter, etliche Reusen und Bürsten lagen. Noch einmal wandte sie sich um, um über den inzwischen leeren kleinen Platz zu blicken, dann kletterte sie auf den Kutschbock.

Knochenhans zog an den Zügeln und lenkte das Pferd an der Kirche vorbei gen Westen.

Hinter den Fenstern der Häuser flammten die ersten Lampen auf, kaum ein Mensch hielt sich noch auf den Straßen auf. Gemächlich zuckelten sie dahin, und Dina fragte sich, ob sie ihr Ziel erreichen würde, bevor die stockfinstere Nacht über sie hereinbrach. Auf der linken Seite entdeckte sie plötzlich einen stattlichen Haubarg. Etwas entfernt von der Straße leuchtete der weiße Bau zwischen Büschen und Bäumen hindurch. Soweit Dina das von ihrem Sitz aus erkennen konnte, schien er in einem riesigen Park zu liegen.

»Der Garten von Hochdorf. Der Haubarg hat mal dem Steuereintreiber gehört«, sagte der Alte, ohne zu ihr hinüberzusehen. »Jetzt wohnt dort ein Landmann aus dem Friesischen. Vor vier Jahren hat er König Christian bewirtet. Geld kommt eben zu Geld.«

Was für eine merkwürdige Reise, dachte Dina. Die ganze Fahrt über waren Armut und Reichtum ein Thema gewesen. Ob das in anderen Landstrichen auch so war? Weit war sie in ihrem Leben noch nicht herumgekommen. Sie warf einen Blick auf die Ladefläche mit den Reusen und Bürsten. »Wofür brauchst du all das Zeug?«, fragte sie. »Für einen Haushalt ist das doch viel zu viel.«

Knochenhans lachte heiser auf, blickte aber weiter über den Rücken seiner Mähre geradeaus. »Die kaufe ich im Armenhaus«, sagte er. »Die Kinder dort sind besonders geschickt drin, Reusennetze zu knüpfen. Auch die Bürsten sind ganz passabel. So etwas lässt sich gut an den Mann bringen. Und aus den Brettern zimmere ich, was gewünscht wird. Meistens einfache Kisten. Das Holz hole ich im Tönninger Hafen, auf Eiderstedt wächst ja kaum ein Baum. Unsereins muss sehen, wovon er lebt. So prächtig wie der Hochdorfer Bauer kann leider nicht jeder residieren.«

Inzwischen waren die rötlichen Wolken einem taubenblauen Himmel gewichen, dem sich der Tag nach und nach ergab. Dina konnte immer schwerer die Umgebung erkennen, aber am Horizont setzte sich die Landschaft noch dunkel vom etwas helleren Himmel ab. Wie gut, dass das alte Gespann aus Pferd und Kutscher den Weg auch in der Nacht zu kennen schien.

Mit der heraufziehenden Dunkelheit versiegte jedes weitere Gespräch zwischen Knochenhans und Dina, und so rumpelten sie schweigend voran. Endlich leuchteten einige kleine Lichter in der Ferne auf. Von den ersten Sternen unterschieden sie sich nur durch ihre Größe und verrieten so ihre irdische Herkunft.

»Gleich sind wir da«, verkündete Knochenhans. »Vielleicht haben die vielen Mäuler beim Pastor dir ja noch was von der Abendsuppe übrig gelassen. Reich gedeckt ist der Tisch des

Predigers zwar nicht, aber hungern muss dort keiner. Du hast mir noch nicht verraten, was eine Deern aus dem Friesischen bei uns in St. Peter will.«

»Eine Familiensache«, antwortete Dina kurz und bündig. Mehr wollte sie dazu nicht sagen. »Mir geht die ganze Zeit noch die alte Bäuerin durch den Kopf, die mich auf dem Kirchplatz von Tating zu dir geschickt hat.«

»So?«

»Sie hat merkwürdige Anspielungen gemacht und mich gewarnt, den Weg hierher alleine zu gehen. Sind Frauen in dieser Gegend besonders in Gefahr? Ist in letzter Zeit etwas Schreckliches passiert?«

»Etwas Schreckliches«, murmelte Knochenhans und räusperte sich. »Das müsste ich dann ja wissen. Ganz bestimmt, wenn es sich in den Pfarreien St. Peter und Ording zugetragen hätte. Aber nein, da gibt es nichts zu berichten. Unsere Menschen sterben gottesfürchtig an Krankheiten oder am Hunger. Im vergangenen Jahr haben uns die Masern heimgesucht. Allein in St. Peter musste ich deshalb zweihundertsiebenundfünfzig Menschen unter die Erde bringen. Eine grausame Zeit. Seither sind erst wieder dreiundzwanzig gestorben.«

Dina zuckte zusammen. Fuhr sie etwa mit einem Totengräber durch die Nacht? Daher also sein Name. Ein Schauer lief ihr über den Rücken, und sie rückte etwas von ihm ab.

»Es waren so viele Tote, dass ich die Arbeit nicht alleine bewältigen konnte«, fuhr der Alte neben ihr fort. »Die Hälfte der armen Seelen wurde keine zehn Jahre alt. Doch Mordbuben und dergleichen halten sich von uns fern, zum Glück. Allerdings verschwindet hier und da schon mal eine junge Deern von einem der Milchhöfe.« Er wiegte den Kopf und wirkte nachdenklich. »Aber das hat ja wohl weniger mit Unholden zu tun als vielmehr mit der Sittlichkeit. Auch wenn das nicht für jedes junge Ding gelten mag, das mit einem Mal nicht mehr bei seiner Brotstelle auftaucht. Aber die Stuten werden nun mal rossig. Und wenn der Bauch dann dick ist, und es fehlt der angetraute Mann dazu – das macht sich eben nicht gut auf einem Hof. Der ehrbare Schein will gewahrt bleiben. Trotzdem gibt es in solchen Fällen oftmals Gerede und Heuchelei. Jedenfalls wird das wohl der Hauptgrund für das Verschwinden der Deerns sein.«

»Und der Schwarze Hof, was weißt du über den?« Dina hatte sich vom ersten Schreck erholt. Zudem war die Fahrt ja bald vorbei, und es war ihr bisher nichts zugestoßen.

Knochenhans neben ihr stutzte und murrte. Nach einigen Augenblicken des Schweigens ergriff er wieder das Wort. »Was sind das denn für Fragen, die du mir stellst?«, grummelte er. »Dafür, dass du zu Pastor Wolf willst, interessieren dich gar seltsame Dinge. Was soll schon sein mit dem Hof? Er liegt im Schwarzwasserkoog. Sein Bauer führt ein strenges Regime, man sagt, das Gesinde in seinem Haubarg habe wenig zu lachen. Aber was geht uns das an? Auf den meisten anderen Höfen wird es sich nicht anders verhalten. Wem so ein Leben nicht gefällt, der kann ja gehen.«

»Ich habe gesehen, wie ein gestandener Landmann nervös wurde, als er nur den Hofnamen hörte. Als würde er mit dem Namen etwas Schreckliches verbinden«, sagte Dina und dachte dabei an den feisten Eiderstedter, mit dem sie bis Tating gefahren war.

»Tünkram!«, stieß Knochenhans aus. »Bloß weil der Koog nach Spökenkiekerei und anderem Unheimlichen klingt. Vielleicht hat der Kerl ja Schulden beim Bauern, oder du hast seine Reaktion falsch gedeutet. Nein, da ist nichts, über das man reden muss. So, da vorne sind auch schon die ersten Lichter. Das Pastorat liegt am Rand von St. Peter. Dass der Ort nicht groß ist, wirst du spätestens morgen bei Tageslicht sehen. Die meisten Leute hier wohnen auf dem Land verstreut in ihren Hütten und Katen.«

GANS UND ÄPFEL

Die Männer lehnten sich zufrieden gegen die Stuhllehnen und strichen sich über die vollen Bäuche. Das Licht der Kandelaber auf der gedeckten Tafel spiegelte sich im Porzellan und den Kristallgläsern. Auf dem Damasttischtuch zeugten nur noch Flecken von Bratensoße von der eben genossenen Gans. Dunkle Brotkrümel lagen verstreut. Nach und nach räumte die Dienerschaft das Geschirr ab.

»Lena, bring uns das Obst und den Cognac. Und feg die Krümel vom Tisch!«, rief der Hausherr, eine stattliche Erscheinung, von den Strümpfen bis zur seidenen Weste in Schwarz gekleidet. Nur das Hemd leuchtete in reinem Weiß und wurde mit einem blauen Seidenbinder kombiniert. »Nun, uns Werth, so hoffe ich doch, dass das schlichte Mahl Ihren Zuspruch gefunden hat. Allzu oft habe ich ja leider nicht das Vergnügen, den Vertreter des Königs an meiner Tafel begrüßen zu dürfen.«

Der angesprochene Justizrat Staller Ingwersen lächelte wohlwollend, benetzte seinen Finger mit den Lippen und tupfte ein paar der dunklen Brotrindenreste vom Tisch. Obwohl er deutlich bescheidenere Kleidung als sein Gastgeber trug und auch durch seinen Körperwuchs wenig beeindruckte, ging doch eine natürliche Autorität von ihm aus, die den Raum beherrschte. Den bartlosen Mann in den Fünfzigern zierten lang gezogene Koteletten, seinem Haupthaar setzten Geheimratsecken zu. »Hier auf dem Hof gebacken? Sehr köstlich, wenn auch vielleicht etwas zu kräftig geraten.« Er wischte einige Krümel vom Ärmel seines dunklen Rockes, hob sein Weinglas und prostete den Anwesenden zu. »Mein lieber Besthorn, das letzte Mal war ich im August Ihr Gast. Wenn ich mich recht entsinne, ging es damals in selber Besetzung noch feuchtfröhlicher zu. Gerne erinnere ich mich daran zurück, auch wenn Sie, lieber Besthorn, dabei zu Schaden kamen.« Er lächelte. »Aber von mir darüber kein weiteres Wort, das ist ja Ehrensache. Zu schade, dass Ihre liebe Frau den Abend nicht mit ihrer Gegenwart krönt. Ich hoffe, ihre Unpässlichkeit ist nicht allzu ernster Natur? Und falls doch: Unser Eiderstedter Amtsarzt ist auf vielerlei Gebieten ein Spezialist, ich kann Physikus Dr. Thomsen Ihrer Gemahlin nur empfehlen.«

Besthorns linke Hand glitt hinter die Halsbinde, während er mit der rechten seine schweißnasse Stirn betupfte und dem Staller zunickte.

»Wie dem auch sei«, fuhr dieser fort, »der König wäre entzückt, würde er all die vorzüglichen Männer im tiefen Südjütland kennen, die mit so viel Fleiß das Land bestellen.«

»Ah, das Obst!«, unterbrach ihn der Gastgeber, als die Hausmagd eine Schale mit Äpfeln auf den Tisch stellte. Es folgte eine Karaffe, deren Inhalt durch das geschliffene Kristallglas golden leuchtete. »Es geht doch nichts über Selbstgezogenes aus heimischer Erde«, sagte Besthorn und bat mit einer Handbewegung seine Gäste, zuzugreifen. Dann deutete er mit einem Messer auf einzelne Früchte. »Hier haben wir den Tönninger Apfel«, benannte er eine vom Stiel her rot gesprenkelte Frucht, deren Farbe sich nach unten ins Gelblichgrüne wandelte. »Frisch gepflückt schmeckt er von allen Sorten am besten. Leider kein Lagerapfel. Und das hier ist ein Schleswiger Erdbeerapfel, der hält sich bis in den Dezember.« Im Unterschied zum Erstgenannten überzogen dessen Schale rippenförmig rote Streifen, darüber hinaus war die Frucht deutlich runder. »Und das hier«, er deutete auf einen leicht eiförmigen grünen Apfel, der spärlich rot gesprenkelt war, »ist ein Bodil Nergaard. Eine dänische Neuzüchtung, die ich auf meinem Hof allerdings nicht ziehe.« Er warf dem pockennarbigen Gast neben dem Staller einen Blick zu und grinste.

Justizrat Ingwersen nahm den dänischen Apfel in die eine und den Tönninger in die andere Hand und hielt beide nebeneinander. »Aber Besthorn, der Vergleich ist wenig gerecht, will mir scheinen. Hier etwas Grünliches, vom Anschein her gar Unreifes, dort eine schon für das Auge wahre Köstlichkeit. Das Königreich kommt dabei nicht gut weg. Allerdings fehlt hier auch der dänische Rosenhäger. Die Frucht ist sehr rot und saftig, wenn auch klein. Wie auch immer, mit Äpfeln lassen sich Land und Nation kaum darstellen. Wir reden hier schließlich über Nutzpflanzen, die je nach Bodenqualität und Lage gezüchtet werden.« Er legte die beiden Früchte auf seinen Teller und zerteilte sie mit einem Obstmesser. Dann biss er von jeder ein Stück ab und nickte zufrieden. »Unterschiedlich im Geschmack und doch jeder für sich ein Genuss.«

Trotz Ingwersens versöhnlichem Fazit folgten die anderen drei Herren am Tisch seinem Beispiel nicht und ließen den grünen Bodil Nergaard aus dänischer Züchtung links liegen, während sie sich die rötlicheren Äpfel mit sichtbarem Genuss schmecken ließen.

Staller Ingwersen hob die Augenbrauen und räusperte sich. Dann griff er zur Karaffe, nahm den schweren Stöpsel heraus und goss sich ein. Er nippte am Glas und nickte den anderen an der Tafel zu, bis seine Hand plötzlich durch die Luft fuhr und in einer Geste den Raum umschloss. »Sehen Sie sich doch nur um. Auch wenn wir auf dem Land sind, herrscht in diesem Salon doch kein Mangel an Kultur und Einrichtung *à la mode*. Mein Auge fällt auf fein geblümte Tapeten, elegant gedrechselte Möbel und mit Seide bespannte Polster. Man möchte meinen, in einer weltläufigen Stadt zu sein.« Er wies auf eine noch nicht ganz verheilte Wunde am rechten Handballen seines Gastgebers, die unter den Anwesenden bisher keine Beachtung gefunden hatte. »Besthorn, Besthorn, wenn ich es nicht besser wüsste, müsste ich annehmen, dass die Verletzung beim Schärfen eines Gänsekiels geschah statt beim Ziehen eines Weidezauns oder beim Hantieren mit einem Werkzeug.«

»Zu gütig, Euer Wohlgeboren. Es war nur ein Moment der Ungeschicklichkeit mit einem Messer. Die Wunde verheilt schlecht«, murmelte Besthorn und verbarg die Hand unter dem Tisch.

»Jedenfalls scheinen Sie mir schon lange nicht mehr wie ein Bauer zu leben«, fuhr der Staller fort. »Und die wenigen Meilen von Garding bis hierher fahre ich für eine schmackhafte Eiderstedter Gans und Ihre Gesellschaft immer wieder gerne.«

»Sehr liebenswürdig, uns Werth. Die Einrichtung ist natürlich Sache meiner Frau. Ich selbst finde ja, sie gibt zu viel auf den Schnickschnack aus den Pariser Modejournalen. Das Geld für derlei kunstsinnige Ausgaben will immerhin erst einmal verdient sein. Und gerade in dieser Hinsicht – lieber Schwiegervater, du wirst verzeihen – hat das durch meine Frau vertretene schöne Geschlecht doch seine Schwächen. So sind ihr denn auch Männergespräche über Viehhaltung, Fleischqualität, Hektarzahlen oder Bodenerträge ein wahres Gräuel. Aber ich darf Sie beruhigen. Auch wenn meine Frau einen feinen städtischen Modesinn besitzt, ist sie mit ihrer Konstitution doch ganz und gar für das Landleben geschaffen. Die Anfälle allgemeinen Unwohlseins sind jedenfalls äußerst selten.« Besthorn blickte sich um, schnappte überraschend wendig nach der Magd im Raum und zog die entsetzte junge Frau zu sich. Lachend fuhr er ihr mit der Hand über das Hinterteil. »Nicht wahr, die Hauptsache ist doch, dass unsere Gänse besonders schmackhaft sind!« Grinsend gab er sein Opfer frei, das sofort aus dem Raum stürmte, erhob sich und ging zu einer Anrichte. Er griff ein Kästchen mit Zigarren und reichte es herum.

Der hohe Gast, der gerade noch die kultivierte Einrichtung gelobt hatte, lächelte gönnerhaft ob der Grobheit des Gastgebers und rollte die angebotene Zigarre zwischen zwei Fingern. Genüsslich lauschte er dem leisen Knistern am Ohr, bevor er sie entzündete. »Wir haben im kleinen Kreis ja nun schon über die Erfordernisse gesprochen, die der fortschreitende Rindertransport nach England mit sich bringt«, wechselte er das Thema. »Derlei Gespräche werde ich noch einige führen. Ich erläutere Ihnen gerne in aller Ruhe die Notwendigkeiten, damit dieser neue und ertragreiche Wirtschaftszweig gerade in der Landschaft Eiderstedt von Erfolg gekrönt sein wird. Ich verlasse mich darauf, dass Sie die Informationen weitergeben. Also: Um einen zufriedenstellenden Transport der Rinder mittels Booten zur Hafenstadt Tönning zu gewährleisten, bedarf es der Erweiterung einer Anzahl von Kanälen. Der Viehhandel und die Verschiffung gehören koordiniert, schließlich muss verhindert werden, dass der Engländer den einzelnen Produzenten niederbietet. Sie sehen, meine Herren, es gibt noch allerhand für uns zu tun. Doch nun bitte ich Sie, mich zu entschuldigen.« Ingwersen erhob sich von der Tafel, und sogleich folgten ihm die Übrigen. »Auch wenn die Stunde schon vorgerückt und die Zigarre gerade erst angeraucht ist, wartet noch die eine oder andere Akte in der Kanzlei auf mich. Und in allzu tiefer Nacht mag auch ich den Rückweg nicht wagen.«

Gastgeber Besthorn ließ die Kutsche des Stallers vorfahren, und man begleitete ihn vor die Tür. Schweigend blickten die verbliebenen drei Männer dem Wagen nach, bis dieser in der Nacht verschwunden war, dann begaben sie sich wieder an den Speisetisch.

»Hör sich das einer an«, begann der dritte Gast, dem nicht nur sein pockennarbiges Gesicht, sondern auch seine braune Tuchjacke mit den großen Knöpfen etwas Grobschlächtiges verlieh. »Südjütland! Was sich Wohlgeboren Ingwersen wohl dabei denkt?« Der Mann schüttelte den Kopf, rieb sich die müden Augen und griff zu der leeren Weinkaraffe. »Hast du noch von dem Burgunder, Friedrich? Meine Kehle brennt, und dein Cognac wird dagegen nicht helfen. Die Sache mit den Äpfeln war übrigens eine großartige Idee.«

Gastgeber Besthorn rief nach dem Wein und beugte sich, die Zigarre zwischen den Lippen, seinem Gast entgegen.

»Der Justizrat ist nun schon im achtzehnten Jahr unser Staller. Der König hat ihn bereits als jungen Mann mit dieser verantwortungsvollen Aufgabe bedacht. Wir dürfen also annehmen, dass Johann Gottlieb Ingwersen ein guter Untertan sein möchte. Vermutlich zieht er deshalb den Namen Südjütland dem deutschen Schleswig vor. Aber statt ihn deshalb zu schelten, sollten wir ihm für seine Offenheit dankbar sein.« Besthorn lachte auf.

Inzwischen hatte das Dienstmädchen eine volle Karaffe auf den Tisch gestellt, und der Gastgeber selbst füllte die Gläser. Dunkel funkelte das Rot in den Weinkelchen. »Doch nun, Freund Julius, lieber Schwiegervater, lasst uns zu den wirklich wichtigen Dingen kommen. Ingwersen denkt an die Rindermast auf unseren fetten Weiden und das Verschiffen des Viehs nach England. Wir aber machen uns Gedanken, wie wir Schleswig und Holstein zu einem unabhängigen Staat vereinigen.« Er erhob sich, prostete seinen Gästen zu und begann, im Raum auf und ab zu gehen. »Im Land brodelt es. Südjütland, lächerlich! Man hört schon von Angriffen auf Steuerbeamte und von Entlassungen einiger Prediger. Das einzige Vergehen dieser Pastoren ist es doch, das Zusammengehen Schleswigs mit dem Herzogtum Holstein als natürlich und erstrebenswert bezeichnet zu haben. Im Gegensatz dazu disputieren die Abgeordneten im Parlament zu Kopenhagen über die Auflösung Schleswigs als Herzogtum, um es endgültig dem dänischen Reich einzuverleiben. Dies muss verhindert werden. Wenn die Stimmung im Land sich nicht beruhigt, steuern wir unwillkürlich auf einen Krieg zu. Und ihr wisst, was das bedeutet?«

Die beiden Angesprochenen nickten und sahen sich grinsend an.

»Fourage, Uniformen, Waffen und Truppentransporte«, erklärte der ältere von ihnen und strich wie in Vorfreude seine gestreifte Weste glatt. »Fast möchte man wieder in den Viehhandel einsteigen.«

»Sehr richtig«, pflichtete ihm Besthorn bei. »Krieg ist ein Fest für den Geldbeutel, wenn man zur rechten Zeit bereitsteht. Wir müssen uns darauf vorbereiten. Die deutsch gesinnten Schleswiger vereinen sich schon heimlich und lauschen den Reden patriotischer Vordenker. Wir sind dabei, auf ähnlich große Gelegenheiten zuzusteuern wie damals bei der Kontinentalsperre Napoleons. Was war das für eine goldene Ära, was blühte da der Schmuggel! Immerhin haben wir das Kapital, um zu investieren, und kennen hier jeden Winkel und Wassergraben. Bei unseren verschwiegenen Aktionen werden wir uns bestimmt nicht dümmer anstellen als die Alten. Was ehemals der Schmuggel erbrachte, werden wir bald heimlichem, patriotischem Handel verdanken.«

»Und anschließend wird gefeiert! Ohne dänische Äpfel!«, rief der Pockennarbige mit schwerer Zunge und hob derart ungestüm sein Glas, dass er beinahe den gesamten Inhalt verschüttete. »Wir feiern hier doch viel zu selten. Unsere Rinder werden immer fetter und die Deerns immer draller«, lachte er und deutete mit einer Hand eine große weibliche Brust an. »Da heißt es zugreifen!«

Der ältere Herr, den der Gastgeber eben noch als Schwiegervater angesprochen hatte, sah ihn mit einer Mischung aus Ekel und Interesse an, als beobachtete er eine Laborratte.

Auch der Hausherr verzog den Mund. »Das letzte Mal, da wir nach dem Pferdemarkt zusammen einige Flaschen geleert haben, ist das Ganze doch etwas ausgeufert, Julius. Selbst der Staller hat es erwähnt. Hattest du nicht ein paar Kaltblüter verkauft? Wie auch immer, so weit sollte es nicht mehr kommen.«

Der Ermahnte machte eine wegwerfende Geste und leerte sein wieder gefülltes Glas in schnellen Zügen.

»Damals warst du auch dabei«, sagte Besthorn zu seinem Schwiegervater. »Weißt du nicht, ich hatte mir übel den Kopf gestoßen?«

Der ältere Herr schien ratlos, ob ein lädierter Schädel der geeignete Hinweis war, um die Qualität eines Umtrunkes zu beurteilen.

»Jaja, der Friedrich versteht das Leben zu genießen!«, rief der pockennarbige Gast, schlug sich auf die Schenkel und lachte schallend.

HINTERM DEICH

Knochenhans setzte Dina vor dem zweistöckigen Haus ab, das sie mit erleuchteten Stubenfenstern willkommen hieß. Während sie ihre Tasche vom Wagen nahm, donnerte ihr Fahrer bereits mit der Faust gegen die Eingangstür. In der nachtblauen Dunkelheit warfen nur die Lichter aus dem Hausinneren trübe Helligkeit auf die Ankömmlinge. Vor dem mit Sternen überzogenen Himmel erkannte Dina in einiger Entfernung die schwarzen Umrisse eines Kirchendachs mit einem aufgesetzten, schlanken Türmchen. Das musste St. Peter sein.

Nach einigen Momenten gewahrte sie Stimmen, dann riss ein Mann die Eingangstür auf und hielt eine Öllampe in die Dunkelheit. Ihr Licht blendete Dina.

»Hans! Was um alles in der Welt treibt dich in der Nacht zu uns?«, rief er und schwenkte seine Lampe in Dinas Richtung. »Wen bringst du uns da?«

»Guten Abend, Herr Pastor«, antwortete der Totengräber und trat einen Schritt zurück. »Die Deern wollte zu Ihnen. Ich hab sie von Tating mitgebracht, dachte, es ist nicht gut, dass sie den Weg alleine geht. – Dann kann ich ja fahren.« Den letzten Satz hatte er in Dinas Richtung gesprochen.

»Vielen Dank«, sagte sie und reichte ihm die Hand.

Doch Knochenhans winkte ab, kletterte auf seinen Wagen, schlug die Zügel und rollte in die Nacht davon.

Eine komische Erscheinung, fand Dina, aber immerhin hatte der Mann sie heil an ihr Ziel gebracht. Sie trat auf den Hausherrn zu und versuchte einen Knicks. »Guten Abend, Herr Pastor, mein Name ist Dina Martensen. Ich komme von Amrum und bringe Ihnen Grüße von Pastor Mechlenburg. Er hat mir einen Brief für Sie mitgegeben.« Sie fasste in die Tasche ihres Kleides und zog die Nachricht hervor.

»Mechlenburg von Amrum«, wiederholte Prediger Wolf überrascht und legte die Stirn in Falten.

Dina schätzte ihn auf gut vierzig Jahre. Er trug sein dunkelbraunes Haar nach vorne gekämmt und überlange, krause Koteletten. Kleine Augen unter buschigen Augenbrauen gaben seinem Blick einen ernsten Ausdruck, wogegen das angedeutete Lächeln, das seine Lippen umspielte, gütig wirkte.

»Aber so kommen Sie doch erst einmal herein. Bei Licht lassen sich die Dinge doch viel leichter besprechen. Sie haben die anstrengende Fahrt also nur wegen eines Briefes auf sich genommen?« Er nahm das Papier entgegen, trat in den Hausflur, wartete, bis sie ihm gefolgt war, und schloss hinter ihr die Eingangstür. Inzwischen hatten sich einige Hausbewohner, darunter auch Kinder, im Flur versammelt. Alle begafften die Unbekannte, die in der Nacht überraschend bei ihnen aufgetaucht war.

Dina gegenüber stand eine wohl fünfunddreißig Jahre alte Frau in einem einfachen dunklen Hauskleid und ebensolcher Bluse, das Haar streng gescheitelt und zu einem Knoten gebunden. Auf ihren Lippen lag kein Lächeln, stattdessen blickte sie höchst ungehalten von Dina zum Pastor, als erwartete sie von diesem eine Erklärung für die Störung. Auf dem Arm hielt sie ein kleines Mädchen, das die Fremde mit großen Augen anstarrte.

Dina fühlte sich unbehaglich. Der Eindruck, den sie vermittelte, war bestimmt nicht der beste. Im Dunkeln der Nacht stand sie windzerzaust und staubig als einfache, unbekannte Landfrau vor dem Haus und besaß die Dreistigkeit, Einlass zu erbitten. Kein Wunder, dass ihr Misstrauen entgegenschlug.

»Meine liebe Sophia, das ist Fräulein Martensen. Sie kommt mit einer Nachricht von Amrum. Und dies, Fräulein Martensen, ist meine liebe Frau«, stellte der Hausherr die beiden einander vor und trat in den nächsten Raum.

Dina folgte ihm zusammen mit seiner Familie und den Angestellten. Im Zimmer sah sie einen großen Speisetisch, zahlreiche einfache Stühle und eine Anrichte. Zwei Öllichter auf dem Tisch beleuchteten benutztes Geschirr. Gelblich fiel das Licht auf die grob verputzte, gekalkte Wand. »Ich habe Sie wohl gerade beim Abendbrot gestört. Das tut mir sehr leid.« Sie blickte die Hausgemeinschaft entschuldigend an.

»Von Amrum?«, rief plötzlich eine junge Dienstmagd, die im Halbdunkel am Tischende stand. Im selben Augenblick wirkte sie ob ihres Ausrufes erschrocken, senkte schnell die Augen zu Boden und trat aus dem Lichtschein. Dina hatte ihr Gesicht kaum erkennen können.

Der Pastor löste sich von den Zeilen des Briefes und blickte auf. »Ganz recht, Anna, von der Insel ist es eine ordentliche Strecke zu uns. Sieh doch mal nach, ob wir noch etwas Suppe für unseren Gast haben. Das übrige Gesinde wird heute Abend nicht mehr gebraucht«, kommandierte er, »und die Kinder sollten auch zu Bett gebracht werden.« Er bot Dina einen Stuhl an. »Wenn Sie mir für einen Augenblick meine Abwesenheit nachsehen wollen? Ich bin gleich wieder bei Ihnen«, entschuldigte er sich und gab dabei seiner Frau ein verhaltenes Kopfzeichen, die daraufhin gemeinsam mit ihm den Raum verließ.

Wenige Momente später stellte die Magd Anna einen Teller heißer Suppe vor Dina auf den Tisch. Aus der Tasche ihrer Schürze zog sie einen Löffel und legte ihn daneben. Immer wieder blickte sie zur Tür. »Sind Sie wegen Immke Simons hier?«, flüsterte sie, und Dina nickte stumm. »Oh Gott, dann war mein Hoffen vergebens, dass sie bei ihren Eltern ist. Meine arme Cousine, was mag ihr widerfahren sein?«, wisperte sie mit zittriger Stimme. »Am besten schlafen Sie diese Nacht in meinem Bett, dann können wir uns ungestört besprechen.«

»Was ist mit deinem Bett?« Pastor Wolf trat energischen Schrittes ein und setzte sich. »Das nenne ich eine gute Idee, Anna. Wahrhaft christlich. Sie müssen nämlich wissen, liebes Fräulein Martensen, dass wir im Pastorat über kein Gästezimmer verfügen und das Haus schon sehr belegt ist. Dann kümmere dich jetzt um das Gepäck unseres Gastes, Anna«, ordnete er an und verwies die junge Magd des Raumes. »Wenn meine Frau die Kinder zu Bett gebracht hat, wird sie sich wieder zu uns gesellen. Im Moment wünsche ich, wohl zu speisen.« Damit zog er den Brief hervor und vertiefte sich erneut in das Schreiben.

Dina, die sich allein in der Gegenwart des fremden Geistlichen unwohl fühlte, konzentrierte sich auf den leeren Magen, der in ihr rumorte. Es gelang ihr, fast geräuschlos zu essen. Lediglich das Klappern des Löffels am Tellerrand unterbrach die Stille.

Während Pastor Wolf vor sich hin murmelnd die Zeilen seines Amrumer Amtsbruders las, zupfte er sich immer wieder an seinen krausen Koteletten und schüttelte den Kopf.

Als seine Gattin eintrat und sich ihm gegenüber an den Tisch setzte, versicherte sie sich mit hochgezogenen Augenbrauen und einem fragenden Blick Dinas Zufriedenheit.

Die nickte dankbar lächelnd zurück und leerte ihren Teller.

Als Pastor Wolf aufsah, wirkte er wie aus tiefen Gedanken gerissen.

»Die Kinder sind zu Bett«, berichtete ihm die Hausherrin. »Ich fürchte, Heinrich bekommt Fieber. Seine Stirn war ganz heiß.«

Wolf seufzte. »Heinrich ist unser zweitältester Sohn, fünf Jahre alt«, erklärte er dem Gast. »Anna soll später nach ihm sehen. Von den Mägden geht sie am besten mit den Kindern um.« Die Anweisung hatte er zu seiner Frau gesprochen und wandte sich nun wieder an Dina. »Also, Fräulein Martensen, was mir hier durch die Feder meines Amtsbruders an Schicksalsschlägen berichtet wird, ist wahrlich erschütternd. Sie mussten ja leiden wie Hiob. Das Schiff Ihres Bruders verschollen, die Kartoffelernte im Feld verfault, die einzige Kuh im Stall der Rindergrippe zum Opfer gefallen. Und denke dir nur, Sophia, dann ist auch noch ein Feuer in ihrer Küche ausgebrochen. Und trotzdem verlangt die dänische Krone von Ihnen Steuern, Fräulein Martensen. Oh Herr! Aber wie heißt es doch im Psalm 61: ›Denn du bist meine Zuversicht, ein starker Turm vor meinen Feinden.‹«

Für einen Moment erfüllte Stille den Raum, und Dina dachte an Pastor Mechlenburg. Lange hatten sie gemeinsam überlegt, was er in die Briefe, die er ihr mitgeben wollte, schreiben sollte. Seinen Literaturfreund Storm mochte er nicht anlügen, doch es erschien ihnen wenig ratsam, dem Prediger von St. Peter über ihre Mission reinen Wein einzuschenken.

Wer wusste schon, wie die Menschen im Eiderstedtischen ihre wahre Absicht aufnehmen würden. »Der Herr wird mir dieses kleine Drama verzeihen. Er kennt mich ja und meine Lust an friesischen Märchen«, hatte Mechlenburg schließlich lächelnd erklärt und voller Fabulierlust zur Feder gegriffen.

»Ich weiß allerdings nicht«, unterbrach Pastor Wolf Dinas Erinnerung, »ob es eine gute Idee war, Sie zu uns zu schicken.«

»Wir haben ganz gewiss keine Verwendung für Sie«, versicherte denn auch die Gattin des Pastors spitz. »Leider. Wir müssen schon vier Dienstboten durchbringen, von unseren vier Kindern gar nicht zu reden. Und die Prediger werden in diesem vergessenen Landstrich alles andere als üppig bestallt.«

»Die Ökonomie in der Landschaft Eiderstedt ist im Umbruch«, führte Pastor Wolf aus, ohne auf seine Frau einzugehen. »Immer weniger Feldarbeit fällt an, dafür werden die Rinderweiden immer größer und nehmen in ihrer Zahl zu. Der gemeine Landmann geht mehr und mehr dazu über, Vieh zu mästen und es nach England zu verschiffen, sodass die Zahl der Arbeitslosen und Tagelöhner steigt. Für eine Frau bleibt oft nur der Verding als Milchmagd.«

Dina dachte an Amrum. Dort war der Pastor der größte Landbesitzer und hatte trotzdem seine liebe Mühe, seine acht Kinder durchzubringen. Der Boden dort schien aber auch um vieles magerer zu sein als der hiesige.

Es klopfte leise an der Tür, und die junge Magd trat ein. »Frau Pastor, der Heinrich wimmert und weint. Er ruft nach seiner Mutter.« Die erhob sich sogleich und verließ den Raum.

»Gut, dass du dich kümmerst, Anna. Weißt du zufällig, ob auf einem der Höfe in der Umgebung eine Arbeiterin gebraucht wird?«, erkundigte sich der Pastor. »Das Gesinde ist doch immer bestens über den Tratsch in der Nachbarschaft unterrichtet. Nun?«

Anna Heller, jüngste Dienstbotin beim Prediger von St. Peter, sah der Hausherrin nach, legte dann den Kopf schräg und blickte überlegend zur Decke. »Wie ich gehört habe, fehlt auf dem Ehsterhof eine Magd. Man könnte sich dort erkundigen.«

Sie suchte den Augenkontakt mit Dina und nickte ihr zu. Dann drehte sie sich um und verließ hastig den Speiseraum.

»Wer sagt es denn«, erklang Pastor Wolfs zuversichtliche Stimme. »Dann werden wir gleich morgen nachfragen, ob dem so ist. Natürlich verwende ich mich für Sie«, versicherte er Dina und lächelte. »Heute bleiben Sie erst einmal hier. Was für ein Schicksal.« Kopfschüttelnd nahm er den Brief an sich, griff eine der Lampen vom Tisch und leuchtete Dina voraus. »Kommen Sie, Fräulein Martensen, ich werde Ihnen das Haus zeigen, soweit es für Sie von Interesse sein mag.«

Da Dina den leer gelöffelten Suppenteller in der Hand trug, führte Pastor Wolf sie zuerst in die Küche. Anschließend stiegen sie die Treppe zu den Schlafkammern hinauf. Neben dem Knarzen der Holzdielen konnte Dina das Wispern von Kinderstimmen und gedämpfte Erwachsenengespräche vernehmen. Als hinter einer der Türen das Weinen eines Kindes erklang, gab ihr Pastor Wolf das Licht und deutete auf das Ende des Ganges. »Die letzte Tür auf der linken Seite, dort schlafen Anna und Wiebke, eine andere Magd. Die beiden werden Sie für eine Nacht sicher gut aufnehmen. Ich selbst möchte mich nun entschuldigen und nach unserem Heinrich sehen.« Er wünschte ihr eine gute Nacht und verschwand in der schwach beleuchteten Kammer.

Dina, die so schnell nicht mit einem Dank für die Gastfreundschaft hatte reagieren können, blieb noch einen Moment stehen, um die Geräusche des Hauses auf sich wirken zu lassen. Unheimlich war ihr zumute. Wie es schien, war sie die Einzige, die noch auf den Fluren unterwegs war. Langsam ging sie weiter und klopfte zaghaft an die Tür zur ihrer Nachtkammer. Augenblicklich wurde ihr geöffnet.

Anna lächelte Dina erwartungsvoll an. Sie wies auf ein Bett, das unter einem kleinen Fenster stand, das zweite befand sich auf der gegenüberliegenden Seite der engen Kammer. In ihm lag eine Gestalt, eingehüllt in eine Bettdecke und mit dem Gesicht zur Wand.

Neugierig trat Dina ein und sah sich suchend nach ihrem Gepäck um.

»Ihre Tasche habe ich ans Fußende gestellt«, sagte die junge Magd leise. »Das da drüben ist Wiebke. Sie war heute lange auf dem Feld und ist wohl rechtschaffen müde. Wir wollen sie schlafen lassen.«

Dina stellte das Licht auf die Fensterbank und setzte sich zögernd auf das Bett. Die Flamme flackerte in der Zugluft, die Schatten der wenigen Möbel im Raum tanzten. Anna ließ sich neben ihr nieder, und die Frauen blickten einander neugierig an, nun zum ersten Mal ungestört. Trotz des schwachen Lichtscheins fielen Dina die roten, abgearbeiteten Hände und das sonnenverbrannte Gesicht der jungen Frau auf. Sie wurde auf dem Hof des Pastors anscheinend nicht nur im Haus gebraucht.

Anna löste ihr einfaches Kopftuch, das sie bisher getragen hatte, und fuhr sich durch ihr langes hellblondes Haar. »Sie haben also meinen Brief gelesen?«, fragte sie. »Was haben meine Tante und der Onkel gesagt? Wie haben sie es geschafft, Sie zum Kommen zu bewegen?«

»Sollten wir uns nicht duzen?«, warf Dina leise ein. »Immerhin werde ich wie du auf einem Hof arbeiten.«

Anna nickte freundlich.

»Letztes Jahr habe ich auf Amrum auch nach jemandem gesucht«, flüsterte Dina weiter, darauf bedacht, dass ihre Worte nicht bis zu Wiebke drangen. »Deine Tante ist wohl der Meinung, dass ich die Richtige sei für Nachforschungen in heiklen Angelegenheiten. Sie traut der Obrigkeit nicht recht. Aber sag, was weißt du nun vom Verschwinden deiner Cousine Immke? Wie sieht sie aus, und kann man sie an ihren Kleidern wiedererkennen? Wenn ich nach ihr frage, muss ich sie beschreiben können. Hatte sie vielleicht eine Liebschaft und ist durchgebrannt? Verdächtigst du gar jemanden, mit ihrem Fortbleiben zu tun zu haben?« Sie mochte nicht glauben, dass Anna alles, was sie wusste, schon in dem Brief geschrieben hatte. Frauen, junge zumal, hatten ihre Geheimnisse, die sie gern für sich behielten.

»Sie ist eine ganz normal gewachsene Deern, nicht zu groß und nicht zu klein. Ihr Haar ist von einem hellen Braun, sie verbirgt es meist unter einem violetten Kopftuch, dessen Ränder rot umkettelt sind. Ihr Kleid ist schlicht und aus dunkelblauem Baumwollstoff mit kleinen hellgrauen Punkten. Darüber trägt sie eine dunkelgraue Schürze. Ein besonders schönes Kleid hat sie verliehen. Und einen Schatz hat sie nicht«, wisperte Anna. »Von dem hätte sie mir doch bestimmt erzählt. Deshalb waren wir ja auf dem Pferdemarkt in Tönning, wo sich die jungen Leute treffen. Die Immke hat sich schon sehr umgesehen, aber bisher hat ihr niemand gefallen. Entweder hatten die Kerle zu grobe Manieren oder vernarbte Gesichter oder waren sonst wie verunstaltet.«

»Und ihre Stellung hatte sie auf dem Ehsterhof?«, wollte Dina wissen. »Auf dem Hof, den du eben vor dem Pastor erwähnt hast. Woraus bestand Immkes Arbeit?«

»Auf dem Ehsterhof halten sie viele Milchkühe und Rinder für den englischen Fleischmarkt. Immke war Milchmagd. Sie musste die Tiere melken und füttern und auch Butter herstellen. Der halbe Ehsterkoog gehört zum Hof, also half sie auch beim Heumachen.«

Dina schwante Übles. Was Anna erzählte, klang nach mehr Plackerei, als sie von zu Hause gewohnt war. Ihr kleiner Stall samt Feld und Garten lieferte, was sie und ihr Bruder zum Leben brauchten. Mit den Produkten der kargen Düneninsel konnte man kaum nennenswerten Handel treiben. Das nötige Geld schaffte Boy Jonas durch seine Arbeit auf See heran. »Was weißt du noch über den Ehsterhof?«, fragte sie und musste an die Streitgespräche in den Kutschen denken, die von reichen Landleuten und faulen Tagelöhnern gehandelt hatten. Auch der Schwarze Hof und der merkwürdige Blick des feisten Kerls in Tating kamen ihr wieder in den Sinn, als der Name gefallen war.

»Der Bauer dort ist wie die meisten hier, wenn sie viel ihr Eigen nennen. Selbstgerecht, laut und herrisch. Behandelt seine Leute, als müssten sie dankbar sein, für ihn zu schuften. Soweit ich weiß, verdingen sich auf dem Hof sechs Mägde und drei Knechte. Zwei Hütejungen sehen nach den Herden und gehen deswegen kaum zur Schule. Aber das schert hier keinen.«

»Hat der Bauer eine Frau?«, fragte Dina leise.

Anna nickte.

»Und wie verhält die sich?«

»Noch schlimmer als er. Soll geizig sein und den Mägden misstrauen. Sie hat wohl Angst, dass eine von ihnen dem Ehsterbauern schöne Augen macht und er sie austauscht.« Anna kicherte leise. »Dabei gehört der Hof ihr, sie hat ihn geerbt. Er soll mit leeren Händen in die Ehe gegangen sein, ist dritter Sohn aus einem Haubarg bei Friedrichstadt, fett und pockennarbig. Ein Wunder, dass die Bäuerin ihn genommen hat. Von den Mägden will den ganz bestimmt keine.«

»Und wenn jemand Immke ohne ihr Einverständnis gewollt hätte? Gab es da einen, der ihr nachgestellt hat?«

»Davon weiß ich nichts. Aber sicher, die Knechte versuchen immer, mit den Mägden anzubandeln. Das ist überall so, auch wenn es natürlich nicht erlaubt ist. Wenn eine beim Poussieren erwischt wird, muss sie den Hof verlassen. Das kommt nicht selten vor.«

Dina horchte auf. »Nur die Frauen müssen dann gehen? Wie verhält es sich auf dem Ehsterhof, ist dort schon einmal eine Magd gegangen, und wenn ja, wohin?«

»Davon hat Immke nichts erzählt«, erwiderte Anna und begann, sich zu entkleiden. »Solche Sachen waren ihr, glaube ich, auch egal, solange sie ihre Ruhe hatte.«

Beide Frauen legten ihre Oberkleidung ab und bürsteten ihr Haar.

Als Dina unter die Bettdecke schlüpfte und sich ausstreckte, legte sich eine bleierne Schwere über sie und drückte sie nieder. Den ganzen Tag war sie unterwegs gewesen, hatte Städte und Weiler gesehen und war seit ihrem Aufbruch von Amrum auf sehr verschiedene Menschen getroffen. Vom Rechtsanwalt über den Schulmeister bis hin zur Bäuerin und dem Totengräber.

Anna löschte das Licht, berührte Dina an der Schulter und holte sie aus ihren Gedanken zurück. »Rutsch mal etwas«, flüsterte sie und kroch unter das Oberbett.

Eine Weile zitterten beide Frauen Seite an Seite, dann endlich wurde es im Bett wärmer.

»Du hast dich doch nach Immkes Verschwinden erkundigt?«, fragte Dina und zog sich die Bettdecke bis zur Nasenspitze hoch. »Was haben die Leute von ihrem Hof darauf geantwortet?«

»Ich habe nur mit den Mägden und Knechten gesprochen. Nach getaner Arbeit bin ich abends zu ihnen rüber. Sie saßen vor den Gesinderäumen im Abendlicht, manche kannten mich vom letzten Tönninger Pferdemarkt. Als ich nach Immke gefragt habe, haben sie sich erst schweigend angesehen und die Schultern gezuckt und dann gemeint, sie werde wohl eine bessere Stelle gefunden haben oder einen, der sie jetzt auf Händen trägt. Vielleicht sei sie auch wieder auf ihren Sandhaufen von Insel zurückgekehrt und suche sich dort einen reichen Kapitän, hieß es. Dabei lachten besonders die Knechte höhnisch. Eine ältere Magd hingegen schwieg und ging auch bald ins Haus. Vermutlich wollte sie das Geschwätz der anderen nicht anhören.«

»Wie sah sie aus?«, fragte Dina nach. »Weißt du ihren Namen oder was ihre Aufgabe auf dem Hof im Ehsterkoog ist?«

Anna schüttelte den Kopf und blickte starr ins Dunkel. »Sie trägt eine dünne Kette mit einem Kreuz, einem Herz und einem Anker dran. Daran könnte man sie erkennen.«

»Glaube, Liebe, Hoffnung«, murmelte Dina müde. Das Denken fiel ihr immer schwerer. Wenn Immke überstürzt den Hof verlassen hatte, was war dann mit ihren Sachen geschehen? Oder hatte sie tatsächlich alles mitgenommen? Und wohin mochte sie unbemerkt gegangen sein? Dina stöhnte vor Erschöpfung auf. Sie würde sich auf dem Hof gründlich umsehen, nahm sie sich vor, bevor sie einschlief.

MAGISTERS ANKUNFT

Nachdem Dorflehrer Rose in Welt aus der Kutsche gestiegen war, schritt er an den Behausungen der Tagelöhner vorbei zu der elterlichen Kate. Überrascht blieb er vor ihr stehen. Die letzten Jahre hatte er in größeren Städten verbracht, wo selbst die Häuser der Armen mehrstöckig gewesen waren. Die Erinnerung, die er sich an sein Zuhause bewahrt hatte, irritierte ihn. War das Heim seiner Kindheit wirklich so klein? Wie hatte er mit seinen Geschwistern und den Eltern darin nur genügend Platz zum Schlafen gefunden? Zögernd trat er an die Tür und klopfte.

Im ersten Moment, in dem die beiden Alten auf den feinen Herrn mit der modischen Frisur blickten, zeigten ihre Gesichter Misstrauen und Überraschung. Dann leuchteten die Augen der Mutter plötzlich auf. »Bernhard, Bernhard, du bist heimgekommen!«, rief sie und umarmte ihren Sohn.

Der Vater strich scheu mit abgearbeiteten Fingern über den Stoff seines Rocks und drückte ihm, als die Mutter ihn wieder freigegeben hatte, die Hand.

Doch Bernhard Rose hatte nicht allzu viel Zeit für ein Wiedersehen. Noch an diesem Abend wollte er in Ording seine Stelle antreten. So berichtete er knapp und oberflächlich von seinem Leben. Zu Hause hatte sich wenig geändert. Immer noch hielten seine Eltern Gänse und Ziegen, lag die Kiepe für angeschwemmtes Strandgut bereit und lehnte der Schollenstecher an der Wand. Bei dem Anblick seufzte Rose leise auf. Wie lange würden es die beiden noch als Tagelöhner und Strandläufer schaffen? Ohne seine Unterstützung dürften sie bald der Armenkasse zur Last fallen. Natürlich behielt er derlei Gedanken für sich und versprach stattdessen, öfter bei ihnen vorbeizusehen, nun, da er ganz in der Nähe sei. Seine Brüder hatten sich in alle Winde verstreut, verdingten sich als Schauermann im Hamburger Hafen und als Landarbeiter in Dithmarschen.

Am Ende des Besuchs, da es ihn weiterdrängte, besorgte sein Vater einen Wagen und fuhr ihn ans Ende der Halbinsel.

So freundlich Dina Martensen von Pastor Wolf in St. Peter aufgenommen worden war, so ungastlich war die Begrüßung des Dorflehrers durch den Ordinger Kirchendiener.

»Wurde aber auch Zeit«, blaffte er Rose an. »Seit dem Weggang des letzten Schulmeisters hat unser Pastor die Kinder, wie es eben ging, selbst unterrichtet. Trotz seiner begrenzten Zeit. Aber jetzt, da Sie endlich hier sind, können Sie gleich Ihres Amtes walten. Ich werde Ihnen alles zeigen. Der Pastor ist für einige Tage über Land.«

So betrat Rose die düstere kleine Wohnung, die an das Schulhaus anschloss.

Der Kirchendiener deutete auf Reste angehäuften Rapsstrohs und wenige Heidesoden neben der Herdstelle. »Über Tag kann ich mehr davon bringen, steht Ihnen ja auch zu. Und vier Fuder Torf für die Schule. Wusste nicht, dass Sie heute kommen, hätten ja eine Nachricht schicken können. Selbst hier draußen bekommen wir Post.«

»Meine Anreise geschah etwas überstürzt, da war kaum Gelegenheit, mich zu avisieren. Aber sagen Sie, woher bekomme ich jetzt eine Kleinigkeit zu essen?« Sein Blick schweifte über die leeren Regale im engen Vorratsraum neben der Küche. »Ich werde mich auch neu proviantieren müssen.«

»Heute nirgendwoher, der Krämer hat schon geschlossen. Aber im Dorfkrug wird es wohl etwas auf die Gabel geben«, riet der Messner. »Dort können Sie sich auch gleich ein Bild von unseren Leuten machen.« Grußlos ging er aus dem Haus und ließ den neuen Dorfschulmeister ratlos zurück.

Doch Rose fasste sich schnell.

Bevor er sich im letzten Tageslicht aufmachte, Ording zu begehen, durchstöberte er die Wohnung und stieß zu seiner Überraschung in einem Verschlag neben dem Alkoven auf frisches, sorgsam gefaltetes Leinenbettzeug. Überhaupt wirkte sein neues Zuhause auf den ersten Blick bedrückend, schien aber immerhin recht sauber zu sein. So marschierte er los, um sich einen ersten Eindruck von seiner neuen Wirkungsstätte zu verschaffen.

Die Ordinger Häuser reihten sich entlang der Dorfstraße. Hinter den niedrigen Katen bildete der Deich den Horizont. Die kleine Kirche St. Nikolai, ein roter Ziegelbau, lag am östlichen Dorfrand. Kinder führten Ziegen an Stricken über die Straße und trieben wenige Schafe in einen Verschlag. Hier und da hackte jemand Holz oder nahm die Wäsche von der Leine. Mit der einsetzenden Dämmerung zog eine klamme Kälte auf.

Wie von Bernhard Rose vermutet, hatte sich die Nachricht von seiner Ankunft bereits im ganzen Dorf verbreitet. Aus der Ferne wurde er begafft, einige Bewohner nickten ihm zu. In der übersichtlichen Ortschaft war es für den Neuankömmling ein Leichtes, den Dorfkrug zu finden.

Als er eintrat, war er überrascht, der einzige Gast zu sein. Er setzte sich neben eines der wenigen kleinen Fenster und sah auf die sandige Straße. Der Anblick erinnerte ihn an seine Kindheit, und Hoffnungslosigkeit überkam ihn. Zwar war Welt etwas größer als dieser Flecken, aber die Armut der kleinen Leute hatte hier wie dort nicht abgenommen. Nur an Kindern schien kein Mangel.

»Moin, sind Sie der neue Präzeptor?«, fragte ein beleibter Mann mit fleckiger Schürze, der sich vor seinem Tisch aufgebaut hatte.

Rose fiel sofort der mächtige Backenbart auf, den der Kerl offensichtlich regelmäßig stutzte und einölte. »Was für ein altertümliches Wort«, antwortete er lächelnd. »Ich gebe mich durchaus mit der Bezeichnung des Dorfschulmeisters oder -lehrers zufrieden. Und Sie sind der Wirt? Dann bringen Sie mir bitte etwas zu essen und einen Krug Bier. Ich hatte eine lange Anfahrt.«

»Bohneneintopf wäre da, mit Speck.« Rose überlegte kurz. Das Fleisch könnte er herausfischen. Er nickte ergeben und sah wieder zum Fenster hinaus. Da draußen in der weiten Welt brodelte es, die Deutschen gierten nach Einheit, und er wurde hier noch altertümlich als Präzeptor begrüßt. Hoffentlich hatten sich nicht noch mehr alte Ansichten und Begriffe gehalten. So nah an Küste und Grenze hatte er eigentlich auf mehr Modernität und frisches Denken gehofft.

Kaum hatte der Wirt ihm das Bier gebracht und er einen ersten Schluck genommen, betraten weitere Gäste den Dorfkrug. Mit einer gewissen Scheu ließen sie sich nieder und betrachteten den Unbekannten aus den Augenwinkeln. Draußen am Fenster sprangen Kinder hoch, um ihren neuen Lehrer in Augenschein zu nehmen.

Wohlan, dachte Rose, dann will ich mal meine Dörfler kennenlernen. Er hob den Krug und prostete den Gaffern im Schankraum zu.

»Der lässt es sich aber gut gehen«, tuschelte eine Stimme aus der hinteren Ecke, als der Wirt Rose den Eintopf vorsetzte. Die anderen lachten.

»Gute Leute«, begann Rose nach dem ersten Löffel, »wie ihr sicher schon erraten habt, bin ich der neue Schulmeister. Mein Name ist Bernhard Albert Rose. Meine Reise, die mich zu euch geführt hat, begann heute im Morgengrauen. Zeit, etwas zu essen, hatte ich nicht, und euer Krämer hat seine Türen bereits geschlossen.«

Höhnisches Gelächter folgte. »Jaja, der hat es auch nicht nötig, lange zu öffnen!«

In der einbrechenden Dunkelheit entzündete der Wirt einige Kerzen und Öllampen, deren blakendes Licht die Gesichter nur spärlich beleuchtete.

»Wer von euch hat Kinder, die ich unterrichten werde?«, fragte der Dorflehrer und löffelte den Eintopf weiter, ohne die Anwesenden aus den Augen zu lassen. Allerdings gab er sich dabei Mühe, den Speck möglichst unauffällig beiseitezuschieben. Er wollte nicht schon nach dem ersten Abend als wunderlich verschrien sein.

Die Männer blickten sich fragend an und schwiegen. Zögerlich hoben einige die Hände.

Soweit Rose es erkennen konnte, waren es durchweg einfache Leute. »Werdet ihr eure Kinder auch regelmäßig in die Klasse schicken?«

Achselzucken und gleichgültige Gesichter waren die Antwort.

»Lernen ist wichtig«, erklärte er und nahm einen Schluck. »Lesen, schreiben und rechnen lernen, etwas über die Welt erfahren: Das braucht die zukünftige Generation.«

»Das hat Magister Dieckmann auch immer gesagt«, meldete sich eine Stimme, die Rose bekannt vorkam. Es war der Kirchendiener, der nun vortrat. »Aber die Kinder müssen auch ihren Teil auf den Feldern und Weiden arbeiten, sonst kommen die Familien nicht durch das Jahr. Hier hat jeder seine Aufgabe, um sich das tägliche Brot zu verdienen. Das Schulgeld, von dem Sie Ihren Lohn beziehen und sich einen feinen Eintopf leisten können, muss ja auch erst einmal hereinkommen. Die Zeiten sind schwierig für kleine Leute.«

Zustimmendes Gemurmel erhob sich.

Magister, dachte Rose, noch so ein antiquierter Name für meinen Beruf. »Aber wer von euch seinem Kind eine bessere Zukunft wünscht als die eines Hütejungen oder Porrenfängers, der muss es lernen lassen«, betonte Rose. »Von wie vielen Schülern sprechen wir eigentlich?«, fragte er. »Als mir euer Prediger die Stelle anbot, hat er in seinem Brief davon kein Wort geschrieben.«

»Gerade sind es vierzig«, sagte der Kirchendiener. »Drei sind in diesem Sommer an den Blattern gestorben.«

Rose zuckte zusammen. »Aber die Krankheit ist vorüber?«

»Ja. Und dieses Mal gab es nur wenige Opfer«, antwortete der Mann. »Letztes Jahr haben die Masern von den Unsrigen reichlich genommen.«

»Bei wie vielen Seelen in der Gemeinde?«, fragte Rose.

»Gut hundertneunzig Menschen scharen sich um St. Nikolai, auch wenn die Höfe weit verteilt liegen«, sagte der Kirchendiener. »Es ist nicht einfach für uns, Kirche und Schule zu unterhalten, aber wir Ordinger sind dickköpfig und eigen. Wir wollten nie so etwas wie ein Ableger von St. Peter sein. Unser Gotteshaus musste schon zweimal den Dünen weichen, trotzdem haben wir es ein drittes Mal aufgebaut. In Brand und Flut halten wir zusammen, denn diese Scholle haben unsere

Vorfahren dem Meer abgerungen. Und so sollen wohl auch die Kinder hier weiterleben.« Mit dieser kleinen Rede schien er vielen der Anwesenden aus dem Herzen gesprochen zu haben. Der Messner erntete Schulterklopfen und nahm einen tiefen Schluck aus einem Krug, den man ihm reichte.

Nun denn, dachte Dorflehrer Rose, so weiß ich jetzt wenigstens, welches Bild die Leute hier von sich haben. Wie aber der Einzelne wirklich ist, das wird sich im Laufe der Zeit noch zeigen.

GLAUBE, LIEBE, HOFFNUNG

Noch bevor die Bewohner des Hauses im Morgengrauen erwachten, lag Dina mit geöffneten Augen im Bett und lauschte dem regelmäßigen Atem der beiden Mägde. Heute galt es, die Stellung der verschwundenen Immke auf dem Ehsterhof anzutreten. Hoffentlich würde Pastor Wolf ihr dabei helfen können. Ob sie mit dem dortigen Gesinde schnell vertraut würde? Die Nachforschungen durften nicht allzu lange dauern, denn sie musste ihren Amrumer Haushalt auf den kommenden Winter vorbereiten. Und der war auf der Insel besonders hart.

Rascheln und Scharren holten sie ins Jetzt zurück. Wiebke war aufgestanden und kleidete sich hastig im blaugrauen Morgenlicht an.

»Moin«, grüßte Dina leise, um Anna neben sich nicht zu wecken. »Ich hoffe, wir haben dich letzte Nacht nicht gestört.«

Wiebke blickte nur flüchtig zu ihr herüber und band ihr Kopftuch. »Moin. Du bist gestern Abend gekommen, oder?«, fragte sie. »Suchst du Arbeit? Das wird nicht einfach werden. Leute gibt es hier genug, und die Bezahlung ist schlecht. Rüttel mal die Anna wach, sie muss anfeuern und das Frühstück machen. Nicht dass sie verschläft, das hat die Frau Pastor gar nicht gerne. Ich bin jetzt im Stall.« Damit schlurfte sie aus dem Raum und zog laut die Tür hinter sich zu.

Anna schreckte von dem Geräusch hoch und blickte sich um. Für einen Augenblick schien sie vergessen zu haben, wer neben ihr lag. Dann aber schwang sie ihre bloßen Füße aus dem Bett und auf die Dielen und ging zum Waschtisch. Laut prustend schöpfte sie sich einige Hände voll Wasser ins Gesicht und fuhr sich durch die Haare. »Herrje, ich muss schnell in die Küche«, seufzte sie. »Gleich ist das ganze Haus wach. Kommst du alleine zurecht?«

Dina nickte und zwang sich, ebenfalls das warme Bett zu verlassen. Frierend griff sie im Halbdunkel nach ihrem Kleid.

»Wir können nachher noch reden«, sagte Anna und zog

sich eilig an. Im Hinausgehen knotete sie ihr Kopftuch und polterte die Treppe hinunter.

Dina war klar, dass sie nicht länger in der Kammer verweilen konnte. Schließlich sollte Pastor Wolf sie als fleißige Magd kennenlernen und guten Gewissens empfehlen. So folgte sie Anna und Wiebke kurze Zeit später mit ihrer Reisetasche in der Hand ins Erdgeschoss und trat in der nebeligen Dämmerung hinter das Pastorat.

Im Hof traf sie auf einen kräftigen Knecht in Begleitung eines halbwüchsigen Jungen. Beide waren auf dem Weg zum Stall und nickten ihr wortlos zu. Dina folgte ihnen neugierig in einigem Abstand und stieß so wieder auf Wiebke, die zwischen zwei Kühen auf einem Schemel hockte und eines der Tiere melkte. Der Dunst warmer Tierkörper und der Geruch von Dung schlugen Dina entgegen. Der Knecht hatte sich einen Eimer besorgt und begann nun, eine weitere Kuh zu melken. Plötzlich vernahm Dina vom hinteren Stallende das Blöken von Schafen. Der Junge hatte dort einen Verschlag geöffnet und führte die Tiere jetzt hinaus, vermutlich auf die umzäunte Weide.

»Habt ihr noch einen Melkeimer?«, rief sie in das Muhen und Blöken hinein und krempelte sich die Ärmel hoch.

Wiebke deutete in eine Ecke. »Sieh nach, ob der sauber ist«, antwortete sie und arbeitete weiter. »Du kannst mit der Kuh neben mir anfangen.«

Augenblicke später kehrte Dina mit einem Eimer zurück und hockte sich neben Wiebke und das wartende Tier. Nachdem sie ihre klammen Hände warm gerieben hatte, umfasste sie die Zitzen und ließ die Milch in den Behälter schießen. Es war anstrengend, ohne Schemel zu melken, aber sie wollte sich besonders anstellig zeigen. Als Dina bemerkte, dass der Saum ihres Kleides den mistigen Stallboden berührte, beschloss sie, dass so viel Hingabe dann doch nicht sein müsse, und zog es höher. Nach und nach füllte sich schäumend der Eimer.

»So ist es recht. Wie schreibt Paulus an Timotheus? ›Tue Fleiß, dass du vor dem Winter kommst.‹ Ja, liebes Fräulein, so kann ich Sie natürlich allerbesten Gewissens vorschlagen«, sagte

Pastor Wolf in ihrem Rücken. »Bei Ihrem Arbeitseifer wäre selbst ich zu gerne Ihr Brotherr. Aber leider, leider werden wir uns Sie nicht leisten können, wie meine Frau schon sagte. Doch eigentlich bin ich hier, um Sie zum Frühstück zu bitten, wenn das Gesinde seine erste Arbeit getan hat.«

Dina, die während seiner Ansprache weitergemolken hatte, blickte kurz über die Schulter und nickte. »Moin, Herr Pastor, ich komm dann mit Wiebke rein.«

»So ist's recht«, entgegnete der Prediger und verließ den Stall in Richtung Haus.

Nach und nach fand sich die Hausgemeinschaft um den großen Speisetisch zusammen. Dina blickte interessiert auf die vier Kinder, die sie am vorangegangenen Abend nicht richtig zu Gesicht bekommen hatte. Das Jüngste wurde von der Mutter im Arm gehalten und spielte mit dem spitzenbesetzten Kragen ihres Kleides.

»Das ist unsere kleine Miene, drei Jahre alt«, erklärte Pastor Wolf mit sanfter Stimme.

Ein helles Husten lenkte Dinas Aufmerksamkeit auf ein Kind, dessen Kopf kaum bis zur Tischkante reichte.

»Das ist Heinrich, fünf Jahre alt und etwas fiebrig. Wir werden ihn wohl gleich wieder ins Bett stecken müssen. Und da wir gerade dabei sind: Neben ihm sitzen seine mit ihren sieben Jahren älteste Schwester Doris und sein ältester Bruder Conrad, neun Jahre alt. Ich weiß, ich weiß, andernorts ist der Kindersegen weitaus größer, aber wir sind doch sehr zufrieden, nicht wahr, Sophia?«

Seine Frau lächelte müde und setzte die kleine Miene auf ihren Schoß.

Anna trat in den Raum und stellte eine große Schüssel auf den Tisch. Ihr folgten irdene Schüsseln und Löffel sowie ein mit Brotscheiben gefüllter Korb. Für die Erwachsenen brachte sie einfache Tassen aus dickem Porzellan und eine stattliche Kanne Kaffee, für die Kinder Milch.

Als Pastor Wolf sich feierlich erhob, tat es ihm die Hausgemeinschaft nach und faltete die Hände. »Danket dem Herrn, denn er ist freundlich, und seine Güte währet ewiglich, amen«, betete er mit gesenktem Haupt. Dann sah er zufrieden in die Runde, nahm Platz und goss sich Kaffee ein.

»Das ist warme Gerstengrütze«, erklärte die Hausherrin und begann, den Kindern aus der großen Schüssel aufzutun.

Dina bemerkte, wie die Pastorenfrau sie prüfend von der Seite ansah. War sie neugierig, wie sie auf die Grütze reagieren würde? Lächelnd hielt sie ihr die Schüssel hin.

»Das ist das Frühstück der einfachen Leute«, erklärte Pastor Wolf, »denn wir wollen den Tag in Mäßigung beginnen. Hin und wieder gibt es auch Graupen.«

»Au ja!«, rief der neunjährige Conrad. »Schön mit saurer Milch steif gekocht.«

»Du isst jetzt erst mal, was dir vorgesetzt wird«, wies ihn seine Mutter zurecht und schob ihm eine der kleinen Schüsseln hin.

Anna hatte sich erhoben und dem Gesinde aus der großen Kanne Kaffee eingegossen. Schlürfend und kauend nahm die Gruppe das Frühstück ein.

»In der Landschaft Eiderstedt ist ja die Kartoffel das Hauptnahrungsmittel des gemeinen Volkes«, fuhr Pastor Wolf fort. »Brot kommt eher selten auf den Tisch, dafür kocht man diese Grütze. Ich frage mich, wie sich das bei Ihnen auf Amrum verhält?«

Dina schluckte ihren Gerstenbrei hinunter und nippte an ihrem Kaffee. »Nicht viel anders«, antwortete sie. »Auch wir geben der Grütze am Morgen den Vorzug vor dem Brot. Allein schon, weil sie warm serviert wird. Wovon leben die Leute in diesem Landstrich denn sonst, wenn sie außer den Kartoffeln nicht viel haben?«

»Sie gehen hinaus ins Watt und sammeln, was die Natur ihnen beschert. Meistens geht es von der Hand sofort in den Mund«, sagte der Pastor. »Viehhaltung können sich nur wenige leisten.«

»Ich bin den ganzen gestrigen Tag über Land gefahren«, wechselte Dina das Thema. Schließlich hatte sie das Verschwinden der Immke Simons aufzuhellen. »Öfter schien es mir, als gäbe es zwischen den ärmeren Leuten und denen, die mehr haben, Neid und Missgunst. Ich habe auch gehört, dass in der Landschaft Eiderstedt hin und wieder Mägde vermisst werden. Ist dieser Landstrich denn wirklich so unsicher, Herr Pastor?«

Irritiert sah der Prediger von seiner Schüssel auf und zu seiner Frau hinüber. Er räusperte sich und ließ seinen Blick über die restliche Hausgemeinschaft schweifen, während er nachdachte. »Nun, dies ist gewiss kein Thema für Kinderohren«, murmelte er, bevor er etwas kräftiger weitersprach. »Nein, uns ist nichts dergleichen bekannt, nicht wahr, liebe Sophia? In St. Peter waltet Gottes segnende Hand und holt in Frieden zu sich, wen immer Er in die Ewigkeit abberufen mag. Was Sie da andeuten, Fräulein Martensen, wird andere Ursachen haben, wenn es denn überhaupt zutrifft. Doch leider, es grämt mich, das sagen zu müssen, verfallen im Eiderstedter Land zusehends die guten Sitten. Und die Früchte solchen Tuns werden sicher nicht an den Orten dieser begangenen Sünden ausgetragen.«

»Wilhelm! Wie kannst du nur!«, rief die Pastorengattin entrüstet und richtete ihren Oberkörper kerzengerade auf.

»Aber was denn, meine Liebe, ich habe meine Worte doch aufs Sorgfältigste gewählt«, verteidigte sich der Pastor und zupfte sich dabei an den Koteletten.

Dina sah zu der jungen Anna hinüber, die ihren Löffel in der Faust und den Blick gesenkt hielt. Ihre Hände zitterten. Hoffentlich würde sie jetzt nicht die Verschwundene erwähnen und damit die Aufmerksamkeit auf Immke und den Ehsterhof lenken, hoffte Dina. Sie musste die Leute in dem Glauben lassen, nach Eiderstedt gekommen zu sein, um durch Arbeit ihr Elend zu mindern.

»Aber Herr Pastor, was ist denn mit dem Wattkoog?«, riss die tiefe Stimme des Knechts, der am anderen Ende des Tisches saß, Dina aus ihren Gedanken. »Ist da nicht erst im Sommer eine Mühlenmagd spurlos verschwunden? Es heißt, sie habe ihr ganzes Hab und Gut in der Kammer gelassen. Ihre Eltern aus Ording haben sie überall gesucht und auch den Staller um Hilfe gebeten. Aber vergebens. Inzwischen spricht niemand mehr von ihr, dabei soll sie erst sechzehn Jahre alt gewesen sein. Der Wattenmüller hat wohl auch schon eine Neue, die ihm den Haushalt macht.«

Die älteren Kinder des Pastorenpaares sahen den Knecht mit offenen Mündern an.

»So richtig verschwunden?«, fragte Doris.

»Bestimmt wurde sie vom Mühlrad ins dunkle Wasser gezogen oder gar vom Teufel gefressen«, malte sich ihr Bruder Conrad das böse Geschehen aus.

»Das reicht jetzt!« Ihre Mutter drückte der Magd Wiebke, die neben ihr saß, die kleine Miene in die Arme und erhob sich. »Die Kinder machen sich sofort fertig für die Schule. Wer so krause Gedanken hat, der hat die Zucht des Schulmeisters bitter nötig. Und das Gesinde kann an die Arbeit gehen, denn wer sein Tagwerk schafft, der horcht nicht auf Getratsche. Anna, du räumst den Tisch ab.«

Pastor Wolf hob in einer Geste der Machtlosigkeit die Hände und trank einen letzten Schluck Kaffee, bevor er sich mit den anderen von der Tafel erhob.

Dina sah überrascht auf. Mit einem so plötzlichen Ende des Frühstücks wegen ihrer Frage hatte sie nicht gerechnet. Und was war das für eine Sache mit der gesuchten Magd gewesen? Sollte da noch eine junge Frau verschwunden sein? Sie musste in Erfahrung bringen, wo dieser Wattkoog lag.

Während sie etwas ratlos im Flur des Pastorats stand und Gesinde wie auch Kinder an ihr vorbeihasteten, trat Pastor Wolf neben sie.

»Nun, Fräulein Martensen, da hat Ihre Frage wohl zu einem unguten Tagesbeginn geführt«, stellte er fest. »Ich habe unseren Knecht Edlef nach der Kutsche geschickt. Es scheint mir angeraten, Sie gleich zum Ehsterhof hinüberzufahren und dort um einen Verding für Sie nachzufragen. Wir sollten nicht säumen, sonst ist die freie Stelle noch vergeben.«

Wenige Augenblicke später rollte der Leiterwagen vor das Pastorat, und Dina kletterte auf den Bock. Als Pastor Wolf sich hochschwang und neben sie setzte, erschien Anna in der Tür und winkte.

»Gute Reise!«, rief sie. »Und vertraue auf Glaube, Liebe und

Hoffnung.« Dabei fuhr sie mit ihrer linken Hand spielerisch hinter den Kragen ihrer Bluse, als trüge sie ein Schmuckkettchen.

Dina nickte unmerklich und grüßte zurück. Edlef, Knecht und Kutscher in einem, ließ die Zügel knallen, und langsam setzte sich der Wagen in Bewegung. Es ging durch den kleinen Ort auf den südlichen Deich zu. Sie passierten den Friedhof, in dessen Mitte die Kirche St. Peter stand. Zwischen den alten Grabsteinen hing noch der morgendliche Nebel. Gegenüber stand ein großes Backsteingebäude. Wie der Knecht erklärte, war das der Krämerladen Jessen, an den sich der Dorfkrug anschloss. Gestern Abend hatte Dina nichts von der Umgebung sehen können, jetzt blickte sie sich interessiert um und war überrascht, wie klein der Flecken war.

»Das hier ist kein Ort wie Tating oder Garding«, sagte Pastor Wolf, der ihrem Blick gefolgt war. »Immerhin sind wir an die tausend Seelen, auch wenn die Katen und Gehöfte weit verstreut liegen, viele davon entlang der Deiche.«

»Und dreiundzwanzig der an die tausend wurden in diesem Jahr abgerufen in die Ewigkeit«, fügte Dina hinzu.

Der Pastor sah sie irritiert an, dann hellte sich seine Miene auf. »Stimmt, Sie sind ja gestern Abend vom Knochenhans gebracht worden. Kaum einer außer mir und ihm kennt die Zahlen. Er ist unser Sargmacher und Totengräber.«

Das war Dina zum Glück nicht mehr neu, für einen nachträglichen Schauder bestand also kein Grund. »Ich frage mich gerade, wo im Wattkoog diese Mühle liegt, von der wir heute Morgen beim Frühstück gehört haben«, sagte sie ruhig und blickte weiter in die Landschaft.

Der Knecht lachte heiser auf, während Pastor Wolf den Kopf schüttelte. »Mir scheint, Sie haben eine merkwürdige Passion für Verschwundene und Verblichene«, sprach er in tadelndem Ton. »In äußerst kurzer Zeit haben wir dieses Thema nun schon zweimal gestreift. Dabei zeigt uns der Herr gerade heute die Welt in ihrer ganzen Schönheit.« Damit deutete er auf die rosafarbenen Wolken.

»Der Wattkoog liegt zwischen Garding und Tating, du

müsstest gestern an ihm vorbeigekommen sein«, erklärte der Knecht. »Die Wattenmühle steht dort an einem der größeren Siele, ist auch mit dem Kahn gut zu erreichen. Auf dem Ehsterhof solltest du das Herumfragen übrigens lassen«, riet er ihr und schnalzte, während er an den Zügeln zog. »Der Bauer mag es nicht, wenn viel geredet wird. Am liebsten wäre ihm ein Gesinde aus Stummen, das vom Morgengrauen bis in die Nacht für ihn buckelt. Wenn du dort arbeiten willst, zeig dich lieber gefügig.«

»Man könnte sich natürlich auch nach einer anderen Stelle umhören«, überlegte Pastor Wolf laut, und Dina erschrak.

Das war ganz und gar nicht in ihrem Sinn. »Nein, nein, das ist nicht notwendig«, beschwichtigte sie. »Mir erscheint es fast als ein Zeichen des Himmels, dass sich hier eine Gelegenheit bietet, meiner drohenden Verelendung zu entgehen. So kann ich wenigstens etwas Geld dazuverdienen, bis mein Bruder heimkehrt. Möge der Herr mich erhören«, fügte sie leise hinzu. »Es kann sich doch nur segensreich auswirken, von zwei Männern Gottes empfohlen zu werden«, gab sie sich endgültig hoffnungsvoll.

»Nun, dann soll es wohl so sein«, stellte der Prediger fest und nickte wohlgefällig, während der Kutscher grinste.

Schwerfällig zog das Pferd den Wagen durch tiefe, sandige Kuhlen. Hinter St. Peter, gen Osten, wurde das Land immer karger, doch schon bald zeigten sich einige niedrige Katen, die grüne Weiden und Wiesen umgaben. Im goldenen Morgenlicht leuchteten sie wie frisch geputzt. In den Wassergräben, die die Landschaft durchzogen, spiegelte sich der Himmel, der einen sonnigen Tag versprach.

»Das ist Wittendün«, sagte der Knecht Edlef, als der Wagen an den Häuschen vorbeirollte. Ein streunender Hund hängte sich laut bellend an sie und scheuchte den Gaul für einen kurzen Moment in den Galopp, bis ein Peitschenknall den Kläffer vertrieb. Einige Bewohner, die schon in ihren Gärten und auf den Weiden arbeiteten, blickten auf und ihnen neugierig hinterher.

»Schauen Sie nur, Fräulein Martensen, diese Entwässerungsgräben und Siele!«, rief Pastor Wolf mit stolz geschwellter Brust. »Und die niedrigen Koogdeiche! All das ist schon mehrere hundert Jahre alt und von Menschenhand mühsam mit der Schaufel erschaffen. Koog für Koog wurde das Land urbar gemacht. Die damalige Entwässerung funktioniert noch heute. So etwas werden Sie von Amrum nicht kennen. Überhaupt sucht so eine Landschaft in der Welt ihresgleichen.«

Dina nickte verständig, als sei sie ebenso beeindruckt von der Szenerie wie der Prediger. Doch ihr Blick war starr auf ein großes Gebäude gerichtet, auf das sie unaufhaltsam zufuhren. Es war ein Haubarg, wie sie schon einige auf ihrer Reise gesehen hatte. Der Ziegelbau war weiß getüncht und wurde von einem steilen, hohen Reetdach bedeckt. Die stattliche Giebelfront zeigte drei Fenster übereinander, im Erdgeschoss zählte Dina insgesamt acht. Nur wenige, bunt belaubte Bäume standen auf der Wiese davor. Links und rechts vom Weg grasten auf eingezäunten Weiden Milchkühe, die ganz anders aussahen als das Vieh, das Dina kannte. Das Fell war nicht klar in schwarze und weiße Flecken getrennt, sondern wirkte mit seinen schwarzbraunen Einsprengseln wie mit Schimmel überzogen. Diese fremde Kuhrasse würde also nun Teil ihres Tagwerks sein, sollte der Bauer sie einstellen.

VERSTÖRENDE GERÜCHTE

Unruhig hatte Bernhard Rose die Nacht in seinem Alkoven verbracht. Sein neues Zuhause, die fremden Gerüche, das ungewohnte Knacken von Holzbalken und Dielen hatten ihn nicht zur Ruhe kommen lassen.

Beim ersten Hahnenschrei quälte er sich aus dem Bett und kleidete sich in der klammen Kälte der ungeheizten Stube an. Im fahlen Licht der Morgendämmerung betrat er die Küche und entfachte auf der Herdstelle ein Feuer. In seinem Magen kribbelte es nervös, und er lächelte traurig. Er kannte das Gefühl, es überkam ihn immer, wenn er sich besonders einsam fühlte.

Der nur mäßig ausgestattete Raum und die leere Speisekammer vertrieben die düstere Stimmung nicht gerade. Rose fluchte, weil er außer heißem Wasser heute Morgen nichts zu sich nehmen konnte. Immerhin erging es ihm so vermutlich wie manchem Kind in seiner Klasse, und das musste vor der Schule auch noch auf dem Feld mit anpacken.

Er öffnete die Haustür, um einen Blick auf den heraufziehenden Tag zu werfen, und stieß auf einen Korb vor dem Eingang. Neugierig sah er hinein und entdeckte Lebensmittel. Schnell sah er sich auf der Straße nach links und rechts um, doch vergebens. Niemand war da, bei dem er sich hätte bedanken können. Also hoffte er, dass sich der Spender noch zeigen würde, und trug alles in die Küche.

Bald lagen ein halber Laib Brot vor ihm, der Rest eines Schinkens, ein Tiegel mit gelblicher Butter und eine Papiertüte mit gut zwei Handvoll gerösteten Kaffeebohnen. Kaffee und Butter, dachte er, und das, obwohl beides ausgesprochen teuer ist. Das Fleisch würde er wohl verschenken. Selten hatte er sich so auf einen Kaffee gefreut. Nachdem er den Kessel über das Feuer gehängt hatte, begann er, die Bohnen in der Kaffeemühle zu mahlen. Das grobe Pulver füllte er in eine Kanne und übergoss es mit kochendem Wasser. Schnell erfüllte das belebende Aroma die Küche. An einem kleinen Arbeitstisch nahe der Herdstelle schnitt er eine Scheibe Brot ab und bestrich sie mit der Butter. Doch was war das? Das Streichfett hatte eine seltsam feste Konsistenz und roch säuerlich. Auch war die Farbe für Butter eigentlich zu kräftig. Rose schwante etwas, und Kindheitserinnerungen wurden in ihm wach. Vorsichtig führte er eine Messerspitze von der Schmiere an die Lippen und probierte. Tatsächlich. Es war ein zusammengekochtes Gemisch aus Fett und Käse. Das hatte es zu Hause auch gegeben, wenn überhaupt mal Brot da gewesen war, um es damit zu bestreichen. Eiderstedter Butter wurde in die Städte, nach Jütland und sogar bis nach England verkauft. Bei den einfachen Leuten kam sie so gut wie nie auf den Tisch. Doch in die deprimierenden Gedanken über die anhaltend niederdrückenden Lebensumstände der Menschen hier mischte sich auch Freude. Es war der Geschmack des seltsamen Aufstrichs, der Rose das Gefühl gab, wieder zu Hause zu sein, und er schöpfte Mut.

Als er den Klassenraum betreten wollte, blieb er überrascht in der Tür stehen. Alle Schulbänke waren besetzt, auf manchen drängten sich sogar drei Kinder. Das Lachen und Geschrei seiner Schüler erstarb, große Augen richteten sich auf ihn. Er sah Jungen und Mädchen, die kaum in die abgelegte Kleidung ihrer älteren Geschwister gewachsen waren. Andere waren aus ihren Röcken und Hosen herausgeschossen und überragten die Mitschüler um ein bis zwei Kopfeslängen. Nur wenige trugen echtes Schuhwerk, die meisten Holzschuhe. Hier und da verriet ein wohlgenährtes Kind in Kleidern aus schwerem Stoff, dass es aus einem bessergestellten Haushalt kam. Rose atmete tief durch, lächelte und machte ein paar Schritte an das Lehrerpult.

»Guten Morgen, liebe Kinder!« Er nickte ihnen aufmunternd zu. Irritiert registrierte er, dass die Schüler sitzen blieben und ihn nicht, wie andernorts üblich, stehend begrüßten. Mit einem Stück Kreide schrieb er seinen Namen an die Tafel. »Nun, wie ihr seht, bin ich euer neuer Lehrer. Gewiss hat man euch beigebracht, wie ihr dem Schulmeister einen guten Tag wünscht.« Er holte mit den Armen aus und gab den Kindern ein Zeichen, sich von den Bänken zu erheben. »Wir wollen den Morgengruß einmal gemeinsam sprechen.«

Die Klasse fiel vieltonig in das von ihm intonierte »Guten Morgen, Herr …« ein und nannte seinen Namen. Hier und da kicherten Schüler.

Er hieß alle, sich zu setzen. Den Rohrstock, der vor ihm auf dem Pult lag, platzierte er mit spitzen Fingern auf die entfernte Fensterbank. »Wir werden versuchen, ohne ihn auszukommen. Bevor wir mit dem Unterricht beginnen werden, möchte ich noch den Klassendienst einteilen. Dazu gehört, den Ofen einzuheizen, Wasser für den Schwamm zu holen und die Tafel zu säubern. Ich denke, ihr übernehmt dieses Amt der Reihe nach. Wir fangen vorne am Fenster an.« Er deutete auf ein Mädchen. »Nun, du also wirst die Erste sein. Wie ist dein Name?«

Das etwa zwölfjährige Kind in verschlissenem Kleid erhob sich aus der Bank, strich sich die Zöpfe nach hinten und blickte zu Boden. Es gehörte schon zu den älteren Schülerinnen. »Frauke Christine Jansen«, sagte das Mädchen leise.

»Nun, Frauke, du darfst mich ruhig ansehen, wenn wir miteinander sprechen«, forderte es der Lehrer auf. »Vor mir muss niemand Angst haben. Du wirst dich also gleich um den Ofen kümmern. Die Tafel wischst du sauber, wenn ich es dir sage. – Und jetzt schreibt jeder von euch«, wandte er sich an die Klasse, »seinen Namen und sein Alter auf seine Schiefertafel. So lernen wir einander kennen.«

Als die Schüler zu schreiben begannen, mischten sich in das Quietschen der Kreide plötzliche Rufe von der Straße. Lehrer Rose trat ans Fenster. Frauen und Männer steckten in Gruppen aufgeregt die Köpfe zusammen. Immer mehr Menschen kamen hinzu. Etwas Bedeutsames muss geschehen sein, dachte Rose.

Die ersten Kinder sahen hinaus, Neugier machte sich im Klassenraum breit.

»Frauke, achte darauf, dass niemand den Raum verlässt«, wies er das Mädchen an. »Ich werde sehen, was es draußen so Wichtiges gibt.« Damit verließ Rose in großen Schritten die

Klasse und gesellte sich zu einer der Gruppen. Er erkannte einige Gesichter aus dem Dorfkrug wieder und nickte den Leuten zu. »Was ist passiert?«, fragte er in strengem Ton. »Wenn das halbe Dorf zusammenläuft, dann ist an Unterricht natürlich nicht zu denken.«

»Arbeiter haben eine junge Deern gefunden. Tot!«, sagte eine der umstehenden Frauen. »Drüben bei Tating. Soll übel zugerichtet sein und in der Marsch vergraben liegen.«

»Man hat sie ausgezogen und ihr das Haar abgeschnitten«, ergänzte einer der Männer. »Allerdings nicht alles. Der Rest soll lang und blond sein.«

»Ich habe gehört, sie liegt am neuen Fußsteig nach Garding«, berichtete ein Dritter. »Gerade hatten sie angefangen, für den Weg hinter Tating die Grassoden wegzustechen, um die Ziegelsteine zu legen, da haben sie die Leiche gefunden. War schlecht vergraben. Noch weiß niemand, wer die Tote ist, aber der Staller wurde schon informiert.«

»Das kann nur eins der jungen Dinger sein, die in letzter Zeit spurlos verschwunden sind«, behauptete wiederum ein anderer aus der Gruppe. »Wenn es sich um eine Dienstmagd aus Jütland handelt, wird es schwierig, ihren Namen herauszufinden. Ist es eine von hier, werden wir wohl bald Bescheid wissen.«

»Jütland oder nicht, so einen Verlust hat keine Familie verdient«, sagte Dorflehrer Rose, drehte sich um und prallte dabei gegen Frauke Jansen.

Die Schülerin stand mit entsetzt aufgerissenen Augen direkt vor ihm. Ihr war anzusehen, dass sie den Gerüchten gelauscht hatte. »Meine Schwester Thea hat langes blondes Haar wie Gold«, flüsterte sie mit erstickter Stimme. Tränen rannen ihre Wangen hinab. »Sie ist seit dem Sommer verschwunden.« Mit zitternden Händen wischte sie sich übers Gesicht. »Erst in der letzten Nacht habe ich von ihr geträumt. Sie ist immer näher gekommen und hat um Hilfe gerufen. Da bin ich ganz erschrocken aufgewacht. Was, wenn sie die Deern ist, die da in der Erde liegt?«, rief sie und begann laut zu weinen. »Meine einzige Schwester! Was werden nur meine Eltern sagen?«

Rose fasste das bebende Mädchen an den Schultern und

schob es zurück Richtung Schule. Am Eingang wurden sie von einer Traube Kinder erwartet. Alle standen mit offenen Mündern da und starrten sie an.

Rose scheuchte die Schar wieder hinein, hielt aber Frauke zurück. »Vielleicht sorgst du dich ja umsonst«, beschwichtigte er das Mädchen, das nicht aufhören wollte zu weinen. »Beruhige dich doch. Ich werde heute etwas eher den Unterricht beenden und dich dann zu deinen Eltern begleiten«, versprach er. »So aufgelöst lasse ich dich nicht alleine. Aber jetzt fasse Mut und wisch dir die Tränen ab. Wir dürfen die anderen in der Klasse nicht unnötig beunruhigen.« Er wartete einen Augenblick, bis Frauke ruhiger geworden war und sich das Gesicht getrocknet hatte, dann ging er mit ihr zurück in den Schulraum.

WES BROT ICH ESS

Pastor Wolf kletterte vom Wagen und gab Dina ein Zeichen, vor dem Haus zu warten. »Es ist vielleicht besser, wenn ich erst einmal alleine mit dem Bauern spreche«, sagte er und klopfte laut an die mit Schnitzereien verzierte Eichentür des Haupteingangs. Kaum wurde diese geöffnet, verschwand er im Dunkel des Flurs.

Edlef hob Dinas Tasche vom Wagen und stellte sie auf den Boden, während Dina hinunterkletterte. Der Knecht und Kutscher des Pastors blickte sich mürrisch um und strich über den Hals des Pferdes. »Vor dem Haus ist kein Mensch zu sehen«, brummte er, »werden wohl alle hinten im Hof und auf den Weiden sein. Es wird heute das erste und das letzte Mal sein, dass du durch den Haupteingang gehst. Wirst schnell merken, dass die Herrschaft in dieser Hinsicht sehr eigen ist. Wenn du mal mit den Knechten nicht zurechtkommen solltest und Hilfe brauchst, kannst du dich gern an mich wenden. Das Leben auf einem so großen Hof wird anders sein als das in einem friesischen Inseldorf.«

Dina nickte ihm dankbar zu. Sie dachte an die verschwundene Immke, die vor einiger Zeit genauso wie sie zum ersten Mal vor dem Ehsterhof gestanden hatte, und hoffte, dass Edlef sich mit seiner Anspielung auf das rüde Hofleben irrte.

»Fräulein Martensen!« Der Pfarrer stand im Hauseingang und winkte Dina zu sich. »So kommen Sie doch. Der Bauer scheint guter Dinge und ist bereit, Sie als neue Magd in Augenschein zu nehmen. Da ihm eine Milchmagd weggelaufen sei, käme mein Angebot gerade richtig, hat er gesagt. Er hatte schon vor, sich auf dem Menschenmarkt in Garding am nächsten Sonntag nach Ersatz umzuschauen.«

Dina folgte dem Prediger in die geflieste Vordiele, die rechts in einen Gang überging. Vorbei an verschlossenen Türen gelangten sie in ein Kontor. In einem Schrank, unterteilt in viele kleine Fächer, lagen gerollte Verträge und Rechnungen. Ein Schreibpult stand am bleiverglasten Fenster, auf einem massiven Tisch neben einem bequem aussehenden Lehnstuhl erblickte Dina eine Tonpfeife, Tabakdosen und Weinflaschen.

»Er muss jeden Augenblick kommen.« Unruhig ging Pastor Wolf im Raum auf und ab, während Dina noch über seine letzten Sätze nachdachte.

»Was ist das für ein Menschenmarkt?«, fragte sie leise.

»Wie?« Der Pastor sah sie irritiert an. »Nun, hier in der Gegend verdingen sich die Arbeiter im Frühling, Sommer oder Herbst. Nächsten Sonntag findet der Markt in Garding statt, den Montag darauf in Tating. Menschenmarkt, die Bezeichnung klingt tatsächlich nicht besonders christlich, dabei ist sie genauso aufrichtig wie die des Viehmarktes. Natürlich mit dem Unterschied, dass die Bauern kein Eigentum an der Krone der Schöpfung erlangen, sondern nur deren Arbeitskraft kaufen. Und auch das nur auf Zeit.«

»Der Pastor von St. Peter wird ja wohl nichts gegen die ehrliche Art haben, Gesinde und Bauern zusammenzuführen«, dröhnte eine laute Stimme, und ein Mann betrat den Raum. Sein fetter Leib steckte in einer braunen Jacke mit auffallend großen goldenen Knöpfen. Das Gesicht über dem Halstuch war rot angelaufen, pockennarbig und feist. Die kleinen Augen des Mannes starrten zuerst den Pastor, dann Dina an.

»Aber verehrter Herr Hirsch«, antwortete Wolf beschwichtigend, »der Menschenmarkt ist für alle Seelen auf Eiderstedt eine Wohltat. Zweifelsohne. Er verhilft zu Arbeit und Lohn, erlaubt den Betrieben zu wirtschaften und haucht dem Land neues Leben ein. Ist nicht schon so mancher Wandervogel aus Dithmarschen oder Jütland bei uns hängen geblieben? Aber nun darf ich Ihnen Fräulein Dina Martensen vorstellen, über die wir schon sprachen.« Der Prediger fasste Dina an den Schultern und schob sie auf den Bauern zu.

Dina zuckte zusammen. Fast so, als ob der Vater seine Tochter dem Bräutigam übergibt, dachte sie, und ihr war nicht wohl dabei.

Julius Hirsch, eingeheirateter Großbauer vom Ehsterhof und

Besitzer des halben Koogs, nickte und rieb sich die Hände. »Nun, wenn die Deern arbeiten kann, will ich sie gerne als Milchmagd nehmen. Doch ist sie unbrauchbar, muss sie wieder vom Hof. Tagediebe mag ich nicht durchfüttern, Herr Pastor, und Gott liebt ja auch die Fleißigen, nicht wahr?«

»Sehr richtig, lieber Hirsch. So fordert Josua im Alten Testament: ›Haltet aber nur an mit Fleiß, dass ihr tut nach dem Gebot und Gesetz.‹ Das mag natürlich für alle gelten«, antwortete der Prediger. »Dann wünsche ich Ihnen, Fräulein Martensen, Gottes Segen und hoffe, dass Sie mit Hilfe Ihrer neuen Stelle Ihr Los erleichtern können.« Er nickte dem Großbauern zu. »Noch einmal den Dank des Herrn für Ihre Barmherzigkeit, Hirsch.« Er drehte sich um und verschwand in der Dunkelheit des Flurs. Seine Schritte verhallten.

Dinas Magen zog sich zusammen. Allein mit diesem fleischigen Kerl im Kontor spürte sie seinen klebrigen Blick auf ihrem Körper.

Während er sie mit offenem Mund anstarrte, knetete er seine wurstigen Finger. Als die Eingangstür ins Schloss fiel, kam Bewegung in Großbauer Julius Hirsch, und er zeigte auf ihre Reisetasche. »Nimm dein Zeug und komm mit«, herrschte er sie an und verließ den Raum. »Damit wir uns gleich richtig verstehen, du bist die Milchmagd, ich der Herr. Das ›Fräulein Dina‹ kannst du von nun an getrost vergessen, du gehörst jetzt zum Gesinde. Meine Frau wirst du mit ›Madame‹ anreden.« Er lachte höhnisch. »Das mag sie. Denkt dann immer, sie würde zu den kultivierten Stadtleuten gehören. Dabei wird sie immer Tochter eines Haubargbauern bleiben und ist obendrein mit einem verheiratet. Möchte nur wissen, wo sie wieder steckt.«

Mit dem Gedanken an das Stadtleben liegt die Bäuerin wohl nicht ganz verkehrt, dachte Dina, als sie mit Bauer Hirsch den Wohntrakt auf der Suche nach der Hausherrin durchquerte. Ihr Blick streifte rot und grün getünchte Wände, geblümte Tapeten, elegant geschwungene Möbel. Hier und da hing ein mit Mahagoniholz gerahmtes Bild an der Wand. Die Einrichtung des Großbauern hatte tatsächlich mehr mit der Wohnung des

Rechtsanwaltes Storm gemein als mit den Bauernhäusern, die sie kannte. Das galt jedoch nur für die Räume der Herrschaft. Bald gelangten sie wieder in die Vordiele. Ihr neuer Brotherr hielt vor einer Tür, stieß sie auf und ging hindurch. Schon am groben Dielenboden und den ungestrichenen Türen erkannte Dina, dass hier ihre Welt begann.

Hirsch trat in eine der Kammern und zeigte auf eine Schlafstelle. »Da ist dein Platz. Die Tasche kannst du hierlassen. Meine Leute sind bei den Kühen und in der Meierei, die Knechte draußen bei den Mastrindern. Wir halten Milch- und Fleisch-Shorthorns, der Unterschied erklärt sich wohl von selbst. Beides sind prächtige Rassen. Das Gesinde wirst du noch kennenlernen.« Er deutete zurück auf die Tür zum Herrschaftstrakt. »Für gewöhnlich bleibt hier jeder für sich.«

Dina nickte. So war es ihr ganz recht. Sie sah sich in der Kammer um. Neben drei Schlafstellen gab es einen kleinen, einfachen Tisch, auf dem eine Kerze stand. An Haken über den Betten hing Bekleidung. Den Rest der wenigen Habseligkeiten hatten die Mägde in Beuteln und Taschen neben ihren Lagern verstaut.

»Jetzt zeige ich dir den Stall.« Großbauer Hirsch fasste sie an den Schultern und schob sie aus der Kammer.

Dina überrieselte bei der Berührung ein Schauer und sie versuchte, sich mit einem schnellen Schritt nach vorne seinen Klauen zu entziehen.

»Ist nicht mehr weit, ich führe dich«, brummte Hirsch und lachte leise auf. Im Gehen rutschten seine Hände an ihren Armen hinunter. Bevor sie sich auf Höhe ihrer Brust befanden, hielt Dina abrupt an und beugte sich zu ihren Schnürstiefeln hinunter. Um ein Haar wäre Hirsch über sie gestolpert. Während Dina ihre Schuhe neu band, sah sie sich nach dem Gesinde um. Noch immer war sie mit diesem Widerling allein.

Fluchend ging ihr neuer Brotherr an ihr vorbei und winkte ihr, ihm zu folgen. »Halt keine Maulaffen feil, es wartet Arbeit auf dich.«

Sie traten durch die nächste Tür, und der süßliche Geruch frischen Tierdungs schlug ihr entgegen. Nur wenige Kühe standen in der Reihe, trotzdem muhten sie so laut, dass das gesprochene Wort im großen Raum unterging.

»Komm hierher!«, rief Bauer Hirsch und wies auf einen nahen Verschlag, in dem eine Magd neben einer Kuh hockte und diese melkte. »Das ist Hedwig«, erklärte er und zeigte auf die Melkerin. »Sie schläft auch in deiner Kammer und wird dir alles Weitere erklären. Die meisten Tiere sind schon auf der Weide.«

Die Magd blickte neugierig auf, ohne ihre Arbeit zu unterbrechen.

»Hedwig, ich verlasse mich auf dich!«, sagte Hirsch. »Weis mir die Neue gut ein, dass sie gleich richtig zulangt.« Damit drehte er sich um und verließ den Stall.

Die Melkerin erhob sich stöhnend und legte dabei ihre Hände in den Rücken. Ihr schmerzverzerrtes Gesicht entspannte sich, und sie lächelte Dina zu. »Moin. Das Melken wird mit den Jahren auch nicht leichter«, brummte sie. »Die Knochen wollen nicht mehr richtig. Hat er dich angefasst?« Ohne eine Antwort abzuwarten, nickte sie. »Das macht er bei jeder. Wie heißt du?«

»Moin, ich heiße Dina.« Sie biss sich auf die Zunge. Um ein Haar hätte sie ergänzt: »Und ich komm von der Insel Amrum.« Doch es schien ihr das Beste, auf dem Ehsterhof erst einmal so unbekannt wie möglich zu arbeiten.

Die Melkerin löste ihr Tuch von den Schultern und wischte sich damit über die Stirn.

Dinas Blick fiel auf die drei kleinen Schmuckanhänger, die an einer dünnen Silberkette um ihren Hals hingen: Kreuz, Herz, Anker. Wie viele davon mochte es auf diesem Hof geben? »Soll ich für dich weitermelken?«, fragte sie. »Zu Hause habe ich jeden Tag gemolken, wenn auch nicht so viele Tiere. Oder hast du eine andere Arbeit für mich?«

Hedwig deutete auf den nächsten Verschlag und schob Dina einen Eimer zu. »Mach mit der da weiter. Der Bauer sieht es bestimmt gerne, dass du gleich arbeitest. Wenn wir fertig sind, erkläre ich dir den Haubarg.«

Dina rollte ihre Ärmel hoch und begann mit dem Melken.

Auch von dem Verschlag nebenan drang das gleichmäßige Strullen der Milch, die in den Eimer schoss. »Wie ist das Leben hier?«, rief sie in die Tier- und Arbeitsgeräusche hinein. »Ich habe noch nie auf so einem großen Hof gearbeitet.«

»Zu essen gibt es reichlich«, antwortete Hedwig etwas verhalten, »und wie die Herrschaft ist, das hast du ja wohl bereits gemerkt. Wir Frauen müssen vor den Männern auf der Hut sein. Die Kerle machen sich wichtig und versprechen viel, nur halten tun sie wenig. Und schön sind sie auch nicht. Arbeit ist jedenfalls mehr als genug da. Aber da wir mit dir jetzt wieder sechs Mägde sind, können wir uns mit dem freien Tag abwechseln. Jede zweite Woche steht uns einer zu.«

»Ich schlafe ja wohl in deiner Kammer«, stellte Dina fest. »Ich habe gehört, die Deern, die vor mir hier gearbeitet hat, ist auf und davon, ohne etwas zu sagen. Ist das nicht ungewöhnlich, mitten im Verding zu verschwinden? Aber eigentlich sollte ich ihr dankbar sein, denn so habe ich schnell eine Anstellung bekommen.« Das Geräusch der Milch, die nebenan in den Eimer schoss, erstarb. Plötzlich hörte Dina Hedwigs Stimme direkt hinter sich und drehte sich um.

»Die Immke ist einfach so verschwunden«, sagte Hedwig leise und sah Dina ernst in die Augen. »Als Bauer Hirsch davon erfahren hat, hat er nur die Schultern gezuckt und sich gefreut, dass er ihren Lohn für die schon getane Arbeit einspart. Ansonsten schien ihn ihr Verschwinden nicht zu kümmern, und so hat es auch der Rest auf dem Hof gehalten. Eine Cousine von Immke war ein Mal bei uns und hat sich nach ihr erkundigt.« Aufmerksam sah Hedwig auf Dina hinunter. »Immke stammte von Amrum. Wo kommst du eigentlich her? Wenn ich dich so reden höre, bin ich fast sicher, dass dein Platt nicht deine Muttersprache ist. Du sprichst so wie Immke. Bist du etwa auch von dieser Insel?«

Dinas Puls raste. Hatte sie sich so schnell verraten? »Das ist ja ein Zufall. Und ja, ich komme tatsächlich von Amrum«, gab sie zu und versuchte, ihre Stimme beiläufig klingen zu lassen. »Unser Pastor hat mich dem Prediger von St. Peter empfohlen, nachdem ich zu Hause in große Not gekommen bin.« Dina beschloss, der Magd ihre erfundene Geschichte zu erzählen. »Die Kartoffelernte ist mir im Feld verfault, die einzige Kuh gestorben. Und mein Bruder, mit dem ich zusammenlebe, ist auf See verschollen. Wie soll ich da durch den Winter kommen? Es bleibt mir nur, vorher noch etwas Geld zu verdienen. Ich bin sehr glücklich, dass Pastor Wolf mir die Stelle besorgen konnte. Und du sagst, dass meine Vorgängerin Immke hieß?« Sie schüttelte den Kopf. »Natürlich haben wir einige Immkes auf Amrum, aber ich glaube nicht, dass ich diese persönlich kenne.«

Hedwig nickte ernst und schien zu überlegen. »Wie dem auch sei, hier hat man es nicht gerne, wenn Fragen gestellt werden. Die Deern ist weg, und du bist ihr Ersatz. Mehr muss dich nicht kümmern.«

Rufe wurden laut, und eine jüngere Magd kam in den Stall gelaufen.

»Hedwig, hast du schon gehört?« Schwer atmend blieb sie stehen.

Für einen Augenblick erschrak Dina, denn das Gesicht der jungen Frau war von einem großen roten Fleck überzogen. Doch dann erkannte sie, dass es nur ein Feuermal war, das ihr Antlitz entstellte.

»Was läufst du aufgeregt wie ein Huhn über den Hof?«, tadelte Hedwig.

»Sie haben sie gefunden!«, rief die Magd und schlug die Hände vor die Augen. »Die Immke. In der Marsch, da, wo der neue Weg von Tating nach Garding führt. Nackt soll sie in der Erde liegen, die Haare hat man ihr ausgerissen. Was für ein Monstrum tut so etwas?« Als die junge Magd zu zittern begann und ängstlich hin und her schaute, legte Hedwig ihr den Arm um die Schulter.

Dina wurde heiß und kalt. Sollte es das schon gewesen sein? Kaum dass sie begonnen hatte, nach Immke zu suchen, hörte sie von ihrem Tod? War sie zu spät gekommen?

»So beruhig dich doch«, sprach Hedwig leise zu der aufgeregten Magd. »Wenigstens sind wir hier sicher.«

»Hier?«, rief die andere und schluchzte auf. »Hier soll ich

sicher sein?« Mit einem Ruck löste sie sich aus der Umarmung und lief davon.

»Sie fürchtet sich vor allem«, sagte Hedwig und sah ihr nach. »Aber wer sollte die schon anfassen? Die Männer verlieren doch die Lust, wenn sie ihr nur ins Gesicht schauen. Mit dieser Entdeckung ist das Rätsel um die verschwundenen Deern dann ja wohl geklärt.« Hedwig seufzte. »Nur der Himmel weiß, was wirklich mit ihr passiert ist. Wollen wir hoffen, dass sie nicht zu sehr gelitten hat.«

IN DER MARSCH

Ein kalter Wind zog vom Meer über die Marsch. Die Herren, die sich zu dem Körper hinunterbeugten, fröstelten und drückten ihre Zylinder fester auf die Köpfe. Einige Arbeiter hielten sich abseits und sahen neugierig zu der dunkel gekleideten Gruppe hinüber, der auch ein Uniformierter angehörte. Obwohl der Wind in heftigen Böen blies, lag Verwesungsgeruch in der Luft.

»Warum ausgerechnet hier?«, fragte Staller Justizrat Ingwersen in die Runde, blickte den neu angelegten Weg entlang gen Osten und fuhr sich über seine gepflegten Koteletten. Die frisch ausgehobene Grube inmitten der fertiggestellten Wegstrecke wirkte wie eine schwärende Wunde.

»Die Arbeiter aus Tating wollten den neuen Weg dort hinten weiter nach Garding verlängern«, antwortete der Uniformträger und deutete in die entsprechende Richtung. Die Ärmel seines dunkelblauen Rocks waren rot gesäumt. Golden blinkten die Knöpfe. Die Schirmmütze auf dem schwarzen Haar hatte er tief in die Stirn gedrückt. Deutlich jünger als die restlichen Herren trug er einen Schnurrbart und wie Ingwersen breite Koteletten. An seiner Hüfte hing ein Säbel mit messingfarbenem Handschutz. »Ihnen ist aufgefallen, dass sich der schon fertige Weg an dieser Stelle seltsam wölbte und die Steine unsauber verlegt waren. Bei genauerem Hinsehen fiel ihnen ein Stück Stoff in der Erde auf. Wie wir wohl annehmen dürfen, ein Teil des Unterzeugs. Also schoben die Männer die Ziegelsteine und die frisch aufgebrochene Erde beiseite und …« Er deutete auf die Grube zu ihren Füßen.

Der Staller nickte.

»Die Arbeiter sagen, sie hätten dieses Teilstück am 18. September fertiggestellt, einem Freitag. Sie erinnern sich noch gut daran, weil am Sonntag danach Neumond war und sie in fast vollkommener Dunkelheit heimgingen. Demnach muss der Körper nach diesem Datum vergraben worden sein. Da die Männer anschließend bei dringenden Deichverstärkungsarbeiten gebraucht wurden, ist ihnen die Veränderung des Weges erst jetzt aufgefallen. Er ist ja noch nicht fertig«, erklärte der Uniformierte. »Überhaupt wechseln sie häufig zwischen den Arbeiten am neuen Weg und dem Deich, den sie von Ording bis Süderhöft verstärken. Das Wetter macht ihnen immer wieder einen Strich durch die Rechnung.«

»Ein wahrlich grausamer Anblick, der sich uns hier bietet«, antwortete Justizrat Ingwersen mit belegter Stimme und drückte ein Taschentuch auf Mund und Nase. Zögerlich betrachtete er die junge Frau. Der Verfallsprozess hatte ihren Körper dunkel verfärbt, ihr Gesicht wirkte grünlich. Das Unterkleid, das sie trug, war mit Flecken übersät und dreckstarrend. Beim Blick auf die grob abgeschnittenen hellen Haare zuckte der Staller kurz zusammen und sah weg.

Die umstehenden Männer schwiegen betreten.

»Eine verdammte Schweinerei ist das!«, schimpfte nach einigen Sekunden der Stille ein pausbackiger Herr und lockerte seine Halsbinde. Es war der Tönninger Bürgermeister Dähnhardt. Er stieß seinen Gehstock in den Boden und wandte sich ab. »Wenigstens haben diese Mordbuben ihr die Augen geschlossen, als sie sie wie eine tote Katze verscharrten.« Er fuhr sich mit der Hand über das Gesicht.

Der Uniformierte neben ihm holte tief Luft und trat einen Schritt vor. Aufmerksam sah er sich die Leiche an. »Wer sagt Ihnen, dass es mehrere waren, Herr Bürgermeister?«

»Was?«, bellte Dähnhardt und starrte den Mann an.

»Sie haben gerade von mehreren Mordbuben gesprochen. Aber woher wissen wir, dass es nicht vielleicht ein Einzelner war, der sich am Leben dieser jungen Frau versündigt hat?«

»Mensch, Asmus, Sie reden ja wie ein Prediger«, regte sich der Bürgermeister auf. »So kenne ich Sie gar nicht. Als Leutnant meiner Gendarmerie werden Sie in diesem Fall hoffentlich genauso erbarmungslos zuschlagen, wie Sie schöne Worte machen. Diese Bluttat gehört aufgeklärt, gründlich und schnell!«

Der Polizist schlug die Hacken aneinander und salutierte.

»Dähnhardt, Dähnhardt«, tadelte Staller Ingwersen den Bürgermeister und schüttelte den Kopf. »Kaum haben wir es in unserer Landschaft mal mit einem Kapitalverbrechen zu tun, müssen wir auch schon die Kompetenzen klären.«

Der Angesprochene verbeugte sich knapp und trat einen Schritt zurück.

»Zwar sitzt die Kriminalgerichtsbarkeit in Ihrer Stadt und Sie sind der dortige Polizeimeister, dennoch obliegt die Kriminaluntersuchung dem allerhöchst eingesetzten Staller, also mir. Sowohl Sie wie auch die Gendarmerie sind weisungsgebunden. Sehen Sie, es ist wie bei der schönen Figur der Justitia, die vom Giebel Ihres Rathauses ins Land blickt. Bürgermeister und Gendarmerie dargestellt als je eine Schale der Waage, die wiederum ich als grazile Dame halte. Ja, das Bild gefällt mir durchaus, auch wenn man bezüglich meiner Silhouette vielleicht Abstriche machen müsste. Wie dem auch sei, Leutnant Asmus wird mir von nun an täglich berichten. Er und seine Leute übernehmen die Fahndung, um gravierende Verhöre werde ich mich persönlich kümmern. Alle Einzelheiten, lieber Dähnhardt, werden wir dann nach der Leichenschau besprechen. Noch wissen wir ja nicht einmal, wer die arme Deern ist, die da in unserer Marsch liegt.«

Erneut verbeugte sich der Bürgermeister, diesmal aber deutlich tiefer und länger als zuvor.

Zufrieden lächelnd blickte Staller Ingwersen auf ihn hinunter.

Nun schob der vierte der Herren den Polizisten beiseite und trat nah an die Leiche. »Sie sagen es, die Leichenschau. Die ist ja wohl eher etwas für den Physikus.« Der magere, hoch aufgeschossene Mann hatte die vierzig noch nicht erreicht. Seine langen Arme verliehen ihm Ähnlichkeit mit einer einsamen, windverwehten Trauerweide. Nachdenklich schaute er auf den toten Körper, kraulte seinen Vollbart und zückte schließlich aus einer Rocktasche fleckige helle Lederhandschuhe, die er sich überzog. »Uns Wehrt, Sie haben recht«, sprach er zum Staller, »wir wissen nichts über die Deern, und schon gar nicht kennen wir ihre Todesursache. Ich danke Bürgermeister Dähnhardt, dass er mich aus Tönning mitgenommen hat, damit ich mir sofort einen Überblick über die Fundsituation verschaffen kann.« Er zog seine Hosenbeine hoch und ging neben dem Körper in die Hocke. Mit einem Zeigefinger deutete er auf eine besonders dunkle Stelle am Hinterkopf der Leiche. »Man hat ihr zwar die Haare lieblos abgeschnitten, hier aber ein verfärbtes Büschel übrig gelassen. Es sieht blutig aus, doch Tote bluten meines Wissens nicht mehr. Sie hat die Kopfverletzung also erlitten, als sie noch gelebt hat.« Er wies auf das verschmutzte Unterkleid. Es war in Höhe der Brust und zwischen den Beinen zerrissen. Die Kleiderfetzen hob er so kurz an, dass die übrigen Herren nichts erkennen konnten. »Armes Kind, der Gesamteindruck lässt Übles erahnen. Näheres werde ich noch examinieren müssen.«

»Wie alt schätzen Sie sie?«, fragte der Staller mit leiser Stimme.

»Der Größe und dem Körperbau nach müsste sie zwischen fünfzehn und achtzehn Jahren gewesen sein, würde ich sagen.« Der Physikus strich mit seinen Fingern gedankenverloren über ein auffälliges Muttermal an der linken Halsseite der Toten. Dann griff er nacheinander ihre Hände und besah sie sorgfältig. Die Fingerkuppen fand er aufgerissen, die Fingernägel teilweise abgebrochen. An den Handgelenken entdeckte er schwärzliche Abdrücke. »Als wäre sie gefesselt gewesen«, murmelte er zu sich selbst. Nachdenklich sah er auf den in der Erde ruhenden Körper. »Aber das ist nicht die Todesursache«, brummte er leise. Als er sich aus der Hocke aufrichtete und die Leiche an Schulter und Hüfte anhob, kippte deren Kopf auffällig leicht zur anderen Seite. Am Gesäß und den Schulterblättern war das Unterkleid besonders stark befleckt, als hätte jemand die Deern an diesen Stellen in moorigen Grund oder Asche gedrückt. Thomsen legte die Tote wieder ab, umfasste ihren Schädel nur mit den Fingerspitzen und bewegte ihn vorsichtig hin und her. »Gebrochenes Genick«, stellte er diesmal etwas lauter fest. »Das scheint mir eine ausreichende Erklärung für ihren Tod zu sein.« Überraschend wendig erhob er sich und winkte die in einigem Abstand wartenden Arbeiter herbei.

Die Männer mit groben Gesichtern traten scheu näher. Einer von ihnen, in abgewetzter Jacke und mit vernarbten Wangen, trug eine Kappe, die er nun abnahm, als wäre er auf einem Begräbnis.

Physikus Thomsen zog sein Notizbuch hervor und benetzte die Spitze des Bleistifts mit der Zunge. »Ich brauche eure Namen. Die Bezahlung wird ja in den Akten verbucht.«

Die Männer antworteten leise und schielten in die Grube, ohne die Tote direkt anzusehen. Bei der Erwähnung von Lohn grinste der Arbeiter mit der Kappe, was nicht zur eben noch andächtigen Geste passen wollte.

»Ihr könnt sie jetzt aufladen. Bringt sie nach Tönning in meine Praxis. Aber bedeckt sie mit einer Plane, damit der Grusel nicht in die Welt kommt. Die Leute werden ohnehin genug dummes Zeug über die Sache reden.«

Während die Männer bedächtig ans Werk gingen, begaben sich die Herren zu ihren Kutschen.

»Grauenhaft«, sprach Staller Ingwersen. Sein Gesicht hatte jede Farbe verloren, doch nach einigen Augenblicken schien er sich wieder gefasst zu haben. »Wie dem auch sei, mein lieber Dr. Thomsen, ich bin aufrichtig stolz, Sie als unseren Physikus auf Eiderstedt zu haben. Sie leisten außerordentliche Arbeit bei der Bekämpfung von Fieber- und Blatternepidemien wie auch als amtlicher Leichenbeschauer. Sie sind noch nicht mal in den besten Jahren und suchen schon Ihresgleichen. Wann können wir mit dem abschließenden Ergebnis Ihrer Untersuchungen rechnen?«

Dr. Thomsen verbeugte sich leicht im Gehen und tippte sich an den Zylinder. »Meinen verbindlichsten Dank. Bei der herausragenden Bedeutung dieses Falles dürfte Ihnen schon morgen mein Bericht vorliegen.«

»Dann gilt es also, die Identität der armen Deern schnellstmöglich herauszufinden«, befand Staller Ingwersen und sah auf Gendarmerieleutnant Asmus.

Bürgermeister Dähnhardt registrierte den Blick mit hochgezogenen Augenbrauen, sagte aber nichts.

»Von einer Vermissten weiß ich bereits«, hob der Staller hervor. »Thea Jansen, Mühlenmagd aus dem Wattkoog, gleich hier zwischen Tating und Garding. Ihre Eltern haben mich deshalb bereits aufgesucht. Sie soll im August nach dem Tönninger Pferdemarkt verschwunden sein. Bisher gab es allerdings keinerlei Anhaltspunkte, die ihr Verschwinden mit einer Straftat in Verbindung bringen. Das könnte sich nun ändern.«

Der Physikus legte den Kopf schief. »Nach dem Pferdemarkt? Sehr interessant«, kommentierte er das soeben Gehörte. »Der findet stets am 19. August statt, nicht wahr? Heute haben wir den 7. Oktober.«

Die Anwesenden sahen ihn an, Unverständnis lag in ihren Gesichtern.

»Zwischen den beiden Daten liegen etwa sieben Wochen. Der Zustand des gefundenen Körpers lässt aber vermuten, dass der Tod erst vor gut zwei bis drei Wochen sein zerstörerisches Werk an ihm begonnen hat. Wie wir eben erfahren haben, wohl nach dem 18. September«, fügte er hinzu und wies auf den neu angelegten Weg.

Der Mund des Bürgermeisters blieb offen stehen, während der Gendarmerieleutnant seine Stiefelspitze in den Boden bohrte.

»Aber, aber das würde ja bedeuten«, stotterte Staller Ingwersen, »dass die Deern ...«

»Nach ihrem Verschwinden noch gelebt hat und vermutlich irgendwo festgehalten wurde. Über Wochen«, vervollständigte Physikus Thomsen die Überlegung und umfasste dabei sein Handgelenk, als wollte er eine Fesselung andeuten. »Wenn die Tote denn die vermisste Thea Jansen ist. Ich bin sehr froh, dass unsere Justitia keine Augenbinde trägt und alles genau besehen wird«, sprach er lächelnd zum Staller.

»Bestien«, stammelte Bürgermeister Dähnhardt, dann herrschte Stille. Die Herren starrten vor sich hin, jeder in Gedanken.

Plötzlich schlug Ingwersen die Hände ineinander und räusperte sich. »Nun, so werden in den nächsten Tagen gewiss allerlei Leute bei uns vorsprechen, die eine junge Frau vermissen. Leutnant Asmus, lassen Sie uns mit der Vermissten vom

Wattkoog beginnen. Ihre Eltern sind Tagelöhner aus Ording. Fragen Sie sich zu ihnen durch und laden Sie sie vor. Wir sollten keine Zeit verschwenden.«

Asmus griff nach den Zügeln seines Apfelschimmels, saß auf und salutierte. »Stets zu Diensten, Euer Wohlgeboren.« Damit sprengte er in Richtung Küste davon.

KLEINE LEUTE

Dorflehrer Rose hielt seinen Unterricht ab, doch plötzlich kam ihm alles unwirklich vor. Sollte wirklich die Schwester einer Schülerin ermordet worden sein? Die Vorstellung legte sich wie eine düstere Wolke auf ihn. Gedämpft klangen die Stimmen der Kinder in seinen Ohren, alles um ihn herum war grau geworden. Er würde die Namen seiner Schüler morgen noch einmal lernen müssen, heute war es ein vergebliches Unterfangen.

Wie versprochen begleitete er nach dem Unterricht das Mädchen Frauke unter den neugierigen Blicken der Dorfbewohner nach Hause. Der matschige Pfad führte sie von der Schule weg hin zum nördlichen Deich. Dort standen vereinzelt niedrige Katen an den Erdwall gekauert, wie um sich vor Flut und Sturm zu schützen. Vor einer der Hütten sah Rose eine Frau auf und ab gehen und immer wieder in seine Richtung starren.

»Das ist meine Mutter«, erklärte Frauke leise. »Der Vater macht gewiss seine Runde am Strand. Letzte Nacht war die See rau, er hält nach Strandgut Ausschau. Vielleicht findet er sogar Bernstein.«

Das Alter der Frau, der er bald gegenüberstand, war für Rose nicht schätzbar. Ihr Gesicht war faltig und sonnenverbrannt, ihre Hände waren grob und groß. Arbeitshände. Die bloßen Füße steckten in Holzschuhen, ihr magerer Körper in einem zerschlissenen Kleid. Und das sollte die Mutter eines zwölfjährigen Mädchens sein?

»Frauke, komm her!«, rief die Frau und zog ihre Tochter zu sich in den Hauseingang. Ihre Stimme klang für ihr Aussehen überraschend jung. Misstrauisch musterte Fraukes Mutter den Fremden, der ihr Kind begleitet hatte. Ihre Augenbrauen zogen sich zusammen.

»Moin, Frau Jansen«, grüßte Rose mit bewusst munterer Stimme und lüpfte den Zylinder. Aber kaum saß der Hut wieder auf seinem Kopf, ärgerte er sich schon über seine zur Schau getragene, gekünstelte Lockerheit. In seiner Unbeholfenheit floh er mit diesem Verhalten vor dem Ernst der Situation, das wusste er. »Mein Name ist Bernhard Albert Rose. Ich bin der neue Schulmeister. Heute Morgen gab es auf der Straße einen kleinen Auflauf. Gerüchte machten die Runde, Sie werden davon gehört haben.« Er blickte der Frau eindringlich in die Augen, bevor er auf das Mädchen sah. Es hatte die Arme um die Hüften der Mutter geschlungen und schien diese nicht mehr loslassen zu wollen. »Die unerfreuliche Nachricht vom Fund in der Marsch hat Ihre Tochter sehr mitgenommen. Ich dachte also, es wäre besser, sie persönlich heimzubringen.«

Stumm und mit eingefrorener Miene sah ihn die Frau von oben bis unten an. Sie löste den Griff ihrer Tochter, schob sie ins Haus und wollte schon die Haustür zuwerfen, als Rose geistesgegenwärtig einen Fuß in den Rahmen stellte.

»Frauke hat etwas von ihrer vermissten Schwester erzählt. Sie hieß Thea, wenn ich mich richtig erinnere.«

»So heißt sie immer noch«, sprach die Frau bockig. »Was geht Sie das an? Unsere Älteste war seit dem Sommer nicht mehr bei uns. Verschwunden ist sie. Einfach so, ohne etwas zu sagen. Und jetzt haben Arbeiter anscheinend eine junge Deern gefunden.« Sie wankte leicht und musste sich am Türrahmen festhalten. »Blond. Kein Wunder, dass Frauke da mehr vermutet, als es wahrscheinlich ist.«

Schulmeister Rose nickte und vermied es, die Mutter direkt anzublicken. Frauke sollte mehr vermuten, als wahrscheinlich geschehen war? Die arme Frau machte sich doch etwas vor. »Natürlich bin ich voll der Hoffnung für das Schicksal Ihrer Thea. Der Körper in der Marsch wird sich als ein gänzlich anderer herausstellen«, prophezeite er, ohne wirklich daran zu glauben. Er wagte einen Schritt auf sie zu. »Könnten Sie mir trotzdem etwas über Ihre Älteste erzählen?«, fragte er. »Sehen Sie, ich bin in Welt aufgewachsen und durch mein Studium weit herumgekommen. Ich könnte einigen Leuten auf Eiderstedt schreiben und Ihnen vom Schicksal Ihrer verschwundenen Tochter berichten. Es besteht durchaus die

Möglichkeit, dass jemandem etwas aufgefallen ist. Schließlich leben wir nicht in einer Großstadt wie Hamburg, wo niemand mehr auf den anderen achtet.«

»Mama, schau mal!«, rief Frauke aus dem Inneren der Kate und trat an das Fenster neben der Tür. »Ein Gendarm!«

Rose blickte sich überrascht um. Tatsächlich stand nur wenige Meter von ihm entfernt ein Apfelschimmel mit einem Mann in blauer Polizeiuniform im Sattel. Der Reiter war umringt von neugierigen Dorfbewohnern. Rose hatte von dem Auflauf auf der Straße nichts mitbekommen. Während er im Eingang der Kate verharrte, saß der Polizist schwungvoll ab, kam näher und salutierte vor ihm.

»Gendarmerieleutnant Asmus«, sprach er mit überraschend weicher Stimme, machte einen Schritt auf das Haus zu und holte hörbar Luft. »Vielleicht haben Sie schon davon gehört: Es geht um den Fund einer Frauenleiche zwischen Tating und Garding. Man hat sie bei Wegearbeiten gefunden. Nun schickt mich Justizrat Ingwersen, der Staller. Haben Sie ihm nicht das Verschwinden Ihrer Tochter angezeigt?«

Rose war verwirrt. Hielt der Kerl ihn etwa für den Vater der Vermissten? Er verneinte entschieden und deutete mit dem Zeigefinger auf die Haustür. »Die Mutter der Vermissten steht hier an der Tür, ich selbst bin der neue Schulmeister.«

Asmus schob den Lehrer wortlos beiseite, klopfte gegen das Türblatt und stieß es weiter auf. Der Schemen der Frau verschwand im Inneren, und er folgte ihm.

Da sich niemand um ihn scherte, wartete Rose vor dem Eingang und horchte.

»Sie sind also Frau Jansen, Theas Mutter? Sie war zuletzt in Stellung bei dem Müller im Wattkoog, richtig?«

Rose hörte schweres Atmen und das Schieben von Stuhlbeinen.

»Ist Ihr Mann nicht da? Es ist natürlich nicht leicht für Sie, aber wir müssen die tote Deern mit Ihrer vermissten Tochter vergleichen. Schon, um ausschließen zu können, dass sie es ist, die gefunden wurde.«

Die eintretende Stille wurde durch ein unterdrücktes

Schluchzen unterbrochen, dann sprach Fraukes Mutter mit heiserer Stimme: »Warum soll das unsere Thea sein? Dem Staller haben wir gesagt, dass wir sie vermissen, und was hat die Obrigkeit seither getan? Nichts. Und jetzt so eine Nachricht? Nein! Wie sieht die Tote denn aus?«

Asmus räusperte sich. »Die … tote Deern ist blond und zwischen fünfzehn und achtzehn Jahre alt. Sie ist normal gewachsen und misst fünf Fuß, acht Zoll.«

»Das passt auf viele Mädchen in der Gegend, und die meisten von ihnen sind blond«, kam die Antwort.

»Das stimmt. Leider darf ich zu diesem Zeitpunkt der Ermittlungen keine Angaben zur Bekleidung machen.«

Wieder erklang für einen Moment kein einziger Laut von drinnen. Dafür drangen Gesprächsfetzen der Neugierigen, die sich vor der Kate versammelt hatten, zu Rose.

»Hat Ihre Tochter vielleicht ein körperliches Merkmal, etwa eine Narbe, einen Blutschwamm oder einen Leberfleck?«, fuhr Asmus mit der Befragung fort.

»Ein Muttermal hat Thea, hier oben«, antwortete die Frau im Haus.

Jetzt war auch das unterdrückte Weinen eines Mädchens zu hören. Arme Frauke, dachte Lehrer Rose und schluckte.

»Aber was fragen Sie danach?«, herrschte die Stimme den Gendarmen an. »Hat die Deern vielleicht ein solches Mal?«

Nach einem Augenblick des Schweigens brachen Mutter und Tochter in lautes Wehklagen aus. Der Gendarm hatte ihnen anscheinend zugenickt, interpretierte Rose das Gehörte.

Überraschend trat der Leutnant vor die Tür und prallte dabei gegen den Dorflehrer, der mit dem Rücken zur Tür stand und betreten zu Boden sah.

Asmus schob den Zivilisten beiseite. »Auffälliges Muttermal an der linken Halsseite«, murmelte der Polizist, blickte zum Himmel und seufzte. Er holte ein Notizbuch aus seiner Hosentasche und blätterte in den Seiten. »Zu viele Übereinstimmungen. Ich fürchte, die Identität der Deern in der Marsch ist geklärt. Dennoch werden die Eltern sie noch bezeugen müssen.« Die letzten Sätze hatte er laut gesprochen und wohl auch an den Dorflehrer gerichtet, der sich ihm zuwandte. »Aber das behalten Sie natürlich für sich, Magister. Als Schulmeister bekommen Sie doch so manches vom Dorfleben mit. Gerade in nächster Zeit wird es jede Menge Gerede geben, da sollten Sie Ihre Ohren besonders offen halten. Lauschen können Sie ja bereits.«

Rose wandte sich von ihm ab und schaute in den Himmel. Der Vorwurf, ein Schnüffler zu sein, berührte ihn aufs Peinlichste, er fühlte sich ertappt wie eines seiner Schulkinder beim Abschreiben.

Gendarmerieleutnant Asmus lächelte, sah kurz zu seinem Pferd und der Gruppe wartender Leute hinüber, bevor er erneut in der Kate verschwand.

»Noch ein Verhör?«, fragte Rose leise. Dass so etwas immer denen passieren musste, die ohnehin schon vom Leben gebeutelt wurden.

»Aber eine andere Magd ist doch auch verschwunden!«, rief die Mutter zwischen Schluchzern dem Polizisten entgegen. »Zuletzt gesehen wurde sie im Sommer auf dem Pferdemarkt in Tönning. Ganz wie unsere Thea. Nur hat sich die andere auf dem Ehsterkoog verdingt. Wer sagt uns denn, dass nicht sie da in der Erde liegt?«

»Eine andere? Das hieße ja, es wären zwei, die …« Die Stimme des Gendarmen klang wie elektrisiert. »Wie heißt die Vermisste?« Jetzt hörte sich der Ton des Polizisten fordernd an.

»Was weiß denn ich? Fragen Sie Anna Heller, ihre Cousine. Die Eltern wohnen hier in Ording, sie selbst ist in St. Peter beim Prediger.«

»Das werden wir. Frau Jansen, als Sie die Sachen Ihrer vermissten Tochter aus der Wattenmühle geholt haben, ist Ihnen aufgefallen, dass etwas gefehlt hat?«

»Die besseren Sachen waren verschwunden«, kam nach einigen Augenblicken die Antwort. »Entweder trägt Thea sie, oder die Leute von der Mühle haben sie nach ihrem Verschwinden gestohlen.«

»Bessere Kleidungsstücke also. Geht das auch genauer? Können Sie Angaben zu Stoffen, Mustern, Farben machen?«

»Sie hat so ein Halbarmhemd aus weißem Leinen mit Rüschen. Und ein schönes blau-weiß gestreiftes Kleid. Und besonders gut«, wieder schluchzte die Frau auf, »steht ihr das rote Tuch, das mit Blumen bedruckt ist. Aber all das ist verschwunden.«

»Gibt es noch jemanden hier in Ording, mit dem Thea vertraut war? Selbstverständlich neben ihrer Familie. Hat sie eine gute Freundin oder gar eine Liebschaft? Vielleicht so etwas wie ein Geheimnis, das ihr Weggehen begründen würde?«

Auch wenn Asmus sich über die Identität der Toten nun sicher war, so konnten Täter oder Mitwisser aus ihrem Umfeld stammen. Je mehr er über Thea erfuhr, desto näher würde er der Aufklärung der Tat kommen.

»Liebschaft? So eine ist meine Thea nicht! Mein Mädchen verdingt sich in der Mühle, seitdem sie vierzehn ist. Kaum noch zu Hause ist sie. Der Müller setzt ihr so mit der Arbeit zu, dass sie gar nicht mehr zum Luftholen kommt, dieser Schinder. Hat ein großes Mahlwerk und betreibt dazu noch Rinderwirtschaft. Kriegt den Hals nicht voll, aber spart am Gesinde. Eine Liebschaft soll meine Thea gehabt haben? So eine dreiste Lüge!«

»Es war nur ein Gedanke, mehr nicht«, erklärte Asmus. »Nun, dann wird die Gendarmerie später auch bei der Wattenmühle nachfragen müssen. Wo ist eigentlich Ihr Mann? Der könnte mir gewiss auch etwas dazu sagen.«

»Wozu? Zum Verschwinden von Thea oder zu ihrem, ihrem …« Weinen und Schluchzen hinderten die Frau kurzzeitig am Weitersprechen. »Der läuft den Strand entlang, sucht Bernstein und sticht Schollen«, stieß sie hervor. »Außerdem haben wir Staller Ingwersen doch schon alles gesagt.«

»Nun, Frau Jansen, dann muss ich Sie bitten, morgen in Tönning den Physikus Thomsen aufzusuchen. Es spricht leider zu viel dafür, dass es sich bei der aufgefundenen Toten um Ihre Tochter Thea handelt. Das aber können wir erst mit Gewissheit sagen, wenn Sie sie identifiziert haben. Ich muss darauf bestehen, dass Ihr Mann Sie begleitet, schließlich ist er der Familienvorstand. Am besten kommen Sie gegen Mittag, das sollte für alle am günstigsten sein. Bis dahin empfehle ich mich.«

Leutnant Asmus stürmte aus der Kate, an Rose vorbei und auf sein von Dörflern umringtes Pferd zu.

Der Lehrer folgte langsam, als der Polizist sich zu ihm umdrehte.

»Wissen Sie, wo in diesem Küstennest die Eltern einer gewissen Anna Heller wohnen?« Als der Gefragte den Kopf schüttelte, schnaubte er höhnisch. »Dann wird es höchste Zeit, dass Sie sich mit den Bewohnern des Landstrichs vertraut machen. Also, Magister, Sie kennen Ihre Order«, raunte er. »Halten Sie die Ohren offen, ich zähle auf Sie. Zusätzlich werden sich meine Gendarmen in der Gegend umhören.« Bevor Rose antworten konnte, wiederholte der Polizist die Frage nach Anna Hellers Eltern vor den Umstehenden, ließ sich den Weg erklären, saß auf und ritt in Richtung der Ordinger Kirche davon.

Rose blickte ihm wütend hinterher. Da kam so ein schneidiger Leutnant an den Deich, zerwühlte die Seelen der Leute und überließ sie ihrer Angst und den Gerüchten. Und was war das mit der Order gewesen? War er vielleicht der Polizei beigetreten? Andererseits war er als Zivilist und Lehrer tatsächlich bestens geeignet, sich unauffällig unter der Bevölkerung umzuhören und so mehr über den Tod der armen Thea Jansen zu erfahren. Das könnte sogar interessant werden.

BEEINDRUCKENDER HAUBARG

Staunend stand Dina in der hohen Halle und betrachtete die Holzkonstruktion, die das gewaltige Dach stützte. Mächtige Balken bildeten säulengleich ein Geviert, an das sich sämtliche anderen Räume anschlossen. Nachdem sie mit Hedwig die Kühe gemolken hatte, trugen die Frauen nun die schweren Milcheimer zur Meierei.

»Das hier ist der Vierkant«, erklärte die Magd, »die Mitte des Hofes. Hier lagern wir, was wir einfahren.« Sie deutete in die entsprechenden Richtungen. »Hinter uns liegt der Kuhstall, links stehen die Pferde, geradeaus geht es zur Meierei, und auf der ganzen rechten Seite finden sich die Wohnräume. Und jetzt lass uns die Milch abliefern. Ich bin gespannt, was die anderen über die Deern in der Marsch schon alles gehört haben. Bestimmt summt der Haubarg schon vor Gerüchten wie ein Bienenkorb.«

Sie betraten den Raum zur Milchverarbeitung und stellten ihre vollen Eimer ab. Sogleich erstarben die Gespräche der vier Mägde, die dort eine Buttertrommel drehten und mehrere Zuber schrubbten.

»Das ist Dina, die Neue«, erklärte Hedwig der Runde. »Sie schläft in unserer Kammer.« Sie deutete auf die Magd mit dem Feuermal im Gesicht und wandte sich an Dina. »Antje hast du ja schon kennengelernt, die anderen sind Ingeborg, Greta und Hiske. Und jetzt zeige ich dir den Außenbereich des Hofes.«

»Sie haben sie nach Tönning zum Leichenbeschauer gebracht«, rief Antje, wie um sie aufzuhalten. Im Kuhstall war die Magd noch ganz aufgelöst gewesen, nun aber schien es sie bei dem Gedanken an die tote Deern wohlig zu schaudern. »Sie soll schon schwarz gewesen sein und blutig. Jetzt wird sie aufgeschnitten.«

»An deiner Stelle würde ich mich nicht weiter damit befassen«, mahnte Hedwig und wandte sich zum Gehen. »Nicht dass du noch Teil der Mordgeschichte wirst.«

»Hat denn keine von euch eine Idee, wie meine Vorgängerin verschwunden sein könnte?«, wollte Dina wissen. Jetzt, da das Gespräch von selbst auf die vermeintlich tote Immke gekommen war, schien ihr die Frage ganz natürlich.

»Wir haben sie in Tönning auf dem Pferdemarkt gesehen«, wusste Antje zu berichten und blickte Hedwig triumphierend an. »Sie war mit einer Freundin von einem anderen Koog unterwegs. Danach war sie weg. Spurlos verschwunden. Das ist jetzt knapp zwei Monate her.«

Dina merkte, wie Hedwig sie beobachtete, und rieb sich die Arme. Ihr war kalt. »Es ist ein seltsames Gefühl, so einer in der Stelle nachzufolgen«, sprach sie laut und sah dabei nachdenklich zu Boden. »Da möchte man gern mehr wissen. Und dem Bauern ist das alles wirklich egal?«

Antje machte eine wegwerfende Handbewegung. »Dem liegt doch nur was am Tagwerk und an einer schmalen Bezahlung. Damit er noch reicher wird und angeben kann. Seit die Bauern hier die Jungrinder aus Jütland kaufen und auf den Weiden mästen, geht es ihnen besonders gut. Sie brauchen weniger Gesinde, die Engländer zahlen für das gute Rindfleisch beste Preise, und ist mal eine Magd verschwunden, steht bald auch schon eine wie du vor der Tür, weil sie Arbeit braucht. Den Herren könnten wir nicht gleichgültiger sein.«

»Aber vermisst hier denn niemand diese Immke? Sie hat mit euch zusammengearbeitet, hatte sie vielleicht sogar einen Schatz unter den Knechten?«, überlegte Dina laut weiter, erhielt aber nur Kopfschütteln und Gemurmel als Reaktion.

»Immke war lieber allein«, antwortete Antje. »Hat nie viel von sich erzählt. Wie die Friesen so sind. Mag sein, es gab jemanden. Aber hier auf dem Hof? Das glaube ich nicht. Möglicherweise«, ihre Stimme wurde leise, und sie sah sich verschwörerisch um, »hatte der Bauer ein Auge auf sie geworfen, und sie musste deshalb weg. Man kann sich so einiges vorstellen. Oder sie hat ihm den Kopf verdreht, weshalb sie die Bäuerin verjagt hat, als wir nicht auf dem Hof waren.«

Hedwig hatte Antje mit mürrischer Miene zugehört. »Was du alles glaubst. Ich sage dir, mit dir wird es kein gutes Ende nehmen, du wirst dich noch um Kopf und Kragen klönen. Auf so einem Hof haben selbst die Wände Ohren.« Sie wandte sich an Dina und zeigte auf die Tür zum Vierkant. »Ich glaube, wir haben genug gehört. Ich muss dir noch den Rest vom Hof zeigen und dir unsere Knechte vorstellen. Wenn du die gesehen hast, wird dir klar sein, warum Immke auf diesem Hof keinen Schatz hatte.«

Die Mägde lachten noch immer, als plötzlich die Tür zur Meierei mit einem Knall aufgestoßen wurde. Ein halbwüchsiger Junge stand im Eingang und sah atemlos und mit weit aufgerissenen Augen in die Runde. »Es soll eine aus Ording sein«, krächzte er mit sich überschlagender Stimme. »Die tote Deern in der Marsch. Jetzt wird sie aufgeschnitten. Ein Gendarm war schon bei ihrer Familie.« Er drehte sich auf dem Absatz um und lief davon, als müsste er die Neuigkeit noch weiter verbreiten.

Ratlos sahen sich die Mägde an. Einen Augenblick später begann die erste, laut zu überlegen, wen sie in Ording kannte und wer als Opfer in Frage kam.

Hedwig schob Dina aus dem Raum. »So schnell kann das gehen«, sagte sie und durchquerte den Vierkant in Richtung des Pferdestalls. »In der einen Sekunde wird die eine für tot gehalten, in der nächsten ist es schon eine andere. Wer weiß, vielleicht werden es ja auch zwei.«

Dina war unsicher, wie sie mit dieser neuen Nachricht umgehen sollte. Konnte sie Hoffnung schöpfen? Klar war jedoch, dass sie sich mit ihrer Suche nach Immke keine Zeit lassen durfte. Seit die Bäuerin in Tating sie davor gewarnt hatte, alleine zu reisen, spürte sie ein drohendes Unheil. Etwas lag in der Luft. Und auch der Gleichmut, mit dem die Leute auf dem Hof das Verschwinden Immkes abtaten, machte sie immer misstrauischer.

Dina und Hedwig betraten den Pferdestall, in dem nur ein Gaul stand und seinen Hafer kaute.

»Die andern sind auf der Weide oder ziehen die Wagen«, erklärte Hedwig und tätschelte das Tier. »Für die Arbeit haben wir ein paar Kaltblüter. Die Reitpferde sind dazu da, dass Bauer

Hirsch auf ihnen eine gute Figur macht und zeigt, wie viel Geld er hat. Dabei kommt er mit seinem fetten Bauch kaum in den Sattel. Einer von unseren Knechten ist alleine für die Rösser zuständig.«

»Ich muss immer noch an Antjes Worte denken«, sagte Dina. »Du scheinst dich an dem Geschwätz über Immke und die Tote nicht beteiligen zu wollen. Aber die und der Bauer? Das wäre doch gewiss nicht geheim geblieben, wenn er hinter einer vom Gesinde her gewesen wäre. Ich mag einfach nicht glauben, dass jemand gänzlich unbemerkt vom Hof verschwindet, so eng, wie ihr hier zusammenwohnt. Mir ist, als wüsstest du mehr, als du sagst.«

Hedwig drehte sich zu ihr um und sah ihr direkt in die Augen. Die zusammengepressten Lippen unterstrichen ihren Ernst. »Der Bauer kann sehr gewalttätig sein«, stieß sie hervor. »Er glaubt zutiefst, dass die Dinge und Kreaturen auf dem Hof ihm gehören, auch das Gesinde. Natürlich gibt es die Leibeigenschaft offiziell nicht mehr, aber das ist ihm noch nicht in den Kopf gedrungen. Alle reden ja vom Pferdemarkt und davon, dass sie die Immke dort zuletzt gesehen haben. Ich bin an dem Tag im August auf dem Hof geblieben. Hatte mir den Fuß umgeknickt und musste mich schonen. Abends, als die anderen wohl noch beim Tanz waren, kam Immke in unsere Stube. Sie war erschöpft und wollte gleich schlafen. Doch Bauer Hirsch stürmte zu uns herein und verlangte von ihr, ihn zum Schwarzen Hof zu begleiten.« Hedwig sah Dinas fragenden Blick. »Der liegt im Schwarzwasserkoog. Ich glaube, eigentlich hätte ich trotz meiner Verletzung mitgesollt. Aber als der Herr Immke sah, hat er kurz gestutzt und eben die Hübschere von uns beiden vorgezogen. Das meiste Gesinde war ja auf dem Markt und er zu einem Gelage mit anderen Herren eingeladen. Immke sollte auf dem Hof in der Küche aushelfen. Erst hat sie sich geweigert, doch als er mit Entlassung drohte und ihr zugleich ein paar Schillinge extra bot, konnte sie nicht Nein sagen und ist mit ihm gefahren. Das war das letzte Mal, dass ich sie gesehen habe.« Das Geklapper von Pferdehufen wurde lauter, und Hedwig verstummte.

Durch das Stalltor trat ein groß gewachsener, breitschultriger Kerl, der einen Schimmel am Zaumzeug führte. Er sah zu den Mägden hinüber und brachte das Pferd in seinen Verschlag. »Na, Hedwig, zeigst du der Neuen, wie man sich vor der Arbeit drückt?«, rief er, während er das Tier von Riemen und Trense befreite.

Dina schrak ob der rauen und lauten Stimme zusammen.

»Wenn Bauer Hirsch sieht, wie wenig sie arbeitet, ist sie genauso schnell weg wie die andere«, höhnte er und lachte.

»Es nützt alles nichts«, raunte Hedwig Dina zu, »du wirst den groben Klotz kennenlernen müssen.« Beide Mägde gingen an den Pferdeverschlägen entlang auf den schroffen Kerl zu. »Das ist Wilko, der Pferdeknecht.«

Als Dina dessen schlecht verheilten Nasenbruch sah und das Kinn, das wie ein Schiffsbug hervorragte, huschte ein Lächeln über ihre Lippen. Was hatte Hedwig eben noch gesagt? Beim Anblick der Knechte würde sie verstehen, dass Immke auf dem Hof keinen Schatz gehabt hatte. Wenn alle so aussahen wie dieses erste Exemplar, war das tatsächlich kein Wunder.

»Der Herr erlaubt nur ihm, die teuren Reitpferde zu pflegen«, sagte Hedwig. »Du siehst, Wilko ist Bauer Hirsch wichtiger als wir Mägde.«

Wieder ertönte dröhnendes Lachen. »Das hast du gut gesagt, Hedwig.« Wilko ließ von dem Schimmel ab und taxierte Dina von oben bis unten. »Ist wirklich besser, du stellst dich gut mit mir. Wie heißt du?«

Dina war versucht, auf den Boden zu sehen, um dem Blick dieses Mannes auszuweichen. Doch so würde sie dem Klotz nur Macht über sich geben. Also blitzte sie ihn an. »Ich bin Dina.« Sie dachte daran, was er eben erst gerufen hatte. »Und mach dir keine Sorgen, ich kann schon zupacken. Allerdings ist mir schlechtes Gerede über eine, die draußen tot in der Marsch liegt, zuwider. Hast du sie nicht gekannt?«

Pferdeknecht Wilko machte eine wegwerfende Handbewegung. »Das ist doch nicht die Immke. Habt ihr es nicht gehört? Es soll eine aus Ording sein.«

»Und wo ist meine Vorgängerin dann hin?«, fragte Dina und starrte ihn an.

Der Kerl zuckte mit den Schultern und hielt ihrem Blick stand. »Was hast du nur mit der? Klingst ja fast so wie Großbauer Besthorn, einer unserer Nachbarn. Als er gehört hat, dass Immke auf unserem Hof fehlt, hat er sofort angeboten, bei der Suche zu helfen. Dabei war ihr Verschwinden unserem Bauern wohl herzlich egal. Als ob sie jemand dort gekauft hätte, ist sie von dem Pferdemarkt nicht wiedergekommen«, sprach er und lachte auf. »Von uns hat sie niemand mehr gesehen. Sogar ihr Zeug soll weg sein. Ist es nicht so, Hedwig?«

Die Gefragte nickte. »Bis auf ein Kleid«, murmelte sie dann wie zu sich selbst. »Ein schönes. Aber nun ist auch das weg.«

Dina wandte sich von den beiden ab und tat so, als sähe sie sich weiter im Stall um. Ihr Kopf schwirrte, und sie überlegte. Hatte Hedwig eben nicht erst gesagt, dass sie an dem Abend im Bett lag, als der Bauer mit Immke wegfuhr? Wann sollten Immkes Sachen dann verschwunden sein, ohne dass sie etwas davon mitbekommen hatte? Sagte Hedwig die Wahrheit? »Du hast also keine Ahnung, was mit dem besonders schönen Kleid geschehen ist?«, fragte sie unvermittelt.

Hedwig hob die Augenbrauen und wies, ohne die Frage zu beantworten, auf den Ausgang des Stalls. »Jetzt hast du vom Hof fast alles gesehen«, erklärte sie bestimmt und schob Dina vor sich her. »Ich muss dir noch den Außenbereich zeigen, damit du dich auch dort zurechtfindest.«

So ließen die Frauen den Knecht stehen und gingen ins Freie. Hedwig sah sich noch einmal um. »Ich mag über die ganze Sache auf dem Hof nicht sprechen. Schon gar nicht vor dem Gesinde. Mir ist nicht geheuer, dass jemand von hier verschwindet, ohne Spuren zu hinterlassen, und das offenbar niemanden schert. Selbst Besthorn, der Nachbar, von dem Wilko gerade gesprochen hat, sagte, die Landschaft Eiderstedt sei ja keine Erdspalte, in die man spurlos hineinfällt und nie wieder auftaucht. So einem Verschwinden müsse man nachgehen. Aber all sein Herumreiten und Nachfragen hat auch nichts gebracht«, erklärte sie. »Ich rate dir, lass die Fragerei. –

Das Kleid hat an jenem Markttag die Antje getragen«, kam sie nach einem Moment der Stille auf die Frage zurück. »Sie hatte es sich von Immke geliehen. Es ist rot-grün gestreift, das Mieder leuchtend grün mit goldenen Knöpfen. Antje sieht darin gut aus. Wegen ihres entstellten Gesichts muss sie sich aber auch besondere Mühe geben. Immerhin, es scheint einen Burschen zu geben, dem sie gefallen will. In der Nacht, als sie zurückgekommen ist, hat sie es in der Kammer aufgehängt, und am nächsten Tag war es plötzlich verschwunden.«

»Du weißt aber viel«, wunderte Dina sich.

»Wieso? Antje schläft doch bei mir und jetzt auch bei dir. Komm, lass uns um den Hof gehen, damit du endlich alles gesehen hast. Danach müssen wir den Kuhstall ausmisten. Ich hoffe, wenigstens dabei wird uns einer der Knechte helfen.«

Der Wind blies die Wolken auseinander, die sich in einem unentschiedenen Hellgrau übereinandertürmten. Hoch am Himmel zeigte sich die Sonne, ihre Strahlen legten sich wärmend auf die Gesichter der zwei Frauen. Als die beiden Mägde um die Ecke des Haubargs traten, blieben sie abrupt stehen.

Eine füllige Frau saß im Hauskleid auf einer einfachen Bank, den Rücken gegen die weiß getünchte Wand gelehnt. Mit geschlossenen Augen genoss sie die Mittagssonne. Als eine Windböe unter ihre Spitzenhaube fuhr, schreckte sie hoch und blickte sich um. »Was schleicht ihr hier ums Haus wie Diebe in der Nacht?«, keifte sie mit schriller Stimme, während sie mit einer Hand die Haube hielt. »Ist euch die Arbeit ausgegangen?«

Hedwig deutete einen Knicks an und senkte leicht den Blick. »Madame, ich habe der Neuen den Hof gezeigt. Gerade kommen wir aus dem Pferdestall. Die Kühe sind gemolken, und den Stall werden wir auch noch ausmisten.«

»Eine Neue? Dann tritt mal näher«, forderte die Madame Dina auf.

Erhobenen Hauptes ging diese auf sie zu. »Moin, ich bin Dina Martensen. Ich habe die Stelle heute Morgen angetreten.« Sie betrachtete das pausbäckige Gesicht der Großbäuerin. Das blassblonde Haar, das unter ihrer Haube hervorsah, war glanzlos und struppig. Kein Wunder, dachte Dina, dass sie es selbst in dieser intimen Hausecke vor fremden Blicken verstecken möchte. Ihr fiel ein, was die Magd aus St. Peter über den Ehsterhof gesagt hatte. Diese Frau also, vor der sie gerade stand, hatte das Anwesen und den Reichtum geerbt. Schön war sie jedenfalls nicht. Und ihre Stimme schmerzte in den Ohren. Mit ihrem herrischen Wesen schien sie jedenfalls gut zu dem pockennarbigen Habenichts von Ehemann zu passen. Ein Paar, das sich in seiner Garstigkeit gefunden hatte.

»Moin? So sprichst du zu mir? Hat man Töne! Für dich heißt das: ›Guten Tag, Madame!‹ Wo kommst du her, dass du so gar keine Manieren kennst?«

»Pastor Wolf von St. Peter hat sie empfohlen«, kam Hedwig Dina zuvor, die gerade antworten wollte.

»Von St. Peter? Wie erstaunlich. Du scheinst mir recht kräftig gebaut, eine wie dich würde man unter den Hungerleidern am Deich gar nicht vermuten.«

Dina senkte ihren Blick, biss die Zähne aufeinander und versuchte sich in einem Knicks. Sollte diese Matrone doch denken, dass sie ihr gegenüber zu Kreuze kroch. »Madame«, sagte sie leise, »ich bin sehr froh, hier arbeiten zu dürfen, denn das Schicksal hat es nicht gut mit mir gemeint. Allzu viele meiner Habseligkeiten sind bei einem Brand zu Schaden gekommen, darunter auch die meisten meiner Kleider. Haben Sie vielleicht ein abgelegtes für mich, damit ich mein weniges Zeug schonen kann?« In den Blick, den sie langsam hob, legte sie den Ausdruck unterwürfiger Hoffnung.

»Ein abgelegtes!« Die Madame schnaubte und stemmte die Hände in ihre runden Hüften. »Hat man je so etwas gehört? Soll die Herrschaft jetzt auch noch für die Arbeitskleider des Gesindes zahlen? Von jeher ist das eure Sache, und so wird es auch bleiben. Und euer altes, zerschlissenes, verlaustes Zeug geben wir sofort an den Lumpenhändler. Der zahlt sogar noch etwas dafür.« Der helle Klang geschlagenen Eisens ließ die Frauen aufhorchen.

»Mittagszeit!« Die Miene der Bäuerin hellte sich auf. »Dann wollen wir mal sehen, ob es uns schmeckt.« Sie drückte ihren Leib aus der Bank und watschelte zum nächsten Hauseingang.

Dina und Hedwig folgten ihr in einigem Abstand.

»Jetzt wirst du auch den Rest von uns treffen«, sagte Hedwig. »Die Herrschaft isst natürlich getrennt von uns.«

Als sie die Stube betraten, hatte sich das Gesinde schon am großen Tisch versammelt. Dina war den meisten bereits begegnet, aber ein ihr unbekannter Hütejunge und zwei weitere Knechte sahen sie neugierig an.

Dina erwiderte ihre Blicke und war erstaunt ob der Ungeschlachtheit der Männer. Auf dem Gesicht des einen Knechts verlief eine bläuliche Narbe von der Stirn zwischen den Augenbrauen quer über den Nasenrücken bis zur Wange. Dunkle Augen starrten sie an. Der dritte Knecht neben ihm war von weniger bulliger Statur und hoch aufgeschossen. Zwischen seinem schütteren Haar konnte man an einigen Stellen Schorf erkennen, sein Körper wirkte knorrig. Als einziger der Männer lächelte er ihr zu. Mit der linken Hand griff er einen der Holzlöffel vom Tisch und reichte ihn ihr. Zwischen seinen Fingern war deutlich eine schlecht verheilte Narbe zu sehen.

Dina erschrak. Dem Kerl fehlte der Mittelfinger!

Als das Gesinde sah, wie Dina zusammenzuckte, lachten alle Mägde und Knechte auf und entblößten ihre Zahnlücken und fauligen Zähne.

Dina wusste nicht recht, ob sie in das Lachen einfallen sollte, doch die hellen Stimmen der beiden Jungen wirkten ansteckend, und so setzte sie sich ebenfalls glucksend an den Tisch.

»Den Spaß macht Focke gerne.« Lächelnd griff sich Hedwig einen der Löffel.

In diesem Augenblick wurde die Tür aufgestoßen. Die Küchenmagd trug eine große, dampfende Schüssel herein und platzierte das irdene Gefäß in der Mitte der Tafel. »Kartoffelsuppe«, verkündete sie. Als der Pferdeknecht Wilko den Mund zu einer Frage öffnete, fiel sie ihm ins Wort. »Die Herrschaft gönnt sich heute Hühnchen. Die Madame hat mir damit schon seit zwei Tagen in den Ohren gelegen. Aber nun esst, wird ja sonst alles kalt. Brot bringe ich noch.«

Wer jetzt noch keinen Löffel hatte, griff hastig danach, und das gemeinschaftliche Pusten, Schlürfen und Schmatzen begann. Ein jeder bediente sich aus der Schüssel und vergaß dabei das Reden. Selbst die Anwesenheit der neuen Magd war in diesem Augenblick bedeutungslos.

Nachdem der erste Hunger gestillt war, lehnte Dina sich zurück und schaute in die Runde. Ihr Blick traf den des Hütejungen, dem sie schon im Stall begegnet war.

Seine blauen Augen beobachteten sie genau. »Du bist also Dina?«, fragte er. »Gruselt es dich gar nicht, in dem Bett von der Immke zu schlafen?« Er grinste sie an.

Der Pferdeknecht, der neben ihm saß, versetzte ihm einen Klaps auf den Hinterkopf.

»Was denn, darf ich nicht mal fragen?«, begehrte der Junge auf.

»Warum sollte ich mich gruseln?«, antwortete Dina laut mit einer Gegenfrage und sah in die neugierigen Gesichter der Anwesenden. »Es scheint ja niemanden besonders zu ängstigen, dass die Deern weg ist. Oder macht dir ihr Verschwinden etwa Angst?«, wandte sie sich an den Hütejungen, der den Kopf schüttelte. »Größere Sorge bereitet mir die Frage, wie ich an ein zweites Kleid komme. Die Arbeit hinterlässt an den guten Sachen ja doch schnell Spuren. Ist vielleicht nicht noch ein Kleid über, das Immke zurückgelassen hat?« Den letzten Satz sprach sie, ohne jemanden direkt anzusehen.

Antje wischte sich den Mund mit dem Handrücken ab. »Eins hat sie mir für den Markt in Tönning geliehen«, sagte sie leise. »Aber am Tag danach, als Immke plötzlich weg war und keiner wusste, wohin und warum, hat es mir der Herr weggenommen. Er hat gemeint, das Kleid bringe Unglück. Sachen von so zwielichtigen Personen wie der Immke, ja, genau so hat er es gesagt, wolle er nicht im Haus haben. Er hatte vor, das Kleid wegzuwerfen, aber ich glaube, die Bäuerin hat es einfach verkauft.«

»Dann hat unser Bauer sie also als Letzter gesehen«, überlegte Dina laut.

Am Tisch herrschte völlige Stille. Niemand kaute, scharrte

mit den Holzschuhen oder nahm sich etwas aus der Schüssel. Alle starrten die neue Magd an.

Plötzlich donnerte Pferdeknecht Wilko seine flache Hand auf die Tischplatte. Die Runde schrak zusammen, die Erstarrung löste sich. »Was willst du damit sagen?«, zischte er Dina an. »Bist du zum Arbeiten auf den Hof gekommen oder wegen dieser Amrumer Deern? Lass es dir gesagt sein, Bauer Hirsch wird solche Verdächtigungen nie und nimmer dulden. Es kommt immer wieder vor, dass Mägde weglaufen. Niemand weiß, was mit Immke geschehen ist. Übrigens verschwinden Knechte genauso. Auf dem Schwarzen Hof nebenan fehlt auch einer. Und? Macht bei denen jemand ein Gewese drum? Nein. Irgendeinen Grund wird der Kerl schon gehabt haben, sich in Luft aufzulösen. Ich rate dir, dich gut mit unserem Herrn zu stellen. Er ist nämlich aufs Beste bekannt mit Justizrat Ingwersen, dem Staller auf Eiderstedt, eingesetzt vom König selbst. Er hat Gericht und Polizei in der Hand und ist der mächtigste Mann hier.« Wilko beugte sich zu Dina hinüber und raunte, als verriete er ihr ein Geheimnis: »Wer also wie unser Bauer Hirsch mit ihm befreundet ist, der hat das Ohr und den Beistand der allerhöchsten Majestät. Hüte dich also, Dinge zu sagen, die du besser nicht einmal denken solltest.«

Dina sah jeden Einzelnen am Tisch an und hoffte auf ein aufmunterndes Zwinkern oder Lächeln, das der Situation den Ernst nehmen würde, doch die Gesichter blieben verschlossen. Selbst Hedwig wich ihrem Blick aus. Das war eine deutliche Warnung an sie gewesen. Von jetzt an musste sie auf der Hut sein und durfte niemandem trauen. Sie blickte zur Tür und schob die Unterlippe vor. »Wir haben fast aufgegessen und immer noch kein Brot bekommen«, wechselte sie das Thema, aber die eigentümliche Spannung in der Luft wollte sich nicht legen. Niemand ging auf ihre Worte ein. Sie strich sich über Schultern und Oberarme, als entfernte sie Flusen. »Tierhaare und Staub«, sagte sie, »der Stall ist voll davon. Wenn es hier also kein anderes Arbeitskleid gibt, so muss ich wohl in die Stadt fahren.« Lächelnd blickte sie die

Mägde an, als wäre die Stimmung im Raum unbeschwert. »Wo kann ich eins bekommen?«

»Bei dem Lumpensammler, der mit dem abgelegten Zeug Handel treibt«, antwortete Antje, scheinbar froh, über etwas anderes als Immkes Verschwinden sprechen zu können. »Hin und wieder reist er auch über Land, aber besser ist es, zu ihm in sein Geschäft am Stadtrand von Tönning zu gehen.«

»Und wie komme ich dahin?«

»Vielleicht besteht die Gelegenheit, wenn wir die Sachen aus der Meierei am Hafen verkaufen«, schlug Antje vor. »Eigentlich müssten wir schon morgen wieder fahren. Wir haben drei Fässer Butter und reifen Käse, und vom Rumstehen wird das Zeug auch nicht besser.«

»Das wäre ja wunderbar!«, freute sich Dina. »Wen muss ich fragen, wenn ich mitmöchte?«

»Mich«, antwortete Focke, der Knecht mit dem fehlenden Mittelfinger. Seine tiefe Stimme klang unwirsch. »Ich werde mit dem Bauern sprechen. Vielleicht gibt es noch etwas anderes für dich zu tun, dann würde sich deine Fahrt auch für den Hof lohnen.«

WIDERSPENSTIGE ORDINGER

Auf dem Ordinger Deich ritt Gendarmerieleutnant Asmus im leichten Trab vom nördlichen Ende der Siedlung in Richtung St. Nikolai. Rechts von ihm lief das harte Gras, das den Wall vor Wind und Wellen schützte, in den Strand aus. Asmus' Blick schweifte über die weite Sandfläche, die erst am Horizont in ein schmales Band grünbläulichen Meeres überging. Darüber türmten sich weiße Wolken vor hellem Blau. Der Gendarmerieleutnant atmete tief ein, nahm die Schirmmütze vom Kopf und genoss es, wie die Böen durch sein Haar fuhren. Während er sich dem Kirchlein näherte, erinnerte er sich, was die Mutter der toten Deern gesagt hatte. Auch im Ehsterkoog fehle eine Magd. Er dachte an die Vermutungen des Physikus Thomsen angesichts der Fesselspuren und des Verwesungsgrades der Leiche. Sollte Thea Jansen vor ihrem Tod gefangen gehalten worden sein, so könnte dies Schicksal auch einer anderen Deern widerfahren. Was, wenn die zweite, die vermisst wurde, noch lebte? Ein Schauer überlief ihn, als er sich das Szenario ausmalte.

Das Auftauchen niedriger Katen, die sich in einer lückenhaften Kette an den Wall schmiegten, riss ihn aus seinem Grübeln. Auf den ersten Blick wirkten alle Behausungen gleich. Trotz des goldenen Sonnenlichts lagen Trostlosigkeit und Armut über ihren Dächern. Asmus zählte die Häuser. Nahe dem fünften ritt er in verhaltenem Tempo den Deich hinunter. An der Rückseite der Kate standen Verschläge für das Kleinvieh. Ziegen grasten, und Hühner pickten auf dem kleinen, eingezäunten Grundstück. Unweit davon blökten Schafe. Vor dem Haus der Familie Jansen war eben noch einiges Volk versammelt gewesen, hier sah er niemanden. Doch da, in einer Lücke des Ziegenverschlages, meinte er für einen Augenblick ein Gesicht zu erblicken. Langsam umritt Asmus die Kate, schließlich wollte er die Leute nicht überfallen oder ihnen Angst einjagen. Er saß ab und klopfte gegen die Tür. Nach wenigen Rufen wurde ihm zögerlich geöffnet.

Ein in die Jahre gekommener Mann sah den Uniformierten misstrauisch an.

Asmus salutierte. »Moin, Gendarmerieleutnant Asmus von der Tönninger Polizei. Spreche ich mit dem Vater von Anna Heller?«

Müde Augen besahen ihn von oben bis unten.

»Vater, was ist? Wer ist da?«, erklang eine ältere Frauenstimme aus dem Haus.

Asmus stieg der Duft von gebratenem Fisch und Zwiebeln in die Nase.

»Ein Gendarm«, antwortete Heller über die Schulter und wandte sich dem Polizisten zu. Sein ängstlicher Blick fiel auf den Säbel, der am Koppel des Uniformierten hing. »Sie sind wegen Anna hier? Es geht also nicht wieder um eine Steuer oder ein neues Gesetz, das uns kleinen Leuten noch mehr zusetzt? Fang- und Handelsverbote, irgendwas fällt euch doch immer ein. Mit der Gendarmerie sollte man am besten keinen Umgang haben. Wie auch immer, es handelt sich bestimmt um ein Missverständnis. Unsere Tochter hält sich tadellos, arbeitet immerhin beim Prediger von St. Peter. Sie wird nichts Unrechtes getan haben.« Der Mann blieb weiter im dunklen Eingang stehen.

Asmus hatte den Eindruck, der Tagelöhner wollte ihm den Einlass verwehren. Er schien keine Ahnung zu haben, warum er da war.

»Ein Gendarm? Gewiss geht es um die Jansen-Tochter!«, rief die Frauenstimme, die jetzt lauter wurde. »Aber dazu können wir nichts sagen.« Eine dünne Frau erschien im Rücken des Mannes und hielt eine Pfanne mit drei kleinen Karauschen darin in der Hand. »Die Fische werden kalt«, mahnte sie und blickte den Gendarmerieleutnant vorwurfsvoll an.

»Nun, ich bin bestimmt nicht hergeritten, um Sie beim Essen zu stören«, entschuldigte Asmus seine Anwesenheit ungehalten. Nur mühsam hielt er sich ruhig. Am liebsten hätte er die Leutchen angeschrien: Es ist wegen eurer Nichte und ihrem grausamen Schicksal! »Natürlich geht es auch um die Jansen-Tochter, da haben Sie recht. Wenn Sie zu ihr oder ihrem Verschwinden etwas sagen können, wäre das bestimmt im Sinne ihrer gramgebeugten Eltern. Es sind wie Sie Leute aus dem Dorf. Aber eigentlich bin ich hier, weil ich von einer weiteren verschwundenen Magd gehört habe. Ihre Tochter Anna soll mehr über diesen Umstand wissen. Und da ich gerade in Ording bin, dachte ich, ich frage bei Ihnen nach. Also?«

Die Eheleute sahen sich an und schüttelten die Köpfe. Frau Heller senkte den Blick und verschwand wieder im Dunkel des Flurs.

»Nein, das ist uns neu«, krächzte der Mann mit belegter Stimme und räusperte sich dann. »Aber Anna war auch schon länger nicht mehr hier. Wer ist denn noch verschwunden?«

Asmus hatte das untrügliche Gefühl, gerade angelogen zu werden, was ihm zutiefst missfiel. »Es soll sich um die Cousine Ihrer Tochter handeln, mithin also um Ihre Nichte. Sie arbeitet im Ehsterkoog. Und Sie wollen mir allen Ernstes erzählen, Sie hätten von ihrem Verschwinden nichts gehört? Herr Heller, ob Sie mich als Gendarm mögen oder nicht, das ist mir einerlei. Noch befrage ich Sie im Auftrag von Staller Ingwersen vor Ihrer Tür. Sehr wahrscheinlich haben wir es mit einem schrecklichen Verbrechen zu tun. Sollten Sie es also vorziehen, nicht gesprächig zu sein, komme ich gerne wieder und setze Sie nach den Regeln meiner Zunft unter Druck oder bestelle Sie nach Tönning zum Verhör. Also, was wissen Sie?«

Bei der Erwähnung des königlichen Stellvertreters sackte der ohnehin schon krumme Mann noch mehr in sich zusammen. Sein Blick glitt fahrig umher. »Es scheint, es kann sich tatsächlich nur um Immke Simons handeln, unsere Amrumer Nichte. Sie haben recht, sie verdingt sich auf dem Ehsterhof, aber ich hab sie schon seit Monaten nicht mehr gesehen. Genauso wie meine Tochter, aber das sagte ich ja schon. Was sollen die Deerns auch bei uns alten Leuten, wenn junges Volk um sie herum ist. Sie gehen gerne zusammen auf die großen Märkte. Zuletzt waren sie auf dem Pferdemarkt, soweit ich weiß.«

»Und von Liebschaften oder Kanaillen, die ihnen nachstellen, haben Sie nichts gehört?«

Vater Heller sah überlegend zu Boden. »Nee, hab ich nicht. Aber viel Zeit für so was bleibt den jungen Dingern ja auch wieder nicht. Bei all der Arbeit.«

Asmus ließ die Worte verklingen und blieb einige Momente schweigend vor der Tür stehen. »Wer hält sich außer Ihnen und Ihrer Frau gerade noch im Haus auf?«, fragte er und sah dabei streng auf den Tagelöhner hinunter.

Heller hob die Augenbrauen und sah ihn verständnislos an.

»Nun ja, wegen der drei Karauschen in der Pfanne. Bisher habe ich nur Sie beide zu Gesicht bekommen«, erklärte der Gendarm ungeduldig.

Vater Heller stutzte erst, lachte dann aber auf und machte eine wegwerfende Bewegung. »Ach, das sind doch nur kleine Fische. Die teilen wir uns, meine Frau und ich. Also, kann ich dann wieder?« Heller machte eine Geste in Richtung des dunklen Flurs.

Asmus nickte stumm, trat einige Schritte zurück und betrachtete die Kate genauer. Was die Leute auch im Schilde führten, es war nicht seine Sache. Vermutlich hatten sie irgendeinen illegalen Handel am Laufen. Vielleicht brannten sie schwarz oder schmuggelten was auch immer. Ohne das eine oder andere verbotene Geschäft war das Überleben für Tagelöhner wie sie oft schwer, das wusste Asmus. Und die Zeit drängte. Schließlich musste er sich um die verscharrte Frauenleiche kümmern. Und um eine Vermisste. Er wandte sich um, führte sein Pferd auf die Deichkrone und saß auf. Ein letztes Mal fiel sein Blick auf den winzigen Grund der Hallers. Er würde die Familie im Auge behalten, nahm er sich vor und trabte in südlicher Richtung gen St. Peter.

Schon bald war der Strand zu seiner Rechten nicht mehr ganz so breit, und die See kam näher. Der dichte Pflanzenbewuchs, der den Deich bedeckte, wurde lichter und verschwand schließlich ganz. Zur Seeseite hin lagen weite Flächen in hellem Grau, an einigen Stellen des Dammes hatte man Strandhafer frisch gepflanzt. Der Schutzwall wirkte ausladender und fiel zur Wasserseite sanfter ab. Er war hier verstärkt worden. Endlos zog sich die neue Schicht aus Klei Asmus' Weg entlang. Alles von Menschenhand gebaut, dachte der Gendarm, was für eine Plackerei. Wie schnell wurde im Inland vergessen, wie nötig der Schutz gegen die wütenden Fluten war. Und an einem solchen Tag, da die Tagelöhner am Deich ihr Brot verdient und den schweren Boden herangekarrt hatten, war nicht weit von hier eine junge Frau verscharrt worden. Was mochte vorher mit ihr geschehen sein?

Nach und nach schoben sich zwischen Deich und Strand Salzwiesen in sein Blickfeld. Ihre gelblichgrünen Halme wiegten im Wind. Die Flächen breiteten sich aus, sodass der sandige Strandstreifen nur noch ein schmales Band am Horizont war. Hier und da lag eine armselige Kate auf der Landseite. Asmus entdeckte einen Jungen, der sich immer wieder nach Schafdung bückte, und erinnerte sich. Später würde der Dung mit Stroh vermischt, zu handlichen Briketts geformt und in der Sonne getrocknet werden. So wie der Junge war auch er als Kind ausgezogen, um Heizmaterial für die Herdstelle seiner Mutter herbeizuschaffen. Was die Familie nicht selbst verbrannt hatte, war verkauft worden. Holz war in dieser baumarmen Gegend noch immer unerschwinglich.

Asmus sah jetzt mehrere Jungen wie Mädchen, die mit Körben unterwegs waren. Ob sie jenseits der Salzwiesen Porren sammelten? Die See war hier versandet und flach, also bestens dafür geeignet. Nur die Fischerei konnte so nicht gedeihen.

Von der Deichkrone aus erblickte der Gendarmerieleutnant hinter einigen Baumwipfeln endlich das hohe Dach der Kirche St. Peter. Er saß ab und führte seinen Apfelschimmel ins Dorf hinunter, das nur aus wenigen Häusern rund um das Gotteshaus bestand. »He, du!«, rief er ein Mädchen an, das barfuß den Weg entlangkam und eine Ziege am Strick zog. »Wo wohnt hier der Prediger?«

Das Kind kniff die Augen verschreckt zu Schlitzen zusammen, deutete aber nach links an den Rand der kleinen Siedlung, wo ein größeres Haus hinter Apfelbäumen stand.

Nach dem kurzen Ritt unter der Mittagssonne war Asmus warm geworden, und er öffnete die obersten Knöpfe seines Uniformrocks. Wie gut, dachte er, dass St. Peter ein so zersiedelter Ort ist. So würde nicht wie in Ording das Volk zusammenlaufen, während er seine Fragen stellte. Er schritt über den sandigen Weg auf das Pastorat zu, als ihm ein Gespann ungezügelt entgegenkam. Es bestand aus einem kräftigen Kaltblüter, der einen sehr hohen zweirädrigen Karren zog. Hufe und Räder wirbelten Staub auf. Vorsorglich führte Asmus sein Pferd an den Wegesrand und wartete. Kurz bevor der Wagen ihn passierte, zog dessen Lenker an den Zügeln und brachte den Gaul zum Stehen. Asmus umwehte eine staubige Wolke. Er hustete. »Kerl, musst du so wüst kutschieren und alles aufwirbeln? Meine ganze Uniform ist versaut.« Er klopfte auf den dunkelblauen Stoff seines Rocks, nicht ohne dabei den Kutscher zu beobachten.

Der blickte ihn mit nur einem Auge an, das andere lag blind in seiner Augenhöhle. Alt war er, seine dünnen Haare wehten im Wind. Als er seine Pfeife in den Mund steckte, sah Asmus die dunklen Zahnlücken. Seine gänzlich schwarze Kleidung wirkte seltsam dramatisch.

»Moin, Gendarm«, sprach der Alte nun ruhig und spuckte kurz aus. »Mich drängt die Zeit. Das Leben nötigt mich, Geld zu verdienen. Wird ja nicht jeder vom Staat bezahlt. Aber als ich gesehen habe, wer da so gemütlich einherschreitet, habe ich die Zügel gezogen. Was führt Sie zu uns? Der schöne Blick über die Salzwiesen oder der breite Strand von Ording? Sollen ja immer öfter Leute kommen, die nach so was suchen und den Tag dann in der Natur vertun.« Gendarmerieleutnant Asmus öffnete den Mund, aber der Alte sprach weiter. »Dabei sollte die Obrigkeit lieber alles …« Er hielt inne, und seine kantigen Gesichtszüge wurden weicher. Doch nach einem kaum hörbaren Seufzer blickte sein gesundes Auge wieder kalt und abweisend den Uniformierten an. »Sie sollte alles in Bewegung setzen, um den grausamen Mord an Thea Jansen aufzuklären. Die Deern hat in feuchter Erde gelegen, wohl auch geschändet, und der Teufel, der ihr das angetan hat, darf den Tag noch immer unter Gottes Sonne genießen. So etwas darf nicht sein. Nein, Gendarm, Ihre staubige Uniform ist nicht wichtig, die Thea ist es.« Er schlug kurz mit den Zügeln, schnalzte und rollte von dannen.

Asmus sah dem Mann verdutzt hinterher und schritt weiter. Der Alte war beunruhigend gut informiert, aber die Nachricht von so einer grausamen Tat verbreitete sich leider auch in Windeseile. Dabei hätte er dem Mann gerne noch erklärt, dass er sich nicht an der Herbstsonne oder dem Blick über den Strand ergötzte, sondern in genau diesem Fall unterwegs war.

Asmus ging weiter und blieb nahe den Apfelbäumen stehen. Die Äste bogen sich unter dem Gewicht der Früchte. Er genoss ihren Anblick, pflückte einen der leuchtend roten Äpfel und biss hinein. Seit dem Morgen hatte er nichts mehr getrunken, und sein Mund war staubig trocken. Wohlig brummend kaute er den saftig-süßen Apfel und betrachtete das schmucke, reetgedeckte Pastorat. Der hiesige Pastor hielt sich vermutlich genauso mit der Landwirtschaft über Wasser wie viele seiner Standeskollegen.

»Na, Herr Leutnant, schmeckt Ihnen unser Obst?«

Asmus zuckte zusammen und blickte sich um. Hinter ihm stand ein kräftiger Mann, der Arbeitskleidung nach zu urteilen ein Knecht, und grinste ihn an. Überrascht schluckte der Gendarm seinen Bissen hinunter und nickte, ohne eine Miene zu verziehen. »Ich suche den Prediger von St. Peter«, sagte er und schlug wie zum Trotz erneut seine Zähne ins Fruchtfleisch. »Und mit einer der Mägde muss ich auch sprechen. Anna Heller heißt die wohl. Wo finde ich sie?«

»Ein wahres Glück für Sie, dass ich zum Hof gehöre«, antwortete der Knecht und deutete auf das Pastorat. »Sind beide drinnen. Pastor Wolf bei Tinte und Papier, die Anna in der Küche. Ich bringe Sie zu ihnen.« Er nahm dem Gendarmen die Zügel aus der Hand und führte ihn samt Apfelschimmel zur Rückseite des Hauses. »Klopfet an, so wird euch aufgetan«, erklärte er feixend und zeigte auf den Hintereingang. »Ich tränke derweil Ihren Gaul, der ist sicher durstig.«

Während der Gendarmerieleutnant auf die Tür zuging, vermisste er das auf vielen Höfen geläufige Bellen und Knurren eines Hundes, der zumeist angekettet und mager sein Dasein fristete. Doch offenbar hatten die Bewohner des Pastorats ein solches Tier nicht nötig und waren auch so aufmerksam genug. Denn kaum dass er vor die Tür trat, wurde ihm geöffnet.

»Moin, ich hab Sie durch das Fenster gesehen«, grüßte eine Magd. Sie blickte den Polizisten ernst an, blieb an der Türschwelle stehen und machte keinerlei Anstalten, den Gast hereinzulassen.

Asmus stutzte. Hatte sich die Eiderstädter Küste gegen ihn verschworen? Ihm kam es fast so vor. »Moin, ich will zum Pastor«, erklärte er. »Und außerdem noch mit einer Magd sprechen, Anna Heller«, setzte er hinzu und erwiderte ihren strengen Blick. »Sind Sie das?«

Die Magd schüttelte den Kopf. »Anna! Für dich. Die Polizei!«, rief sie über die Schulter. »Einen Moment, ich werde jetzt auch Herrn Pastor von Ihrem Besuch benachrichtigen.« Sie schlug Asmus die Tür vor der Nase zu, und hinter dem Gendarmerieleutnant erklang das Lachen des Knechts.

Der Nächste, der die Tür öffnete, war der Hausherr. Über die Ärmel seines groben Arbeitshemdes waren tintenbefleckte Schoner gezogen. »Guten Tag. Wie ich höre, wünscht die Gendarmerie etwas von mir?«

Der Polizist salutierte. »Gendarmerieleutnant Asmus. Pastor Wolf? Bitte, die Störung zu entschuldigen, aber es gibt Fragen von einiger Dringlichkeit. Dazu müsste ich auch Ihre Magd befragen.«

»Die Anna, das habe ich bereits gehört. So treten Sie doch ein.« Der Prediger führte den Gendarmen in eine kleine Kammer. Ein Regal voller Bücher und ein Schreibpult waren die einzigen Möbel. »Hier verfasse ich meine Predigten und die Korrespondenz, und wir sind ungestört.« Er lehnte sich gegen das Pult. Interessiert glitt sein Blick vom Gesicht des Uniformierten zu dessen Stiefelspitzen. »Nun, was kann ich für die Gendarmerie unseres dänischen Königs tun? Steht Ihr Besuch im Zusammenhang mit dem grausamen Fund einer Frauenleiche zwischen Tating und Garding? Die ganze Gegend spricht schon davon, die Luft schwirrt von Gerüchten.«

Asmus wiegte den Kopf bedächtig von einer Seite auf die andere. »Ja und nein. Die Identität der Toten, die vermutlich aus Ording stammt, ist so gut wie bestätigt. Aber bei der Ermittlung in ihrem Elternhaus habe ich erfahren, dass noch eine zweite Deern vermisst wird. Nähere Angaben zu dem Vorfall soll Ihre Magd Anna machen können. Und da ich schon mal in der Gegend bin, will ich diese Frage gleich vor Ort und persönlich klären.«

»Anna stammt auch aus Ording, das ist richtig. Aber sie hat ganz bestimmt nichts mit irgendwelchen verschwundenen Deerns zu tun.«

Zaghaft drückte jemand die Tür der Stube auf, und das blasse Gesicht der jungen Frau erschien.

»Ah, Anna! Tritt näher!«, rief Pastor Wolf. »Du weißt doch nichts über eine Vermisste?«

»Herr Pastor, bitte«, unterbrach ihn Asmus, »die Fragen stelle ich.«

Die Magd blickte zu Boden und vergrub ihre Hände in den Schürzentaschen.

»Sie sind also Anna Heller, Cousine der Immke Simons von Amrum?«

Die junge Frau zuckte zusammen und sah den Polizisten mit großen Augen an.

»Ich war bereits in Ording bei Ihren Eltern, die ganz offensichtlich keine Gendarmen mögen.« Asmus blickte den Prediger an und lächelte. »Ich hoffe doch sehr, dass sich Ihre Magd gefälliger gegenüber der Obrigkeit zeigt. – Nun, Anna, wann haben Sie Ihre Cousine das letzte Mal gesehen? Stimmt es, dass sie auf dem Ehsterhof gearbeitet hat und spurlos verschwunden ist? Sagen Sie nur alles, was Sie wissen. Es ist wichtig.«

Anna zögerte, nickte dann aber und berichtete mit leiser Stimme, dass sie ihre Cousine seit dem Tönninger Pferdemarkt vermisse. Den Brief nach Amrum und die Anreise Dina Martensens in dieser Sache unterschlug sie allerdings. Stattdessen erzählte sie von ihrer Nachfrage beim Ehsterhof-Gesinde und von der Gleichgültigkeit, mit der man ihr und ihrem Ansinnen begegnet war. Bevor der Polizist die Frage danach stellen konnte, erklärte sie zudem, dass sie von keiner Liebe wisse, die Immke vom Hof gelockt haben könnte. Ihr sei klar, dass man etwas in dieser Art annahm, aber so sei es nicht gewesen.

Gendarmerieleutnant Asmus bat um eine genaue Beschreibung der Vermissten und ihres Kleides, das sie verliehen hatte. Er notierte Annas Antwort, ließ das Gehörte einen Moment lang auf sich wirken und steckte sein Notizbuch in den Uniformrock zurück. »Wie schon gesagt, handelt es sich bei der Toten in der Marsch vermutlich nicht um Immke Simons. Wenn aber zur selben Zeit zwei Deerns im Umkreis verschwunden sind, muss das die Polizei stutzig machen. Das werden Sie als Hirte Ihrer Gemeinde gewiss auch so sehen, nicht wahr, Herr Pastor? Sagen Sie, können Sie denn noch etwas zur Suche nach der vermissten Deern beitragen? Als Seelsorger sind Sie doch den Menschen und ihren Gedanken so nahe wie kein Zweiter. Ist da niemand, der sich an Sie gewandt hat, weil ihm etwas Seltsames aufgefallen ist? Keine Andeutungen über Unzüchtiges oder Liebestratsch?«

Pastor Wolf räusperte sich, straffte seinen Rücken und schielte zu seiner Magd hinüber. »Den Menschen so nahe wie kein Zweiter, das haben Sie schön gesagt, Herr Leutnant. Ich fürchte, da sehen Sie die Rolle des Gemeindepfarrers etwas zu rosig. Jedenfalls habe ich hier weniger Seelen, die ihre Sünden bereuen, als es dem Herrn ein Wohlgefallen wäre. Aber mit dem Tratsch liegen Sie näher am Leben. Andere anzuschwärzen, das geschieht mit einer Heidenlust. Und um Ihre Frage zu beantworten: Nein, ich kann Ihnen bei der vermissten Deern nicht weiterhelfen. Das gilt natürlich auch für die Tote aus der Marsch. Weder habe ich von dieser Immke gehört noch mische ich mich in Belange meines Ordinger Amtsbruders. Ich bedaure.«

»Nun ja«, Asmus klopfte in einer Geste der Selbstversicherung gegen seine Innentasche, »man wird sehen, ob die Angaben Ihrer Magd die Ermittlungen weiterbringen.« Er wandte sich wieder Anna zu. »Und nun müssen Sie mir noch verraten, warum die Gendarmerie nur durch Zufall von dieser Sache erfährt. Warum hat sich niemand an uns gewandt? Menschen verschwinden doch nicht einfach so, das muss doch misstrauisch machen.«

Der Pastor nickte zustimmend und trat einen Schritt auf Anna zu, wie um ihre Antwort besser zu hören.

Die wich zurück und stotterte: »Aber ich weiß doch gar nichts. Was hätte ich denn melden sollen? Ich kann wohl schlecht nur aus Sorge die Gendarmen holen. Und außerdem, wer hätte mich denn ernst genommen?«

»Ich zum Beispiel«, erklärte Asmus mit fester Stimme. »Nun, Herr Pastor, jedenfalls habe ich meine Fragen somit gestellt. Ich muss dann auch weiter.« Als der Prediger seiner Magd ein Zeichen gab, Asmus vor die Tür zu begleiten, winkte dieser ab. »Lassen Sie nur, ich finde schon allein zu meinem Pferd.«

Kaum hatte der Gendarmerieleutnant die Kammer verlassen, wollte Anna ebenfalls hinaus.

Pastor Wolf hielt sie am Ärmel fest. »Sag mal, was ist das für eine Geschichte mit deiner Cousine? Sie ist doch genauso von Amrum wie dieses Fräulein Martensen, das ich erst heute Morgen dem Ehsterbauern empfohlen habe. Dem Bauern, für den die vermisste Immke zuletzt gearbeitet hat. Was um alles in der Welt geht hier nur vor?«

Anna schüttelte heftig den Kopf und vermied es, ihren Brotherren anzusehen. »Aber Herr Pastor, das ist wohl nur ein seltsamer Zufall. Fräulein Martensen ist hergekommen, weil der Amrumer Prediger sie zu uns geschickt hat. Er wird gewiss nichts Unrechtes getan haben. Mehr kann ich dazu nicht sagen.« Sie verließ den Raum und eilte in die Küche.

Der Pastor von St. Peter sah ihr nachdenklich hinterher.

GRAS AUF DEM DEICH

Schulmeister Rose setzte sich unterhalb der Dünenkrone in den Sand und ließ den Blick schweifen. Vor und neben ihm wellten sich kleine Sandtäler und -hügel, bewachsen mit Silbergrasbüscheln und Strandhafer. Schmale Salzwiesen gingen in den leuchtend weißen Strand über, die Mittagssonne gleißte über der See.

Er dachte an Gendarmerieleutnant Asmus und daran, wie dieser in Ording die Mutter der Thea Jansen befragt hatte. Hatte der Kerl ihn doch tatsächlich im Vorübergehen zum Hilfspolizisten gemacht, nur weil er seine Neugier nicht hatte zügeln können. Rose ärgerte sich. Aber Asmus hatte recht, als Dorflehrer würde er bestimmt das eine oder andere aufschnappen, was einem Gendarmen nie zu Ohren käme.

Im Geist hörte Rose wieder das Schluchzen Fraukes und die verzweifelte Stimme ihrer Mutter. Immer noch wollten ihm die Fragen des Polizisten nicht aus dem Kopf gehen. Dessen Interesse für körperliche Besonderheiten wie etwa ein Muttermal oder für den Umgang der Thea Jansen war verständlich. Aber hatte ihre Mutter die letzte Frage nach einem potenziellen Liebhaber auch ehrlich beantwortet? Für Rose lag auf der Hand, dass die Frau versuchte, die Ehre ihrer Tochter und die ihrer Familie zu retten.

Trotz eines leichten Windes wurde ihm in der Herbstsonne warm. Er sah sich um. Da niemand in der Nähe war, knöpfte er seine Weste auf und zog Halbstiefel und Strümpfe aus. Schon lange hatte er seine Füße nicht mehr auf den Sand gesetzt und das Gefühl ganz vergessen. Seinen hohen Hut behielt Rose auf, die Kopfbedeckung mit der Krempe gab ihm etwas Schatten. Zu Hause in Welt, am Ufer der Eider, war er früher ausschließlich barfuß unterwegs gewesen. Abenteuerlustig, immer mit seinen Brüdern und Freunden auf der Suche nach angeschwemmten Schätzen oder etwas zu essen. Versonnen stand Rose auf und stieg die Düne hinab. Es zog ihn ans Meer.

Gerade als er den nächsten Sandhügel erklimmen wollte, vernahm er Mädchenstimmen und verharrte. Aufmerksam lauschte er den Wortfetzen, die ihm der Wind aus dem benachbarten Dünental zutrug. War das etwa Frauke? Und mit wem sprach sie? Jetzt nahm er doch seinen Hut ab, ging in die Hocke und kroch auf allen vieren bis zur Dünenkrone. Von dort sah er tatsächlich das Mädchen mit einer gleichaltrigen Mitschülerin im Sand sitzen. Beide hielten sich an den Händen. Die Schwester der vermissten Thea ließ traurig den Kopf hängen, während ihre Freundin ihr über das Haar strich.

»Ich hatte sie schon so lange nicht mehr gesehen«, schluchzte Frauke. »Und jetzt ist sie für immer fort. Was mag man ihr nur angetan haben? Und warum? Mutter sitzt zu Hause und starrt gegen die Wand. Wenn der Vater heimkommt und hört, was passiert ist, dann wird er sie schimpfen und schlagen und sagen, dass es ihre Schuld sei. Es war ja Mutter, die gewollt hat, dass Thea sich beim Wattenmüller verdingt.« Sie weinte so heftig, dass Rose um ein Haar zu ihr gegangen wäre, um sie zu trösten. Plötzlich, als wäre Frauke etwas Wichtiges eingefallen, wurde ihre Stimme fest. »Es darf nie herauskommen, dass Thea einen Schatz hatte. Sie hat mir von ihm erzählt, aber ich musste ihr versprechen, es für mich zu behalten. Die Eltern dürfen es auf keinen Fall erfahren, hat sie mir gesagt. Wenn das jetzt auch noch …« Ihre Stimme bebte wieder, und Frauke sprang auf. »Der Vater wird die Mutter totschlagen!«

Ihre Freundin saß ratlos da. »Aber warum sollte das geschehen?«, fragte sie dann. »Da nur du davon weißt, ist euer Geheimnis doch sicher.«

»Sie hat kaum was von ihrem Schatz erzählt. Es könnte ein Knecht von einem anderen Hof sein«, sagte Frauke. »Sie hat ihn wohl nur selten gesehen. Vielleicht einer vom Nachbarkoog. Deshalb hat sie sich auch so auf den Pferdemarkt gefreut. Dort könne sie ihn unauffällig treffen, hat sie gesagt. Aber mehr weiß ich auch nicht.«

Rose dachte angestrengt nach. Da er in der Gegend aufgewachsen war, kannte er sich immer noch gut aus. Der Wattkoog war umgeben von zahlreichen anderen Kögen. Knechte, die sich mit Mägden einließen, gab es da zuhauf. Ohne den Namen wären Nachforschungen nach Theas potenziellem Schatz wenig aussichtsreich. Der Kerl müsste sich schon von selbst melden.

Frauke stand auf und erklomm die nächste Düne zum Meer hin. Hastig zog Rose seinen Kopf ein.

»Ich will meinen Vater holen und ihn zur Mutter schicken. Ich mag nicht ausharren, bis er nach Hause kommt.« Sie ging weiter, ohne auf ihre Freundin zu warten.

»Aber bis dahin bleibe ich bei dir!«, rief das Mädchen und folgte ihr.

Während die Stimmen sich entfernten, legte Dorflehrer Rose sich rücklings in den Sand. Sein Kopf schwirrte vor Gedanken und Überlegungen, und so blickte er ohne wirkliches Interesse auf die vorbeiziehenden Wolken. Die Dünen um ihn herum begrenzten seinen Blick. Weite, dachte er, ich muss weit sehen, um frischer denken zu können. Langsam richtete er sich auf, klopfte seine Kleidung ab und schritt seewärts.

Schnell flachten die Sandhügel ab, und er betrat die Strandebene. Die beiden Mädchen hasteten als dünne Striche sichtbar das Watt entlang in nördlicher Richtung. Die See begann in leise glucksenden Wellen den Meeresboden zu fluten, doch ihre Schaumkronen waren noch viele Schritte von Rose entfernt. Er überlegte, ob er den Kindern folgen sollte, verwarf den Gedanken aber. Nein, um von Frauke mehr über den Schatz ihrer Schwester zu erfahren, müsste er ihr Vertrauen gewinnen. Aber wann und wie würde sich eine Gelegenheit dazu ergeben?

Als er sich dem frei liegenden Watt näherte, suchten seine Augen unwillkürlich den Boden ab und streiften rund geschliffene Steine, Muscheln und hin und wieder den leeren Panzer einer Krabbe. Selbstvergessen schritt er weiter und hob nur ab und an den Blick zum weiten Horizont hinauf. Es war wie damals, als er ein Junge gewesen war. Manchmal hatte er sogar Bernstein gefunden. Er bückte sich, griff einen besonders flachen Kiesel und warf ihn über die stetig ansteigende See. Viermal sprang der Stein über das Wasser. Rose lächelte. Er konnte es also noch immer.

Er folgte der Wasserkante in Richtung Süden, spürte den Sand zwischen den Zehen und die Sonne auf der Haut. Die schrecklichen Nachrichten von der verscharrten Deern rückten in den Hintergrund, Rose hatte sich dem Zauber aus Licht und Meeresrauschen ergeben. Linker Hand kam der Deich immer näher. Er würde ihn nach St. Peter führen. Wollte sich dort nicht das Fräulein Martensen verdingen? Er seufzte. Dina, ja, so hatte sie geheißen. Ihre Augen und die Unverkrampftheit, mit der sie in aller Öffentlichkeit ihren Proviant mit ihm geteilt hatte, waren ihm noch deutlich präsent. Mit ihr hatte er sich gut verstanden und sich in ihrer Nähe ausgesprochen wohlgefühlt. Nein, so eine Frau war ihm als Mann noch nicht oft begegnet. Er blickte in den Himmel. Über ihm zogen die Wolken noch immer schnell dahin. Mit einem Unwetter war nicht zu rechnen. Was zögerte er also? St. Peter war nicht weit, und vielleicht würde sie ihn ja dort treffen. Munter erklomm Rose den Deich.

Immer noch barfuß, Schuhe und Hut in der Hand, schritt er über die Deichkrone. Bald fiel ihm auf, dass beide Seiten der Befestigung graslos wurden und stattdessen mit frischem Lehm bestrichen waren. Ausbesserungsarbeiten, ging es ihm durch den Kopf. Aber um sie abzuschließen, fehlten noch die Grassoden.

Auf halber Strecke von Ording nach St. Peter lenkten zwei Austernfischer seine Aufmerksamkeit auf die seeseitige Deichwand. Die schwarz-weißen Vögel mit den markant roten Schnäbeln schrien, pickten und wirkten so geschäftig, dass sie das Herannahen von Rose nicht bemerkten. Der Dorfschullehrer sah, dass ihre volle Aufmerksamkeit einem einsamen Büschel gelben Grases galt, das aus nacktem, glatt gestrichenem Lehm wuchs. Aber was machte die Vögel derart neugierig? Er beschloss, der Frage auf den Grund zu gehen, und fühlte sich sofort wieder wie der entdeckungsfreudige Junge, der er einst gewesen war. Er legte seine Halbstiefel ab, deponierte seinen Hut so sorgfältig darauf, dass er nicht den Boden berührte, und näherte sich vorsichtig der Stelle. Barfuß kam er hier und da auf dem abschüssigen Lehm ins Rutschen und ermahnte sich, auf seine Kleidung zu achten. Er war mit wenig Zeug angereist, und ein Lehrer mit dreckverschmierten Hosen wäre kein respektabler Anblick.

Noch ließen sich die Austernfischer nicht stören, denn die Nachmittagssonne warf Roses Schatten gen Land. So näherte sich der Dorfschullehrer ihnen gebückt Schritt für Schritt die Deichwand hinab. Immer deutlicher sah er das Büschel gelber Halme, das seltsam faserig im Wind wehte. Gras? Um den üblichen harten und zähen Deichbewuchs handelte es sich jedenfalls nicht. Rose beugte sich weiter nach vorn, und plötzlich stoben die Vögel mit lautem Gezeter davon. Aber nein, das Büschel war nichts Pflanzliches. Er schluckte. Das war ... Konnte das sein? Rose verlor das Gleichgewicht und stürzte zu Boden. Auf dem glatten, lehmigen Hang fand er keinen Halt, er fiel auf die Seite, rollte und griff wild um sich. Hilflos krallten sich seine Finger in den Grund, er rutschte weiter, bekam aber endlich etwas zu fassen. Es war das Büschel vergilbten Grases, nein, blonden Haars, an dem er sich festhielt. Sein Gewicht zog ihn den Deich hinunter, und so löste sich aus dem Lehm ganz langsam ein Haarschopf. Rose erkannte eine Stirn und geschlossene Augenlider mit zarten Wimpern. Als Rose so, immer weiter rutschend, auch noch die Nase zutage förderte, schrie er auf, ließ los und rollte endgültig den Hang hinab. Mit rasendem Herzen kam er im Sand zum Liegen und schnappte nach Luft. In welch grauenhaften Alptraum war er da geraten?

SPURENSUCHE

Physikus Dr. Thomsen betrachtete die junge, nackte Frauenleiche auf seinem Seziertisch. Die nachmittäglichen Sonnenstrahlen fielen durch das hohe Fenster aus Milchglas. Die Schatten der Sprossen legten sich wie Kreuze auf den blassen Körper, der an den Schnittstellen weit auseinanderklaffte. Vorbeiziehende Wolken veränderten das Licht im Untersuchungsraum von einem hellen Weiß zu einem kalten Grau. Draußen polterte ein Fuhrwerk über das Pflaster, und das Fluchen des Kutschers lenkte seine Aufmerksamkeit für einen Augenblick ab.

Thomsen warf noch einmal einen Blick auf den Mageninhalt der Toten, der in einer Schale auf dem Seitentisch lag. Aus dem zerkauten und verfaulten Durcheinander hatte er Apfelkerne und ein Stück wohl besonders dunkel gebackener Brotrinde gefischt. Ihre letzte Mahlzeit war karg und der Menge nach dürftig ausgefallen. Im Übrigen war die Deern wohl sechzehn bis siebzehn Jahre alt und von gesunder Statur. Ihr Muskelbau und die Schwielen an ihren Händen deuteten auf körperliche Arbeit hin, der sie schon länger nachgegangen war.

Auf einem Glasstreifen lag das, was er unter den Fingernägeln der Leiche gefunden hatte: schwarze Krümel und Splitter von Holz. Sorgfältig schob Thomsen den Glasträger unter das Mikroskop, beugte sich über die Messingröhre und stellte an einem Rädchen die Sicht scharf. Die Untersuchungsgegenstände wurden klarer: Es handelte sich um verfärbte Pflanzenreste und hellbraune Holzfasern. Das Ergebnis passte zu den eingerissenen Fingerkuppen, in deren Haut er die Holzsplitter gesichert hatte.

Thomsen ging hinüber zu dem Schreibpult unterm Fenster, tauchte seine Feder in die Tinte und ergänzte die Liste seiner Feststellungen um weitere Stichworte. *»Genickbruch, Verletzungen im Unterleib durch gewaltsamen wiederholten Geschlechtsverkehr«*. Das zerrissene Unterkleid, das etwas abseits auf einem verzinkten Metalltablett lag, unterstützte diesen Befund. Die Blessur am Hinterkopf hatte der Physikus als nicht tödlich charakterisiert, vermutlich war die Ursache der Verletzung ein stumpfer Gegenstand gewesen. Das Abtrennen des Haupthaares wirkte auf ihn stümperhaft und lieblos durchgeführt, er schrieb *»gerupft«* in seine Liste und setzte das Wort in Anführungsstriche. Anschließend notierte Thomsen den wenigen Mageninhalt und präzisierte die Spuren unter den Fingernägeln als *»Torferde«* und *»Holzsplitter«*. Nach dem Wort *»Befreiungsversuch«* fügte er ein Fragezeichen hinzu und sah nachdenklich auf. Wo auf der Halbinsel Eiderstedt gab es trockene Moore, die zu den gefundenen Torfspuren passten? Was war der jungen Frau geschehen, dass sie in dunkler Erde gewühlt und ihre Fingernägel in Holz geschlagen hatte, sodass sie abbrachen? Noch einmal besah er sich die Fesselungsspuren an den Handgelenken der Toten. Der Abdruck des Seils hatte sich gut erkennbar in das Fleisch gefressen, die Haut war aufgerieben. Der mehrfach in sich gedrehte Strick musste von fingerdicker Stärke gewesen sein. Solche Art von Seil war bei jedem Handwerker und Bauern zu finden.

Während Thomsen neben dem leblosen Körper stand, stieg ihm ein von diesem unabhängiger Geruch in die Nase und erfüllte den Raum. Der Physikus schritt zu dem zerrissenen Unterkleid, breitete es sorgfältig aus und schnupperte daran. Dabei gelang es ihm, den Leichengeruch auszublenden. Schinken!, war sein erster Gedanke, Geräuchertes und Holzkohle. Er besah sich Vorder- wie Rückseite genauer und stutzte. Ja, der starke Geruch stammte von Ruß. Thomsen strich über die Flecken auf der unteren Rückseite des Stoffes. Das tiefschwarze Material zerfiel zwischen seinen Fingern und drang fettig in seine Poren. Der Physikus presste die Lippen zusammen und schüttelte den Kopf. Andächtig, als hantierte er mit einer Reliquie, legte er das Kleidungsstück zurück und begann, auf und ab zu gehen. Immer wieder hielt er inne und starrte gegen das Fenster. Die Glocke im Turm der Laurentiuskirche schlug zur dritten Nachmittagsstunde. Jetzt wäre eigentlich seine Zeit für eine schöne Tasse Tee, seufzte er und wandte sich wieder seinen Notizen zu. Doch kaum hatte er die ersten Worte seiner letzten Beobachtungen niedergeschrieben, donnerte jemand an die Tür und rief seinen Namen. Ärgerlich brummend legte Thomsen die Feder beiseite, bedeckte den geöffneten Leichnam mit einem Tuch und öffnete.

Der Gendarm im Türrahmen salutierte.

AUSGRABUNGEN

Gendarmerieleutnant Asmus ritt eilig gen Osten, auf den Ehsterkoog zu. Bald folgte dem sandigen Boden der Geest das satte Grün der von Sielen durchzogenen Marschwiesen. Immer wieder musste er an die Menschen denken, mit denen er an diesem Tag gesprochen hatte. Wütend presste er seine Kiefer zusammen, sodass die Kaumuskeln hervortraten. In diesem vermaledeiten Landstrich schien niemand Vertrauen in die Gendarmerie zu haben. Selbst im Angesicht schlimmster Verbrechen zogen es die Leute vor, zu schweigen, und hinderten damit die Staatsgewalt daran, das Böse zu bekämpfen. Bei dem Gedanken daran, das Gesinde auf dem Ehsterhof zu befragen, schnaubte er und hörte sich dabei fast hoffnungslos an. Die würden ihm genauso wenig sagen wie die alten Ordinger oder die Magd aus St. Peter. Verstocktes Pack allesamt.

Auf halber Strecke zeigte sich die Siedlung Wittendün, die aus nicht mehr als drei Häusern bestand. Ein Geräusch, das Asmus bisher nur dumpf begleitet hatte, wurde nun lauter. Es stammte von in den Sand hämmernden Pferdehufen. Der Polizist blickte hinter sich. Ihm folgte ein halbwüchsiger Junge auf einem schnellen Pferd. Asmus zog an den Zügeln, um seinen Verfolger gebührend zu empfangen.

Der Junge hatte seine liebe Mühe, rechtzeitig anzuhalten. Das Tier war für seine Statur viel zu groß. Nervös tänzelte es auf dem Sandweg und war kaum zu bändigen. Vom Meer her türmten sich dunkle Wolken auf und legten sich wie ein düsteres Tuch über das Land. Das goldene Herbstlicht war mit einem Mal verschwunden. Dafür spürte Asmus, wie die Luft minütlich feuchter wurde, Vorboten dichten Nebels.

»Herr Gendarm, Herr Gendarm!«, rief der junge Reiter atemlos. »Sie müssen zurück nach St. Peter. Man hat jemanden … Da ist wer … Also, im Deich liegt ein Toter«, brachte er endlich hervor.

Asmus glaubte, nicht recht verstanden zu haben. Eine weitere Leiche und diesmal im Deich? »Bursche, was redest du da?«, schimpfte er und ritt näher.

Der Junge atmete heftig. »Pastor Wolf schickt mich. Ich bin Hütejunge auf seinem Hof. Im Deich auf Ording zu liegt ein Toter. Der neue Lehrer hat ihn wohl aus dem Lehm gezogen. Ich hab ihn nicht gesehen, man hat mich gleich nach Ihnen geschickt. Kommen Sie nun mit oder nicht?«

»Das klingt mir beileibe nicht nach einem Unfall«, antwortete der Gendarm und lenkte sein Pferd in die Gegenrichtung. »Also auf, dann zeig mir mal euern Fund, bevor das Wetter umschlägt!«, rief er und trabte an. Was für ein merkwürdiger Tag. Eine tote Magd war gefunden worden, eine zweite Deern hatte sich als vermisst herausgestellt und vegetierte vielleicht grausamst in einem Verlies. Und nun auch noch ein weiterer Leichenfund. Alleine würde er das nicht schaffen. »Hat der Pastor noch etwas gesagt?«, rief Asmus in den Wind hinein.

Der junge Reiter schüttelte den Kopf. »Er wollte nur, dass ich sofort losreite. Ich durfte sein bestes Pferd nehmen.«

Schnell waren sie wieder in St. Peter, ließen die Kirche links liegen und ritten auf dem Deich entlang. Bald sah Asmus eine Gruppe Männer, die um etwas herumstand. Aus den Katen und von den Weiden liefen Frauen und Kinder auf sie zu. Die See lag schon im grauen Nebel versteckt.

»Dann bring mal dem Pastor seine Stute zurück«, wies er den Jungen an, der maulend absaß und sein Tier langsam ins Dorf führte.

Die Männer bildeten eine Gasse. Dem Erstbesten übergab Asmus die Zügel seines Apfelschimmels und trat nach vorn. Offensichtlich hatte jemand mit bloßen Händen ein Loch gegraben. Klei, mit Sand vermischt, lag daneben. Der Gendarmerieleutnant blickte auf den freien Oberkörper und das lehmverschmierte Gesicht eines jungen Mannes. Seine Gesichtszüge waren kaum zu erkennen.

»Der Schulmeister sitzt dort unten.« Pastor Wolf war mit einem Mal neben Asmus aufgetaucht, und beide blickten zum Fuß des Deiches hinunter. Dort kauerte der Lehrer mit dem

Rücken zu ihnen und starrte über die Salzwiesen hinweg in die Weite. Seine Schuhe standen neben ihm. »Er erholt sich wohl nur langsam von dem Schrecken«, vermutete der Prediger.

Asmus beschloss, Rose später zu befragen, und wandte sich wieder der Leiche zu.

»Der Magister will die Deichwand hinuntergerutscht sein und sich dabei an einem Büschel festgehalten haben«, sprach Wolf. »Es waren wohl Haare des Leichnams, und so hat er dessen Kopf aus dem Lehm gezogen. Der Rest«, er wies auf das Gesicht des Toten, »war bald getan. Leute sind hier schnell zur Stelle, wenn etwas passiert. Man hat mich sofort dazugerufen, und ich habe die Männer angewiesen, nicht weiterzugraben, bis die Polizei anwesend ist. Ich wusste Sie ja noch in der Nähe.«

Asmus nickte stumm und blickte in die Mienen der Umstehenden. »Kennt den jemand?«, fragte er.

Allenthalben stumme Ratlosigkeit.

»Der ist noch ziemlich jung«, bemerkte einer.

»Von hier ist der jedenfalls nicht«, sagte ein anderer.

»Lange liegt der noch nicht in der Erde«, meinte ein Dritter. »Vor gar nicht langer Zeit haben sie hier den Deich verstärkt. Dabei hätten sie ihn finden müssen, wenn er schon da gelegen hätte.« Er erntete zustimmendes Gemurmel. »Ob er noch geatmet hat, als man ihn eingegraben hat? Etwas Lebiges im Deich, das war früher ja guter Brauch«, raunte er noch.

»Gott bewahre, was für ein Heidengerede!«, schimpfte Pastor Wolf und blickte die Männer strafend an. »Dass der Aberglaube bei euch noch so tief sitzt, eine Schande ist das! Denn so spricht der Herr: ›Ihr sollt nicht der Heiden Weise lernen!‹ Das wusste schon der Prophet Jeremia.«

Asmus beschlich eine Ahnung. Hastig zog er sein Notizbuch hervor und schrieb ein paar Zeilen. Suchend sah er sich um, und plötzlich hellte sich sein Gesicht auf. Unter den dicht gedrängten Gaffern hatte er den Hütejungen erkannt, der ihn hierher zurückgeholt hatte. »Heda, du«, rief er lächelnd. »Du reitest sofort zum Staller nach Garding. Lass dich in der Kanzlei nicht abwimmeln und gib Wohlgeboren Ingwersen diese Botschaft. Sag ihm, ich warte hier auf sein Eintreffen wie auch auf das des Physikus Thomsen.« Er riss die Seite aus seinem Notizbuch, faltete sie und drückte sie dem Jungen in die Hand. Wohlwollend klopfte er ihm auf die Schulter. »Und jetzt spute dich im Namen des Königs, Postillion.«

Aufgeregt ritt der Junge von dannen.

Asmus sah auf und in die Gesichter der Umstehenden. Sie alle waren einfache Leute, die wohl nur selten ihr Dorf verließen. Neugierig glotzten sie ihn an, als erwarteten sie den nächsten Akt eines gruseligen Schauspiels. Unter den Frauen, Tagelöhnern und kleinen Handwerkern entdeckte der Gendarmerieleutnant einen Schuster, den er heranwinkte. »Leg deine Schürze über den armen Kerl da«, befahl er.

Murrend tat der Mann, wie ihm geheißen, jedoch nicht, ohne zuvor den Blick des Pastors gesucht zu haben, der ihm aufmunternd zugenickt hatte.

»So, Leute, ich werde jetzt auf Wohlgeboren Ingwersen, unseren Staller, warten. Das kann dauern, und bis zu seinem Eintreffen wird hier nichts geschehen. In etwa zwei Stunden werde ich aber vier von euch brauchen, um den Leichnam zu bergen. Wer will dabei sein?«

Zögernd traten die ersten hageren Gestalten vor. »Wir waren es, die ihn schon etwas freigelegt haben«, sagte der eine von ihnen. Zwei weitere Männer, ebenso abgearbeitete Kerle, hoben ihre Hand.

Asmus erkannte sie wieder. Sie hatten schon Thea Jansen ausgegraben. Vermutlich trieb sie die Neugier, das bisschen Geld und die Aussicht auf den einen oder anderen Branntwein. Die Dörfler würden ihnen später im Krug ihre Zungen gewiss lockern. Merkwürdig nur, dass es dieselben Figuren waren, die an beiden Fundorten der Leichen ihre Dienste anboten. Asmus würde sie im Auge behalten.

Es dauerte eine Weile, bis die Neugierigen sich zerstreuten. In einigen Gesichtern lag Enttäuschung. Kein Wunder, dachte Asmus, wo in diesem Landstrich doch so wenig geschieht. Von der Sensation dieses Leichenfundes würden die Bewohner einander noch Jahre später erzählen. Ihm grauste bereits vor der Dimension des Bösen, die sich mit dem Fund des zweiten Toten auftat. Er wusste noch nicht, woran der junge Mann im Deich gestorben war, aber er ahnte, dass dies kein Totschlag aus plötzlicher Wut oder Habsucht gewesen war. Nein, sein Tod musste andere, dunklere Beweggründe haben. Heftig schüttelte Asmus seinen Kopf und rief sich zur Ordnung. Ahnungen und schwarze Gefühle waren in einem Mordfall sinnlose Spökenkiekerei. Er musste seinen Verstand gebrauchen. Er dachte über die Worte der Schaulustigen nach, die sie im Angesicht des jungen Toten gesagt hatten, dann wandte er sich an den Prediger. Der stand noch immer auf dem Deich und starrte mit Entsetzen auf die abgedeckte Leiche. Als die Umstehenden sich entfernten, hob er den Kopf.

»Nun, fast möchte man meinen, Sie misstrauen Ihren eigenen Schäfchen«, spottete Asmus.

Der Pastor warf ihm einen funkelnden Blick zu, seine blassen Lippen zu einem Strich zusammengepresst. »Der Mensch ist dem Menschen ein Wolf, heißt es nicht so? Dabei trage auch ich diesen Namen.« Wolf sah in den aufziehenden Nebel und fuhr fort. »An manchen Tagen graut es mir vor den schwarzen Seelen um mich herum. Etwas Lebiges im Deich, was für eine Barbarei. Wer den armen Kerl im Lehm verscharrt hat, wird nicht von weit her kommen. Nein, das Böse scheint nur allzu nahe zu sein. Vergeben Sie mir also meinen düsteren Blick, Herr Leutnant.« Dem Prediger fröstelte, er schlug in der kalten Luft den Rockkragen hoch und verschränkte die Arme vor der Brust.

Asmus sah Wolf ausdruckslos an. So standen Geistlicher und Polizist in einem Moment der Stille nebeneinander, als würden sie auf etwas warten.

»Und trotzdem verhält es sich nicht so, wie Sie denken«, fuhr der Pastor plötzlich fort. »Ich verdächtige niemanden. Das bedauernswerte Opfer ist ein mir Unbekannter, so habe ich auch keine Idee, wer den Mann aus welchem Grund getötet haben könnte.«

Asmus sah den frisch verstärkten Deich entlang. Noch fehlten die Grassoden. »Ich frage mich, wann genau die letzten

Ausbesserungsarbeiten an dieser Stelle geschahen. Es scheint ja klar zu sein, dass der Tote erst danach im Kleiboden vergraben wurde. Eine Ähnlichkeit zum Fall der jungen Frau, die wir heute im neu angelegten Weg zwischen Tating und Garding gefunden haben. Kaum sind die Arbeiten erledigt, wird der Leichnam verscharrt. Eine merkwürdige Parallele, finden Sie nicht?«

Der Pastor nickte. »Die Arbeiten am Deich gehen wochenweise voran, werden aber oft von nassem Wetter unterbrochen. Der eine oder andere Tagelöhner verdingt sich mal am Deich, mal beim Straßenbau. Ich meine mich zu erinnern, dass sie an dieser Stelle vor etwa einem Monat fertig geworden sind. Hier haben sie gut sieben Tage lang gedeicht, aber der Deichgraf in Tating und unser Knochenhans können Ihnen das genauer sagen. Letzterer hat mit seinem hohen Wagen so manche Fuhre Klei und Sand herbeigeschafft. Ist noch ganz schön rege für sein Alter.«

Asmus stutzte. »So ein krummer Kerl in Schwarz, der auf einem Auge blind ist?«

»Sie kennen ihn? Aber das ist wahrlich kein Wunder. Knochenhans ist überall unterwegs.«

Vom Pastorat her wehten die Rufe einer Frau gedämpft durch den Nebel zu den Männern auf dem Deich. Pastor Wolf und Asmus blickten sich um.

Mit schnellen Schritten stürmte die junge Magd des Predigers den Wall hinauf. »Pastor Wolf, kommen Sie!«, rief Anna Heller und winkte. Doch da der Gerufene keine Anstalten machte, ihr entgegenzugehen, hastete sie näher. »Der Viehhändler ist da! Er sagt, es gehe um einen Handel, aber er will nicht länger warten.«

»Richtig, den habe ich erwartet«, murmelte Wolf und wandte sich zum Gehen.

Seine Magd aber trat einige Schritte auf die am Boden liegende Schürze zu. »Liegt er da drunter?«, fragte sie und blickte vom Pastor zum Gendarmen.

Asmus überlegte einen kurzen Moment, nickte und hob die Abdeckung.

Die junge Frau zuckte zusammen und begann zu zittern.

Immer das Gleiche mit den Neugierigen, dachte Asmus. Erst wollen sie sich gruseln, aber dann, wenn man ihnen Gelegenheit dazu gibt, sind sie entsetzt.

Doch die Magd fing sich schnell wieder und beugte sich zu dem Toten im lehmigen Grund hinunter.

Der Polizist beobachtete die Ernsthaftigkeit, mit der sie den Leichnam betrachtete. »Nun, Anna Heller, erkennen Sie den Mann?«, fragte er in strengem Ton, und sie nickte verhalten.

Als sie sich erhob, war ihr Gesicht blass. »Das ist der Sinnert Runge«, antwortete sie leise, »ein Pferdeknecht vom Schwarzen Hof. Er hat sich mit der Vermissten getroffen. Ich glaube, er war ihr Schatz«, fügte sie mit bebender Stimme hinzu.

»Mit welcher Vermissten, wessen Schatz?«, setzte Asmus barsch nach. »Von Thea Jansen von der Mühle im Wattkoog oder von Immke Simons vom Ehsterkoog?« Dass hier aber auch niemand direkt sagte, was er wusste! Der Gendarm wurde ungeduldig.

»Meine Cousine ist mit der Thea befreundet gewesen«, antwortete Anna, und ihre Augen füllten sich mit Tränen. »Immke hat mir erzählt, dass sie Thea oft in der Mühle besucht und die ihr dann von Sinnert vorgeschwärmt hat, dem jungen Knecht vom Schwarzen Hof. Die beiden hatten wohl ein stilles Einverständnis, konnten sich aber nur selten sehen. Und jetzt«, sie schluchzte auf und deutete auf das lehmverschmierte Gesicht des Toten, »jetzt sind beide tot. Umgebracht. Und die Immke, was ist mit der?« Sie drehte sich um und lief verzweifelt weinend den Deich hinab auf das Pastorat zu. So hörte sie nicht mehr, wie der Gendarm ihr hinterherrief: »Wenn ich hier fertig bin, werde ich sofort den Hof aufsuchen, auf dem Immke gearbeitet hat!«

Prediger Wolf sah Anna mit einem Ausdruck großer Ratlosigkeit nach. »In der Tat, der Fall wird immer mysteriöser. Aber nun haben Sie einen weiteren Namen«, sprach er dann zum Gendarmerieleutnant.

Asmus nickte und zog erneut sein Notizbuch hervor. Er hatte einiges in die richtige Reihenfolge zu bringen.

Ein Räuspern in ihrem Rücken ließ beide Männer herumfahren. Vor ihnen stand der Finder der Leiche und fuhr sich mit unruhiger Hand durch das dreckige Haar. Asmus erkannte in ihm den Lehrer wieder, der während seines Verhörs der Familie Jansen vor deren Kate herumgelungert hatte. Da war er allerdings in einem deutlich besseren Zustand gewesen. Jetzt war sein Gesicht bleich, Rock und Hose starrten vor Lehm.

»Herr Leutnant, wenn Sie nichts dagegen haben, will ich mich gerne gen Ording entfernen. Es setzt mir doch über die Maßen zu, derart unvorbereitet auf einen Leichnam gestoßen zu sein.« Er blickte angewidert auf seine Hände und schüttelte den Kopf.

Asmus sah ihn ohne erkennbares Mitgefühl an. »Aber natürlich. Doch vorher will ich Ihre Personalien und Ihre Aussage aufnehmen. Wie haben Sie die Leiche gefunden?«

Pastor Wolf schob sich zwischen die Männer. »Nun, ich werde anderweitig benötigt und darf mich dann empfehlen.« Er hob die Hand zum Gruß und folgte mit eiligen Schritten seiner Magd.

Asmus wandte sich ganz dem Ordinger Schulmeister zu und notierte dessen Angaben. Bei der Schilderung der Geschehnisse konnte er sich ein Schmunzeln nicht verkneifen. Da hatte der feine Magister sich aber durch sein Missgeschick nicht nur die Kleidung versaut, sondern musste sich auch zum Gotterbarmen gegruselt haben.

»Ich möchte nicht verhehlen«, endete Rose, »wie außerordentlich unangenehm es mir ist, in die hiesigen Vermissten- und Todesfälle hineingezogen zu werden. Und bevor Sie die Frage stellen: Nein, ich habe keine Idee, wen ich da aus dem Lehm gezogen habe. Bedenken Sie, ich bin erst gestern aus Husum kommend angereist.«

Der Gendarmerieleutnant verstaute sein Notizbuch und dankte nickend. »Nun gut, Herr Rose, dann sind Sie hiermit entlassen. Ich weiß ja, wo ich Sie finde. Und denken Sie an unsere kleine Absprache, jetzt, bei zwei Leichen, mehr denn je.«

Der Dorflehrer verbeugte sich und machte sich mit ausholenden Schritten davon.

Asmus schwirrte vor Namen, Daten und Orten der Kopf. Er suchte sich eine trockene Stelle unterhalb der Deichkrone und hoffte, den Nebelschwaden so etwas auszuweichen. Nachdenklich kaute er auf seinem Bleistift herum, bevor er begann, seine Notizen zu überarbeiten. Zu dumm, dass er fürs Erste an den neuen Fundort gebunden war. Aber er musste den Körper so lange bewachen, bis Physikus Thomsen und der Staller eintreffen würden.

Am Spätnachmittag vernahm er endlich dumpfes Hufeschlagen und das Schnauben von Pferden. Ungeduldig sprang Asmus auf und schaute ins Land hinunter. Eine Kutsche, begleitet wurde sie von zwei Reitern, tauchte aus dem Nebel auf. Zur selben Zeit schritten aus den dicken Schwaden vier Gestalten auf ihn zu, lautlos und mit Schaufeln bewaffnet. Die Ausgräber hatten die Ankömmlinge ebenso bemerkt wie er. Schweigend gesellte sich auch anderes Volk hinzu, das in seiner blaugrauen Kleidung kaum vom düsteren Himmel zu unterscheiden war. Sie alle schienen auf weiteren Grusel oder eine Sensation aus zu sein. Ein hohlwangiger Junge stellte sich zu einem der Handlanger, einem abgezehrten Kerl mit vernarbten Wangen und schmutzigen Kniebundhosen. Immer wieder sah der barfüßige Knabe zu der dürren Gestalt hoch.

»Dein Sohn?«, fuhr Asmus ihn an.

»Claus«, antwortete der Hagere zögernd.

Asmus blickte das offensichtlich hungrige Kind an und deutete nach St. Peter. »Geh nach Hause. Das ist nichts für dich. Überhaupt hat hier niemand etwas verloren, es sei denn, um sich nützlich zu machen!« Den letzten Satz rief er den Gaffern ebenso zu wie den beiden Gendarmen, die nun durch den Nebel den Deich erklommen. Ihnen folgten Justizrat Staller Ingwersen und Physikus Thomsen in gemäßigtem Tempo.

Asmus salutierte, wandte sich dann aber direkt an die beiden Polizisten. »Haltet mir die Leute fern«, wies er sie leise an.

»Aber beobachtet sie und lauscht auf das, was sie sagen. Zeigt euch volksnah und leutselig. Vielleicht hat jemand von den Landleuten ja doch noch etwas über den Toten zu berichten. Ich weiß mittlerweile, dass er Sinnert Runge heißt und Knecht im Schwarzwasserkoog war.«

»Mein lieber Leutnant«, brummte der Arzt in seinen Vollbart und zog die fleckigen Handschuhe aus hellem Leder über seine gepflegten Finger. »So komme ich nicht weiter. Wenn Sie mir mitten in meiner Leichenbeschau den nächsten Toten präsentieren, muss die arme Deern auf meinem Tisch zwangsläufig warten. Sehr ärgerlich. Dabei war ich fast mit ihr fertig. Kennen Sie in der Gegend eigentlich trockene Moore oder torfige Flecken? Aber wie auch immer, jetzt lassen Sie mich erst mal den Fund begutachten.« Er rief die wartenden Männer mit den Schaufeln herbei und beugte sich zu dem Leichnam hinunter.

Während die Helfer begannen, den Toten zu bergen, erstattete Gendarmerieleutnant Asmus dem Staller Bericht. Nicht ohne Stolz in seiner Stimme erläuterte er in knappen Worten die Beziehung zwischen den beiden Getöteten und der noch verschwundenen Magd.

Der Justizrat hob die Augenbrauen. »Die Arbeitsstellen der vermissten Deern und der zwei Toten liegen also recht nah beieinander«, stellte er für sich klar. »Der Knecht stammt aus dem Schwarzwasserkoog, der im Norden an den Wattkoog mit der Wattenmühle grenzt, wo sich wiederum die ermordete Thea Jansen verdingte. Und südwestlich vom Schwarzen Hof liegt der Ehsterkoog mit dem Ehsterhof, auf dem nun eine gewisse Immke Simons fehlen soll.« Ingwersen legte seine Stirn in Falten und blickte in die grauen Nebelschleier, die sie umgaben. »Was für ein Wetter. Nun, all das lässt für die noch Vermisste wenig Hoffnung. Gebe Gott, dass wir uns in dieser Hinsicht täuschen.«

Gendarmerieleutnant Asmus nickte bedächtig und drehte sich zu den Arbeitern um. Inzwischen hatten sie unter Anleitung des Physikus den Leichnam ausgegraben und auf die Deichkrone gebettet. Auf ebenem Grund würde es Dr. Thomsen leichter fallen, eine erste Untersuchung der Leiche durchzuführen. Asmus betrachtete die Ausgräber und das von seinen Männern zurückgedrängte Dorfvolk. Teilweise waren die Leute nur schemenhaft zu erkennen. Trotzdem blieb sein Blick an dem dunkelhaarigen, barfüßigen Jungen hängen, den er eben noch verscheucht hatte. Der Knabe starrte nicht wie alle anderen auf den toten Körper im Dunst, sondern auf seinen Vater. Der stützte sich auf seine Schaufel und blickte in die Nebel, in denen die See lag. Auf Asmus wirkte sein Verhalten, als fehle ihm für den grausamen Fund jedes Interesse. Der Gendarmerieleutnant trat auf einen seiner Untergebenen zu und wies ihn an, sich die Namen der vier Arbeiter geben zu lassen. »Und den von dem Kerl, zu dem der Junge dort gehört, merkst du dir besonders«, fügte er hinzu, dann widmete er sich mit ganzer Aufmerksamkeit der Arbeit des Physikus.

Thomsen besah sich mit Sorgfalt den Korpus, der in einem groben Arbeitshemd und einer derben Hose steckte. Seine Füße waren nackt, die Hände schwielig und kräftig. Unter seinen immerhin intakten Fingernägeln hatte sich schwarzer Dreck angesammelt. Ein Unterschied zu der ermordeten Magd.

Thomsen wies auf große dunkle Flecken auf Brusthöhe des Hemdes. »Die dürften von Blut stammen«, sagte er. »Kopf und Hals scheinen auf den ersten Blick unverletzt.« Er fasste den Körper an der Schulter und hob ihn so an, dass er die Rückseite besehen konnte. Da er keine Besonderheit feststellen konnte, legte er die Leiche wieder nieder und knüpfte ihr Hemd auf. Auch wenn der Leichnam sich schon dunkel verfärbt hatte, waren auf Brust und Bauch deutlich schmale, zwei Finger breite Einstiche zu erkennen. Leise zählte der Physikus die Verletzungen, bevor er mit einem Daumen in den bloßen Unterarm des Toten drückte und die Reaktion des verwesenden Fleisches beobachtete. »Sieben Stiche«, murmelte er und sah den Gendarmerieleutnant an. »Eine biblische Zahl.« Er nahm einen Klumpen des zähen Bodens, der den Körper eben noch verborgen hatte, in seine Hand. »Klei mit etwas Sand vermischt. Der Lehm lässt keine Luft durch und konserviert einen Leichnam weitaus besser als der lockere Marschboden, in dem die Deern lag. Will sagen, im Deich verwest es sich schlecht. Wenn ich mir also den Gesamtzustand dieses Toten ansehe, so lässt er vermuten, dass der Junge wohl deutlich länger unter der Erde gelegen hat als unser weibliches Opfer. Etwa vier Wochen, nehme ich an. Todesursache könnten die Messerstiche sein, Näheres werden wir noch erfahren.« Thomsen deutete auf das Loch im Deich. »Gab es zuvor Spuren, die auf das Grab hingewiesen haben? Jetzt hat das neugierige Volk natürlich die gesamte Deichseite zertrampelt.«

Asmus wiederholte die Schilderung des Dorflehrers und ärgerte sich über sich selbst. Die Frage nach weiteren Hinweisen hätte er sehr viel früher klären müssen. Nun war der Boden um die Fundstelle herum nur noch Matsch.

Der Physikus wies einen der Arbeiter an, einen Leiterwagen zu besorgen, um den Leichnam nach Tönning zu bringen. »Solltest du niemanden finden, der seinen Wagen hergeben will, drohe mit dem Wiedergänger. Entweder transportieren wir den Toten sofort ab, oder ich werde ihn hierlassen und er wird euch des Nachts heimsuchen. Also auf, spute dich!«

Asmus hatte genug gesehen und wandte sich an Staller Ingwersen, der dem Physikus schmunzelnd zugehört hatte. »Euer Wohlgeboren, die Spurensuche hier am Deich ist ja nun getan, und uns drängt die Zeit. Wenn ich direkt weiterreiten dürfte, um auf dem Ehsterhof zu ermitteln? Es geht um die andere vermisste Magd. Vielleicht ist sie noch am Leben, und es lassen sich Hinweise finden, mit deren Hilfe sich das Schlimmste verhindern lässt. Anschließend werde ich mir den Schwarzen Hof vornehmen, wo der Tote gearbeitet hat. Und meine Männer werden derweil versuchen, in der Wattenmühle etwas über die ermordete Deern herauszufinden. Je wärmer die Spuren sind, desto eher können wir sie verfolgen.«

Der Staller bedeutete mit einer gönnerhaften Handbewegung sein Einverständnis.

Asmus salutierte und ging den Deich hinunter zu seinem Pferd. Dabei winkte er seine beiden Untergebenen heran und instruierte sie. »Reitet zur Mühle und teilt euch für die

Befragungen auf. Wir müssen wissen, ob Thea Jansen Feinde hatte. Wann wurde sie zuletzt gesehen, was weiß man dort über ihre Liebschaft mit dem Knecht Sinnert Runge? Hört gut zu, wenn die Leute ihren Klatsch erzählen. Etwas davon ist immer brauchbar. Wir sehen uns morgen in Tönning.«

Dorflehrer Bernhard Albert Rose stolperte mehr über den Strand auf Ording zu, als dass er schritt. Seine Gedanken wollten nicht aufhören, um seinen Sturz und die Geschehnisse am Deich zu kreisen. Die kindlich-heiteren Erinnerungen, denen er vor Kurzem noch nachgehangen hatte, waren wie weggewischt. Stattdessen sah er vor seinem geistigen Auge das Gesicht des toten Mannes, den er aus dem Lehm gezogen hatte. Frauke hatte mit dem heimlichen Schatz also recht gehabt. Immer wieder bückte er sich, wusch seine Hände in Pfützen und rieb sie mit Sand ab, doch der Geruch nach fauligem Kohl und süßlichem Moder klebte beharrlich an seinen Fingern. Wenigstens erschien es ihm so.

Je stärker er versuchte, die Bilder aus seinem Kopf zu verbannen, desto deutlicher wurden sie. So hörte Rose auch nicht, wie das Rattern eines Wagens und Hufgeklapper näher kamen. Als plötzlich ein Gespann neben ihm rollte, sprang er erschrocken zu Seite und blickte den Mann auf dem Kutschbock überrascht an.

Der saß gebeugt da, war in Schwarz gekleidet und grinste den Dorflehrer an.

Kaum Zähne, dachte Rose, und ein Auge blind. So stellte er sich Gevatter Tod vor. Ihm schauderte. Trotzdem war er für die Ablenkung fast dankbar und hob grüßend die Hand. Zögernd ging er auf den Wagen zu. Der Gaul stand stoisch vor dem Gefährt und hielt den zweirädrigen Karren in der Waage. Wegen der besonders großen Räder musste Rose den Kopf in den Nacken legen, um dem Kerl ins Gesicht zu sehen.

Der Alte musterte derweil seine Kleidung. »Wenn das man nicht der neue Präzeptor ist!«, rief er aus. »Und? Schon einen Bernstein gefunden? Aber vermutlich ist die See dafür zu ruhig. Das mit dem Dorflehrer ist doch richtig, oder? Es war die Rede davon, dass er gestern in Ording angekommen sein soll. Von Badegästen habe ich kein Wort vernommen. Ist aber auch nicht mehr die Zeit für die feinen Herrschaften und Studenten. Die waren noch vor Wochen hier, um in den Dünen umherzulaufen und sich die blasse Haut zu verbrennen. Jetzt wird es ihnen zu frisch und windig sein. Also muss hier vor mir tatsächlich der Präzeptor stehen, so modisch, wie er gewandet ist.«

Rose verzog keine Miene. Ihm war aufgefallen, dass der Mann keine Anrede gewählt hatte. Ob er unsicher war? »Moin, ich bin tatsächlich der neue Schulmeister, damit hast du recht. Ich heiße Bernhard Albert Rose. Und wer bist du? Fährst hier mit deinem Karren doch nicht ohne Grund entlang. Suchst wohl selbst nach Bernstein und angeschwemmtem Treibgut? Jeder muss schließlich sehen, wovon er lebt, nicht wahr? Übrigens, ich stamme aus Welt, nicht weit entfernt von hier. Als Kind war ich oft am Wasser. Nun? So sprich!«

Der Alte hatte mit offenem Mund zugehört, spie in den Sand und holte aus seiner Rocktasche eine kleine Pfeife, die er durch seine Finger gleiten ließ. Er räusperte sich, schien nach Worten zu suchen. »Ja, nun, die Leute nennen mich den Knochenhans. Ich bin in St. Peter und Ording unterwegs, arbeite mal für die Prediger oder auf den Friedhöfen. Verdiene mein Geld mit allerlei Holzarbeiten, Fuhren und Strandgutsammeln.« Er hustete rasselnd und zog an der kalten Pfeife. »Da werden die Ordinger sich aber freuen, dass der neue Lehrer ein Hiesiger ist. Jemand, der weiß, wie die kleinen Leute leben.« Er deutete mit dem Pfeifenstiel auf den Rock und die Frisur des Magisters. »Siehst ganz nach dem Zeitgeschmack aus. Wärest du nicht so dreckverschmiert, hätte ich dich wirklich für einen Badegast gehalten.«

»Von diesem neuen Zeitvertreib habe ich schon gehört.« Rose ignorierte die Bemerkung zu seiner Kleidung. »Der König fährt zur Sommerfrische ja nach Föhr. Aber nach Eiderstedt kommen die Sommerfrischler nun auch schon? Seit wann?«

Knochenhans überlegte. »Seit acht Jahren. Da hat jemand das erste Mal dafür bezahlt, in Ording die Nacht zu verbringen.

Das war nach dem Jahr, als die Engländer die junge, moderne Königin bekommen haben.«

»Victoria?«

»Ja, ich denke, so heißt sie. Seither tauchen immer mehr von diesen Stadtleuten auf. Trinken viel, haben aber wenig Augen für Licht, Sand und Wolken. Du könntest wirklich einer von ihnen sein.«

»Mit deiner Einschätzung täuschst du dich gewaltig«, widersprach Rose. »Die Liebe zur Schönheit seiner Heimat trägt man doch immer in sich. Und für zielloses Umherschweifen und Zeitvertreiben hatte ich bisher noch nie das Geld. Zu Hause mussten wir Schafmist sammeln und Schollen stechen, um zu überleben. Auch mein Studium musste ich mir hart erarbeiten. Du darfst nicht jeden gering achten, der etwas anderes trägt als einen Fischerkittel.«

Knochenhans schnaubte und verzog den Mund. »Tünkram. Wer achtet denn wen gering? Die, die viel haben, blicken doch wohl auf die Tagelöhner vom Deich herab. Dabei hat der Herr für jeden von uns das gleiche Schicksal vorgesehen: Am Ende landen wir alle in einer Kiste unter der Erde.«

Oder unbestattet im Deich, dachte Rose und sah angewidert auf seine Finger, die das Haar der Leiche berührt hatten. Aber eigentlich hatte der Kerl recht. Wie auch immer, langsam sollte er wohl wieder ins Dorf zurückkehren. Er musste noch beim Krämer vorbei und sich auf der Straße sehen lassen. Nur so wäre es ihm möglich, die Familien seiner Schüler besser kennenzulernen, und etwas Ablenkung würde ihm guttun. »Sag, kannst du mich nach Ording bringen, wenn das doch dein Weg ist?«, fragte er.

Der Alte zog wieder an seiner kalten Pfeife und nickte.

Rose kletterte mit einiger Anstrengung und unter einem spöttischen Blick auf den Wagen, und bald schritt der Gaul voran.

Eine Weile saßen die beiden Männer schweigend nebeneinander und rollten gemächlich den Strand entlang gen Norden.

»Wenn du auf Friedhöfen und auch mit Holz arbeitest«, überlegte Rose laut, »bist du gar der Totengräber und Sargmacher von beiden Dörfern? Letztes Jahr sollen hier die Masern gewütet haben, das muss für einen so kleinen Flecken grausam gewesen sein.«

Es verging eine Weile, bis der Angesprochene antwortete. »Das war wohl so«, stellte Knochenhans ruhig fest. »Es gibt Zeiten, die sind unerträglich für die einen, aber fett für mich. Allein hier in Ording hat die Krankheit jeden Vierten gefressen. Viele Kinder waren darunter. Ich schreinere aber nicht nur Särge, verkaufe auch Angelzeug und Korbwaren, handele mit diesem und jenem. So ziehe ich herum.«

»Der Tod muss bedrückend sein, wenn man ihm so nahe kommt wie du«, sprach Rose und dachte dabei wieder an den Toten im Deich. Der Alte reagierte nicht. »In der Mittagszeit war die Polizei in Ording, um das Verschwinden einer jungen Frau zu untersuchen«, fuhr Rose fort. »Thea hieß sie. Man hat sie vergraben bei Tating gefunden. Sie soll in einem der Köge hier gearbeitet haben.« Der Lehrer schielte zu dem Fahrer, als erwartete er eine Reaktion.

Der zuckte tatsächlich zusammen und riss kurz an den Zügeln, sodass sein Gaul stehen blieb.

Rose bemerkte den Anflug eines Zitterns, als der Mann seine Pfeife aus dem Mund nahm und sie in seine Jackentasche steckte.

»Thea Jansen?«, sprach Knochenhans mit belegter Stimme. »Von ihr habe ich gehört.« Er blickte vom Lehrer weg auf den Strand, atmete schwer und schlug dann wieder die Zügel. Der Wagen rollte an. »So war denn alles Hoffen und Suchen vergebens«, murmelte er.

»Dann hast du die arme Deern gekannt«, stellte Rose fest und sah den Alten aufmerksam an, als erhoffte er sich von ihm Details.

»Nichts weiß ich! Ich kenne nur die Toten!«, rief der und ließ die Leinen auf den Pferderücken klatschen. Der Gaul fiel in den Trab. »Ich lebe schon immer hier an der Westsee. In St. Peter und Ording gibt es keine Familie, für die ich nicht wenigstens einen Sarg gezimmert habe.«

»Aber von der zweiten Deern, die vermisst wird, hast du

nichts gehört? Immke soll sie heißen. Sie fehlt auf dem Ehsterhof. Die junge Frau muss am selben Tag verschwunden sein wie die Thea, nach dem Pferdemarkt in Tönning.« Lehrer Rose war neugierig, wie der Alte auf diese Information reagieren würde. Hatte er nicht behauptet, weit herumzukommen?

»Was verdingen sich die Deerns auch auf dem Ehsterhof und in der Wattenmühle? Sicher ist man nur in der Familie«, zischte Knochenhans. Dann straffte er seinen Rücken und blickte dem Lehrer in die Augen. »Von der zweiten weiß ich nichts. Aber genug vom Tod. Wir sind gleich da.«

Als das Dach der Ordinger Kirche in Sicht kam, verließen sie den Strand und überquerten den Deich. Das Meer im Rücken, fuhren sie auf den Flecken zu. Kaum war die Dorfstraße erreicht, hielt Knochenhans an. »Da sind wir nun, Präzeptor.« Er deutete in Richtung der Schule. »Ich hoffe, die Kinder lernen mehr bei dir, als nur die Bibel zu lesen und einfaches Rechnen.« Kaum hatte der Schulmeister den Fuß auf die Straße gesetzt, gab der Alte seinem Pferd die Zügel und rollte grußlos weiter.

Rose blickte ihm hinterher und sah, dass er die Katen am Deich ansteuerte. In einer von ihnen wohnte die Familie Jansen. Die letzten Sätze des Mannes, die er gesagt hatte, bevor sie Ording erreichten, gingen ihm nicht aus dem Sinn. Wenn der Sargmacher nichts über Thea gewusst haben wollte, woher wusste er dann, dass sie in der Wattenmühle gearbeitet hatte?

RÄTSELHAFTE SCHÄFERHÜTTE

Gendarmerieleutnant Cornelius Asmus galoppierte durch den dichter werdenden Nebel. Sein Ziel war der Ehsterkoog. Hinter den grauen Schleiern verborgen wusste er grüne Weiden, hier und da hörte er das Muhen und Blöken grasender Tiere. Laut schimpfend verließ ein Auerhahn sein Versteck in der Böschung und rettete sich auf die weite Flur.

Bis zur einbrechenden Dunkelheit blieben Asmus noch gut zwei Stunden, vielleicht auch weniger. Unruhe hatte ihn ergriffen, aber er musste geordnet vorgehen. Nervöses Hin- und Herspringen würde niemandem weiterhelfen. Immerhin kannte er nun die Namen der Toten und Vermissten. Damit war heute Morgen noch nicht zu rechnen gewesen.

Doch trotz des Drucks, der auf ihm lastete, überkam ihn langsam die Erschöpfung. Schon den ganzen Tag war er zu Pferd unterwegs, und jetzt fiel es seinen müden Augen immer schwerer, im Nebeldunst den Weg zu erkennen. Aber noch war er gewiss, sein Ziel zu finden. Überhaupt konnte es nicht mehr lange dauern, bis er auf den niedrigen Erdwall stoßen würde, der den Ehsterkoog umschloss. Asmus wusste, dass das Gebiet sich rechts vom Weg in südlicher Richtung bis zur Einmündung der Eider erstreckte.

Plötzlich erschienen wie aus dem Nichts zwei dunkle Gestalten vor ihm auf dem Weg. Als Asmus die verwaschenen Konturen wahrnahm, riss er an den Zügeln, um auszuweichen. Sein Apfelschimmel tat einen Satz, scheute und schleuderte den Gendarmen aus dem Sattel, der mit seinem Kopf auf dem Sandboden aufschlug. Augenblicklich verlor er das Bewusstsein.

Dina Martensen hielt sich entsetzt die Hände vor den Mund und stürzte auf den am Boden Liegenden zu.

Hedwig ließ ebenfalls die Deichsel des Handwagens fallen und folgte ihr. Vorsichtig näherten sich die Frauen dem Uniformierten, der scheinbar leblos vor ihnen lag.

»Ist er tot?«, flüsterte Hedwig und wagte nicht, ihn zu berühren. »Das ist doch ein Gendarm.« Erschrocken blickte sie zu Dina, die sich neben den Verunglückten hockte. »Oh Gott, wenn man uns nun erwischt. Haben wir ihn getötet?«

»Was du nur hast«, schimpfte Dina und legte ihre Hände auf die Brust des Gestürzten. »Er hat eine Schürfwunde an der Stirn und atmet. Tot ist der ganz bestimmt nicht«, stellte sie nach Momenten konzentrierten Fühlens fest. Sie blickte auf, versuchte, den Nebel um sie herum zu durchdringen. »Geh und such sein Pferd. Es wird nicht weit sein. Wir müssen dem Mann helfen, reiten kann er in seinem Zustand gewiss nicht mehr.«

Hedwig fand das Tier wenige Schritte entfernt und führte es zurück. Inzwischen hatte Dina die leeren Milchkannen auf der Ladefläche des Karrens zusammengeschoben und so etwas Platz geschaffen. Gemeinsam hoben die Frauen den Bewusstlosen auf den Handkarren, banden den Apfelschimmel daran fest und zogen die schwerer gewordene Ladung mühsam weiter. Plötzlich fuhr ihnen eine heftige Windböe entgegen und riss die Nebelschleier auf. Die ersten Regentropfen benetzten ihre Gesichter, dann, als hätte jemand Schleusen geöffnet, fiel das Nass rauschend und dicht vom Himmel. Es wurde immer schwieriger, den Karren vorwärtszubewegen.

»Wir müssen uns unterstellen!«, rief Hedwig gegen das Prasseln an. »Ich kenne eine Hütte ganz in der Nähe.« Sie wies auf einige Büsche und niedrige Bäume, die hinter dem Koogwall dicht zusammenstanden. »Dort hinüber.«

Bald hielten sie an und wollten den Bewusstlosen von der Wagenfläche heben.

Doch der, vielleicht durch den kalten Regen belebt, schob ihre Hände beiseite und richtete sich mühsam auf. »Was …? Wo bin ich, wer seid ihr?«, murmelte er und fasste sich an den Kopf.

»Sie sind vom Pferd gestürzt und waren ohnmächtig«, antwortete Dina. »Wir wollen ins Trockene. Können Sie gehen?«

Asmus drückte sich hoch und kletterte mit wackeligen Beinen vom Handkarren. Doch kaum dass er auf beiden Füßen stand, verlor er auch schon wieder das Gleichgewicht und suchte am Wagen Halt.

»Kommen Sie, wir werden Sie stützen.« Dina sprang ihm bei, und mit Hedwigs Hilfe gelang es ihr, den geschwächten Mann über den Erdwall zu führen. Hinter Gestrüpp stießen sie auf eine flache Hütte aus groben Brettern und schoben deren Tür auf. Der Verschlag war leer. Dem Tiergeruch nach schien es der Unterstand eines Schäfers zu sein.

Gemeinsam schleppten Dina und Hedwig den Gendarmen in eine Ecke und legten ihn vorsichtig auf den Boden. Das Prasseln um sie herum war noch stärker geworden, der Tag dunkler. Das Unwetter würde wohl noch länger anhalten, vermutete Dina. Zitternd vor Kälte entledigten sich beide Frauen ihrer vollgesogenen Schulter- und Kopftücher. Angesichts des Mannes im Raum erlaubte die Schicklichkeit nicht mehr. Sie wrangen die Stoffe aus und hängten sie an rostige Nägel, die aus der Holzwand ragten.

Besorgt blickte Dina auf den Mann in seiner besudelten Uniform. Bleich und durchnässt war er. Er hielt die Augen geschlossen, aber sein Atem ging regelmäßig. »Er hat wohl wieder das Bewusstsein verloren«, vermutete sie. »Sollen wir ihn beleben oder ihm etwas Ruhe gönnen?«

Hedwig zuckte mit den Schultern. »Ich hoffe doch sehr, dass er wieder wird. Gott sei Dank ist so ein Gendarmenschädel hart. Ich frage mich nur, wie lange wir noch hierbleiben müssen.« Beide Frauen blickten um sich. Im graublauen Dämmerlicht war das Innere der Hütte überraschend gut zu erkennen. Obwohl es nach Schafen roch, war der Unterschlupf ganz sicher kein Tierstall, denn es war nirgendwo Schafdung zu sehen. Eine kleine Kiste stand am Boden, zwei Zinnteller und billige Schankgläser lagen im Staub. Die gestampfte Erde schien fast schwarz und aus einem groben, weichen Material zu sein. So eine Art von Boden hatte Dina noch nie gesehen. In einer Ecke entdeckte sie einen Haufen Decken. Sie griff eine davon, schlug die schwere Wolle auseinander und legte sie über den Verletzten. Dabei fiel ihr Blick auf ein Öllicht, das an der Wand hing. »Wer hier wohl gehaust hat?« Sie sah Hedwig an, als könnte die Genaueres wissen. »Der Schäfer?«

Die andere Magd schüttelte stumm den Kopf. »Auf dem Ehsterhof gibt es keinen mehr. Die paar Tiere stehen das Jahr über auf der Weide, ihre Pflege und Schur erledigt jemand vom Nachbarhof.« Hedwig verschränkte ihre Arme, als müsste sie sich selbst festhalten. Die Situation schien ihr nicht geheuer zu sein.

Dieser verdammte stechende Schmerz, dachte Cornelius Asmus und stöhnte leise auf. Um mich herum nur Dunkelheit, und mein Schädel zerplatzt gleich. – Was sind das für Frauenstimmen in meinen Ohren? – Was ist geschehen, dass ich mich fühle, als wäre ich am Boden festgebunden? Da, wieder der Schmerz. Er zuckt mir durch den Kopf, ich habe keine Kraft mehr, meine Augenlider zu öffnen. Dabei habe ich seltsamerweise keine Angst. Wenigstens kann ich mit meinen Fingern meine Umgebung ertasten. – Meine Unterlage ist eben und hart, vermutlich aus groben Holzbrettern. Liege ich in einer Stube? Aber es riecht nach Tier. Und was rauscht da nur so laut? Wellen sind es wohl nicht. Ja, wahrscheinlich wird das Regen sein. Und das Kratzige auf meinem Handrücken? Sackstoff oder Wolle?

Wieder fuhr ein stechender Schmerz in seinen Kopf.

»Ich glaube, er wird wach«, hörte er eine Frau sagen.

Der Gendarmerieleutnant spürte eine kühle Hand an seiner Wange, dann wurde er an den Schultern gefasst. Ich will jetzt …, dachte er. Wer zum Teufel …? Mühevoll schlug er die Augen auf und blickte in ein freundliches, von goldenem Haar umspieltes Gesicht. Ein lächelnder Engel, dachte Asmus erstaunt, aber im Himmel bin ich sicher nicht. Dort hätte ich keine Kopfschmerzen, denn dann wäre es die Hölle. – Er grinste. Was für ein abstruser Gedanke.

»Er scheint Gefallen an dir zu finden«, sagte Hedwig, die den Uniformierten beobachtete.

»Tünkram!«, widersprach Dina und befühlte die Stirn des Mannes, wobei sie die Schürfwunde mied. »Können Sie mich hören? Wollen Sie sich aufsetzen?«

Der Verletzte rappelte sich mit schmerzverzerrtem Gesicht hoch und lehnte sich gegen die Holzwand. Jede Bewegung schien ihm schwerzufallen. »Die Kopfschmerzen«, stöhnte er, »sie rauben mir noch den Verstand.«

»Einen Moment.« Dina blickte sich suchend im Verschlag um. In einer Ecke stand eine irdene Schüssel mit fleckigen Leinenlumpen. Dina hielt einen davon nach draußen in den Regen. »Legen Sie sich den gegen die Stirn«, drängte sie, wrang den Stoff aus und drückte ihn dem Uniformierten in die Hand.

Ergeben folgte Asmus ihrer Anweisung und schaute dabei von einer Magd zur anderen. Das also waren seine Retterinnen. Hofgesinde. Die eine überaus anziehend. Er lächelte Dina an. Als die Kühle des Lappens den ersten Kopfschmerz überlagerte, wollte er sich erheben, doch auch dieser Versuch scheiterte kläglich. Seine Beine trugen sein Gewicht nur für einen kurzen Augenblick, dann sackte Asmus mit dem Rücken an der Wand wieder zu Boden. »Entschuldigen Sie, ich hätte mich Ihnen gerne im Stehen vorgestellt«, murmelte er und verzog sein Gesicht zu einem hilflosen Lächeln. Er verbeugte sich im Sitzen und sah zu den Frauen auf. »Gendarmerieleutnant Cornelius Asmus. Mit wem habe ich die Ehre?«

Hedwig lachte auf und deutete einen Knicks an. »Sie drücken sich ja aus, als wären wir auf einem Ball«, amüsierte sie sich. »Ich bin die Milchmagd Hedwig, und das da ist die Dina. Wir sind beide vom Ehsterhof, zu dem auch der Unterstand gehört.«

Der Gendarm zog die Augenbrauen hoch und blickte die Frauen mit neuem Interesse an. Als ihm der ranzige Geruch des Leinenlappens, mit dem er seine Stirn kühlte, in die Nase stieg, legte er ihn angewidert beiseite, und zum ersten Mal glitt sein Blick durch die Bretterhütte. »Nun, welch kurioses Zusammentreffen.« Er horchte. »Und der Regen scheint nicht aufzuhören. Da werden wir uns wohl noch etwas unterhalten müssen. Erzählen Sie mir, wie es zu meinem Sturz kam.«

Dina hatte bereits überlegt, ob das Auftauchen eines Gendarmen ein Zeichen sein sollte. War das die Gelegenheit, das merkwürdige Verschwinden der Immke Simons anzuzeigen? Sie war unschlüssig. Aber der Polizist vor ihr schien höflich und freundlich zu sein, siezte er doch sogar Mägde. Das war sicher nicht üblich. So hockte sie sich noch einmal neben den am Boden sitzenden Asmus und schilderte, wie sein Pferd gescheut hatte, als er aus dem Nebel auf die Frauen zugeritten war. »Und dann haben wir Sie hierher ins Trockene geschleppt«, beendete sie die Erzählung.

Hedwig hatte sich währenddessen mit merkwürdig verschlossener Miene von den beiden entfernt. Dinas Schilderung der Ereignisse schien ihr nicht recht zu sein.

»Was ist das hier für ein Ort?«, wunderte sich Asmus. »Es riecht nach Schaf, sieht aber mehr nach einem Obdach als nach einem Stall aus.« Er deutete auf die herumliegenden Gegenstände und Decken. »Gott sei Dank, will ich meinen, ansonsten wäre ich wohl erfroren«, fügte er lächelnd hinzu. Wieder versuchte er, sich zu erheben. Als er dazu seine Beine anzog, blickte er auf seine nasse Hose. Wie sah er nur aus! Er schämte sich und wischte vergeblich über den noch feuchten Schmutz auf der Uniform. »Das muss wohl erst einmal trocknen«, entschuldigte er sich verlegen. Seine Finger glitten die Scheide und den Griff seines Säbels entlang. Immerhin der war noch da. Vorsichtig erhob sich Asmus und setzte seine Stiefel entschlossen auf die Holzbretter, auf denen er gelegen hatte. Ein hohles Geräusch erklang. Vermutlich der lockere Torfboden darunter, gestampfter Lehm schluckte solche Geräusche. Soweit er erkennen konnte, sah der übrige Boden tatsächlich dunkel und torfhaltig aus. »Meine Damen, ich muss Ihnen danken. Immerhin waren Sie so freundlich, mich nicht in den Staub, sondern auf diese Bohlen hier zu legen.« Was hatte Physikus Thomsen am Deich doch gleich wissen wollen? Ob er trockene Moore oder torfhaltige Flecken kannte. Das unter ihm war wohl so eine Stelle, für die Thomsen sich interessieren würde, dachte Asmus und schwankte leicht. »Ich muss noch etwas zu mir kommen«, entschuldigte er sich und befühlte vorsichtig die nässende Schürfwunde an seiner Stirn. Sie brannte, blutete aber wenigstens nicht. Ein Sturz auf einem Sandweg hatte auch seine Vorteile.

Vorsichtig und von den Blicken der Mägde verfolgt, tastete er sich die Wände entlang. Der Unterschlupf sah wirklich so aus, als hätten hier ein oder zwei Menschen gehaust. Bequem hatten sie es sicher nicht gehabt, aber immerhin trocken. War der Schuppen ein heimliches Liebesnest gewesen, oder hatte sich in ihm ein Hausierer niedergelassen? Gedankenverloren hob Asmus die am Boden liegenden Gläser auf, schnupperte daran und hielt sie gegen das spärliche Tageslicht. Der Geruch nach Schaf überlagerte alles, aber immerhin konnte er verkrustete Rotweinreste erkennen. Wie ein Jagdhund, der einer Fährte folgte, nahm er Witterung auf und suchte weiter. Unweit der kleinen Kiste, die wohl als Tisch gedient hatte, fand er in einer dunklen Ecke einige zusammengeknüllte Zeitungsseiten. Größere Stücke davon waren abgerissen. Ächzend ging Asmus in die Knie, hob sie auf, faltete sie mit einer mechanischen Bewegung auseinander und steckte sie ein. Dabei streifte sein Blick weiter über den Boden. Unter den Zeitungen tauchte eine dunkelgrüne Flasche auf, neben der ein Sträußchen vertrockneter Blumen lag. Es wirkte, als sei es aus dem Flaschenhals gefallen. Die Flasche, in der wohl der Rotwein gewesen war, ließ er fürs Erste liegen, aber den Strauß reichte er Dina und blickte sie fragend an.

»Sie möchten von mir wissen, was das für Blumen sind?«, interpretierte die seine Miene. »Es sind Malven, sie blühen jetzt im Herbst. Ein merkwürdiger Schäfer, der seinen Verschlag mit Blumen dekoriert.«

Auch Hedwig neben ihr legte die Stirn in Falten.

Schweigend stellte Asmus die leere Weinflasche jetzt doch auf die Kiste, nahm dann Zinnteller und Gläser vom Boden und platzierte sie, als deckte er den Tisch. Grübelnd betrachtete er das Stillleben. Was hatte die Magd in St. Peter gesagt, als sie den Toten vom Deich erkannte? Er und sein Schatz hätten ein stilles Einverständnis gehabt, sich aber nur selten sehen können. Sinnert vom Schwarzen Hof, Thea von der Wattenmühle.

Beide waren nun tot. »Ein Liebesnest«, murmelte er. »Und die weibliche Hand verschönerte die Tafel.«

»Was soll das hier sein?«, empörte sich Dina. »Ein Liebesnest? In diesem staubigen Schäferverhau, mit dreckigen, kratzigen Wolldecken und Tiergestank? Nein, Herr Leutnant, eher möchte man doch denken, in so einer Umgebung käme einem die Liebe auf schnellstem Wege abhanden.«

Ein Lächeln umspielte die Lippen des Gendarmen. Zu gerne hätte er sie gefragt, welche Erfahrungen sie mit Liebesnestern hatte, doch das verbat er sich. Gedankenvoll wiegte er den Kopf hin und her und dachte nach. Sah der Mensch in Wollust und Leidenschaft die Welt nicht mit gänzlich anderen Augen? Oder traf das nur auf Männer zu? Er selbst wusste, das musste er zugeben, herzlich wenig über das Verhalten liebestrunkener Frauen und wollte dieses Thema jetzt auch nicht weiter erörtern. Er hätte sich nicht wohl dabei gefühlt. Was, wenn die Mägde seine Unerfahrenheit heraushören würden? Bei dem Gedanken errötete er und räusperte sich. Aber vielleicht hatte das Fräulein vom Ehsterhof ja auch recht? Er zwang sich zu dienstlichem Denken. Wenn es kein Liebesnest gewesen war, sondern gar ein …

»Ein Versteck!«, rief Dina aus und lächelte.

Für einen Moment hatte Asmus den Verdacht, sie habe seine Gedanken gelesen. »Aber für wen? Oder vor wem?«, fragte er und zog die zerknitterten und zerrissenen Zeitungsseiten aus der Rocktasche. Es waren Blätter des »Dithmarscher und Eiderstedter Boten«, einer Wochenzeitung, die sich durch unterhaltsame kleine Geschichten und Gedichte auszeichnete. Asmus sah auf die Erscheinungsdaten. Die Seiten entstammten drei verschiedenen Ausgaben, die am 17., 24. und 31. August dieses Jahres erschienen waren. Er faltete die Überreste der Ausgaben wieder zusammen und verstaute sie.

Dina beobachtete ihn. Der Beamte schien doch sehr an der Lösung von Rätseln interessiert zu sein, dabei ging es eigentlich nur um die Frage, wo sie sich gerade befanden. Er wirkte hochkonzentriert, machte keine schmierigen Anspielungen oder Annäherungsversuche. Sein Verhalten gefiel ihr. Auch als

Mann machte er eine gute Figur, wenn sie von seiner Blessur und der verdreckten Uniform absah. Sein Gesicht war schön geschnitten, die Augen freundlich, und der Schnurrbart gab ihm etwas Schneidiges. War er vielleicht der Gendarm, von dem schon auf dem Ehsterhof gesprochen worden war? Der in Ording der getöteten Deern aus der Marsch nachspürte? Immkes Verschwinden war jedenfalls immer noch nicht aufgeklärt.

Der Blick des Gendarmerieleutnants fiel auf einen Eisenring an der Wand, und er ging darauf zu. Ein Seil war dort angeknotet, sein Ende zerfranst. Hatte jemand hier ein Schaf angebunden? Aber wozu? Während er vor sich hin starrte, glitten seine Finger über den Strang. Er war aus Hanf, überraschend weich. Er stutzte, als er eine Veränderung der Fasern wahrnahm, und sah genauer hin. Die härtere Stelle war drei Handbreit und dunkler, wenn auch nicht blutrot. Merkwürdig, wunderte er sich und fingerte an dem Knoten, der das Seil am Eisenring hielt. Von draußen erklang das laute Wiehern seines Pferdes. Fragend sah er die Mägde an.

»Wir haben den Gaul am Wagen festgemacht«, erklärte Hedwig. »Was hätten wir auch sonst tun sollen? Hatten ja genug mit Ihnen zu tun.«

Asmus hob beschwichtigend die Hand und fuhr sich anschließend über die Haare. Seine Mütze! Hatte er sie bei seinem Sturz verloren? Er trat in den sich abschwächenden Regen und sah nach seinem Tier.

Kalte Regentropfen prasselten auf sein Gesicht. Sie taten ihm gut, der wieder stärker gewordene Kopfschmerz ließ etwas nach. Asmus stieg über den Koogwall und spürte, wie seine Beine zitterten. Ihm schwindelte. Schnell warf er einen Blick zurück, um sich zu versichern, dass er alleine war. Er konnte sich ja schlecht noch längere Zeit in die Hände der Mägde begeben. Vermutlich hielten sie ihn eh schon für hinfällig. Dabei war er doch Gendarm, Leutnant sogar. Obwohl diese Dina ihm ruhig näherkommen dürfte. Asmus lächelte. Zu schade, dass er nicht mitbekommen hatte, wie sie ihn ins Trockene schleppte. Dabei hatte sie ihn gewiss berührt. Er dachte an ihre Brust. Mit dieser Deern in einem Liebesnest, das wäre was. Ihre Kopfhaltung, ihr Blick und auch die Art, wie sie mit ihm sprach, in allem war sie anders als die Mägde, die er bisher kennengelernt hatte. Dina Martensen war freier und selbstbewusster als die Frauen, die sich sonst auf Höfen verdingten.

Sein Apfelschimmel begrüßte ihn wiehernd. Stoisch stand das Tier am Wagen, das Fell tropfnass. Asmus legte die Hand auf seine Nüstern, tätschelte ihm den Hals und blickte sich um. Wo war er hier? Im Regen unter dem grauen Himmel wirkten Weg und Weiden eintönig gleich. Soweit er es erkennen konnte, gab es in der Umgebung weder Haus noch Hof. Der perfekte Ort für ein Versteck. Die Einsamkeit um ihn herum drückte auf sein Gemüt. Der Strick an dem Eisenring und die Tischdekoration passten nicht zusammen. War der Verschlag kein Liebesnest, sondern ein Gefängnis gewesen? Und was sollte diese Schäferhütte mit der verschwundenen Milchmagd vom Ehsterhof zu tun haben? Waren die Überlegungen nicht eher das Ergebnis überspannter Sinne, weil er nach seinem Sturz in dem Verschlag einigermaßen verwirrt zu sich gekommen war? Immer spärlicher fiel der Regen, und Asmus ging wieder zu den Mägden zurück. »Wir können gleich weiter«, teilte er ihnen mit, und die beiden Frauen sahen ihn überrascht an.

»Wollen Sie uns etwa zum Ehsterhof begleiten?«, fragte Dina.

»Nun, der war sowieso mein Ziel. Ich hatte vor, dort schon vor Stunden einzutreffen. Wäre mir nicht ein anderer Leichenfund dazwischengekommen, könnte ich vermutlich längst gen Tönning reiten.«

»Noch ein Toter? Wer ist es?«, rief Hedwig, trat einen Schritt zurück und legte erschrocken die Hand vor den Mund.

Dina blickte den Gendarmen konzentriert an. Sie wollte keine seiner Regungen oder Worte verpassen.

Asmus berichtete von Sinnert Runge, dem Knecht vom Schwarzen Hof, und von der Mühlenmagd Thea. Liebesbande hätten beide verbunden, und nun seien die zwei jungen Leute nicht mehr am Leben. Gerade heute habe man ihre Körper gefunden, und er wolle alles versuchen, die Mordbuben ins grelle Licht der Wahrheit zu zerren. Zudem werde noch eine weitere Magd vermisst. Diese eben auf ihrem Ehsterhof. Fragend sah er von Dina zu Hedwig, als erwartete er von ihnen die Aufklärung dieses Umstandes.

Dina ging auf Asmus zu und fasste ihn am Arm.

Er war überrascht. So nah war sie ihm seit seiner Ohnmacht nicht gekommen. Er konnte ihre hellen Wimpern sehen, ihren Atem riechen. Er duftete nach Pfefferminze, stellte er überrascht fest.

»Herr Leutnant, dann schickt Sie der Himmel!«, rief Dina. »Wenn Sie auf der Suche nach Immke Simons sind, dann gibt es einiges, was wir Ihnen dazu sagen können.«

Hedwig schüttelte verhalten den Kopf und blickte zu Boden.

»Sie kennen sie? Dann mal heraus mit der Sprache.« Asmus trat zu dem Seil am Eisenring, löste es und steckte es zu den Zeitungsseiten in seine Rocktasche. Noch einmal schaute er prüfend über die Einrichtung des Bretterverschlages, dann wandte er sich zum Gehen. »Nun, Sie können mir auch alles auf dem Weg zum Ehsterhof schildern. Die Zeit drängt, irgendwann hat auch dieser Tag ein Ende.« Er blickte hinaus, der Regen hatte aufgehört.

Getrieben von einem kalten Wind zogen die grauen Wolken ins Landesinnere. Ohne auf die Frauen zu warten, begab sich der Leutnant zum Handwagen, um sein Pferd abzubinden. Mitten in seinen Bewegungen hielt er inne. Ein Schwindel zwang ihn, sich am Zaumzeug festzuhalten.

»Vielleicht sollte der Herr Leutnant nicht reiten, sondern das Gesinde langsam zu Fuß begleiten«, kommentierte Dina sein Schwanken. »So ein Sturz auf den Kopf ist keine harmlose Angelegenheit.«

Der Gendarm nickte schicksalsergeben und führte den Apfelschimmel zu den beiden Frauen. Die ergriffen die Deichsel und zogen den Handkarren daran durch schlammige Pfützen. Asmus suchte die Nähe zu Dina und spürte eine wohlige

Wärme in sich aufsteigen. So stapften sie eine Weile vor sich hin, und jeder schien seinen Gedanken nachzuhängen.

»Wollten Sie mir nicht etwas über die Verschwundene berichten? Welche Geheimnisse hält der Ehsterhof für mich bereit?«

Die beiden Frauen sahen sich an. Die ältere von ihnen, Hedwig, schüttelte den Kopf und zog kräftiger an der Deichsel. Stumm blickte sie geradeaus, und es sah aus, als zöge sie den Wagen alleine.

Dina erklärte dem Gendarmerieleutnant, dass sie erst am heutigen Tag auf dem Ehsterhof ihren Dienst begonnen habe und es merkwürdig finde, dass sich niemand vom Gesinde oder von der Herrschaft für das Verschwinden ihrer Vorgängerin interessierte, und erwähnte den Tönninger Pferdemarkt.

Asmus schritt neben Dina her, während er sein Pferd am Zügel hielt. Er fühlte sich geschwächt, sein Kopf dröhnte noch immer. Der weiche Matsch, der an seinen Stiefeln klebte, machte ihm das Gehen nicht leichter. »Wissen Sie, das Ganze ist schon kurios: Die ersten brauchbaren Hinweise bekomme ich von Ihnen, die Sie erst heute von Immke Simons gehört haben. Das heißt, dass Sie«, er wandte sich Hedwig zu, »mir auch einiges zu sagen haben sollten, da Sie schon länger auf dem Hof arbeiten.«

Die ältere Magd brummte mürrisch und zog stur den Wagen weiter.

»Sicher waren auch Sie auf dem Pferdemarkt in Tönning. Wissen Sie etwas über die beiden Getöteten, Thea und Sinnert? Mir will scheinen, dass das Gesinde aus der Nachbarschaft der Höfe und Köge sich doch kennt.«

»Dieses Jahr war ich nicht auf dem Markt«, blaffte Hedwig ungehalten. »Ich hatte mir den Fuß vertreten. Das war auch der Grund, warum Bauer Hirsch mich eine Zeit lang nicht gebrauchen konnte. Die Immke kam an diesem Abend früher nach Hause, und so hat er sie zu dem Gänseessen auf den Schwarzen Hof mitgenommen. Das muss so gegen sechs Uhr gewesen sein.«

»Mitgenommen? Ich verstehe nicht.«

»Sie sollte auf dem anderen Hof in der Küche aushelfen. Nachdem sie fort war, habe ich sie nicht wiedergesehen«, antwortete Hedwig.

Asmus schüttelte den Kopf, ließ es aber sogleich mit einem leichten Stöhnen wieder sein. »Und niemandem war das eine Meldung bei der Gendarmerie wert?«, wunderte er sich.

Hedwig schnaubte und lachte höhnisch auf. »Wem hätten wir das Verschwinden denn melden sollen? Unserem Bauern war Immkes Wegbleiben egal und ist es wohl noch immer. Oder es freut ihn sogar, denn damit hat er den Lohn für die schon geleistete Arbeit gespart. Und der Staller in Garding, des Königs Verwalter über ganz Eiderstedt, ist gut mit dem Großbauern befreundet. Ein Wort gegen unseren Herrn, und eine Welle des Zorns würde mich stellungslos fortspülen oder gar ins Gefängnis bringen. Wir vom Gesinde tun besser daran, den Kopf zu senken und das Maul zu halten. Am Ende zahlen doch immer wir, die einfachen Leute, die Zeche.«

Wieder schritten sie einige Minuten lang stumm des Weges. Vereinzelte Nebelschleier hoben sich. In der Ferne ragten kleine Baumgruppen wie Inseln aus dem grünen Weidenmeer hervor. Sperlinge und Finken zwitscherten in der Abenddämmerung. Wenn die Frauen den Handkarren um eine Kuhle lenkten, kam es vor, dass sich Dina und der Gendarm berührten. Beim ersten Mal zogen beide ruckartig ihre Arme zurück, doch dann ließen sie es geschehen. Dinas Herz pochte schneller, und Röte legte sich auf ihre Wangen. Ja, dachte sie, ihm so nahe zu sein, das darf ruhig noch eine Weile andauern. Hoffentlich bemerkte er ihre Nervosität nicht und hielt sie nicht für eine dumme Gans.

Gendarmerieleutnant Asmus wurde zwar nicht rot, aber dafür zog sich sein Magen nervös zusammen. Er räusperte sich, als wollte er noch etwas sagen, doch Dina kam ihm zuvor.

»Werden Sie meine Vorgängerin finden?«, fragte sie hoffnungsvoll und sah ihn an.

Nach einem Moment des Überlegens zuckte Asmus die Schultern. »So kurios diese Sache auch sein mag, bedenken Sie bitte, dass wir zuerst den gewaltsamen Tod von zwei Menschen aufklären müssen.« Wieder berührten sich ihre Arme und diesmal auch die Hände. Asmus lächelte, und Dina errötete umso stärker. »Es ist gut möglich, dass die gesuchte Immke den Abend auf dem Schwarzen Hof genutzt hat, um den Ehsterhof oder sogar die Halbinsel Eiderstedt zu verlassen. Natürlich kenne ich ihre Beweggründe nicht, aber man hört viel über die Auswanderer, die sich nach Bremen und Hamburg aufmachen, um in die Neue Welt zu ziehen. Heutzutage ist vieles möglich. Bestimmt lassen sich noch mehr Informationen zusammentragen«, sprach er und versuchte, Zuversicht in seine Stimme zu legen. In Wahrheit dachte er an das Seil in seiner Rocktasche und die Fesselspuren der heute Morgen gefundenen toten Magd. Hatte es der Physikus angesichts des letztgenannten Fundes nicht für denkbar gehalten, dass die arme Deern nach ihrem Verschwinden irgendwo über Wochen festgehalten worden war? So ein Schicksal könnte auch Immke Simons ereilt haben. Ihn fröstelte, und ihm wurde klar, dass das Gesagte nicht stimmte. Er musste der spurlos Verschwundenen die größere Dringlichkeit einräumen. Die anderen beiden Opfer waren bereits tot, aber vielleicht würde es ihm gelingen, einen dritten Mord zu verhindern. »Wie sieht sie überhaupt aus, die Immke?«, wollte er wissen.

»Sie ist etwas über fünf Fuß groß und im neunzehnten Jahr«, antwortete Hedwig. »Ihr Körper ist gesund, sie ist gut gewachsen. Meist trägt sie ein Kopftuch aus lila Baumwolle, ein dunkelblaues, hellgrau gepunktetes Kleid und dazu eine graue Schürze. Ihre Arbeitskleidung.«

»Und ihre Haarfarbe?«

»Ein von der Sonne gebleichtes Braun.« Hedwig deutete plötzlich nach rechts. »Endlich!«, rief sie. Baumspitzen und ein hohes Dach tauchten in der Ferne auf. »Der Ehsterhof. Bald haben wir es geschafft, dann hat die Plackerei für heute ein Ende.«

Asmus schätzte die Entfernung. Sie hatten noch ein gutes Stück vor sich. Er überlegte, die letzten Schritte auf den Hof zuzureiten. Was würde das sonst für einen Eindruck machen, wenn er neben den beiden Mägden einträchtig einherschlenderte? Als Gendarm würde ihn dann niemand mehr ernst nehmen. Andererseits würde das vermutlich auch so nicht der Fall sein. Mit einem Seufzer sah er an seiner lehmverschmierten Uniform hinunter. Dabei waren gerade auf den Höfen dicke Bretter zu bohren. Die feisten Gestalten von Großbauern kannte er nur zu gut, und ihm graute vor ihnen.

Kaum hatte Schullehrer Rose Ording wieder erreicht, zogen sich die anthrazitgrauen Wolken zusammen, und schwere Tropfen prasselten auf Mensch und Vieh nieder. Mit der einen Hand seinen Hut auf den Kopf pressend, lief er an den Häuserfronten vorbei und stürzte in den Krämerladen.

Der niedrige Raum empfing ihn mit Gerüchen nach Waltran, Pfeffer und Nelken, Käse und Wolltuch. Die Wandregale waren voller Dosen und Schubfächer. In einer Ecke standen Fässer in unterschiedlichen Größen. Hinter der Theke wartete der Krämer, dessen beleibte Mitte seine grüne Schürze spannte. Er nickte dem neuen Kunden freundlich zu, der jedoch gleich spürte, wie seine verschmierte Kleidung taxiert wurde.

Rose nahm seinen regennassen Hut vom Kopf und schlug ihn gegen das Bein. »Ich bin auf dem Deich ausgerutscht«, erklärte er dem Mann.

»Moin, Herr Magister, wie schön, dass Sie mich in meinem bescheidenen Geschäft beehren«, begrüßte ihn der Krämer, verbeugte sich und rieb sich die Hände.

Rose war sich sicher, den Mann noch nie gesehen zu haben. Aber dass dieser ihn erkannte, kam für den Lehrer inzwischen nicht mehr überraschend. Er stand mitten im Raum und fühlte sich einigermaßen ratlos. Er war nicht darauf vorbereitet, jetzt und hier seine nötigen Einkäufe zu machen, hatte ihn doch das Wetter in den Laden getrieben. Unverbindlich lächelte er zurück und blickte über die Regale im Halbdunkel, während er angestrengt nachdachte, was er brauchen könnte. Aber es dauerte nicht lange, und die Waren sprangen ihm ins Auge.

»Was soll man bei diesem Wetter auch anderes tun, als die Speisekammer aufzufüllen«, erklärte er, holte tief Luft und trat entschlossen an die Theke. »So nehme ich dann ein Lübecker Pfund Kaffee, Kernseife, ein halbes Dutzend Eier, eine Handvoll Hartkäse, ein halbes Pfund Butter, eine kleine Tüte Zucker und, wenn Sie haben, ein Glas Pflaumenmus. Das sollte fürs

Erste reichen. Können Sie mir alles in einen Korb legen? Ich bringe ihn morgen zurück.«

Beflissen hastete der Krämer zwischen Fächern, Regalen und Fässern hin und her. »Keine Wurst, keinen Schinken?« Er brummte vor sich hin, als Rose den Kopf schüttelte. »Kaffee habe ich nur ungebrannten«, wandte er zwischendurch ein und füllte die Bohnen in eine Papiertüte, die er auf die Waage legte. »Und Pflaumenmus macht hier jeder Haushalt selbst. Wem sollte ich es da verkaufen? Fremde kommen so gut wie nie bei uns durch, und wenn, dann nur im Sommer. Braucht der Herr vielleicht noch Lampenöl? Ich könnte Ihnen Waltran oder Rapsöl anbieten. Wobei, bei Ihrer Profession sollte es schon das gute vom Wal sein, nicht wahr? Es brennt heller und sauberer.«

Rose nickte zustimmend. Er wusste, dass der Leuchtstoff teurer, aber auch ungleich besser war als der aus Raps. »Und schwarzen Tee nehme ich auch noch, drei Lot, bitte. Was für einen haben Sie vorrätig? Chinesischen oder indischen?«

»Indischen, der ist günstiger«, antwortete der Krämer und seufzte. »Für die edlen Waren lässt sich hier kaum ein Käufer finden.«

»Und wo bekomme ich Brot und Milch?«, wollte Rose wissen. Beides hatte er im Laden nicht entdecken können.

»Das verkauft Ihnen bestimmt gerne eine der Nachbarinnen. Hier hält fast jede Familie ihr eigenes Kleinvieh, an Milch mangelt es zum Glück nicht. Und gebacken wird im Backhaus zusammen. In der ersten Zeit werden die Frauen Sie gewiss mitversorgen.«

Rose hatte interessiert zugehört. Plötzlich aber stutzte er und klopfte sich panisch auf Rock und Hosentaschen. Auf das Gesicht des Lehrers legte sich eine leichte Röte.

Die Geste schien dem Krämer bekannt zu sein. »Sie haben noch kein Gehalt bekommen, nicht wahr, Herr Magister? So schreibe ich denn mal an. Kann Sie ja schlecht verhungern lassen. Wenn Sie dann beizeiten die Güte hätten, den schuldigen Betrag zu begleichen, wäre ich Ihnen aufs Äußerste verbunden.« Er zückte den Bleistift, der hinter seinem Ohr gesteckt hatte, leckte dessen Spitze an und notierte die Einkäufe, während er mit der anderen Hand den gefüllten Korb seinem Kunden zuschob.

Rose vermied es, dem Mann in die Augen zu blicken, die Situation war ihm zu peinlich. Er griff zu, setzte schwungvoll seinen Hut auf und trat mit einem Abschiedsgruß hinaus in den Regen, der nur noch schwach als feiner Niesel niederging. Für die nächsten Mahlzeiten war er prächtig ausgestattet.

In seiner kleinen Wohnung neben dem Schulhaus schlug ihm klamme, modrige Luft entgegen. Gestern Abend hatte er davon nichts gemerkt. Und kalt war der Raum. Wie es schien, war es draußen wärmer als drinnen.

Rose hängte seinen feuchten Rock über eine Stuhllehne und stellte den Korb mit den Lebensmitteln in der Küche ab. Kerzen hätte er noch einkaufen können, fiel ihm ein, es musste ja nicht immer der teure Waltran sein. Während er die Regale in der Speisekammer bestückte, glitt sein Geist zurück an den Deich und zu dem Gespräch, das er dort mitverfolgt hatte. Der Gendarm würde als Nächstes also den Ehsterhof aufsuchen. Und der Liebste der ermordeten Magd, dieser Pferdeknecht, den er aus dem Lehm gezogen hatte, stammte vom Schwarzen Hof. Wenn er, Rose, etwas zur Aufklärung dieser grauenhaften Taten beitrüge, könnte er dann nicht sehr viel schneller mit der Dorfbevölkerung warm werden?, überlegte er. Er müsste natürlich Informationen beschaffen, die der Polizist noch nicht kannte. Vielleicht sollte er die anderen Höfe aufsuchen, um mehr über die Toten zu erfahren.

Ein Geräusch riss den Lehrer aus seinen Überlegungen. Es hatte an der Tür geklopft. Neugierig ging er zum Eingang und öffnete.

Vor ihm stand eine Frau, deren Alter er kaum schätzen konnte. Sie trug einen schweren, dunklen Überwurf und hatte sich eine ebenso dunkle Haube tief ins Gesicht gezogen. Die Kleidung ließ ihre gebeugte Gestalt unförmig wirken, weder Brust noch Taille waren zu erkennen. Als sie den Kopf hob und ihn anblickte, schaute Rose in ein eingefallenes, von vielen Falten durchzogenes Antlitz. Die Haut um ihre Lippen wirkte wie eingekerbt, ihre Augen erschienen wiederum sehr viel jünger als der gesamte Rest ihrer Erscheinung. Roses Einschätzung nach konnte die Frau vor ihm vierzig oder auch sechzig Jahre alt sein.

»Was gibt es denn?« Er bemühte sich um einen würdevollen Ton, obwohl ihm überhaupt nicht nach Dorfgesprächen war. Seine Gedanken kreisten um eine Reit- oder Fahrgelegenheit, um bis zum Ende dieses Tages noch den Schwarzen Hof zu erreichen. Er lag nur wenige Köge entfernt von Roses Kindheitsdorf Welt, unterhalb der Orte Tating und Garding.

»Moin, Herr Magister, ich hab Sie gerade heimkehren sehen. Da dachte ich, frag doch mal den neuen Schulmeister, ob er noch etwas braucht. Ich hab Ihnen heute Morgen ein paar Sachen hingestellt.«

Rose stieß einen überraschten Ruf aus, trat im Flur beiseite und bedeutete der Frau mit einer Handbewegung einzutreten. Bei aller Eile, die er verspürte, wollte er zu dieser netten Dorfbewohnerin auf keinen Fall unhöflich sein. Mit ihrem Morgengruß hatte sie sich eine gute Behandlung verdient. Zudem wollte Rose sich nicht ausmalen, was eine verdrossene Dörflerin über ihn in Umlauf bringen würde, wenn er sie verärgerte.

Doch die Frau zögerte, die Türschwelle zu überschreiten.

»So kommen Sie doch herein«, forderte Rose sie erneut auf. Hatte die Frau etwa Sorge, alleine mit einem Mann zu sein? »Bei dem Wetter sollte niemand allzu lange draußen sein. Mit wem habe ich die Ehre?«

Zaghaft machte die Frau einige Schritte in den Flur. »Alle nennen mich Linchen«, sprach sie mit leiser Stimme und blickte zu Boden.

Als Rose sehr nahe an ihr vorbeischritt, um die Tür zur Stube zu öffnen, wich sie ihm aus.

»Eigentlich heiße ich Caroline, aber hier bei uns hat man schnell einen Spitznamen weg.«

»Linchen ist doch ein sehr schöner Name«, fand Rose und fragte sich schon insgeheim, wie lange diese Frau ihn wohl aufhalten würde.

»Gewiss. Schöner als Gänse-Greta, Vierfinger-Focke oder Aal-Max. Aber Caroline wäre mir natürlich lieber. Leider nur ruft mich niemand so.« Neugierig blickte sie sich in der kargen Stube um, konnte aber nichts Persönliches von ihrem neuen Bewohner entdecken.

Rose, der bisher nur aus der Reisetasche gelebt hatte, beobachtete sie mit einem Anflug von Amüsement. Die Ordingerin schien enttäuscht zu sein, bei ihm nichts Brauchbares für den Dorfklatsch gefunden zu haben.

»Schön, sehr schön«, sagte Rose. Er wurde ungeduldig. »Und um auf Ihre anfängliche Sorge zurückzukommen: Nein, ich brauche nichts mehr. Eben habe ich mich beim Krämer mit dem Nötigsten eingedeckt. Zusammen mit Ihren Köstlichkeiten dürfte ich die kommenden Tage gut überstehen.« Er dachte kurz nach. »Sagen Sie, kennen Sie jemanden, der mich heute noch zum Schwarzen Hof bringen könnte? Oder wäre ein Ausflug zur Wattenmühle weniger zeitaufwendig?« Obwohl ihr Umhang die Regungen ihres Körpers gut verbarg, bemerkte Rose den Ruck, der bei seinen Worten durch die Frau ging. Für die Länge eines Herzschlages meinte er, in ihren Augen etwas wie Schrecken zu erkennen. Oder war es nur ein Ausdruck des Erstaunens gewesen? Schnell legte sich wieder Gleichgültigkeit in ihren Blick.

»Ein seltsames Ansinnen«, erwiderte sie. »Zum Schwarzwasserkoog sind es gut zwei Stunden Fußmarsch an Tating vorbei in südöstlicher Richtung. Mit dem Pferd ist der Weg wohl in einer halben Stunde zu machen. Aber was wollen Sie da heute noch? Es wird doch bereits dunkel. Nahe dem Schwarzwasserkoog war mal ein Moor, jetzt gibt es da nur noch schwarze Erde und Gräben voller Brackwasser.« Sie unterbrach sich und biss sich auf ihre Unterlippe, während sie ihre Hände knetete. »Des Nachts sollte niemand auf diesem Land umherstreifen, auch wenn es jetzt, so kurz nach Vollmond, hell genug sein dürfte. Immer wieder erzählt man sich von Schatten und Schemen, die jeden ängstigen, der dort unterwegs ist. Es sind die Seelen der Moorleichen, in grauer Vorzeit nach heidnischem Brauch versenkt. Heutzutage sind die Moore trocken, aber wenn die Torfstecher kommen, wecken ihre Hacken die Geister auf. Dann gleiten sie in der nebeligen Finsternis über Weiden und Wege und verwirren die Sinne einsam Reisender. Schon so mancher wurde in einen Graben gelockt und ist ertrunken. Und da wollen Sie hin? Niemand sollte sein Schicksal so leichtsinnig herausfordern, Magister. Wer sich in Gefahr begibt, kommt oftmals darin um«, verkündete Linchen unheilschwanger und hob warnend den knotigen Zeigefinger. Doch mit einem Mal blickte sie lauernd auf, als hätte sie einen Verdacht. »Oder gibt es zärtliche Gründe, die unseren Präzeptor so schnell nach seiner Ankunft dorthin ziehen? Wie man hört, stammen Sie ja aus der Gegend. Lebt in der Nähe vielleicht eine Deern, die all die Jahre auf Sie gewartet hat?« Seufzend legte sie eine Hand auf ihr Herz. Ihr Lächeln und der wissende Blick drückten Selbstzufriedenheit darüber aus, ihm auf die Spur gekommen zu sein. Sie trat einen Schritt auf Rose zu und fasste seinen Arm. »Herr Magister, Ihr Geheimnis bleibt für immer in meiner Brust verschlossen. Wie gut das tut, noch Treue und Liebe in der Heimat zu wissen.«

Rose stutzte, und seine Kehle wurde trocken. Waren das tatsächlich Tränen, die er da in Linchens Augen sah? Er räusperte sich und blickte zu Boden. Er würde diese seltsame Frau in ihrem Glauben lassen. Ihre zusammengesponnene Wahrheit würde ihm als schlüssige Erklärung für sein Umherstreifen in der Landschaft Eiderstedt dienen. Und wer wäre besser geeignet, eine Nachricht zu verbreiten, als diese selbst ernannte Geheimnisträgerin? Schon bald würden die Frauen des Dorfes sein vermeintliches Glück herbeifiebern. Rose lächelte dankbar und verbeugte sich. »Es scheint, Sie haben sich trotz all der Missgunst unter den Menschen ein großes Herz bewahrt«, erwiderte er leise. »Doch wie lässt sich mein Wunsch erfüllen? Zwei Stunden Fußmarsch sind in der Tat sehr viel, und schon morgen in der Früh beginnt wieder der Unterricht.« Hoffnungsvoll sah er Linchen an.

Die überlegte und wirkte mit einem Mal gänzlich unbeeindruckt von all den Geistern und Schemen, die sie eben noch heraufbeschworen hatte. Vielmehr schien sie der Gedanke zu begeistern, zwei Herzen einander zuzuführen. »Wählen wir einen Einspänner oder einen anderen Wagen, so müssen wir zu viel erklären«, murmelte sie und blickte gegen die Decke. »Der Knochenhans ist auch schon wieder heimgefahren. Ein einzelnes Pferd dürfte leichter zu besorgen sein.« Sie wandte sich dem Dorflehrer zu und taxierte dessen Statur und Kleidung mit Kennerblick. »Natürlich sind edle Reittiere in Ording kaum zu finden. Aber es war nicht jeder Gaul heute auf dem Acker. Das eine oder andere Tier ist noch ausgeruht. Ich glaube, ich weiß, an wen wir uns wenden werden. Kommen Sie!« Im Hinausgehen drehte sie sich ihm zu. »Vielleicht sollten Sie sich zuvor noch eine andere Hose anziehen. So dreckig, wie die ist, werden Sie ansonsten keinen respektablen Eindruck bei Ihrer Liebsten machen.«

Rose sah an sich hinunter und gab ihr recht. »Einen Moment!«, rief er und bedeutete ihr, an der Tür zu warten. »Ich will schnell den Anzug wechseln. Zum Ausbürsten ist er noch nicht trocken genug.«

Wenige Minuten später folgte er der dunklen Silhouette aus Umhang und Haube Richtung Kirche. Auf der Dorfstraße war kaum jemand unterwegs. Rose hatte Mühe, den ausholenden, entschlossenen Schritten Linchens zu folgen. Er stutzte, als die Ordingerin abrupt vor einer niedrigen Kate neben dem Gotteshaus anhielt. Sollte dort …? Aber das konnte doch unmöglich das Pastorat sein!

»Hier wohnt der Kirchendiener«, erklärte sie ungefragt. »Der Pastor ist die Woche über auf Reisen, wir wollen seine Abwesenheit nutzen.« Beherzt schlug sie gegen die Tür, die alsbald geöffnet wurde. Ohne sich nach dem Schulmeister umzusehen, trat Linchen durch den niedrigen Eingang.

Rose überlegte und blickte ratlos die Straße entlang. War das wirklich eine gute Idee, sich noch so spät aufzumachen, um etwas über den Knecht und seine Liebste zu erfahren? Aber immerhin stammte die ermordete Thea aus dem Dorf, das ihn nun ernährte.

»So, bald geht es weiter.« Linchen war wieder aufgetaucht,

ihre Augen strahlten. »Der Kirchendiener bringt den Gaul vom Pastor. Die Weide, auf der das Tier steht, liegt gleich nebenan. Oh, wie wird sich die Deern freuen! Ach, zu gerne wäre ich bei Ihrem Zusammentreffen dabei.« Unruhig fuhren ihre Finger ineinander.

Rose war zu keiner Antwort fähig. Er mochte die Frau weder durch eigene Worte anlügen noch sie in ihrer Phantasie bestärken. Doch wie die Dinge nun mal lagen, kamen ihm die romantischen Träume des Fräuleins sehr gelegen.

Gedämpft drang das Geräusch von klappernden Pferdehufen zu ihm, begleitet von dem schlurfender Schritte. Rose blickte sich um.

Der Kirchendiener führte einen gesattelten Ackergaul am Zügel.

»Moin, Magister. Vom Deich gefallen! Haben sich mit Ihren Abenteuern ja schon ganz schön bekannt gemacht. Der letzte Präzeptor hat länger dafür gebraucht.« Er tätschelte den Hals des Pferdes und verzog den Mund, während er den Schulmeister mit skeptischen Blicken bedachte. »Können Sie überhaupt reiten? Nicht dass das Tier noch Schaden nimmt. Mit seinem Gaul versteht unser Prediger keinen Spaß und wird in diesem Fall sein Mütchen an mir kühlen. Sie haben unsere Hilfe nur Linchen zu verdanken. Sie hat gemeint, der späte Ritt tue not.« Zögernd übergab er Rose die Zügel und beäugte mit einem zusammengekniffenen Auge, wie der Dorflehrer schwungvoll aufsaß. Anerkennend brummend wandte er sich zum Gehen. »Hauptsache, Sie sind morgen zum Unterricht wieder da. Dafür werden Sie schließlich bezahlt. Auch in Ording erwarten die Leute, dass jedermann seine Pflicht tut!«, rief er und stapfte davon.

Rose saß im Sattel, zog seinen Hut und verbeugte sich vor seiner Helferin, bevor er auf dem schweren Gaul in Richtung Tating davonritt.

Mit großen Augen sah Linchen ihm hinterher.

Zuerst wollte er dem Deich gen Westen folgen, doch dann schreckte ihn die Vorstellung von dem Reiter, der mit wehendem Rock und windzerzaust unter Unheil dräuenden

Wolken den Wall entlanggaloppierte. Dergestalt, als halber Dämon, wollte er sich den Dörflern nicht zeigen. Weiteres Aufheben um ihn war nicht mehr nötig, Linchen würde schon für seine fragwürdige Reputation sorgen. So trabte Rose über die sandigen Pfade zwischen den Weiden auf Garding zu.

Bei der Vorstellung, auf den Spuren des ermordeten Knechts den Schwarzen Hof zu betreten, beschlich ihn ein ungutes Gefühl. Was würde der Großbauer sagen, wenn er den unbedeutenden Schulmeister aus Ording sähe? Wie würde das Gesinde reagieren, wenn er sich nach dem Leben des Knechts erkundigte? Vielleicht hatten sie noch nichts vom gefundenen Leichnam in der Deichwand gehört. In seiner Phantasie sah er versteinerte Gesichter, die ihn als Überbringer der Nachricht feindselig empfingen. Er blickte in die Wolken. Bei einem Regenguss hätte er auf dem Hof um Schutz ersuchen können, aber der Himmel schien der Tropfen müde zu sein und verweigerte ihm seine Unterstützung. Um sich abzulenken, dachte Rose an ein erfreulicheres Thema. Wenn er schon auf dem Schwarzen Hof war, könnte er doch eigentlich noch einen späten Abstecher auf den Ehsterhof machen. Er rief sich das Gesicht des Fräuleins in Erinnerung, mit dem er gestern über Land gefahren war. Dina Martensen hatte ihm so gar nicht den Eindruck einer einfachen Magd gemacht, gerne würde er mit ihr mehr Zeit verbringen. Vielleicht sollte er sich tatsächlich auf den Ehsterhof verirren. Bei dem Gedanken schmunzelte Rose vorfreudig.

UNWILLIGER GROSSBAUER

»Das wird ja immer schöner!«, brüllte Bauer Hirsch in seinem Kontor und stierte den deutlich jüngeren Gendarmerieleutnant an, der erschrocken Haltung annahm.

Mühsam unterdrückte Asmus seinen wiederaufkommenden Schwindel.

»Weiß Staller Ingwersen, was Sie hier treiben? Dass Sie einen ehrbaren Landmann einer Untat verdächtigen? Meinem Freund Johann Gottlieb werden die Ohren klingeln, wenn ich ihm davon berichte. Und dann auch noch in so einem Aufzug. Offensichtlich sind Sie noch nicht einmal Manns genug, um sich auf einem Pferd zu halten. Wohl runtergefallen, was?« Mit der flachen Hand schlug er auf das Schreibpult. »Anstatt den Mord am Gesinde aufzuklären, verschwenden Sie Ihre Zeit und laufen einer Deern hinterher, die pflichtvergessen ihre Arbeit verlassen hat.«

Asmus strich sich verlegen über den dreckverschmierten Rock, zog dann aber seine Notizen hervor und blätterte fahrig in ihnen herum. Endlich entschloss er sich zum Gegenangriff und zwang sich zu einem Lächeln. Diesem aufgeblasenen Großbauern, dem jeden Augenblick sein roter Schädel zu platzen drohte, konnte er nur mit Selbstsicherheit begegnen. Selbst wenn die nur gespielt war. Er trat einen Schritt vor und ließ sein Notizbuch in die offene Hand klatschen. »Julius Hirsch, ich verbitte mir einen derartigen Ton!«, blaffte er zurück. »Ich bin im Auftrag des Königs hier, auf Weisung unseres Stallers Ingwersen. Es dürfte ihm nicht recht sein, zu erfahren, dass sich ein Freund hinter seinem Namen versteckt, um sich seiner Bürgerpflicht zu entledigen.«

Bauer Hirsch hob die Hand und öffnete den Mund.

»Nein, jetzt rede ich«, fuhr Asmus fort. »Es gibt gute Gründe, warum ich auf dem Ehsterhof nach der verschwundenen Magd Immke Simons forsche. So sie noch lebt, ist die Deern vielleicht in Gefahr. Ich frage Sie also erneut: Ist es richtig, dass die Magd Sie am Abend des 19. August auf den Schwarzen Hof begleitet hat? Wozu? Und was ist mit ihr anschließend geschehen? Ich rate Ihnen, antworten Sie mir wahrheitsgemäß und ohne Umschweife. Denn sollte Ihr Verhalten meinen Verdacht erregen, lasse ich Sie in Eisen legen. Sie mögen ihr Vieh behandeln, wie es Ihnen beliebt, und das Gesinde mit harter Hand führen, aber mir gegenüber verhalten Sie sich, wie es der Gendarmerie des Königs gebührt. Ich habe das Recht auf meiner Seite und weiß, dass Staller Ingwersen den Teufel tun wird, einem sogenannten Freund beizuspringen, der des Mordes verdächtig ist.« Asmus blickte sich im Kontor nach einer Sitzgelegenheit um. Er hatte sich in Rage geredet, in seinem Kopf pochte es schmerzhaft.

Doch den einzigen Lehnstuhl im Raum hatte Bauer Hirsch während der scharfen Ansprache zu sich gezogen und sank nun leise stöhnend hinein. Der fette Mann war blass geworden und wedelte beschwichtigend mit der Hand. »So beruhigen Sie sich doch, Herr Leutnant. Wer spricht denn überhaupt von Mord?« Er mühte sich, seiner Stimme einen freundlicheren Ton zu geben. »Ich meine, vom Verbleib der Magd Immke wissen wir doch nichts Genaues. Warum denken Sie da gleich an ihren Tod?«

»Beantworten Sie meine Fragen«, forderte der Gendarm den Großbauern auf, ohne weiter auf ihn einzugehen, und blätterte in seinem Notizbuch nach einer freien Seite.

Hirsch holte keuchend Luft und nickte. »Wenn Pferdemarkt in Tönning ist, feiert das Gesinde. Wird vorher nicht gut gearbeitet, drohe ich damit, den freien Tag zu streichen. Ein gutes Druckmittel. Meine Leute legen sich dann noch stärker ins Geschirr. Ich selbst habe auf dem Markt zwei Gäule verkauft und war abends eingeladen.«

»Das Gänseessen auf dem Schwarzen Hof«, schob Asmus ein, und Hirsch nickte.

»Hedwig sollte mitkommen, aber die lag mit einem dicken Knöchel im Bett. Da Immke früher als erwartet aus Tönning zurück war, habe ich sie an Hedwigs statt mitgenommen, um im Schwarzen Hof zur Hand zu gehen.«

»Aber die Deern hatte gewiss etwas anderes vor und wird nicht freiwillig mitgekommen sein«, überlegte Asmus laut. »Es war ja ihr freier Tag.«

Hirsch wand sich auf dem Stuhl und fuhr sich über sein verschwitztes Gesicht. »Ich habe ihr Extrageld geboten. Einen kleinen Nebenverdienst können die Mägde immer gebrauchen. Immke hat sich erst geziert, dann aber eingewilligt.«

Asmus ging zum Schreibpult, wobei er darauf achtete, nicht allzu fest aufzutreten. Jede Erschütterung schmerzte ihn bis in die Haarspitzen. Am Pult stützte er sich ab. Dort war es auch leichter, sich Notizen zu machen. Innerlich über seinen angeschlagenen Zustand fluchend, rieb er sich die Schläfen und blickte dann zu Hirsch hinüber.

War es nicht wunderbar, mitanzusehen, wie gefügig der feiste Bauer wurde, wenn man ihm ordentlich Paroli bot? Sein Gewissen schien jedenfalls nicht rein zu sein. Ein Lächeln huschte über das Gesicht des Leutnants. »Die Deern hat sich geziert«, wiederholte er. »Weil sie Angst hatte? Haben Sie sie gar angefasst und mitgezerrt?«

Der Landwirt schüttelte den Kopf. Er hielt die Hand hoch und rieb Daumen gegen Zeigefinger. Das angebotene Geld hatte wohl gereicht, um Immke zum Mitkommen zu bewegen.

»Wann sind Sie zusammen mit ihr auf dem Hof eingetroffen? Ich nehme doch an, Sie haben Ihren Wagen benutzt? Wo hat Immke Simons an dem Abend gearbeitet, und mit wem? Wer hat sie zuletzt gesehen, und wer war zu dem Gänseessen geladen? Nun, Herr Hirsch, wenn ich Sie dann bitten dürfte, meine Fragen ausführlich zu beantworten.« Gendarmerieleutnant Asmus machte dem Landwirt ein Zeichen wie ein Spielleiter im Theater, der einem Schauspieler Anweisung gab, mit seiner Rolle zu beginnen.

Julius Hirsch räusperte sich und zog die Augen zu engen Schlitzen zusammen, durch die er den Gendarmen anfunkelte. Mehrmals holte er hörbar Luft und ballte seine großen, fleischigen Hände zu Fäusten. »Justizrat Johann Gottlieb Ingwersen saß mit am Tisch. Unser aller Staller.« Hirsch richtete sich im Lehnstuhl auf und warf sich in die Brust.

Vermutlich denkt er, weil er mit des Königs Verwalter getafelt hat, ist er unangreifbar, schlussfolgerte Asmus und schrieb etwas in sein Notizbuch.

»Haben Sie nicht gehört, was ich gerade gesagt habe?«, fuhr der Großbauer ihn an. Seine Stimme hatte wieder an Kraft gewonnen.

Der Gendarm blickte auf und hob eine Augenbraue. »Lassen Sie das, Hirsch! Mit dem Staller drohen Sie mir nicht. Ich dachte, das hätten wir geklärt. Seien Sie gewiss, ich werde Ihre Aussage mit der von uns Werth Ingwersen vergleichen. Und Gnade Ihnen Gott, sollten sie voneinander abweichen. Dann wird Seine Wohlgeboren Ihr allererster und größter Feind sein, so wahr er die rechte Hand des Königs ist. Also, weiter im Takt. Die Zeit drängt.«

Hirsch ließ die Arme hängen. »Wir waren eingeladen. Der Staller, ich und der Schwiegervater von Friedrich Besthorn, unserem Gastgeber. Er ist der Bauer vom Schwarzen Hof im Schwarzwasserkoog, aber das wissen Sie vermutlich schon.«

»Und sein Schwiegervater heißt wie?«

»Adam, den Nachnamen habe ich vergessen. Er ist dort immer wieder über Tage zu Besuch. Ein honoriger Mann, war mal Viehhändler und ist durchaus betucht, will ich meinen.«

»Schön, schön. Gab es einen besonderen Grund für das Essen?«

»Nein, aber es war eine fröhliche Runde, und auch ich war in Feierlaune. Ingwersen sucht des Öfteren die Freundschaft und Nähe zu Männern, die die Landschaft Eiderstedt voranbringen. Oder Südjütland, wie er unsere Heimat gerne nennt. Als Staller macht er sich Gedanken über das florierende Viehgeschäft, plant neue Wege wie den zwischen Tating und Garding, sorgt sich wegen der Sperlingsplage. Aber das dürfte die Polizei wohl kaum interessieren. Besthorn wiederum findet die Nähe zum Staller wohl ganz nützlich und lädt ihn ab und zu ein. Seine gebratene Gans ist berühmt.«

»Sie glauben ja gar nicht, was die Polizei alles jenseits der eigentlichen Tat interessiert, Hirsch. Bei den meisten Fällen wird erst am Ende der Ermittlungen deutlich, wie wichtig anfänglich Unbedeutendes war. Kommen wir jetzt auf Immke Simons zu sprechen. Wo war sie an jenem Abend?«

Hirsch zuckte mit den Schultern. »Von hier zu Besthorns Hof dauert es im Wagen vielleicht zwanzig Minuten. Ich habe die Magd an der Küche abgesetzt und bin durch den Haupteingang rein, wo schon der Gastgeber wartete. Sie wird in der Küche gearbeitet haben, jedenfalls war sie nicht zu sehen, als wir zu Tisch saßen. Nach ihrem Verschwinden hat es geheißen, die Küchenmagd habe mit ihr noch das Geschirr gespült. Währenddessen saßen wir schon bei Cognac und Zigarren. Danach muss sie sich aus dem Staub gemacht haben. Als ich gegen zehn Uhr in der Nacht wieder heimwärts wollte, war sie fort. Unauffindbar. Zusammen mit den Herren habe ich mit Laternen den Hof und die Gebäude durchsucht, aber keine Spur von ihr gefunden. Besthorn war ziemlich aufgebracht. Er hatte sich nach dem Nachtisch wohl draußen erleichtert und dabei irgendwie den Kopf gestoßen. Mir ein Rätsel, wie er das geschafft hat. Wobei keiner von uns mehr nüchtern war. Aber der Hauptgrund für Besthorns Wut bei der anschließenden Suche war wohl, dass sein Pferdeknecht ihm dabei nicht geholfen hat. Der war nämlich auch unauffindbar, obwohl er längst aus Tönning hätte zurück sein müssen. Wie ich danach gehört habe, ist der Kerl später wieder bei seiner Arbeit erschienen. Vielleicht hat es etwas gedauert, bis auch er nach dem Pferdemarkt wieder einen klaren Kopf hatte. Wochen danach ist er dann aber für immer verschwunden. Kurios. Nicht dass der Bock dieser Immke hinterhergesprungen ist?«

Eifrig notierte Asmus die Angaben. Der Pferdeknecht, von dem Hirsch sprach, war vermutlich der tote Sinnert Runge gewesen. Aber sollte der nicht der Thea Jansen schöne Augen gemacht haben? »Wann sind Sie wieder heimgefahren?«

»Es wird halb elf gewesen sein. Der Rückweg dauerte in der Dunkelheit und bei unseren Wegen etwas länger als zwanzig Minuten. Ich war kurz nach elf auf meinem Hof.«

Asmus dachte nach, doch das Überlegen wollte ihm nicht mehr recht gelingen. Die Zeit war inzwischen weit vorgerückt, und er spürte, wie seine Knochen vor Erschöpfung immer schwerer wurden. »Nun, Herr Hirsch, dann darf ich mich für Ihre Aussage schon mal bedanken.«

Der Gelobte brummte unwirsch und warf einen bösen Blick auf den Gendarmen.

»Aber lassen Sie uns in Ihrer Erinnerung noch einmal zu der Tafel zurückgehen. Wer von den Anwesenden hat die Runde während des Mahls verlassen? Und warum?«

Hirsch lachte dröhnend auf und schlug mit der Hand auf die Lehne des Stuhls. »Da macht der Leutnant aber einen kolossalen Fehler, wenn er sich ausschließlich mit den Herren beschäftigt. Auf so einem Hof arbeiten doch so viele, müssten Sie da nicht von jedem Einzelnen wissen wollen, wann er wo war? Aber nein, Sie interessieren sich nur für die Herrschaften. Ich prophezeie Ihnen einen gewaltigen Schiffbruch und das Ende Ihrer Karriere.« Ein trockenes Husten folgte, dann herrschte Stille.

Asmus stützte sich mittlerweile mit beiden Ellenbogen auf das Pult und beobachtete den Großbauern, der tatsächlich Anstalten machte, seine Ausgangsfrage zu beantworten.

»So genau kann ich mich daran nicht erinnern, das Ganze ist schon zu lange her. Besthorn selbst hat die Tafel verlassen, als wir den Vogel schon verspeist hatten. Das war nach dem Obst. Wie gesagt, er wollte sich erleichtern und kam mit einer Beule am Kopf zurück. Sein Schwiegervater hatte öfter das gleiche Bedürfnis, irgendwann während des Hauptganges und später nach dem Cognac. Seine Unruhe ging mir etwas auf die Nerven. Aber gut, er ist ja auch schon ein älterer Herr, da drückt die Blase manchmal heftiger.« Er lachte auf.

»Verzeihen Sie die Frage, aber wo tritt man bei einem solchen Mahl auf diesem Hof kurzzeitig aus?«

Hirsch taxierte Asmus mit seinen kleinen Schweinsäuglein und grinste. »Hinterm Haus, will ich meinen. Was haben Sie denn gedacht? Nicht weit weg jedenfalls. Den Gang zum Häuschen spart man sich, es war ja auch schon dunkel, und auf dem Hof riecht es sowieso überall nach Mist und Gülle. Auf dem Schwarzen Hof bietet sich die Ecke zwischen Haubarg und Schmiede besonders an, wenn Sie Details wissen möchten.«

Asmus schrieb die wichtige Information mit, schloss das Notizbuch und steckte es in seinen Rock. Sein Körper schwankte so stark, dass er einen Schritt nach vorne machen musste, um sich wieder zu fangen.

Der Großbauer hob die Augenbrauen.

»Sehr geehrter Herr Hirsch, nach überwundenen anfänglichen Dissonanzen hat sich die Befragung als durchaus ergiebig herausgestellt. Meinen verbindlichsten Dank. Natürlich auch im Namen des Stallers, der mit Ihren Informationen zweifelsohne schneller zur Aufklärung der rätselhaften Taten schreiten kann. Es ist so spät geworden, dass ich wohl nicht umhinkomme, Sie um ein bescheidenes Nachtquartier zu bitten. Der Ritt nach Tönning zurück macht zu dieser Stunde keinen Sinn mehr, zumal ich morgen in der Nachbarschaft weitere Fragen zu stellen gedenke. Auch mein Tier braucht etwas Pflege und Erholung.« Ernst sah Asmus Hirsch an. In seinem Blick lagen Erschöpfung und mühsam aufrechterhaltene Amtsautorität.

Der fette Landwirt drückte sich vor Anstrengung ächzend aus dem Lehnstuhl. »Hat man noch Töne«, brummte er. »Erst wird man verdächtigt, dann soll man auch noch ein Bett richten.« Er ging zur Tür und riss sie auf. »Der Wilko soll kommen!«, donnerte er durch den Gang und wandte sich wieder dem Gendarmen zu. »Der Pferdeknecht wird Ihren Gaul versorgen und Ihnen einen Platz zum Schlafen geben. Komfort erwarten Sie hier allerdings vergeblich, wir sind Viehhalter und keine Pension. Vielleicht müssen Sie sogar mit dem Heu vorliebnehmen, aber auch das ist wohl besser, als die Nacht im Freien zu verbringen.« Sein raues Lachen dröhnte im Raum. »Duftendes Heu. Eine Schande, wenn man alleine in ihm liegt. Und fragen Sie Wilko nach etwas zu essen. Ich kann den Leutnant des Stallers ja schlecht vom Fleisch fallen lassen, während er sich angeblich um unser aller Sicherheit sorgt.« Hirschs fest zusammengepresste Lippen formten ein kaltes Lächeln.

Wilko, der Pferdeknecht, stand kauend vor dem Gendarmen, wischte sich mit dem Ärmel über den Mund und schluckte. Wortlos bedeutete er Asmus, mitzukommen.

So trat der Leutnant an den Gesindetisch, auf dem Reste von Brot, Käse und ein fast leerer Topf mit Rinderbrühe standen. Die Becher waren mit Dünnbier gefüllt. Augenscheinlich waren die Hofleute mit dem Essen fertig, alle starrten ihn an. Nur die beiden Frauen, die ihn nach seinem Sturz gerettet hatten, aßen noch. Während Dina ihm verstohlen zulächelte, um ihren Blick sofort wieder auf den Suppenlöffel zu senken, schien Hedwig keinerlei Notiz von dem Uniformierten nehmen zu wollen.

»Hier, Gendarm, es ist noch etwas da«, knurrte Wilko und drückte ihm einen Löffel in die Hand. »Ich versorge jetzt deinen Apfelschimmel, und die Deerns hier können dir ein Lager auf dem Heuboden richten.« Er verließ den Raum, ohne dass sich jemand für diese Aufgabe gemeldet hatte.

»Wo haben wir denn Decken für den Leutnant?«, überlegte Dina laut und kam damit der Magd Antje zuvor, die gerade etwas hatte sagen wollen.

»Das zeige ich dir schon«, murmelte Hedwig und schob sich ein Stück Käse in den Mund. »Ich glaube, der Herr Gendarm möchte auch bald zur Ruhe gehen. Es muss für ihn ein anstrengender Tag gewesen sein.«

Asmus langte nach einem Becher und stürzte das Dünnbier hinunter. Im Absetzen musterte er das Gesinde genauer, das ihn sensationsheischend angaffte. Da waren Hütejungen mit offenen Mündern, dann die interessierten, gar lüsternen Blicke der Mägde und zwei wüste Kerle. Dem einen fehlte ein Mittelfinger, dem anderen zog sich eine bläuliche Narbe quer über das Gesicht. Mit zusammengezogen Augenbrauen und herunterhängenden Mundwinkeln beobachteten die beiden Männer jede seiner Bewegungen. Ob er heute Abend noch etwas Brauchbares von diesen Leuten erfahren würde? Asmus zweifelte daran, nickte aber den Mienen zum Trotz freundlich in die Runde. »Wir haben in der Landschaft nun zwei Tote zu beklagen, einen Knecht und eine Magd. Zudem ist eine von eurem Hof verschwunden. Ich weiß, niemand redet gerne mit der Polizei, aber vielleicht wollt ihr ja trotzdem, dass diese Bluttaten gerichtet werden. Dafür bin ich als Gendarm auf eure Hilfe angewiesen.«

Niemand im Raum sagte etwas.

Asmus richtete müde seinen Oberkörper auf. »Es gibt Hinweise darauf, dass die Magd Immke Simons ein heimliches Einverständnis mit dem Knecht Sinnert Runge vom Schwarzen Hof gehabt hat«, log er.

Das Gesinde wechselte Blicke, hier und da wurde geflüstert.

»Nun, lauter!«, forderte der Gendarm. »Die Zeit der Geheimnisse ist vorbei. Jetzt gilt es, Mordbuben das Handwerk zu legen.«

Wieder trat Stille ein, bis sich der Kerl mit der Narbe im Gesicht räusperte. »Solange Immke auf dem Hof war, hatte sie keinen Schatz. Die Deern war viel zu ängstlich, um sich von einem Mann anfassen oder gar bespringen zu lassen.« Kichern und hämisches Gelächter erklangen. »Sie ist nur selten alleine fortgegangen und hätte es bestimmt nicht ausgehalten, etwas zu verheimlichen. Wenn da was mit einem vom Schwarzen Hof gewesen wäre, hätten wir das mit Sicherheit gemerkt.«

»Als unser Bauer sie statt meiner zum Gänseessen mitgenommen hat, wird dem jungen Ding das angstvolle Herz fast zersprungen sein«, mischte sich Hedwig ein. »Zu Recht. Keine Frau fährt gern allein mit einem Mann durch die Nacht, der seine Hände nicht unter Kontrolle hat. Aber er ist unser Brotherr, und Immke wollte der Herrschaft nicht widersprechen und ihre Stelle verlieren. Wird man einmal von einem der großen Bauern als undankbar oder unehrlich verleumdet, nimmt einen auf Eiderstedt niemand mehr.« Sie schob ihr Geschirr beiseite und stemmte sich von der Sitzbank hoch. »So, Herr Leutnant, und jetzt wollen wir sehen, wo wir Sie für die Nacht unterbringen. Dina, kommst du? Ich zeige dir, wo die Decken liegen.«

Asmus musste ob dieser resoluten Beendigung des Gesprächs grinsen.

ERLOSCHENE SCHMIEDE

Rose hielt sein Pferd an, tätschelte ihm den Hals und blickte in die dämmrige Landschaft unter sich. Vom Wall des eingedeichten Schwarzwasserkoogs aus konnte er noch etwas erkennen. Einige niedrige Häuser lagen vor ihm, als kauerten sie sich voller Angst vor dem nächsten Sturm zusammen. Weiter davon entfernt erhob sich das spitze Dach eines großen Haubargs in den düsteren Himmel. Eine Allee aus Weiden führte darauf zu.

Wenig später empfingen ihn die knorrigen Bäume. Das trügerische Licht und der Wind hauchten ihnen Leben ein, ihre geschmeidigen Äste wehten wie dünne Schlangen. Jeder Baum eine Medusa, dachte Rose, und ein Schauer lief ihm über den Rücken.

Unweit vom Haupteingang lag ein mit gelbem Schilf und Rohrkolben bewachsener Weiher. Die helle Farbe des Bewuchses hob sich deutlich vom Schwarz des Wassers ab. Wie tot lag das Gewässer da, keine Wasservögel weit und breit. Auch vor dem Hof war niemand zu sehen.

Vom Rücken des Pferdes aus ließ er das gewaltige Gebäude auf sich wirken. Das alte Reetdach, grau verfärbt und an einigen Flecken durchgeweicht und faulig, war großflächig mit Moos bewachsen. Über das Mauerwerk aus bräunlichen Ziegeln und nachgedunkelten Fugen hatte sich ein schwärzlicher Glanz gelegt. Einzig die Rahmen der Sprossenfenster waren weiß und hell.

Er saß ab und führte den Gaul bis zum Eingang, der ihn mit seiner reich mit Schnitzereien verzierten Tür aus schwarz glänzendem Holz eher abwies als willkommen hieß. Ein altes, wohlbekanntes Gefühl stieg in ihm auf, als er die Hand zum Eisenklopfer hob. Es war die Furcht des Tagelöhnerjungen, den die Eltern immer wieder losgeschickt hatten, sich bei einem der Großbauern zu verdingen. Nur einmal hatte er es gewagt, gegen den prächtigen Eingang eines Haubargs zu klopfen. Mit einem Rumms waren die schweren Türblätter aufgestoßen worden, jemand hatte ihn brutal am Nacken gepackt und um die Hausecke gezerrt. Die feiste Hand, die ihn dann zum Stalltor geprügelt hatte, würde er nie vergessen. Sein Brustkorb hob und senkte sich schneller bei der Erinnerung, schwer atmete Rose gegen die Furcht des Tagelöhnerjungen an. Aber jetzt bist du ein erwachsener Mann, sprach er sich Mut zu. Als Lehrer hatte er mittlerweile mehr gesehen als nur die Landschaft Eiderstedt. Niemand würde ihn mehr von der Eingangstür fortprügeln.

Entschlossen, aber mit schweißnasser Hand, schlug er den eisernen Klopfer und lauschte, wie der Klang verhallte. Von drinnen vernahm er den Ton von genagelten Stiefeln, die auf Fliesen trafen, und ging geduckt einen Schritt vom Eingang zurück. Gerade noch rechtzeitig, denn wie in seiner Kindheit stieß jemand die schwere Tür auf und trat dem unbotmäßigen Besucher wie eine wütende Dogge entgegen. Rose blickte in das hagere, mit Narben überzogene Gesicht eines Mannes von leicht gekrümmter und doch sehniger Statur. Der Knecht trug eine Kappe auf seinem fettigen Haar und blitzte den Ankömmling böse an.

Für einen Moment glaubte Rose, den Kerl schon einmal gesehen zu haben. Aber wo? In Ording jedenfalls nicht. Im Hausflur hinter ihm sah der Schulmeister eine Dame, deren abgehärmtes Gesicht das Licht einer Kerze beschien, die sie hielt. Mit ihrer spitzen Nase und dem straff gescheitelten Haar sah sie aus wie eine Gouvernante.

»Wer ist da?«, fragte sie mit hoher Stimme gegen den knochigen Rücken des Knechts.

Der musterte den Fremden von Kopf bis Fuß, nahm dann die Kappe ab und wandte sich nach hinten. »Weiß nicht, Madame. Ein Herr mit einem Pferd, nicht aus der Gegend. Könnte aus der Stadt kommen.«

Rose, der gegen seine Absicht von diesem Zerberus gehörig beeindruckt war, holte tief Luft, warf sich in die Brust und trat auf den Türwächter zu. Dabei suchte er allein den Blick der Dame und verbeugte sich.

Zögerlich kam die Frau mit der Kerze ihm entgegen.

»Wenn ich mich Ihnen vorstellen dürfte: Bernhard Albert Rose, der neue Magister in Ording. Ich komme aber nicht in dieser Funktion auf Ihren Hof. Vielmehr ist es ein überaus trauriger Umstand, der mich zu Ihnen führt.«

»Jans, lass den Herrn herein. Wir wollen hören, was er zu sagen hat.« Damit verschwand die Kerze im Dunkeln des Flurs, und Rose beeilte sich, ihrer Trägerin zu folgen.

»Das Pferd«, sprach er noch hastig zum Knecht. Mit dem werde ich mich jetzt nicht gemein machen und ihn duzen, dachte Rose. Je distanzierter mein Auftritt, desto größer das Ansehen auf diesem Hof. »Kümmern Sie sich bitte darum, Jans? Ich habe es nur geliehen und soll es in gutem Zustand wieder zurückgeben.«

Der Kerl setzte wortlos seine Mütze auf und starrte Rose an.

»Hier entlang!«, rief die dünne Frauenstimme, die sich weiter entfernte, und Rose hastete über die Fliesen der Diele. Die Dame führte ihn in die Wohnstube des Haubargs, die eher das Wort Salon verdiente. In ihr brannten mehrere Öllampen und tauchten den Raum in warmes Licht. Die Hausherrin deutete auf einen Polsterstuhl mit geschwungener Lehne und nahm selbst auf dem Kanapee daneben Platz. Ihre Kerze stellte sie auf den Salontisch. »Bitte verzeihen Sie, ich habe mich Ihnen noch gar nicht vorgestellt.« Sie ließ ihren Blick über das Gesicht und die Kleidung des Magisters gleiten. »Ich bin Madame Besthorn, mein Gatte Friedrich steht unserem Hof vor. Ich darf doch hoffen, dass Ihr Anliegen wirklich von Wichtigkeit ist? Hausierer und dergleichen Volk lassen wir für gewöhnlich nicht herein. In letzter Zeit hört man so viel von Übeltätern und ihren grausamen Verbrechen.« Sie lehnte sich zurück und legte erwartungsvoll die Hände in den Schoß.

Rose setzte sich zurecht, stellte artig seine Beine nebeneinander und wischte seine feuchten Handflächen an der Hose trocken. Nach Worten suchend glitt sein Blick durch den Raum. Der Salon war ganz *à la mode* eingerichtet. Die Seidentapeten und fein gedrechselten Möbel priesen den Wohlstand seiner Besitzer. Hinter den Fensterscheiben verabschiedete sich der Tag mit einem letzten rötlichen Aufleuchten, bevor alleine Kerzen und Öllichter die Dunkelheit erhellten. »Nun, Madame, wie Sie schon sagten, es ist eine schlimme Zeit. Da wird nicht weit von hier entfernt der Leib einer Mühlenmagd aus dem Marschboden gegraben, die sich vormals im Wattkoog verdingt hat. Gleichzeitig gilt eine andere junge Frau vom Ehsterhof als spurlos verschwunden. Und heute nun bringe ich Nachricht über einen Knecht, den Sie hier auf Ihrem Hof vermissen dürften.«

Madame Besthorn hob die Augenbrauen und neigte leicht den Kopf, blieb aber wort- und regungslos sitzen.

»Ich spreche von Sinnert Runge. Das Verbleiben des jungen Mannes müsste Ihnen schon seit Wochen Rätsel aufgeben. Sein Verschwinden ist doch aufgefallen?«

Die Hausherrin zuckte mit den Schultern und zupfte die Falten ihres Kleides zurecht. »Es ist wahr, einen Sinnert haben wir auf dem Hof. Allerdings habe ich ihn schon eine Zeit lang nicht mehr gesehen, vielleicht seit einem Monat. Aber natürlich pflege ich mit dem Gesinde auch kaum Umgang. Also heraus damit, was soll er angestellt haben?«

Rose schüttelte den Kopf und räusperte sich. »Madame, Sie irren sich. Ihr Knecht hat nichts angestellt, sondern wurde tot im Deich liegend gefunden. Bei Ording. Von mir.« Er ließ seine Augen nicht von der Großbäuerin, die sich trotz dieser Nachricht noch immer nicht regte. Das Ausbleiben jedweder Reaktion des Entsetzens oder Überraschtseins befremdete den Lehrer. Ein erschrockener Ausruf oder das Aufspringen vom Kanapee wäre das Mindeste gewesen.

»Woher wissen Sie überhaupt seinen Namen und dass es sich um ihn handelt? Immerhin sind Sie wohl nicht aus der Gegend. Wie sah der Tote aus?«

So berichtete Rose ausführlicher von seinem unglücklichen Sturz und dem entsetzlichen Fund. Er erzählte von dem Gendarmerieleutnant Asmus, von der Leichenbergung und geriet plötzlich ins Stocken. Ihm war wieder eingefallen, wo er den krummen, vernarbten Knecht von eben schon einmal gesehen haben könnte. Hatte der nicht mit seinem Sohn auf dem Deich unter den Gaffern gestanden und sich dann als Ausgräber angeboten? Rose erinnerte sich nur noch schemenhaft an den Leichenfund und das weitere Vorgehen der Polizei. Zu sehr war ihm der plötzliche Zusammenstoß mit dem toten Körper in die Knochen gefahren. Aber die Statur und das Gesicht dieses Mannes … Kein Zweifel, er war eben noch bei Ording gewesen. Und nicht nur das. Rose dachte an die gestrige Anreise über Land zurück. Bei Groß Olversum hatte der Kerl vergeblich um eine Mitfahrgelegenheit für sich und seinen erschöpften Sohn gebeten. Hitzlöper, so hatte ihn einer der feisten Bauern auf dem Wagen geschimpft. Jans war der Name, bei dem ihn die Madame gerufen hatte. Als Knecht vom Schwarzen Hof schien er jedenfalls überall unterwegs zu sein. Aber wenn er heute am Deich gewesen war, müsste sie doch längst über das grausame Schicksal ihres Knechts Bescheid wissen. Rose runzelte die Stirn. Warum verschwieg sie ihm das? »Ich dachte, ich überbringe Ihnen als Erster die schreckliche Nachricht und kläre damit den Verbleib Ihres vermissten Knechts auf.«

»Aber warum? Ist das denn Ihre Aufgabe als Magister?«, wunderte sich die Madame. »Was haben wir mit Ording zu schaffen, Ihrer neuen Brotstelle? Sollten wir nicht durch die Polizei informiert werden?«

»Gewiss, gewiss. Nennen Sie es eine barmherzige Anwandlung meinerseits. Bis zum Eintreffen der Gendarmerie dürfte noch etwas Zeit vergehen, und so wollte ich Ihnen baldigst sagen, dass Ihr Knecht nicht mehr unter den Lebenden weilt. Vielleicht gibt es auf dem Hof ja die eine oder andere Magd, die sich besonders um sein Verbleiben gesorgt hat«, erklärte er, wobei er an Sinnert Runges zärtliche Verbindung zu der Magd von der Wattenmühle dachte. »Ich würde zu gerne etwas mehr über den jungen Mann erfahren, dessen Totenruhe ich so unfreiwillig gestört habe. Hatte er Feinde oder eine Liebschaft? Ich meine, immerhin muss sich jemand derart über ihn geärgert haben, dass er ihn aus dem Leben gerissen hat. Was, wenn der Grund dieses Furors oder der Mörder selbst hier auf Ihrem Hof zu finden wäre?«

Das Dröhnen kräftiger Schritte unterbrach das Gespräch, und Madame wie Dorflehrer schauten zur Tür. Ein Herr mit schütterem weißen Haar stand im Rahmen und starrte den Besucher an.

Rose durchzuckte ein erneutes Wiedererkennen, und er erhob sich erstaunt aus dem Polsterstuhl. Der Herr vor ihm in seinem blauen Rock und der violett-gelb gestreiften Weste war ihm in keiner angenehmen Erinnerung geblieben. Bläuliche Seidenstrümpfe, eine sandfarbene Kniebundhose, ja, er hatte seine Kleidung seither nicht gewechselt.

»Wer wagt es, von einem Mörder auf unserem Hof zu sprechen?«, tadelte der ältere Herr und trat näher. »Sind Sie nicht erst gestern mit mir von Husum nach Garding gefahren? Ich meine, Sie wären schon vorher ausgestiegen.«

Rose nickte. Er fühlte sich wahrlich unbehaglich, erinnerte er sich doch gut an die selbstzufriedene, großspurige Darstellung des Schwiegervaters des Großbauern, der Reichtum für Gottes Lohn und die kleinen Leute für arbeitsscheu hielt. Hatte Dina Martensen ihn nicht gewarnt, sich in seinen Entgegnungen ihm gegenüber zurückzuhalten?

»Geht Ihre Verliebtheit mit dem Gesinde gar schon so weit, dass Sie uns als Mörder bezeichnen? Amalie, warum hast du diesen Mann empfangen?« Entrüstet sah der alte Mann seine Tochter an. »Weiß Friedrich, wer da mit dir in seinem Salon sitzt?«

»Vater, denke nur, das ist der Dorflehrer von Ording, Herr Rose. Er hat unseren Sinnert tot im Deich gefunden und wollte uns das als Erster wissen lassen. Er macht sich Gedanken über ein mögliches Motiv, eine Tat aus Leidenschaft oder ähnlich Seltsames«, erklärte Amalie Besthorn und lächelte spitz.

Rose verbeugte sich. In der einen Hand hielt er seinen Hut, die andere hatte er zur Faust geballt.

»Rose, soso. Ich bin Adam Kummerwie und auf Besuch bei meiner Tochter. Aber das habe ich Ihnen bereits gestern erzählt, nicht wahr? Schulmeister in Ording sind Sie also? Na, das scheint mir keine besonders gut dotierte Stelle zu sein. Kein Wunder, dass Ihr Herz für die kleinen Leute schlägt.«

Rose war unschlüssig, ob er sich wieder in den Sessel setzen sollte, blieb schließlich hinter ihm stehen und legte seinen Arm in einer Geste demonstrativer Gelassenheit auf die Rückenlehne. »Verehrter Herr, ich bin weit davon entfernt, irgendjemanden des Mordes zu bezichtigen. Aber ich darf Ihnen versichern, dass es niemanden unberührt lässt, wenn man so unvorbereitet wie ich auf einen Ermordeten stößt, der in einer lehmigen Deichwand vergraben wurde. Es stellen sich unwillkürlich Fragen zu dem bedauernswerten Opfer. Ich war gerade dabei, mit Madame mögliche Motive zu erörtern. Aber wie mir scheint, sind Sie ohnehin schon über den Fund Ihres Knechts informiert gewesen?«

Die Großbäuerin senkte ihren Blick, während ihr Vater sich in die Brust warf und die Schultern zuckte.

»Ihr Knecht Jans, der mich einließ, half zuvor bei der Bergung des Ermordeten. Er wird seiner Herrschaft doch berichtet haben, oder etwa nicht? Was ist er überhaupt für ein Mensch? Als Sie, werter Herr Kummerwie, bei Groß Olversum in der Kutsche saßen, wollte er mitgenommen werden, doch Sie hatten nur Hohn und Spott für ihn übrig und taten, als würden Sie ihn nicht kennen. Und das, obwohl er auf dem Hof Ihrer Tochter arbeitet.« Rose gefiel es mit einem Mal, diesen Leuten in ihrem feinen Salon unangenehme Fragen zu stellen. Er war misstrauisch geworden, und nun, da Kummerwie beim Hereinkommen noch geblafft hatte wie ein Hofhund, blieb tatsächlich jeder Gegenangriff aus.

»An eine derartige Begegnung kann ich mich nicht erinnern«, erklärte der Alte und ruckelte nervös am Knoten seines Halstuchs.

»Jans Gosch arbeitet zwar hier, wohnt aber in einer Kate am Koogrand«, meldete sich Madame Besthorn leise zu Wort. »Die Hütte gehört dem Hof. Mein Vater meint zwar, er sollte dafür etwas bezahlen, aber davon will mein Mann nichts wissen. Er hat eben doch ein größeres Herz, als viele denken. Jans hat noch einen Sohn von wohl zwölf Jahren, die Frau ist ihm gestorben. Wir schicken ihn immer wieder über Land für allerlei Erledigungen. Er hat uns tatsächlich berichtet, dass Sinnert mit sieben Stichen ermordet wurde und der Leichnam nun durch Physikus Thomsen untersucht wird. Ein ausgezeichneter Mediziner.«

Natürlich, dachte Rose, die bessere Gesellschaft in der Landschaft Eiderstedt kennt sich. »Und hatte dieser Sinnert nun Feinde oder Liebschaften?«, wiederholte er seine Frage. »Es muss doch einen Grund dafür geben, dass man einen mittellosen Knecht derart brutal aus dem Leben bringt und im Deich verscharrt.«

»Wir werden Sie ganz gewiss nicht auf unserem Hof herumstreifen lassen, Herr Schulmeister, auf dass Sie das Gesinde mit Ihren Fragen und Unterstellungen verwirren. Unfriede und Misstrauen wären das einzige Resultat. Überhaupt ist die Schnüffelei wohl kaum Ihre Aufgabe«, stellte Schwiegervater Kummerwie mit lauter Stimme klar und sprach auch in Richtung seiner Tochter.

Die nickte ergeben, erhob sich vom Kanapee und legte die Hände vor ihrem geschnürten Leib ineinander. »Nun, Vater, bringst du unsern Gast zu Tür? Herr … Dorfschulmeister, dann haben Sie Dank für Ihr Kommen, um uns von Ihrem Fund zu berichten. Ich bin gewiss, dass die ruchlose Tat aufgeklärt und der Mörder seinem Schicksal nicht entgehen wird. Aber beides wollen wir dann doch der Polizei überlassen, nicht wahr?«

Rose zögerte, verbeugte sich dann aber vor der Dame und verließ den Raum. Amalie Besthorns Vater begleitete ihn mit einer Kerze in der Hand. Immerhin wurde er nicht durch die Hintertür hinausgeschmissen. Schon auf der Schwelle drehte er sich noch einmal um. »Ach, bitte, mich drückt ein menschliches Bedürfnis. Wenn ich Ihre …?«

»Hinten im Hof, das Häuschen steht etwas abseits neben einem großen Holunderbusch. Der gedeiht dort wahrlich prächtig«, lachte Adam Kummerwie.

Rose machte einen Schritt nach vorn, und hinter ihm wurde die Tür zugeworfen. Dunkelheit umfing ihn, der Haubarg setzte sich in schwarzen Umrissen vom nachtgrauen Himmel ab. Die frische Luft machte ihn munter, und er dachte an sein Pferd, das er noch holen musste. Zwei gute Gründe, sich auf dem Hof umzusehen. Rose folgte der Außenmauer des gewaltigen Anwesens. In nur wenigen Fenstern brannte ein schwaches Licht.

An den großen Bau schloss sich ein kleines, schiefes Gebäude an. Eine seltsame Geruchsmischung aus Urin und geräuchertem Schinken schlug dem Dorfschullehrer entgegen. Doch je näher er kam, desto stärker roch es nach Ruß und Rauch. Das muss die Schmiede sein, dachte er, konnte aber in der Dunkelheit nichts Genaues erkennen. Das Feuer in der Esse war wohl erloschen. Niemand war mehr auf dem Gelände, das Gesinde schien sein Tagwerk beendet zu haben. Es war still, nur der Wind ließ Blätter rascheln und strich um die Ecken. Allein das leise Muhen eines Rindes versicherte ihm, auf einem Landgut zu sein.

Vorsichtig setzte er seine Schuhe in den sandigen Grund. Zu gerne hätte Rose mit den Leuten vom Hof gesprochen, um mehr über den toten Knecht zu erfahren. So schlich er umher in der Hoffnung, doch noch auf jemanden zu treffen oder ein zufälliges Gespräch aufzuschnappen. Plötzlich hielt er inne und lauschte. Er hatte etwas vernommen. Noch bevor er wusste, was genau er gehört hatte, fühlte er den Schlag auf seiner Schulter, er zuckte zusammen und warf den Kopf nach hinten. Der Mann lachte laut auf, und Rose wich zwei Schritte zurück.

»Heda, Lehrer, nicht so schreckhaft.« Der Kerl öffnete seine Jacke und holte eine kleine Öllampe hervor, die er darunter verborgen hatte. Ihr Schein legte sich auf sein Gesicht und betonte mit harten Schatten die Kuhlen und Furchen seiner Haut.

Rose erkannte in seinem Gegenüber Jans und blickte sich hektisch nach anderen Menschen um. Doch natürlich war er mit dem ungehobelten Knecht alleine.

Der senkte langsam das Licht, sodass es von seiner glänzenden Gürtelschnalle zurückgeworfen wurde. Das goldfarbene Metall wirkte wie geflochten, deutlich traten seilähnliche Strukturen hervor. »Dein Pferd wartet hinter der Schmiede«, erklärte Jans mit ausdrucksloser Miene. »Ich habe es versorgt, für seinen Reiter kann es ja nichts.«

Jetzt duzt er mich auch noch unverfroren, da er alleine mit mir ist, dachte Rose ärgerlich, wahrte aber trotzdem die Form und nickte ihm zu. Seinen Hut zog er nicht, den trug er in der Hand. »Haben Sie Dank, Jans. Ich frage mich, wie es sich auf diesem Hof als Mann ohne Frau und mit einem schulpflichtigen Jungen leben lässt. Der Alltag ist bestimmt nicht einfach. Und immer für die Herrschaft unterwegs, auch das ist kein leichtes Los. Ist Bauer Besthorn wenigstens ein guter Herr? Den Hochmut seines Schwiegervaters haben wir beide ja schon kennengelernt. Und besucht Ihr Sohn den Unterricht? Sie wissen, dass das eigentlich Pflicht ist.« Rose trat einen Schritt auf den Knecht zu, der nun verunsichert dreinblickte.

Jans schien sich zu wundern, was der komische Lehrer von ihm wollte. »Wenn er Zeit hat, besucht er die Schule in Tating«, erklärte er. »Er hat auf dem Hof zu helfen und mir zur Hand zu gehen, aber das versteht ein Schulmeister wie du wohl nicht. Als er im Frühling das Brustübel hatte und so elend beieinander war, hat Besthorn für ihn den Arzt und die Medizin bezahlt. Da ist das Fieber wieder verschwunden. Die Schule ist für uns eine teure Zeitverschwendung. Was mein Junge im Leben braucht, bringe ich ihm bei.« Er sah zum Hofgebäude hinüber und schien nachzudenken. »Besthorn ist ein guter Herr, wenn natürlich auch streng. Und die Madame ist – aber das geht dich nichts an. Ich rede nur gut über die Herrschaft.« Jans reckte sein Kinn und klemmte den freien Daumen hinter seinen Gürtel. Mit abstehendem Ellenbogen und vorgereckter Brust wirkte er auf den Lehrer wie ein zum Kampf bereiter Hahn.

Rose hob seine Hand und machte eine beschwichtigende Geste.

»Wenn Ihrem Sohn großzügig geholfen wird, kann ich so viel Anhänglichkeit natürlich gut verstehen.« Er deutete auf Jans' Gürtelschnalle, die gold glitzernd seinen Blick auf sich zog. »Und wenn Sie sich so schöne Sachen leisten können, muss der Lohn wohl entsprechend gut sein.«

Jans brummte und hob das Öllicht in Richtung Schmiede. »Dein Gaul wartet, reite ihn im Dunkeln nicht zu Schaden.«

»Ich hatte gehofft, Sie könnten mir noch etwas über den Knecht erzählen, den Sie heute Nachmittag aus dem Deich gegraben haben.«

»Gute Nacht«, erwiderte Jans und schritt voran. An der Weide hinter der Schmiede hielt er inne, leuchtete dem Dorfschulmeister und beobachtete wortlos, wie der das Pferd von der Koppel holte und aufsaß.

»Zu schade«, versuchte Rose es ein letztes Mal. »Die Leute in meinem Dorf sind unruhig und verängstigt. Sie wollen wissen, wer hinter den Morden am Gesinde steckt. Immerhin sind die Opfer allesamt Kinder armer Landleute. So wie Sie und ich. Müssten wir da nicht zusammenhalten?«

Er erhielt keine Antwort.

Rose ritt gen Ording. Zwar hatte er bei seinem Besuch auf dem Schwarzen Hof mehr über Jans Gosch erfahren, aber nicht das Gefühl, dem Geheimnis der Morde und der verschwundenen Magd auf der Spur zu sein. Und sein Besuch bei Dina Martensen? Dafür war es zu spät geworden. Er musste auf eine andere Gelegenheit warten, die Deern wiederzusehen. Grübelnd überließ er es seinem Pferd, im Dunkeln sicher heimzufinden.

BEHÜTETER SCHLAF

Wohlig sog Asmus den intensiven Duft getrockneten Grases ein, der den Heuboden erfüllte. Kindheitserinnerungen an einen trockenen, von der Sonne verwöhnten Sommer stiegen in ihm auf. Die schweißtreibende Arbeit der Heuernte, das Aroma von kühlem Apfelmost, der unter einem schattigen Baum genossen wurde, das Bad mit Freunden in einem der Siele.

Aber nun stand er mit den beiden Mägden im Vierkant, dem Zentrum des Haubargs, und verfolgte, wie sie seine Decken auslegten. Das warme Licht einer Öllampe, abseits des Heus an einen Nagel gehängt, erreichte die Personengruppe kaum. Asmus' Gedanken wurden von Dinas Bewegungen, ihrem schimmernden Nacken und den Rundungen ihres Körpers abgelenkt, und eine andere Art von Wohlgefühl überrieselte ihn. Zwar verhüllte ihre Kleidung mehr, als sie preisgab, aber gerade darin lag die Verheißung.

»So, Cornelius Asmus, jetzt können Sie sich nach dem schlimmen Sturz und dem langen Tag endlich ausruhen.« Dina lächelte den Leutnant an, und wäre das Licht besser gewesen, hätte sie mit Sicherheit die plötzliche Röte in seinem Gesicht bemerkt.

Plötzlich drängte es Dina, den Mann zu berühren. Wie würde sich das anfühlen, wenn sie ihn umarmte und küsste? Mit Sicherheit anders, als ihn halb ohnmächtig irgendwohin zu schleppen. Etwas an ihm zog sie in den Bann. Für einen Moment, vielleicht einen Augenblick zu lang, verfingen sich ihre Blicke ineinander.

Asmus straffte seinen Oberkörper und räusperte sich. Dass sie ihn einfach so beim Namen genannt hatte, überraschte und freute ihn.

»Dann wollen wir Sie mal alleine lassen, das Licht nehmen wir wieder mit. Eine Öllampe auf dem Heuboden darf eigentlich nicht sein«, erklärte Dina und nickte ihm noch einmal zu.

Hedwig, die sich im Hintergrund gehalten hatte, grüßte leise, dann stiegen die beiden Frauen die Leiter hinunter.

Asmus umhüllte Dunkelheit, und eine bleierne Schwere drückte auf seine Schultern und Arme. Erschöpft legte er seinen Säbel ab, zog Rock und Stiefel aus, öffnete Koppel und Hemd und tastete sich kraftlos auf sein Lager. Kaum dass er lag, fühlte er, wie sich eine Leere in seinem Kopf ausbreitete. Nie mehr aufstehen, dachte er noch, dann schlief er ein.

Zuerst drang das Knarzen einer Holzdiele in sein Bewusstsein. Licht fiel durch seine Augenlider, und er schreckte hoch. Wo bin ich?, dachte er und blinzelte. Was ist geschehen, und wie lange habe ich geschlafen? Im Schein des Öllichts tauchte langsam Dinas Gesicht auf, als wollte sie ihn nicht erschrecken. Verwirrt rappelte Asmus sich auf und spürte bei jeder Bewegung seine Muskeln. »Dina! Was um alles in der Welt …?«

»Ich bringe etwas Tee«, flüsterte sie und schob ihm einen dampfenden Becher über den Boden hin. »Ein Kräutersud aus Weidenrinde. Hedwig meint, das sei das beste Mittel, wenn du noch Schmerzen hast.« In der Hand hielt sie ein Stück Stoff. »Und der Lappen hier ist mit Kamille getränkt. Leg ihn auf deine Schürfwunde.« Sie kniete neben dem Leutnant nieder, und ihre Augen suchten zaghaft die seinen.

»Das ist sehr lieb«, krächzte Asmus. Etwas gegen die Schmerzen würde ihm guttun. Hatte sie ihn gerade tatsächlich geduzt? Er beugte sich zu dem Becher, ergriff dann aber Dinas Hand. Kühl war sie und weicher, als er sie sich vorgestellt hatte. Seine dagegen war heiß und schweißig. »Wie lange habe ich geschlafen? Sie … du solltest nicht hier sein, das ist nicht gut für deinen Ruf. Und außerdem«, er deutete grinsend auf das Licht, »ist eine Öllampe auf dem Heuboden eigentlich verboten. Wie spät ist es?«

Dina erwiderte seinen Händedruck, zog aber dann, eingedenk der Situation, die Hand vorsichtig zurück.

Er fasste nach und sah ihr in die Augen. »So möchte ich gerne länger mit dir sitzen, aber vermutlich sind die nächsten Tage für ein besseres Kennenlernen ein unguter Zeitpunkt.

Die Schatten von Tod und Verderben liegen über dem Land, und ich will alles daransetzen, die Bedrohung zu beenden.«

Dina blickte zu Boden, nickte langsam, hob den Kopf wieder und begann, die Schürfwunde an seiner Stirn mit dem Lappen zu betupfen. Anschließend drückte sie ihn Asmus in die Hand und erhob sich. »Wir haben Mitternacht, du hast schon einige Stunden geschlafen. Aber nun sollte ich wieder hinunter, du hast recht. Ich wünsche mir so sehr, dass du gesund wirst und Immke findest«, sprach sie leise. »Ich komme wie sie von Amrum und habe ihren Eltern versprochen, nach ihr zu suchen. Sie machen sich große Sorgen und haben so gar kein Vertrauen in die Obrigkeit. Cornelius, wie schön wäre es, wenn du ihnen beweisen könntest, dass dieses Misstrauen grundlos ist.« Dina wandte sich zum Gehen, drehte sich aber noch einmal um. »Und ja, auch ich würde deine Hand gerne länger halten.« Damit stieg sie die Leiter hinunter und ließ ihn alleine zurück.

Asmus schwindelte. Doch diesmal war nicht der Sturz der Grund dafür. Sein Herz schlug schnell und stark, und Schweiß stand auf seiner Stirn. Er presste den mit Kamille getränkten Lappen gegen die Schürfwunde. Sein Bauch kribbelte, und er spürte keine Schmerzen mehr. Trotzdem tastete er nach dem Becher und nahm bedächtig einen Schluck. Dina hatte ihn ihm gebracht, sie hatte ihn in ihrer Hand gehalten. Langsam ließ er sich auf das Lager zurückfallen, schloss die Augen und lächelte.

Als Asmus' Geist erneut aus einem tiefen schwarzen Schlaf auftauchte, galt sein erster Gedanke Dina. Denn wieder hatte sich ein Lichtschein auf seine geschlossenen Augen gelegt. Dann aber roch der Gendarm säuerlichen Schweiß und kalten Tabak. So entschlossen, wie er nur konnte, und mit zu Fäusten geballten Händen richtete er sich auf und sah sich sitzend um. Die Lampe auf dem Boden lenkte seinen Blick nach links, doch dort war niemand zu sehen. Dann erschreckte ihn ein donnerndes Lachen aus der anderen Richtung.

Die massige Gestalt von Bauer Hirsch näherte sich und

beugte sich bedrohlich über ihn. In der Hand hielt er den leeren Becher. »Nicht wahr, Herr Leutnant, so schnell ist die Nacht vorbei. Und nirgendwo ist man sicher.«

Jetzt roch Asmus nicht nur Schweiß und Tabak, sondern auch klebrigen Rotweindunst. Wie lange mochte dieser grobe Klotz schon neben ihm gestanden haben?

»Schon eine ganze Weile beobachte ich Ihren unruhigen Schlaf«, presste Hirsch zwischen seinen Lippen hervor, als habe er Asmus' Gedanken gehört. Seine kleinen Augen funkelten. »Ich hoffe, Sie hatten in meinem Heu einen schönen Traum.« Er hielt ihm den Becher wie ein Beweisstück vor die Nase. »Wie ich sehe, hatten Sie sogar nächtlichen Besuch. Welche von meinen Deerns hat Sie denn beglückt? Ich darf annehmen, es war zu beiderseitigem Frommen?« Diesmal klang Hirschs Lachen künstlich und gezwungen.

Asmus deutete auf den Becher und schüttelte den Kopf. »Weidenrindentee. Gut gegen Schmerzen. Auf Anraten von Hedwig, Ihrer Milchmagd. Ich habe ihn getrunken, als mir das Lager bereitet wurde. Es ist nichts geschehen, was Ihrer anzüglichen Phantasie entspräche. Die Deerns, die ich auf Ihrem Hof bisher kennengelernt habe, sind alle außerordentlich tugendhaft. Wenigstens mir gegenüber. Aber warum lassen Sie mich Ihre Allmacht spüren, indem Sie in tiefster Nacht zu mir schleichen und mich erschrecken? Haben Sie das bei Ihrem Einfluss und Reichtum nötig? Ich brauche mich auf dem Hof doch nur umzusehen, um Ihre Bedeutung zu ermessen. Nur sollte Ihnen bewusst sein, dass Sie nichts davon vor allerschärfsten Untersuchungen schützen würde, sollte ein Gendarm des Königs auf Ihrem Hof zu Schaden kommen oder sogar sterben. Ich rate Ihnen daher, sich um mein Wohlergehen zu sorgen, um Ihr eigenes zu sichern. Am frühen Morgen schon werde ich fort sein.« Damit legte sich der Gendarm nieder, zog die Decke über seinen Kopf und rollte sich auf die Seite.

Großbauer Hirsch brummte unwillig.

»Und nehmen Sie das Licht mit«, murmelte Asmus und schmunzelte in sich hinein. »Eine Öllampe auf dem Heuboden ist eigentlich verboten. Das müssten Sie am allerbesten wissen.« Er schloss die Augen.

Wortlos, aber unter deutlichem Knarzen, stieg der Bauer die Leiter hinunter.

Asmus lauschte. Als er gewiss war, alleine zu sein, rappelte er sich auf, griff die beiden Decken und tastete sich im Dunkeln bis zur Leiter vor. Barfuß und nur in Hose und Hemd kletterte er vorsichtig in den Raum unter dem Heuboden. Er hatte eine ungefähre Idee, wo er sich befand. In einer Ecke lagerten getrocknete Bohnen. Ihr Geruch wurde intensiver, je näher er ihnen kam. Dort legte er eine Decke aus und rollte sich auf dieser in die andere. Hier würde ihn in dieser Nacht niemand mehr stören. Kaum hatte er die Augen geschlossen, erschien ihm im Geist das feiste rote Gesicht des Bauern. Doch dann vertrieb Dinas Lächeln dieses Bild, und Asmus fiel in einen traumlosen Schlaf.

Stunden später, noch hielt der Mond die heraufziehende Sonne am Horizont nieder, begann der Leutnant, stark zu schwitzen. Er wälzte sich hin und her und faselte unverständliche Worte. Erst ganz allmählich schob sich das Bewusstsein zwischen die wirren Traumbilder, die ihn heimsuchten. Halb wach, halb im Dämmerschlaf ärgerte er sich über das Durcheinander in seinem Kopf, bis der harte Untergrund, auf dem er lag, ihn zur Gänze in die Realität zurückholte. Das Bett aus Heu war doch weitaus komfortabler gewesen, stellte er fest und strich beiläufig über den Dielenboden, den die unter ihm verrutschte Decke freigab. Als er die Maserung der groben Bretter erspürte, stieg eine Erinnerung in ihm auf, die ihn hellwach machte.

Auf solchen Planken hatte er schon einmal gelegen, ebenso wie unter einer schäbigen Decke. Dabei hatte es nach Tier gerochen, genau genommen nach Schaf. Asmus klopfte mit dem Zeigefinger auf das Holz und lauschte. Der Klang war anders als der, an den er sich erinnerte.

Energisch richtete er sich auf und pochte erneut gegen die Dielen. Nein, beim letzten Mal hatte es voller geklungen. Blitzartig schossen ihm Bilder durch den Kopf. Die vertrockneten Malven, der Strick, die Rotweinreste im Glas. War der Schuppen Liebesnest oder Gefängnis gewesen?, hatten Dina und er sich noch vor wenigen Stunden gefragt. Allmählich stieg die Gewissheit in ihm auf, dass der Boden, auf dem er zu sich gekommen war, hohl gewesen sein musste. Die Holzbretter hatten über einer Grube oder Ähnlichem gelegen. Ihn schauderte. Konnte es sein, dass sich in diesem Versteck noch jemand verbarg? Aber er hatte weder Hilferufe noch Klopfzeichen vernommen. Und was, wenn der Körper schon leblos gewesen war? Immke!

Der Gedanke ließ ihn nicht mehr los. Asmus stand auf und tastete sich die Wand entlang bis zu einem kleinen Fenster. Zwischen Wolken hindurch beschien der abnehmende Mond das flache Land und ließ das Wasser in den Gräben glitzern. Noch war es zu dunkel, um zu reiten. Und wo hatte man seinen Apfelschimmel eingestellt? Nein, so schnell kam er von hier nicht fort.

Asmus tappte zurück zu seinem Lager und rollte sich wieder in die Decke. In Gedanken rief er sich jedes Detail der Schäferhütte in Erinnerung. Warum nur hatte er dem hohlen Klang gestern keine Aufmerksamkeit geschenkt? Er ärgerte sich. Würde er den Physikus Dr. Thomsen etwa noch einmal bemühen müssen?

SCHWARZER GRUND

Das laute Muhen der Kühe, das Scheppern von Eimern und der eine oder andere Ruf ließen Asmus endgültig erwachen. Er fühlte sich zerschlagen. Frierend legte er die beiden Decken zusammen und kletterte die Leiter hoch auf den Heuboden. Dort standen seine Stiefel, und der Uniformrock lag auf dem Boden. Aus der Rocktasche zog er die Seiten der Wochenzeitung, die er in dem Bretterverschlag gefunden hatte. Von einer nicht auszumachenden Quelle drang Licht in den Raum, und so verglich der Leutnant die Erscheinungsdaten mit seinen Eintragungen im Notizbuch.

Am Montag, dem 17. August, war die erste Zeitung erschienen. In dieser Woche, am 19. August, hatte der Pferdemarkt in Tönning stattgefunden, und in derselben Nacht war Immke verschwunden. Das zweite Blatt war eine Woche später, am Montag, dem 24. August, in Umlauf gebracht worden. Dazu passten keine von Asmus' Notizen. Die letzte der drei Zeitungen war sieben Tage später herausgekommen, am Montag, dem 31. August. Bis zum Auffinden der Leichen waren es da noch gut vier weitere Wochen gewesen. In dieser Zeit waren sowohl der Deich instand gesetzt als auch der Weg von Tönning nach Garding angelegt worden. Asmus dachte angestrengt nach. Was hatte Dr. Thomsen noch gleich beim Anblick der toten Körper vermutet? Der Zustand der Thea Jansen hatte nahegelegt, dass ihr Tod erst vor gut zwei Wochen eingetreten war. Somit lägen zwischen der letzten Ausgabe der Zeitung und ihrem vermutlichen Tod ein bis zwei Wochen. Genauer ließ sich das im Moment nicht bestimmen. Was war in dieser Zeit anders gewesen? Bei dem im Deich gefundenen Knecht hatte der Physikus sogar angenommen, dass dieser vor seiner Entdeckung bereits etwa vier Wochen im Erdreich lag.

Asmus' ganzer Körper kribbelte. Aufgeregt und nur halb bekleidet ging er auf und ab. Er musste noch einmal zu der Schäferhütte, brauchte Gewissheit. Gedankenvoll schlüpfte er in die Stiefel, stopfte sein Hemd in die Hose und versuchte, den inzwischen trockenen Uniformrock sauber zu klopfen. Schweißgeruch stieg aus seiner Kleidung, und er rümpfte die Nase.

»Guten Morgen, Herr Leutnant«, erklang plötzlich die Stimme Dinas. Die Deern stand auf der Leiter, nur ihr Kopf war zu sehen. Schon schade, dachte Dina, dass ich selbst jetzt nicht mehr von Cornelius zu sehen bekomme. Wenigstens ein bloßer Oberkörper, gespannte Haut und sehnige Muskeln hätten es schon sein dürfen. So wie er in diesem Moment dastand, ganz in Gedanken, schien er nicht einmal zu ahnen, welche Wirkung er auf sie hatte. Cornelius schien aus gutem, ehrlichem Holz geschnitzt.

Für einen Moment verwirrt, schaute Asmus auf sie hinab, dann leuchtete sein Gesicht freudig auf, nur um gleich wieder peinlich berührt zu erröten. Wie lange mochte sie schon dagestanden und ihn beäugt haben? Aber bis auf seine bloßen Füße und eine halb geöffnete Hose wäre zum Glück nichts zu sehen gewesen, beruhigte er sich.

»Unten gibt es Kaffee für dich«, sprach sie leise und legte eine Bürste, die sie in der Hand gehalten hatte, auf den Boden. Schon verschwand ihr Kopf wieder.

»Ach, Dina, ich wollte … Ich muss dir … Ja, ich komme gleich!«, rief er und griff nach der Bürste. Nach kräftigem Striegeln und Klopfen war er wieder einigermaßen vorzeigbar. Bis auf die Decken, die säuberlich gefaltet auf dem Heu lagen, nahm er mit, was die Deern ihm gebracht hatte, und stieg die Leiter hinunter. Ihm gefiel, wie Dina mitdachte. Als wäre ihr daran gelegen, dass er einen guten Eindruck hinterließ. Das schmeckte für ihn nach Verbundenheit, ein schönes, goldenes Gefühl.

Der Hofbetrieb war bereits in vollem Gange. Als würde das Gesinde den Kontakt zu ihm meiden, sah er zwar vorbeihuschende Knechte und Mägde, aber niemand beachtete ihn. Der große Tisch im Essensraum war verlassen. Neben einem Becher dampfenden Kaffees entdeckte er einen Kanten Brot mit dunkler Kruste. Den Laib hatte wohl jemand zu lange im Ofen gelassen. Ob das das Frühstück für ihn war?

Als Dina die Tür öffnete, stand der Gendarm noch immer unschlüssig im Raum. »Ah, Herr Leutnant, so setzen Sie sich doch«, sprach sie laut und strich ihm verstohlen über die Wange.

Asmus' Gesicht flammte rot auf, verschämt lächelnd wich er ihren Augen aus.

Dina betrachtete die Wunde an der Stirn kritisch, nickte dann aber zufrieden. »Ich hoffe, Sie konnten etwas schlafen und zu Kräften kommen«, sprach sie vernehmlich, um im Flüsterton hinzuzufügen: »Cornelius, ich hab von dir geträumt.«

Asmus senkte seinen Blick und schüttelte kaum merklich seinen Kopf. Während er auf die Maserung des Tisches starrte, nippte er an dem heißen Kaffee und biss von dem Brot ab. Der malzige Geschmack lenkte ihn nur kurz von seinen Gedanken an die Schäferhütte ab. Er hatte viel zu tun, musste noch auf dem Schwarzen Hof und in der Wattenmühle ermitteln, Staller Ingwersen in Garding Bericht erstatten und wollte zudem in Tönning mit dem Physikus sprechen. Er war kaum dazu gekommen, seine Männer zu instruieren. Es schien, als müsste er die Morde alleine untersuchen. Und jetzt war er auch noch dieser überaus reizvollen Dina begegnet. Als er sie so vor sich wusste, fühlte er Vertrautheit. Plötzlich richtete er sich auf, schob den Becher Kaffee von sich und fuhr sich durch die Haare. Ernst blickte er in Dinas Augen. »Es geht nicht«, sprach er leise und ließ nicht ab, sie anzusehen. »Nicht jetzt. Zwei Tote stehen zwischen uns. Ich bin im Bann dieser schrecklichen Sache gefangen, und vielleicht gilt es auch noch, die vermisste Magd zu retten. Das mit uns muss warten, Dina.«

Sie trat einen Schritt zurück und nickte traurig.

»Aber sag, warum habe ich die Bäuerin des Hofes noch nicht zu Gesicht bekommen? Versteckt sie sich vor mir?«

Dina seufzte und blickte kurz gegen die Zimmerdecke. Sosehr es sie beeindruckte, mit welchem Ernst Cornelius Asmus seiner Pflicht nachkam, so sehr war sein Diensteifer auch ernüchternd. »Verstecken ist das falsche Wort«, antwortete sie. »Ich arbeite erst seit gestern hier auf dem Hof, aber trotzdem ist mir aufgefallen, dass Madame wohl den Umgang mit den einfachen Leuten nicht besonders mag, es sei denn, sie sind ihr zu Diensten. Sie geht ihnen am liebsten aus dem Weg, als wären Blattern oder die Krätze bei einer Begegnung unausweichlich. Ich habe gehört, dass Madame gleich nach Immkes Verschwinden nichts Besseres zu tun hatte, als das einzige Kleid von ihr einem Lumpensammler zu verkaufen. Sie hat keinen Moment auf Immkes Rückkehr gehofft und wollte die Erinnerung an sie schnellstmöglich wegwischen. Wir vom Gesinde und unser Zeug widern sie an. Wenn sie dir also aus dem Weg geht, dann vermutlich, weil du nicht zu den wohlhabenden Kreisen gehörst.«

Asmus dachte an den Bürgermeister von Tönning. Der zeigte ihm, wann immer sich die Möglichkeit bot, dass er als Gendarmerieleutnant ein Befehlsempfänger war. Er seufzte und erhob sich mit leisem Stöhnen. Sein Körper hatte den Sturz vom Pferd und die nächtlichen Stunden auf harten Dielenbrettern noch nicht vergessen. Die Bretter. Sein Herz schlug schneller. Sosehr er die Nähe von Dina auch genoss – er musste weg von hier. Hastig vergewisserte er sich, mit ihr allein im Raum zu sein, dann griff er ihre Hand. Sanft spielten seine Finger mit den ihren, und sie ließ es geschehen. »Ich muss sofort aufbrechen, aber ich werde dir den Grund später erklären.« Er lächelte. »Nicht sehr romantisch, sich wiederzusehen, um in aller Ruhe über Mord und Totschlag auf Eiderstedt zu sprechen, aber so verhält es sich nun mal. Sag, wo finde ich mein Pferd?«

»Wohin musst du nur so schnell und früh am Morgen?«

»Noch einmal zurück zur Schäferhütte. Mir ist, als fänden sich dort Hinweise auf das Verschwinden von Thea oder Immke. Leider war ich gestern kaum in der Lage, den recht eigentümlichen Ort genauer zu untersuchen.«

»Wilko wird deinen Gaul im Stall untergebracht haben. Ich bring dich hin.«

Der Pferdeknecht striegelte einen Rappen. Sein Blick glitt zwischen Asmus und Dina hin und her, und er grinste verächtlich, was sein durch den vorstehenden Kiefer und den alten Nasenbruch ohnehin schon entstelltes Gesicht noch hässlicher machte. Wilko spuckte aus und lachte hart auf. »Sieh da, Gendarm und Magd traulich vereint. Leutnant, ich hoffe, unsere Dina hat dich gut durch die Nacht gebracht.«

Asmus sog scharf Luft ein und legte die Hand auf den Griff seines Säbels, während sich die andere zur Faust zusammenballte. Die Stirn in Zornesfalten, trat er auf den Knecht zu. »Was erlauben Sie sich? Wie kommen Sie dazu, die Ehre von Fräulein Dina in Frage zu stellen, Kanaille! Würde mich die Zeit nicht derart drängen, ich bläute Ihnen Benehmen ein«, zischte er.

Der Pferdeknecht hob immer noch lachend die Hände und deutete in den hinteren Teil des Stalls. »Gemach, Gendarm. Du bist bestimmt nicht hier, um dich zu prügeln. Außerdem ist niemand da, der dir helfen könnte. Dein Schimmel ist ausgeruht, hat gefressen und getrunken.« Er drehte dem Gendarmerieleutnant den Rücken zu und fuhr fort, den Rappen zu striegeln.

Asmus schnaubte empört, zögerte, verbeugte sich dann aber knapp gegenüber Dina und ging entschlossen zu seinem Tier.

Noch lag schwerer Nebel auf den Weiden und Wegen, es roch nach aufgebrochener Erde und vergehendem Laub. Eine Böe fuhr Asmus ins Gesicht, über ihm spannte sich ein eintönig hellgrauer Himmel.

Er war überrascht, dass es ihm leichtfiel, den Weg zurück zur Schäferhütte zu finden. Aber allzu viele Pfade verliefen auch nicht durch das von Wassergräben durchzogene Weideland. Am Rand des Koogdeichs stieß der Leutnant auf die von hohen Büschen umgebene Hütte. Er saß ab, blieb stehen und lauschte. Der Nebeldunst um ihn herum schluckte alle Geräusche, es herrschte vollkommene Stille. Asmus knotete die Zügel an einen Ast und überschritt den Erdwall. Sein Magen zog sich vor Anspannung zusammen.

Bevor er in den Verschlag trat, schlich er um ihn herum. Seine Sinne waren geschärft, er rechnete mit allem, ja, selbst ein Angriff war denkbar. Warum, konnte er nicht sagen, in dieser Hinsicht vertraute er ganz seinem Bauchgefühl. Hinter der Hütte streifte er mit seinen Stiefeln nebelnasse Pfefferminzstauden. Ihr Duft stieg zu ihm auf. So hatte auch Dinas Atem gerochen, als sie ihm in der Hütte nahegekommen war. Ob sie vielleicht seinetwegen ein paar dieser Blätter gekaut hatte? Er lächelte bei dem Gedanken.

Einige Schritte weiter, nahe der Rückseite des Unterschlupfes, stieß er auf einen Holzeimer, den ein Deckel verschloss. Neugierig trat er auf ihn zu, sah nach dessen Inhalt und zuckte zurück, als ihm der üble Geruch von Urin und Kot entgegenschlug. Angewidert schloss er den Eimer wieder und wischte seine Hände am feuchten Gras ab. Was hatten Hedwig und Dina gestern gesagt? Auf dem Ehsterhof gebe es keinen Schäfer. Und trotzdem hatte hier jemand lang genug gehaust, um mehr als eine Notdurft zu verrichten.

Asmus war der Ort nicht geheuer. Er zog seinen Säbel aus der Scheide, stellte sich vor die Tür und trat donnernd dagegen.

Auf den ersten Blick fand er das Innere der Hütte so vor, wie er es in Erinnerung hatte. Er ging in die Ecke, in der er gestern noch gelegen hatte, und stampfte mit seinem rechten Stiefel auf die Bohlen. Tatsächlich erklang ein hohles Geräusch. Entschlossen und wie im Rausch, als stünde er im Begriff, als Archäologe das Grab eines Pharaos zu entdecken, zog er die schweren Bretter beiseite. Nach und nach offenbarte sich eine Grube, groß genug für einen Menschen, um sich liegend noch etwas zu bewegen. Allzu tief war sie nicht. Ein nicht gefesseltes, unverletztes Opfer würde ihr leicht entsteigen können, wenn es die massiven Bretter hochstemmte. Auf dem schwarzen Grubenboden erblickte Asmus eine Wolldecke und eine Gabel, deren Zinken verbogen waren. Daneben stand eine stabile Holzkiste, die vielleicht als Hocker gedient hatte.

Mühsam drehte er die Bohlen um und untersuchte ihre Unterseite. An einigen Stellen zeigten sich deutliche Kratzspuren, von denen er nicht sagen konnte, wie frisch sie waren.

Wenn das hier versteckte Opfer so wie Thea Jansen gefesselt gewesen war, mussten seine Hände vor den Leib gebunden gewesen sein.

Er sprang in die Grube, um die Gegenstände heraufzuholen. Aber kaum stand er in dem Loch, überkam ihn Angst. Allerdings nicht von der Art, die er kannte. Nein, es war ein fremdes Gefühl, das sich auf ihn legte und ihm den Brustkorb zusammendrückte. Asmus keuchte und hockte sich langsam auf den Boden, immer die Grubenkante im Blick. Im Geiste zog er die Bohlen über sich und stellte sich vor, hier zu liegen. Beklommenheit breitete sich in ihm aus, um ihn herum war es grabesstill. Schauer überrieselten ihn, und er sprang schnell auf. Auf seiner Stirn stand kalter Schweiß. Mechanisch griff er Decke und Gabel und kletterte zurück ins Leben.

Da das Licht an diesem Morgen nur trübe durch die Ritzen der Holzwände fiel, trat er mit der Wolldecke vor die Hütte, um sie zu begutachten. Schon nach wenigen Augenblicken zog er lange Haare aus dem verfilzten Gewebe. Er legte sie über seine schwarze Säbelscheide, um ihre Farbe besser erkennen zu können. Sie waren von einem fast goldenen Blond. Wie hatte Hedwig gestern Abend noch die vermisste Immke beschrieben? Ihr Haar sei von einem sonnengebleichten Braun, hatte sie gesagt. Demnach konnten diese Haare nicht von Immke stammen. Der Gendarm erinnerte sich an den geschorenen Kopf der Deern in der Marsch, die sich als Thea Jansen herausgestellt hatte. Laut ihrer Mutter war ihre Tochter blond gewesen. Asmus ließ die wenigen dünnen Haare durch seine Finger gleiten und starrte gedankenverloren in den Nebel, als er aufschreckte. Hatte er nicht gerade Pferdehufe und das Knacken eines Astes vernommen? Ruckartig blickte er sich um. Doch in den nassen Nebelschwaden war weder ein Ankömmling noch ein weiteres Geräusche wahrzunehmen. Er zog sein Notizbuch hervor, legte die gefundenen Haare zwischen zwei Seiten und verstaute es wieder. Nachdem er erneut in den grauen Dunst gelauscht hatte, ging er zurück in die Schäferhütte.

Er untersuchte die anderen Ecken des Verschlages. Als er

das Sträußchen aus vertrockneten Malven und den zum Tisch umfunktionierten Kistendeckel betrachtete, schüttelte er ratlos den Kopf. Liebesnest, Versteck oder Gefängnis: Dieser Ort hatte mehr als ein Gesicht. Noch einmal schaute er zu dem Eisenring an der Wand hinüber und tastete nach dem Stück Seil in seiner Rocktasche, wobei das Zeitungspapier leise knisterte.

Er stellte sich eine hübsche Deern vor, angebunden wie Vieh. Er sah sie verzweifelt mit zusammengeschnürten Händen in der Gruft, umgeben von Dunkelheit, das schwere Holz über sich. Vielleicht war sie gar geknebelt gewesen? Er dachte an den stinkenden Lappen, mit dem er gestern noch seinen Kopf gekühlt hatte, und schüttelte sich. Dann wieder sah er die Deern lächelnd und mit verliebtem Blick an dem provisorisch gedeckten Tisch knien. Wein wurde getrunken, doch wie sehr er sich auch bemühte, ihr Antlitz blieb verschwommen.

Asmus kam ein Gedanke, und er hastete auf die Rückseite des Verschlages. Vor dem Kotkübel blieb er stehen und zögerte. Suchend blickte er sich um, griff einen herumliegenden Ast und hob den Deckel. Angewidert, das Gesicht halb abgewandt, rührte er mit dem dicken Zweig in den Exkrementen. Endlich sah er, wonach er gesucht hatte. Mit ein wenig Mühe gelang es ihm, aufgeweichte Fetzen bedruckten Papiers hervorzuholen, und er legte sie ins Gras. Derart besudelt und aufgeweicht war von der Schrift nichts mehr zu entziffern. Und doch, die Art der gesetzten Zeilen ließen bei Asmus keinen Zweifel aufkommen: Die Papierüberreste mussten zu den drei Ausgaben der Zeitschrift passen, die er gestern hier gefunden hatte. Er würde sie vor der Hütte liegen lassen, dann würde sie der Regen reinigen. Was an Druckerschwärze auf den Seiten den Eimer überlebt hatte, dem würden auch die sauberen Tropfen nichts mehr anhaben können.

Der Schlag traf ihn unvermittelt am Hinterkopf. Bewusstlos brach er zusammen.

FARBENFROHES SCHULTERTUCH

Nachdem Dina den Gendarmerieleutnant verabschiedet hatte, band sie ihr Kopftuch straff und ging in die Meierei. Was gab es Besseres für ein verwirrtes Herz als geschäftiges Treiben und harte Arbeit? Das Butterfass käme ihr jetzt gerade recht. Doch in dem kühlen Raum angekommen, musste sie feststellen, dass es derzeit nichts zu buttern gab.

Eine der Mägde hielt im Schrubben eines Bottichs inne und wies stumm auf drei gefüllte Fässer und eine Kiste mit kleinen weißen Käselaiben. »Das Zeug soll verkauft werden«, erklärte sie. »Hast du gestern nicht Vierfinger-Focke angebettelt, in die Stadt mitfahren zu dürfen?«, warf sie ihr vor, als wollte sich Dina schon am zweiten Tag auf dem Ehsterhof vor der Arbeit drücken.

Die stützte empört ihre Hände in die Hüften und holte Luft. »Ich habe doch nur nach einer Gelegenheit gebeten, um mir andere –«

»Ich nehme die Kiste und ein Fass, die übrigen zwei könnt ihr tragen«, unterbrach die raue Stimme Vierfinger-Fockes ihren Satz. Er hatte die Tür zur Meierei aufgestoßen und betrat mit Hedwig den Raum.

Ihre Kammergenossin zupfte die überraschte Dina am Ärmel und deutete auf eines der kleinen Butterfässer. Dann schnappte sie sich das andere und folgte dem Knecht in den Hof, wo ein Gaul geduldig vor dem Leiterwagen wartete.

Vierfinger-Focke knallte Kiste und Fass auf die Ladefläche und sprang auf den Kutschbock. Die Mägde kletterten ihm hinterher, und schon schlug der Knecht mit den Zügeln.

Schweigend rollten sie über sandige Wege. Dina saß auf dem Bock und genoss den freien Blick auf den weiten Horizont und die grünen Grasflächen. Immer wieder änderte das Gefährt die Richtung. Auf Eiderstedt schien es kaum gerade Strecken zu geben.

»Wird heute wohl nicht regnen«, brummte Focke. »Während ich am Hafen unser Zeug verkaufe, kannst du deine Sache erledigen. Aber trödle nicht herum wie eine feine Madame auf einem Nachmittagsspaziergang. Hedwig kennt das schon. Der Bauer erwartet uns zu Mittag zurück. War heute Morgen schlecht gelaunt. Als ich ihn gefragt habe, ob ich dich mitnehmen kann, hat er nicht einmal richtig zugehört. ›Macht, was ihr wollt, aber wenn ihr die Zeit vertändelt, zieh ich euch das vom Lohn ab‹, hat er geknurrt. Dann hat er mir die Tür vom Kontor vor der Nase zugeschlagen.«

»Die Stimmung war wohl allgemein nicht gut bei der Herrschaft«, murmelte Hedwig in Gedanken. »Als ich Madame gesagt habe, dass wir in die Stadt fahren, um etwas zu verkaufen, und sie fragte, ob ich was mitbringen soll, hat sie empört geschnaubt, als würde ich verbotenerweise in die Sommerfrische fahren. Ich soll ihr Nähnadeln besorgen. Und dann will Madame wissen, ob die Putzmacherin am Marktplatz etwas Schönes im Laden hat. Vergebliche Liebesmüh, denn entweder wird es der Madame nicht fein genug oder zu teuer sein. Sie ist wohl gerne eine Dame von Welt, aber von der sparsamen Sorte.«

»Und wo finde ich den Händler mit den gebrauchten Kleidern?«, fragte Dina.

»Ganz in der Nähe vom Hafen, am Stadtrand«, antwortete Hedwig. »Ich werde dir nachher den Weg zeigen. Der Marktplatz mit der Putzmacherin liegt in anderer Richtung.«

Dina ließ ihren Gedanken freien Lauf. Ob sie etwas Passendes finden würde? Eigentlich mochte sie es nicht, die Sachen anderer Leute anzuziehen. Wie schnell konnte man sich dabei Läuse und Krankheiten holen! Sie würde das Kleid erst heiß waschen, nahm sie sich vor. Sie dachte an das rot-grün gestreifte Kleid mit der grünen Weste, das Immke verliehen und die Bäuerin nach ihrem Verschwinden sofort weiterverkauft hatte. Vielleicht war sie mit den anderen Sachen von der Magd ähnlich verfahren, und Dina würde beim Lumpensammler gar das oder ihr Alltagskleid finden, ein dunkelblaues mit Punkten und grauer Schürze? Sie erschrak bei dem Gedanken. Denn das würde bedeuten, dass Immke keine Kleidung mehr brauchte. Weil sie gar nichts Irdisches mehr brauchte.

Der weiße Körper einer Lachmöwe schoss mit lautem Krächzen über sie hinweg. Dankbar ließ Dina sich ablenken und verfolgte den Vogelflug. Der schwarze Kopf des Tieres war maskengleich. Doch schon bald war es mit der Zerstreuung vorbei, und eine andere Sorge machte sich in ihr breit. Wie mochte es Cornelius ergehen?

Da Focke keine Postkutsche lenkte und somit ohne Umweg direkt die Hafenstadt Tönning ansteuerte, fuhren sie südlich von Garding durch das Dorf Welt und stießen schon bald an das Ufer der Eider. Immer wieder passierten sie kleine Katen, die sich an den Deich schmiegten, sahen Frauen gebeugt in Gemüsegärten arbeiten und grasende Schafe.

Dina erinnerte sich an ihre Fahrt in der Kutsche und an den Dorflehrer, der sich über die Armut der hier lebenden Menschen empört hatte. Wie mochte es ihm in Ording ergehen? Hoffentlich hatte er nicht gleich zu Beginn die Großbauern gegen sich aufgebracht.

In der Ferne kam ihnen ein Gespann entgegen. Hoch sah der Wagen aus, er musste große Räder haben. Plötzlich stieß Focke ein überraschtes »Na, so was!« aus und zog leicht an den Zügeln.

Hedwig legte die Hand über die Augen und blinzelte. »Mit dem mag ich nicht zusammentreffen«, presste sie leise durch die Lippen hervor, behielt das Gespann aber trotzdem im Blick.

Dina war neugierig geworden. Die Distanz zwischen den Kutschen verringerte sich, und bald wusste sie, wer ihnen entgegenkam. »Das ist doch der Knochenhans!«, rief sie. »Der hat gewiss wieder Holz geladen oder irgendwelche Besen und Bürsten.«

»Du kennst den?«, wunderte sich Vierfinger-Focke und sah sie mit schräg gelegtem Kopf an.

»Er hat mich vor zwei Tagen von Tating nach St. Peter gebracht«, erklärte sie. »Erst erschien er mir sehr seltsam, aber eigentlich ist er ganz nett.«

»Nie und nimmer würde ich mich auf den Bock neben

den Totengräber setzen«, stieß Hedwig hervor und spuckte zur Bekräftigung ihrer Worte aus.

Als beide Pferde auf gleicher Höhe waren, hielt Knochenhans seinen Wagen an, und Focke hob seine markante Hand zum Gruß. Der andere, ganz in Schwarz gekleidet, zog an seiner kleinen Pfeife und grüßte mit stummem Kopfnicken. Seine dünnen Haare flatterten im Wind, das gesunde Auge blickte vom Knecht zu den Mägden. Als er Dina sah, hob er die Augenbrauen und nahm seine Pfeife aus dem Mund. »Moin. Da ist ja auch die Deern aus dem Friesischen. Na, hast du deine Familienangelegenheiten geregelt und bist den Unholden begegnet?« Ein trauriges Lächeln verzog seine Lippen, und sein gesundes Auge huschte über die fragenden Gesichter von Focke und Hedwig. »Die Deern macht sich Sorgen um verschwundene Milchmägde. Und zu Recht. Unsere Gegend ist nicht mehr sicher. Sie war kaum in der Landschaft, da hat sie auch schon vom Schwarzen Hof gehört.«

Dina erschrak, ihr wurde heiß und kalt. Der Blick des alten Mannes lag auf ihr, und sie fühlte sich ertappt. Es war, als hätte nicht Knochenhans' gesundes, sondern sein blindes Auge den Grund für ihr Hiersein erkannt. Milchig lag es in der Augenhöhle und schien direkt in sie hineinzusehen. Als auch Focke und Hedwig sich ihr zuwandten, brach ihr der Schweiß aus. Um ihre Unruhe zu verbergen, klammerte sie sich an den Kutschbock. Hoffentlich würde der Alte endlich aufhören zu schnacken. Mühsam setzte Dina ein freundliches, harmloses Lächeln auf. »Ich hab es inzwischen ganz gut getroffen«, erwiderte sie so ungezwungen wie möglich. »Aber sag, was hast du heute geladen? Kommst du so früh schon aus Tönning? Da gibt es gewiss mehr zu kaufen als Reusen und Besen.« Schon erhob sie sich vom Bock.

Knochenhans folgte ihrem Blick auf die Ladefläche und zog eine Leinenplane stramm, die locker über seinen Einkäufen lag.

Dina konnte noch einen Blick auf einen schönen Stoff erhaschen, rot, mit grünen und blauen Blumen bedruckt. Der dürfte wohl kaum für ihn sein, dachte sie.

»Nur Holz, Seile und ein paar Sachen zum Anziehen. Du und deine Neugier. Aber bald wirst du keine Fragen mehr stellen müssen. Dann ist das Böse gerichtet, wirst schon sehen. Und ihr, was wollt ihr am Hafen?«

»Butter und Käse verkaufen«, sagte Focke und zog an den Zügeln. »Deshalb müssen wir auch weiter. Lenk mal deinen Karren zur Seite, dann kommen wir vorbei.«

Knochenhans zog an seiner Pfeife und nickte. Als die Wagen langsam aneinander vorbeirollten, blickte er ernst und stumm zu Dina hinüber und sah ihr anschließend nach.

Dina spürte noch eine ganze Weile das blinde Auge in ihrem Rücken und schauderte.

Endlich erreichten sie die gepflasterten Straßen von Tönning. Die farbigen Fassaden der Bürgerhäuser begrüßten die Ankömmlinge. Neben Matrosen, Geschäftsmännern und Großbauern waren auch die feinen Damen der Stadt unterwegs. Vom Wagen aus sah Dina auf Hauben und Zylinder.

Am schmalen Hafenbecken hielt Focke vor der Reihe kleiner Kapitänshäuser an und sprang vom Bock. Die beiden Mägde kletterten ihm hinterher, und Hedwig deutete auf ein breites Gebäude aus rotem Ziegelstein, das ein bescheidenes Glockentürmchen zierte.

»Im Schifferhaus lernen die Seeleute das Navigieren. Du gehst in die Straße links daneben, die dich an den Stadtrand führt. Da, wo die Häuser niedriger werden und alles enger und dunkler ist, wirst du den Lumpenmann finden. Ich muss in die andere Richtung. Und währenddessen verkauft Focke auf den Kähnen unsere Butter und den Käse.« Sie zeigte auf die zahlreichen Barken im Hafenbecken, die vertäut vor sich hin dümpelten.

Der Knecht nickte. »Um elf Uhr fahren wir zurück. Vertrödelt nicht eure Zeit«, sagte er und schlenderte auf die Kaimauer zu.

Fast mit jedem Schritt änderte die Straße, der Dina vom Hafen aus folgte, ihren Belag. Aus grober Pflasterung wurde nach und nach sandiger Morast. Die Behausungen rückten näher zusammen, und immer weniger Licht drang zwischen sie. Mit einer Mischung aus Mitleid und Schaudern sah Dina die bleichen, müden Gestalten, die neben den Eingängen der Häuser hockten. Die Vielzahl der Kinder, die auf der Straße im Dreck spielten, wirkte erschreckend kränklich und ausgehungert. Mussten sie nicht zur Schule?, fragte sich Dina. Ihr Amrum war weiß Gott kein reicher Flecken, aber ein derartiges Elend hatte sie dort noch nie gesehen. Der eine oder andere herumstreunende Waisenjunge wurde von der Gemeinde versorgt, niemand dort sah zum Gotterbarmen aus.

Sie schritt an ärmlichen Läden und kleinen Werkstätten vorbei, die wohl gerade einmal das tägliche Auskommen ihrer Betreiber sicherten. Endlich stieß sie auf ein Geschäft, vor dem einige Kleider und Schürzen auf Bügeln hingen. Ohne zu zögern, trat sie ein und verzog sofort das Gesicht. Den gebrauchten Kleidungsstücken entstieg ranziger Geruch. Im Halbdunkel des Verkaufsraums blieb sie unschlüssig vor gestapelter Wäsche stehen, als trockenes Husten sie aufschreckte. Sie fuhr herum.

Ein Mann von kleiner Statur kam aus einer Ecke hervor und langsam auf sie zu. Er zog seinen Zylinder und sah seine Kundin prüfend an, den Mund nur zu einem Hauch von Lächeln verzogen. »Moin, womit kann ich dienen? Bei mir wird die werte Madame ganz sicher fündig. Für jeden Geschmack und Anlass ist was dabei.«

»Moin. Ich suche ein einfaches Arbeitskleid für mich, für Stall und Feld. Und dann, wenn es nicht zu teuer kommt, hätte ich gern noch etwas, um mich herauszuputzen. Ein farbenfrohes Schultertuch oder ein schönes Mieder.«

Der Mann zog aus einem Stapel grauer und blauer Kleider einige Stücke hervor und faltete sie auseinander. Mit Kennerblick hatte er Dinas Figur vermessen und bedeutete ihr, näher zu treten.

Die ließ die zurückhaltend gemusterten Stoffe durch die Hände gleiten und versuchte, den Gedanken zu verdrängen, dass sie getragene Kleidungsstücke berührte. Mein neues Kleid muss mehr dem Vieh gefallen als mir, ermahnte sie sich und hielt sich eins vor den Leib. Sie dachte an Immkes, das aus dunkelblauer Baumwolle mit kleinen hellgrauen Punkten gewesen sein sollte. »Ich hätte gern eines, das noch nicht lange hier im Stapel liegt. Dieses riecht mir dann doch allzu muffig. Eines mit Muster, vielleicht mit Punkten, könnte mir gefallen.«

Der Händler strich mit seinen Fingern über das Angebot, zeigt ihr dieses und jenes.

Doch Dina lehnte jeden Vorschlag ab. Streifen wollte sie nicht, weiße Muster waren ihr zu empfindlich, einige Stoffe nicht dunkel genug. Langsam wurde ihr klar, dass sie Immkes Alltagskleid hier nicht finden würde. Schon glitten ihre Augen durch den Raum zu einem Haufen aus Kopf- und Schultertüchern. Halbherzig hielt sie zwei weitere Kleider vor sich und drückte dem Verkäufer schließlich eins aus taubenblauem Baumwollstoff in die Hand, das mit dunkelgrünen Blätterranken verziert war.

Der Mann sah verwirrt erst auf das Kleidungsstück und dann auf seine Kundin. Ranken sind doch keine Punkte, schien er zu denken, war aber vermutlich daran gewöhnt, dass sich die Vorlieben seiner Kundinnen schnell änderten.

Inzwischen stand Dina vor den bunten Tüchern. Sie hielt eins in die Höhe, legte es wieder zurück und verharrte unschlüssig.

»Nicht farbenfroh genug?«, fragte der Händler. »Zu schade, heute Morgen erst habe ich eins verkauft, das hätte Ihnen sehr gut gestanden. In Rot, Grün und Blau, ja, wirklich, das hätte gepasst. Aber wie das so ist, manchmal könnte ich ein Stück zweimal verkaufen, ein anderes liegt dafür ewig herum. Der Käufer war ganz vernarrt. Ein Stammkunde. Bestand sogar darauf, zu erfahren, wer es mir überlassen hatte. Nun, einen Namen konnte ich ihm nicht nennen, aber den Verkäufer beschreiben. Ich habe den Verdacht, der jetzige Besitzer wird das Tuch an seine Enkeltochter verschenken.«

Dina horchte auf. Sie war sich sicher, zu wissen, über wen der Händler gerade sprach. »Gibt es hier noch andere Kleiderläden, in denen es günstig zugeht?«

Der Mann lachte auf und rieb sich über die verschwitzte

Stirn. »Wir Tönninger haben viele Geschäfte für die feinen Leute mit dementsprechend gehobenen Preisen. Und Schneider, die im Auftrag nähen. An den Markttagen kommen die Kurzwaren- und Stoffhändler, aber über das Jahr bin ich wohl der Einzige, der jedem für wenige Schillinge zu Diensten sein kann. Ich fürchte also, Sie müssen mit mir vorliebnehmen. Aber wenn Ihnen keines der Tücher zusagt, wie wäre es dann mit einem Mieder? Erst vor etwa zwei Monaten habe ich von einem respektablen Hof ein schönes Stück erstanden. Hier, schauen Sie.« Ohne lange suchen zu müssen, zog er ein grünes Mieder mit kugeligen goldenen Knöpfen hervor und hielt es ihr hin.

Dina schrak zusammen und wagte kaum, es anzufassen.

»Das passende Kleid dazu habe ich bereits verkauft«, erklärte der Mann bedauernd. »Meine Kundinnen wissen nun mal gute Ware zu schätzen.«

War das das rot-grün gestreifte Kleid gewesen, das Immke verliehen hatte? Konnte das ihr letztes Lebenszeichen gewesen sein? Dinas Gedanken überschlugen sich, ihre Hände zitterten. Sollte sie das Mieder mitnehmen? Doch dann schüttelte sie den Kopf, gab das Kleidungsstück zurück und deutete auf ihr neues Arbeitskleid, das sich der Händler über seinen Arm geworfen hatte. »Ich glaube, ich nehme nur das hier. Wie viel muss ich zahlen?«

Dina war froh, die düstere Straße mit all den zerstörten Hoffnungen auf ein besseres Leben wieder verlassen zu können. Ihren Kauf trug sie zu einem straffen Bündel geknotet und achtete darauf, dass sie den Stoff nicht mehr als nötig berührte. Sie musste das neue Arbeitskleid noch gründlich waschen, bis dahin war es zu sehr Teil eines anderen, ihr gänzlich unbekannten Lebens.

Am Kai sah sie Focke, der sich am Wagen angelehnt mit einem Matrosen unterhielt. Die Hände in den Hosentaschen, nickte er ihr zufrieden lächelnd zu. »Na, fündig geworden?«, unterbrach er den Klön und sah neugierig auf das Bündel.

»Ich zeige es dir, wenn ich es gewaschen habe«, antwortete sie und stieg auf den Kutschbock.

»Na denn, scheinst ja nun reizvollere Gesellschaft zu haben.« Der Matrose knuffte Focke in die Seite und verschwand im Hafentreiben.

»Hedwig fehlt noch.« Der Knecht kletterte auf den Wagen und ließ sich neben Dina auf die Bank fallen. »Gleich schlägt es elf, dann fahre ich zurück. Will mir keinen Tadel vom Bauern oder von seiner Madame einhandeln.«

»Hast du alles verkauft?«, meldete sich Hedwig unerwartet von unten. Sie stand neben dem Pferd. »Dann rückt mal zusammen.« Seufzend stieg sie zu ihnen auf den Bock.

Im nächsten Moment schlug Vierfinger-Focke die Zügel, und sie rollten westwärts aus der Stadt.

Dina schaute ihre Sitznachbarin an. Deren Hände waren leer, sie hatte weder einen Beutel noch eine Schachtel bei sich, aber Nähnadeln ließen sich natürlich auch im Kleid verstauen. »Hast du etwas bei der Putzmacherin gefunden? Du hättest der Madame doch gewiss eine schöne Haube mitbringen können. Das, was ihr auf dem Kopf wächst, ist beileibe keine Zierde. Sie täte gut daran, es zu verstecken. Wäre man ihr wohlgesinnt, müsste man ihr andere Haare wünschen.«

Erstaunt blickte Hedwig sie an. »Als ob du dabei gewesen wärst. Ich hatte tatsächlich ein sehr schönes goldblondes Haarteil in der Hand, das erst vor Kurzem gemacht wurde. Die Putzmacherin wollte mir dazu gleich eine Schute aus grünem Atlas verkaufen, bis ich ihr sagte, dass ich für meine Dienstherrin nur Ausschau halte. Was meinst du, ob ich ihr von dem blonden Perückenteil erzählen soll? Hinterher ist Madame wieder beleidigt, weil ich sie auf ihr blasses, strohiges Haar angesprochen habe, und lässt ihre Wut an mir aus. Würde sie selbst nach Passendem suchen, müsste sie mich nicht schelten. Nein, ich glaube, ich werde ihr nur von der grünen Haube vorschwärmen.«

Sie fuhren denselben Weg zurück, den sie gekommen waren. Öfter als auf dem Hinweg schlug Focke die Zügel, dass es klatschte, er schien es eilig zu haben. Der Wagen ruckelte und schaukelte aufs Heftigste.

»Ob wir es trotz der schlechten Wege zum Essen schaffen?«, murmelte Hedwig und hielt sich am Kutschbock fest.

Dina saß stumm neben ihr. In Gedanken war sie bei der vermissten Immke. Erst als sie das Dörfchen Welt passierten, wurde ihr Geist wieder ins Jetzt geholt. Sie bemerkte, dass Focke den Wagen abrupt bremste und langsamer fuhr. Am rechten Wegrand stand ein Junge mit einer Weidenkiepe auf dem Rücken, der ihr bekannt vorkam. Als sie sich auf seiner Höhe befanden, sah er auf, und Dina erinnerte sich. Die Kutschfahrt nach St. Peter. Sein pockennarbiger Vater am Weg, der um Mitnahme gebeten hatte. Wütend hatte er den Reisenden Flüche nachgerufen, und sein Sohn hatte erschöpft dreingeschaut. Das war erst vorgestern gewesen.

»Na, kommst du nicht vom Schwarzen Hof?«, fragte Vierfinger-Focke, und der Junge nickte. »Steig hinten auf, wir nehmen dich ein Stück mit.«

Ohne lange zu überlegen, legte der neue Mitfahrer seine Kiepe auf die Ladefläche und kletterte hinterher. Sein spitzes Gesicht und sein Körperbau, klein und dünn, verrieten ein Leben des Hungers und harter Arbeit.

Dina drehte sich zu ihm um und lächelte ihm aufmunternd zu. »Wo ist denn dein Vater?«, wollte sie wissen.

Der Junge schlang seine Arme um die angezogenen Beine, zuckte mit seinen knochigen Schultern und schaute über die Weiden.

»Hast du etwas verkaufen können?«, fragte sie weiter und deutete auf die Kiepe.

Er wandte sich ihr zu und sah ihr ernst ins Gesicht.

Dina schrak zusammen. In seinem tiefen dunklen Blick lagen all die traurigen Erfahrungen seines bisherigen Lebens. So sollte kein junger Mensch schauen müssen, dachte sie und fröstelte.

»Zwei Kaninchen und eine Schnepfe. Ich hab sie am Deich gefangen und in der Stadt verkauft. Man kann vieles zu Geld machen. Dein Haar auch, das ist schön. Für so eine Farbe gibt es gute Schillinge«, wusste er und lächelte kalt, wobei seine Augen starr blieben.

Dina drückte ihren Rücken durch und zupfte unsicher an ihrem Kopftuch. Sie fühlte sich von dem Jungen begutachtet wie auf einem Menschenmarkt. Fast war ihr entgangen, wie Hedwig neben ihr glucksend auflachte.

»Das wäre was«, platzte es aus der Magd heraus. »Du verkaufst deine vollen, glänzenden Strähnen an die Putzmacherin, und die lässt daraus für unsere Madame ein Haarteil machen. Und dann klemmt sie sich, die doch nichts mit uns Gesinde zu tun haben will, den Schopf einer Milchmagd auf ihre strohige Wolle und hält sich deshalb für begehrenswert. Was für eine lustige Idee.« Lachend legte sich Hedwig ihre Hände vors Gesicht.

Auch Dina lächelte, spürte dann aber wieder den Blick des Jungen, wie er unter ihr Kopftuch glitt und durch ihr Haar fuhr. Mit ernster Miene schüttelte sie sich. »Wie heißt du eigentlich?«, wollte sie von ihm wissen. Es konnte nichts schaden, mehr über dieses seltsame Kind zu erfahren.

»Claus«, antwortete der Junge und wischte sich mit dem Ärmel seiner billigen Tuchjacke über die Nase.

»Nun, Claus, du hast es überaus fein getroffen. Anstatt mit all den anderen die Schulbank drücken und auf der Schiefertafel herumquietschen zu müssen, verkaufst du in der Stadt Wild wie ein Großer. Deine Eltern sind gewiss stolz auf dich. Helfen deine Geschwister auch?«

»Ich habe keine. Vater und ich sind alleine. Die Mutter ist tot, und Vater meint, die Schule ist nicht wichtig. Lesen und rechnen kann ich schon, und auf dem Hof helfe ich beim Hüten und verdiene richtiges Geld. Ich bin auch stärker, als ich aussehe. Beim Laden von Kornsäcken packe ich an wie die Knechte.« Mit wissendem Blick schien er Dinas Gewicht zu schätzen. »Dich könnte ich wohl auch tragen. Vielleicht gehe ich zu den Robbenschlägern, wenn ich größer bin. Aber noch muss ich Vater helfen. Der Bauer mag ihn. Manche Arbeit gibt er nur ihm, weil er ihm vertraut.«

»Soso, welche denn?«

Der Junge riss die Augen auf, als hätte er sich erschreckt, und floh mit seinen Blicken hinaus zum weiten Horizont. »Weiß nicht, dies und das eben. Bauer Besthorn ist ein wichtiger Mann, kennt die großen Herren. Aber wir sind trotzdem nicht seine Sklaven, sagt Vater, wir machen oft, was uns gefällt. Besthorn muss auch nicht alles wissen.« Er drehte Dina den Rücken zu, ein eindeutiges Zeichen, dass er ihr nicht mehr antworten würde.

Focke, der mit einem Ohr der Unterhaltung gefolgt war, schnaubte kurz und grinste. Ihm schien es zu gefallen, wie der Junge auf die Fragen der neuen Magd reagierte.

Die Sonne brach durch die grauen Wolken des Herbsttages und legte sich wärmend auf die Fahrenden, die ihre Gesichter dem Himmel entgegenstreckten. Jeder hing seinen Gedanken nach. So rumpelten sie Meile für Meile dahin.

»Claus, wir sind gleich da. Ich lass dich da vorn beim Deich raus«, unterbrach Focke die Stille. »Von da hast du es nicht mehr weit.«

Schon führte der Weg sie entlang des Erdwalls, hinter dem sich das große flache Gebiet des Schwarzwasserkoogs erstreckte.

Mit einem Mal schrie der Knecht auf: »Rauch! Da vorne links brennt es!« Er gab dem Gaul die Zügel, und polternd zog der Wagen an.

Während die Mägde sich am Kutschbock festkrallten, sprang Claus auf und hielt sich an Fockes Schultern fest. »Das ist nicht mehr unser Koog! Das ist eurer, in dem es brennt«, wusste er, und seine Stimme klang erleichtert.

Endlich waren sie nahe genug, um Einzelheiten zu erkennen. Wind wirbelte schwarze Schwaden über den Graswall. Ein Einspänner stand neben einem Leiterwagen, Menschen gestikulierten wild und liefen über den Koogdeich hin und her.

Dina schlug sich erschrocken die Hand vor den Mund. Ungläubig sah sie Hedwig an, die stumm nickte. Hinter dem Wall brannte der Schäferverschlag. Ein Gedanke blitzte in Dina auf, und ihr Magen zog sich zusammen. Cornelius! Heute Morgen hatte er zurück zur Schäferhütte gewollt, um Hinweise auf das Verschwinden von Thea und Immke zu finden. Kaum dass der Wagen hielt, hob sie ihr Kleid an, sprang vom Wagen und stürmte über den Koogdeich, um bald fragend in die Gesichter der Umstehenden zu blicken.

Wilko, der Knecht mit der schiefen Nase und dem vorstehenden Kinn, deutete wortlos auf das Gras neben der Hütte.

Im Vorbeilaufen sah Dina den Verschlag, dessen rußgeschwärzte Bretter qualmten. Noch stand er, auch wenn das Feuer bereits einen Teil des Daches und eine Wand weggefressen hatte.

Ihr stockte der Atem, als sie durch die Äste eines Busches hindurch die blaue Uniform mit rot gesäumten Ärmeln entdeckte. »Cornelius!«, rief sie und stürzte darauf zu. Der Gendarmerieleutnant saß im Gras, den Oberkörper gegen die Schienbeine eines Hütejungen gelehnt, der ihn stützte.

»Dina, äh, Fräulein Martensen, wie schön.« Seine Stimme klang dünn und schwach. »Mir ist, als wäre ich in einer Art Zeitschleife gefangen. Kommt Ihnen diese Situation nicht auch vertraut vor?« Er lächelte matt und tippte sich mit einer Hand an seine Stirn, während er mit der anderen einen blutigen Lappen auf seinen Hinterkopf drückte.

Dina rutschte ein erleichtertes Lachen heraus, dann erst begutachtete sie den Leutnant genauer. Cornelius' Hände und Gesicht waren rußverschmiert, seine Hose angesengt. Immer wieder wurde er von Hustenattacken geschüttelt. »Was ist geschehen?«, fragte sie. Sie strich Asmus verstohlen über die Wange und sah zum Hütejungen, der aber keine Anstalten machte, ihr zu antworten. Besorgt registrierte sie die roten Striemen an den Handgelenken des Gendarmen, die er selbst wohl noch gar nicht bemerkt hatte.

»Ich fürchte, zur Antwort auf diese Frage kann ich selbst am wenigsten beitragen«, krächzte Asmus und hustete erneut. »Nach dem Frühstück auf Ihrem Hof bin ich hierhergeritten und habe mich noch einmal umgesehen. Dabei ist mir endlich …« Er runzelte die Stirn, sah ihr in die Augen und dann zu dem Hütejungen hinter sich. »Aber dazu ein andermal mehr. Ich weiß noch, dass ich draußen vor der Hütte stand, über irgendetwas gebeugt. Ich ahne, mir fehlen einige Momente in der Erinnerung. Doch wenn ich meinem Schädel glauben kann, so muss mich jemand ohnmächtig geschlagen haben. Als ich wachgerüttelt wurde, hatte ich rasende Kopfschmerzen. Es qualmte, und Leute liefen aufgeregt umher. Seitdem sitze ich hier und schnappe nach Luft. Wie seid ihr auf mich gestoßen?«, forderte er den Hütejungen auf, zu erzählen.

»Wir waren draußen bei den Rindern. Einer rief plötzlich, dass es hier drüben brennt, und Wilko ist gleich hergeritten. Er hat Sie im Gras neben der Hütte gefunden. Wie tot. Das Dach hat gebrannt, und Wilko hat die Flammen löschen wollen. Von der Weide haben wir gesehen, dass der Qualm immer mehr wurde, und so sind die anderen auch hergekommen. Sogar der Bauer.«

»Ganz genau. Sogar der!«, mischte sich eine kräftige Stimme ein.

Asmus schaute gegen ein Paar Reitstiefel, das sich vor ihm aufbaute. Sein Blick glitt daran empor und erreichte ein cremefarbenes Halstuch, über das sich ein Doppelkinn wölbte. Das rote pockennarbige Gesicht von Julius Hirsch, dem Bauern des Ehsterhofes, schloss sich daran an.

Dina erhob sich und trat einen Schritt zurück. Sie war nur die Milchmagd.

»Mensch, Asmus, Leutnant, was machen Sie für Sachen? Treiben sich ungebeten auf meinem Grund und Boden herum und kommen dabei nun schon zum zweiten Mal zu Schaden. Ich will doch sehr hoffen, dass Sie das nicht meinem Hof anrechnen.« Hirsch schüttelte den Kopf. »Und was soll das für eine Geschichte mit dieser Schäferhütte sein? Seit Jahren haben wir schon keinen Schäfer mehr. Wobei – bei all dem Zeug, das hier herumliegt, möchte man glauben, sie wäre noch in Betrieb. Und die Grube im Innenraum ist mir auch ein Rätsel.«

Asmus drehte sich zu dem Hütejungen um, nickte ihm zu und rappelte sich mit seiner Hilfe auf. Immer noch mit einer Hand am Hinterkopf, stand er wackelig neben dem kräftigen Landmann und überlegte. Was sollte er ihm von seinen Funden und seiner Theorie berichten? »Die Königlich Dänische Gendarmerie wäre Ihnen sehr zu Dank verpflichtet, wenn Sie die Überreste der Schäferhütte nicht aufräumen ließen. Es gibt einige Hinweise, die ich mit dem Staller besprechen muss. Der Verdacht besteht, dass dieser Verschlag«, er zögerte, »als Versteck eines Flüchtigen gedient hat. Es gilt, Beweise für ein Gerichtsverfahren zu sichern.«

»Eines Flüchtigen?«, raunzte Hirsch ungläubig und verzog das Gesicht. »Ich dachte, die Gendarmerie ist hinter einem Mörder her und will das Leben einer vermissten Milchmagd retten.«

»Ganz genau«, bestätigte Asmus und suchte dabei Dinas Blick.

»Und was hat meine Schäferhütte damit zu tun?«, wollte Hirsch wissen.

»Nun, ich bin heute hierhergekommen, um diesen Ort noch einmal zu examinieren. Finden Sie es nicht befremdlich, dass man mich, in der Uniform als Gendarm gut erkennbar, hier niedergestreckt hat?«

Plötzlich landeten Stücke eines durchtrennten Seils vor den Füßen der zwei Männer. Beide blickten sich irritiert um. Knecht Wilko stand neben ihnen und grinste schief.

»Mein Retter!«, rief Asmus aus, doch seine Worte endeten in einem Krächzen, als hätte er sich mit dem Sprechen übernommen. »Ich habe mich noch gar nicht bedankt«, sagte er nach mehrfachem Räuspern. »Das hätte ich nach dem heutigen Morgen nicht von Ihnen erwartet.« Er trat auf Wilko zu, reichte ihm die Hand und lächelte versöhnlich.

»Nicht dafür, Gendarm.« Mit einem verkniffenen Blick sah der Knecht kurz zu seinem Brotherrn hinüber. »Sie waren gefesselt, als ich Sie gefunden habe, lagen aber im Gras. Vermutlich hatte Ihre Hose vorher Feuer gefangen.« Er deutete auf die Brandflecken im blauen Stoff.

»Niedergeschlagen, gefesselt, geknebelt und in Brand gesteckt. Da wollte mich wohl wirklich einer aus dem Leben hauen.« Asmus ballte eine Hand zur Faust.

»Und hat zudem versucht, die Hütte, die als Beweismittel dienen könnte, zu verbrennen«, mischte sich nun Dina ein.

»Ach was!«, rief Hirsch aus. »Das wird ja immer schöner. Jetzt hat auch schon die Milchmagd eine Theorie, und mein Hof wird zum Mörderland. Das soll mal besser Staller Ingwersen untersuchen. Ich bin sicher, die ganze Geschichte lässt sich einfach aufklären. Vielleicht wollte Sie ein Nebenbuhler aus dem Weg schaffen oder ein missgünstiger Aspirant auf Ihren Leutnantsposten. Die Antwort darauf werden Sie gewiss kennen. Man hört ja so einiges über den Ehrgeiz der Uniformierten. So oder so will ich Ihrer Bitte gerne entsprechen und hier alles liegen lassen, wie es ist. Ist ja eh zu nichts mehr nutze. Auf, Leute!«, rief er dann. »Zurück auf den Hof und zum Vieh!«

Asmus runzelte die Stirn. War der Bauer etwa der Meinung, er sei am Ende noch selbst schuld an diesem Mordversuch? Wut stieg in ihm hoch, doch er schwieg.

Hirsch kletterte auf seinen Einspänner und beobachtete das Gesinde. Sein Blick blieb an Vierfinger-Focke hängen, der vor dem Leiterwagen stand. »Und, alles gut verkauft und die Besorgungen für Madame erledigt?«

Sein Knecht salutierte salopp, indem er sich mit zwei Fingern an die Schläfe fuhr, und Hirsch brummte zufrieden. Dann suchten seine Augen den Gendarmen und fanden ihn nahe der neuen Milchmagd. Der Großbauer runzelte die Stirn. »Herr Leutnant, ich nehme Sie in meinem Wagen mit. So derangiert, wie Sie sind, werden Sie in nächster Zeit kein Pferd mehr reiten können. Ihren Gaul binden wir hinten an. Soll der Staller mal sehen, wie sehr wir auf sein Personal achten.«

Kutsche und Leiterwagen rollten an. Pferdeknecht Wilko ritt neben dem Gespann seines Herrn und warf immer wieder einen prüfenden Blick auf den verletzten Leutnant.

Asmus hielt sich wacker aufrecht, drückte den Lappen gegen die Wunde am Hinterkopf und verfluchte den Tag. Wenn er wenigstens in eine Revolte geraten oder von einer Bande überfallen worden wäre. Er wurde wahrlich vom Pech verfolgt. Die Striemen an seinen Handgelenken lenkten seine Gedanken auf einen anderen Umstand. Er sah zu Wilko hoch. »Sagen Sie, wann genau haben Sie mich gefunden?«, wollte er von ihm wissen. »Und wie lange mögen die Flammen in der Hütte vorher bereits gewütet haben?«

Der Knecht sah nach dem Stand der Sonne. »So gegen elf

Uhr waren wir auf der Weide und haben den Rauch gesehen. Das Feuer mag schon gut eine Stunde gebrannt haben.«

Asmus rekapitulierte die Ereignisse. Er hatte sich nach acht Uhr in aller Ruhe nahe dem Verschlag umgesehen und war dabei niedergeschlagen worden. Gegen zehn Uhr könnte das Feuer gelegt worden sein, dem er wohl einige Zeit ausgesetzt gewesen war. Bedachte man allerdings, dass man ihn im Grunde unverletzt und nur mit wenigen Brandstellen an der Uniform im Gras gefunden hatte, musste er frühzeitig aus den Flammen gezogen worden sein. Wer also hatte ihn niedergestreckt, wer gerettet? »Wer kann heute Morgen schon hier vorbeigekommen sein?«, fragte er.

Bauer wie Knecht schüttelten den Kopf.

»Das Gesinde war bei der Arbeit«, erklärte Wilko, »drei von ihnen auf dem Weg nach Tönning. Wenn noch einer gefehlt hätte, wäre das sofort aufgefallen. Es muss jemand Fremdes am Werk gewesen sein.«

Der Gendarmerieleutnant gab ihm recht. Dem Brandteufel dürfte vermutlich seine polizeiliche Neugier missfallen haben. Und auch Dinas Vermutung lag nahe: Er hätte zusammen mit einem rätselhaften Menschenversteck, das vor Gericht als Beweismittel gelten konnte, verbrannt werden sollen. Zu gerne hätte er sich bei dem Unbekannten bedankt, der ihn aus dem Feuer gezogen hatte. Gewiss hätte der ihm auch einige Fragen beantworten können. Asmus blickte sich nach Dina um. Sie saß auf dem Kutschbock des anderen Leiterwagens hinter ihm und schaute zu ihm herüber. Am liebsten wäre er neben ihr zurückgefahren. Als er den Blick von Bauer Hirsch auf sich spürte, wandte er sich ihm zu.

»Nun, Leutnant, haben Sie bei dem Abenteuer etwas verloren, oder sind Sie komplett?«

Asmus meinte, einen spöttischen Unterton in der Frage zu hören, sah aber an sich hinunter. Stiefel und Koppel waren noch da. Prüfend tastete er in den Rocktaschen nach seinem Notizbuch und den Zeitungsseiten. Alles war an seinem Platz. Und trotzdem ... Hastig fuhr er mit der Hand an seine Seite. Der Säbel! Die Scheide hing an seinem Gürtel, aber die Waffe fehlte. War sie ihm beim Sturz herausgefallen? Erschrocken sah er in das feiste Gesicht des Landwirts.

»Da hat den Gendarmen wohl jemand bestohlen«, meinte der und grinste.

»Ein Fehler«, brummte Asmus und knirschte mit den Zähnen. »Ein Polizeisäbel wird überall auffallen. Wer in seinem Besitz ist, ist sofort verdächtig. Man muss nur die Augen offen halten.«

»Säbel hin oder her, jetzt werden wir erst einmal Ihre Wunde versorgen und uns bei einem Glas Most erfrischen«, sprach Hirsch. »Wir sind gleich da. Da vorne liegt schon mein Hof.«

Dina blickte sich auf dem Kutschbock suchend um. Wo war Claus abgeblieben? Seit der Aufregung um den Brand hatte sie den Jungen aus den Augen verloren. Vermutlich war er zurück zum Schwarzen Hof gelaufen, denn auf den anderen Wagen war er nicht zu sehen.

Wieder dachte sie an das Feuer. Was mochte Cornelius in der Schäferhütte gefunden haben, dass jemand ihn dort zusammen mit dem Verschlag hatte verbrennen wollen? Ein fürchterlicher Gedanke. Was war das aber auch für ein seltsamer Ort gewesen. Jetzt hatte auch sie die Grube gesehen. Sollte Immke dort festgehalten worden sein? Immerhin befand sich das Versteck oder Verlies auf dem Grund ihres Brotherrn, dem Bauern des Ehsterhofes. Cornelius war heute Morgen in auffälliger Eile vom Frühstück aufgebrochen. Hatte er vermutet, hier einen Fingerzeig auf Immkes Verbleib zu finden? Doch stattdessen war er auf ein leeres Erdloch gestoßen und nur knapp dem Tode entronnen. Die Erkenntnis fuhr ihr schmerzhaft in den Magen, verkrampft beugte Dina sich vornüber. Verscharrt, dachte sie, tot und verscharrt. Wir werden Immke nie wiedersehen.

Sie erreichten den Ehsterhof, und Gendarmerieleutnant Asmus wurde, durch Wilko gestützt, wieder an den Gesindetisch gesetzt.

Asmus beschlich ein seltsames Gefühl. Ihm war, als zögen

ihn magische Kräfte zurück zu diesem Hof, um zu verhindern, dass er weiter ins Land ritt und seine Aufgabe erfüllte. Ächzend ließ er sich auf der Bank nieder und verharrte dort einen Moment lang mit geschlossenen Augen. Um ihn herum vernahm er das geschäftige Kommen und Gehen der Mägde, und als er endlich die Lider hob, blickte er in das Gesicht Dinas.

Sie stand mit einem sauberen Tuch und einer Schüssel Wasser vor ihm und bedeutete ihm, den Kopf zu neigen, damit sie die neue Wunde besser versorgen konnte.

Asmus kommentierte die feuchte Kühle auf seiner Haut mit einem wohligen Knurren und lächelte. »Ich muss schon sagen, den Wunsch, dir nahe zu sein, bezahle ich mit reichlich Blessuren«, murmelte er. »Gar nicht auszudenken, wohin das noch führen wird. Langsam frage ich mich, ob mich der Ehsterhof jemals aus seinen Klauen lassen wird.«

»Warum sollte er das? Wenn du kräftig mit anpackst, hat der Bauer gewiss auch Arbeit für dich«, antwortete Dina schmunzelnd und wrang den Lappen aus. »Unter der Uniform verbirgt sich doch ein starker Körper? Das wäre natürlich eine Grundbedingung, ebenso wie Treue.« Sie sah sich um, beugte sich zu ihm hinunter und schaute in seine Augen. Verstohlen fuhr sie mit dem Zeigefinger über seine Lippen, bevor sie sich wieder aufrichtete. »Aber jetzt hole ich dir erst mal etwas zu trinken.«

Als sie mit einem Krug Most und einem Becher zurückkam, stutzte sie. Cornelius Asmus beugte sich über Zeitungsfetzen, die auf dem Tisch lagen, und schien nachzudenken. Dina kräuselte die Stirn und goss ihm ein.

Der Gendarm sah nur kurz auf, tippte dann auf die Schnipsel und griff nebenbei zu dem Trunk. »Die stammen aus der Schäferhütte. Jemand hat die Wochenzeitung dort drei Wochen hintereinander gelesen und auch für anderweitige Zwecke benutzt.« Er räusperte sich, als er Dinas fragenden Blick sah, und suchte nach Worten. »Nun ja, wie soll ich sagen? Wohl bei seiner Notdurft.«

»Der Eimer hinter der Hütte?«, antwortete Dina, und Asmus

sah sie verblüfft an. »Den habe ich auch gesehen und einen großen Bogen um ihn gemacht.«

Er zog ein Stück Seil aus seiner Rocktasche, seine Finger glitten gedankenverloren über die Struktur des Hanfstückes, und er dachte an den Eisenring, an dem es gehangen hatte. »Liebesnest, Versteck oder Kerker?«, fragte er leise und blickte Dina an. Wie gern würde er sie jetzt in den Armen halten, ihren Körper an sich ziehen und ihre Haut streicheln. Ob sie beim Küssen die Augen schloss? Er drückte seinen Rücken durch, trank einen Schluck und räusperte sich erneut. »Es gab dort Hinweise auf ein vertrauliches Stelldichein. Der gedeckte Tisch, wenn wir ihn so nennen wollen, die Blumen in der Flasche. Die Hütte war vielleicht tatsächlich so etwas wie ein Liebesnest oder Versteck, aber so weit waren wir schon.«

»Während der drei Wochen im August«, ergänzte Dina und deutete auf die Zeitungsreste. Wie gerne hätte sie sich jetzt nahe neben Cornelius gesetzt, doch das Gesinde in der Nähe hielt sie davon ab. Nein, sie würde lieber stehen bleiben, um anzügliche Sprüche zu vermeiden.

»Aber dazu passt die Grube nicht, die zweifellos ein Verlies war«, fuhr der Gendarm fort. »Ich habe dort eine verbogene Gabel und eine Decke gefunden. Jemand ist gegen seinen Willen festgehalten worden, Kratzspuren an den Brettern, die das Loch verdeckt haben, sprechen für den verzweifelten Versuch eines Gefangenen, sich zu befreien.«

»Gefangen wie ein Tier«, wisperte Dina, schüttelte sich und suchte am großen Esstisch Halt.

Asmus legte verstohlen seine Hand auf die ihre, zog sie jedoch nach einer kurzen Berührung wieder zurück. »Ja, wie Vieh. Aber der oder die Gefangene hatte lange goldblonde Haare. Die habe ich nämlich auf der Decke gefunden.«

Dina horchte auf. Die Nachricht weckte Hoffnung in ihr. »Immke war nicht blond«, stieß sie hervor, Erleichterung in der Stimme.

Asmus nickte. »Aber die Magd von der Wattenmühle, Thea Jansen. Und bevor sie vergraben wurde, hat jemand ihr das meiste ihres Haares abgeschnitten.« Der Gendarmerieleutnant grübelte.

Nun setzte Dina sich doch neben ihn, legte die Hände sanft in ihren Schoß. Was für eine gruselige Vorstellung, dachte sie.

»Der Physikus nimmt an, dass sie nicht länger als zwei Wochen in der Erde gelegen hat«, murmelte Asmus. »Wie wir wissen, kann ihr Körper wegen der Wegearbeiten nicht vor dem 18. September dort vergraben worden sein. Doch zwischen der Woche vom 31. August und dem 18. September liegen gut vierzehn Tage. Was ist in dieser Zeit passiert?«

»Vom Liebesversteck zum Verlies«, flüsterte Dina so leise, als wollte sie den Gedanken eigentlich nicht in die Welt lassen. Vor sich sah sie den abrasierten Kopf einer blassen Gefangenen, die ängstlich in einer Grubenecke kauerte. »Gebunden und zur Verfügung gehalten.« Sie deutete auf den Strick, vermied es aber, ihn zu berühren.

»Theas Geliebter, Sinnert Runge vom Schwarzen Hof, muss ungefähr ein oder zwei Wochen vor ihr vergraben worden sein«, sagte Asmus. »Das jedenfalls nimmt der Physikus an. Für die sich daran anschließende Zeit finden sich interessanterweise keine Zeitungen im Verschlag. Vielleicht hat damit die Qual im Verlies begonnen, aber das wissen wir noch nicht. Immerhin ist Sinnert Runge wohl nicht Theas Mörder. Wäre es denn möglich, dass der junge Mann einen Nebenbuhler hatte, einen anderen Knecht, der der schönen Thea nachgestellt hat?«

Dina nickte, auch wenn sie keinen der beiden ermordeten Hofleute kannte. Aber Nebenbuhlerei und Eifersucht kamen überall vor. Nachdenklich fuhr sie sich über den Nacken und streifte dabei ihren Haaransatz. Plötzlich hielt sie inne. »An wen verkauft man abgeschnittene Haare?«, fragte sie zögerlich. Hatte der dürre Claus nicht etwas in der Art erwähnt? Ihr grauste noch immer bei der Erinnerung an seinen kalten Blick. Asmus, wie aus tiefer Überlegung gerissen, stutzte und schlug seine Hand auf den Oberschenkel, dass es klatschte. »Natürlich! Dass ich daran nicht gleich gedacht habe. Perückenmacher und Putzmacherinnen verwenden schönes Haar. So manche Dame möchte ihre grindige Kopfhaut mit schimmerndem Bewuchs wieder vorzeigbar machen. Gibt es nicht am Tönninger Marktplatz so ein Geschäft? Dort hätten wir längst ermitteln müssen. Wie ärgerlich! Doch die Ereignisse der letzten Tage hatten anderes für mich vorgesehen.« Er zückte sein Notizbuch und benetzte die Bleistiftspitze mit seiner Zunge, bevor er zu schreiben begann. »Das werde ich baldmöglichst nachholen.« Er hielt inne. »Wie bist du eigentlich auf den Haarverkauf gekommen?«

»Von Tönning aus haben wir einen Jungen auf dem Wagen mitgenommen. Claus heißt er und stammt vom Schwarzen Hof. In der Stadt hat er Kaninchen verkauft. Er hat gemeint, mein Haar wäre einige Schillinge wert. Dabei hat er mich mit seinen hungrigen Augen so seltsam angeschaut, dass es mich jetzt noch friert. Es war ein seltsamer Augenblick.«

»Claus«, wiederholte der Gendarm nachdenklich. »Ein dürrer Zwölfjähriger, barfuß?«

Dina nickte stumm.

Asmus erinnerte sich an die Leichenbergung am Deich und wie er den Knaben, der bei seinem Vater, einem der Ausgräber, stand, weggeschickt hatte. Auf der Suche nach dem Namen des Mannes blätterte er einige Seiten in seinem Notizbuch zurück. Der Mann mit dem Sohn hieß Jans Gosch. »Und der Junge stammt vom Schwarzen Hof?«

»Er hat gesagt, dass er dort das Vieh hütet. Sein Vater soll auch dort arbeiten und Spezialaufgaben übernehmen, weil der Bauer ihm besonders vertraut.« Dass Claus sich für stark genug hielt, eine erwachsene Frau zu tragen, hielt Dina für eine jungenhafte Übertreibung. Mit solchen Spinnereien wollte sie Cornelius lieber nicht belästigen.

»Wenn ich nur wüsste, was mit mir passiert ist.« Asmus war in Gedanken noch bei der Schäferhütte. »Zwischen den Höfen und Weiden sind viele Menschen unterwegs. Irgendwer von ihnen muss doch etwas gesehen haben.«

»Als wir heute Morgen auf Tönning zufuhren, kam uns der Totengräber von St. Peter entgegen«, berichtete Dina. »Ein merkwürdiger Alter.«

»Auf einem Auge blind, ganz in Schwarz?«

Sie nickte und sah Cornelius überrascht an.

»Der ist mir auch schon begegnet. Überhaupt laufen einem hier ständig dieselben Leute über den Weg. Aber gerade das müsste die Ermittlungen doch eigentlich vereinfachen.«

»Er heißt Knochenhans und ist heute Morgen von Tönning aus in Richtung Küste gefahren. Er muss also an der Hütte vorbeigekommen sein«, überlegte Dina. »Vielleicht hat er ja den Rauch gesehen, oder ihm ist auf dem Weg etwas aufgefallen.«

Asmus nickte. Der Totengräber von St. Peter. Ihn sollte er eindringlicher befragen. Langsam streckte er seinen Oberkörper. Hinter seinen Augen stieg ein dumpfer Schmerz auf und legte sich über seinen Rücken. Er spürte die Erschöpfung, Arme und Beine wurden bleischwer. Der Gendarm tastete nach Dinas Hand und streichelte sie. »Ich glaube, ich kann heute unmöglich weiter umherreiten und ermitteln. Das Denken will mir auch nicht mehr recht gelingen. Staller Ingwersen und Bürgermeister Dähnhardt muss ich alsbald Bericht erstatten, und davor brauche ich dringend etwas Schlaf in einem richtigen Bett. Andererseits bin ich gespannt, was meine Männer in der Wattenmühle erfahren haben, und die endgültigen Erkenntnisse von Physikus Thomsen sind mir auch noch unbekannt. Inzwischen dürfte er beide Leichname untersucht haben. Und nicht zuletzt«, er fuhr mit dem Finger hinter den Hemdkragen seiner Uniform, »sollte ich dringend mal die Kleidung wechseln. Mir bleibt also keine andere Möglichkeit, als direkt nach Tönning zu reiten. Wirst du für mich hier auf dem Hof die Augen offen halten? So bald wie möglich schaue ich wieder vorbei. Die Höfe in der Gegend scheinen eine nicht unbedeutende Rolle bei der Aufklärung der grausamen Taten zu spielen.« Er zog sich an der Tischplatte hoch und schlurfte müde zur Tür, wo er sich noch einmal umdrehte. »Pass bitte auf dich auf. Mir scheint, das Unheil schwebt über uns wie eine schwarze Gewitterwolke. Niemand weiß, wann die Blitze niederfahren werden.« Einer plötzlichen Eingebung folgend trat er wieder auf Dina zu, legte seine Arme um ihre Schultern und zog sie an sich.

Sie war so überrascht, dass sie keine Anstalten machte, sich zu wehren. Auch an das Gesinde dachte sie in diesem Moment nicht. Bald schon genoss sie die unerwartete Berührung und küsste Cornelius auf den Mund.

Asmus ließ sie mit einem perplexen Gesichtsausdruck los, und sie lachte auf. Damit hatte er wohl nicht gerechnet. Er fuhr sich mit der Zungenspitze über die Lippen und schien ihrem Kuss nachzuschmecken.

»Ich bleibe vorsichtig, Cornelius. Und du kommst bitte bald heil zu mir zurück.« Damit griff Dina Schüssel und Lappen und verließ den Raum.

APFELKERNE UND DUNKLE RINDE

Das Paar stand vor der Tür, durch lebenslange Feldarbeit gebeugt, die Gesichter vom Wetter gezeichnet. In ihren einfachen, aber sauberen Kleidern zögerten die beiden. Endlich nickte die Frau ihrem Mann zu und schob ihn zum Türklopfer. Doch er schien auf etwas zu warten. Erst als die Laurentiuskirche zur zweiten Mittagsstunde läutete, hob er seine knochige Hand. Laut dröhnte Eisen auf Eisen.

Mit einem Schwung stieß Physikus Thomsen das Türblatt auf und blickte verwirrt auf die Tagelöhner. Seinen weißen Kittel zierten hier und da gelbliche und rosafarbene Flecken. »Was denn?«, bellte er wie jemand, den man aus seiner geheiligten Mittagsruhe gerissen hatte. Dann aber schien er sich zu besinnen und sah kurz nach hinten. Sein Blick fiel gegen die Wand des Gebäudeflurs, dahinter lag der gekachelte Raum. Die Sicht auf die geöffneten Leichen und die Gefäße voll menschlichen Inhalts war also verstellt. »Wer sind Sie, und was wollen Sie?«, setzte er jetzt mit deutlich weicherer Stimme nach.

»Wir sind die Eltern der Thea Jansen«, antwortete die Frau nur mühsam beherrscht. Ihr Gesicht war schmerzverzerrt.

Ihr Mann stand stumm und mit zitternden Händen daneben. Er wich den wachen Augen des Arztes aus und sah an ihm vorbei gegen die Wand.

»Gestern hat uns ein Gendarm befragt«, fuhr Mutter Jansen fort. »Er hat gesagt, wir sollen unsere Thea hier wiedererkennen, und uns für mittags einbestellt. Wissen Sie nichts davon? Wir sind den weiten Weg von Ording hergekommen.« Sie wartete auf eine Erwiderung, doch als diese ausblieb, holte sie tief Luft und straffte ihren Oberkörper. »Wir sind gewiss, dass es nicht unsere Thea ist. Unsere Tochter lebt.« Ihre Stimme klang trotzig.

Vater Jansen neben ihr nickte stumm und hielt sich dabei am Türrahmen fest.

»Das ist … Eigentlich bin ich gerade … Also, das ist ganz und gar ungünstig«, rang der Physikus nach einer Antwort. »Mir liegt keine Anmeldung vor. Obliegt es jetzt etwa den Gendarmen, die Identifizierungen zu terminieren? Ein Unding. Und Sie sind aus Ording? Soso. Die beiden … Ich bin leider wirklich nicht vorbereitet. So warten Sie doch bitte noch einen Moment.« Damit drehte er sich um und warf hinter sich die Tür zu. Schon nach wenigen Augenblicken riss er sie wieder auf und bat die Landleute herein.

Der Raum, den die Eltern betraten, war hell. Die weißen Kacheln reflektierten das Tageslicht. Nahe dem Fenster standen zwei Seziertische, auf denen sich unter Laken je ein menschlicher Körper abzeichnete. Mutter Jansen zog scharf die Luft ein und hielt sich am Arm ihres Mannes fest. Oder stützte sie ihn, weil er so zitterte? Gewiss waren die Landleute in ihrem Dorf dem Tod schon oft begegnet. Das Waschen eines Verstorbenen, das Aufbahren und die Wache, all das war Teil des normalen Lebens. Aber hier, in dieser kalten Atmosphäre, mit der Aussicht, ihre ermordete Tochter unter einem der Laken zu sehen, legte sich doch Angst auf ihre Gesichter. Ihr Blick fiel auf abgedeckte Schüsseln und Eimer auf einem Nebentisch. Ein Tuch verbarg die Instrumente. Vater Jansen atmete schwer und schüttelte angewidert den Kopf. Verwesungsgeruch hing in der Luft.

Aufmerksam stand Physikus Thomsen da, seine Augen ruhten auf den Tagelöhnern. Immer wieder griffen seine Finger nervös ineinander. Nach einigem Zögern trat er zwischen die Tische und legte seine Hände auf eines der Laken. »Nun, es geht Ihnen also um die Identifizierung einer weiblichen Person?« Ohne auf eine Antwort zu warten, blickte er gegen die Milchglasscheiben der Fenster und sprach in einem Ton weiter, als hielte er eine Vorlesung. »Unter diesem Tuch liegt der Körper einer jungen Frau. Ihr Haar muss jemand nach ihrem Tod abgeschnitten haben, der Kopf ist demnach kein erhebender Anblick. Sie ist an die sechzehn bis achtzehn Jahre alt, von gesunder Statur und misst fünf Fuß, acht Zoll. Zu Lebzeiten hat sie anstrengende Arbeiten verrichtet, vielleicht auf einem Hof oder in einem Herrenhaus.« Thomsen schielte vorsichtig zu dem Paar, das nun deutlich zitterte. Die Frau schluchzte auf. »An Besonderheiten oder persönlichen Merkmalen habe ich dies gefunden: an der linken Halsseite –«

»Nein!« Mutter Jansen krallte sich am Rock ihres Mannes fest.

»An der linken Halsseite ein auffälliges Muttermal«, setzte Physikus Thomsen seine Beschreibung fort, doch seine Stimme bebte mit Blick auf die schluchzende Frau. »Der Körper der Deern hat schon einige Tage in der Erde gelegen«, erklärte er mit einem entschuldigenden Unterton, dann griff er konzentriert mit beiden Händen den Rand des Lakens und legte den Kopf des Leichnams frei. Dabei achtete er sorgsam darauf, dass die Leiche vom Kinn abwärts bedeckt blieb.

Die Eltern schraken zusammen. Erkennbar schwankten sie zwischen dem Wunsch, näher zu treten, und dem, die Flucht zu ergreifen.

Thomsen ging um den Tisch herum und stellte sich vor die tote Deern. Bereit, das Paar davon abzuhalten, auf die Leiche zuzustürmen, las er in seiner Mimik.

Endlich reagierte der Vater und nickte stumm.

Seine Frau sackte in sich zusammen, fiel auf die Knie und schlug die Hände vors Gesicht. »Thea, meine Thea, was haben sie mit dir gemacht?«, schrie sie. Klagend rief sie immer wieder: »Nein, oh nein!«

»Wie alt ist Ihre Tochter geworden?«, fragte der Physikus leise.

»Sechzehn«, murmelte der Vater und unterdrückte einen Schluchzer.

Mit einem Mal erklang ein donnerndes Klopfen, und Thomsen blickte empört in Richtung Eingang. Wieder schlug das Eisen gegen die Tür, die er in diesem prekären Moment schwerlich öffnen konnte. »Herein!«, rief er laut.

Die trauernden Eltern zuckten zusammen, Mutter Jansen rappelte sich langsam auf.

Thomsen bedeckte das Gesicht der Toten, was erneute Schluchzer zur Folge hatte, und wartete.

Schritte von Stiefeln dröhnten auf dem Boden und kamen näher. »Mein lieber Dr. Thomsen, ich hoffe, wir …« Bürgermeister Dähnhardt blieb abrupt stehen.

Justizrat Staller Ingwersen prallte gegen seinen Rücken und schluckte ein Wort des Unmutes hinunter, als er ebenfalls die Situation erfasste.

»Wir kommen wohl ungelegen«, brummte Dähnhardt und trat dennoch mit seinem Begleiter näher.

»Die Eltern der Thea Jansen«, stellte Physikus Thomsen die Trauernden vor. »Uns Wehrt Dähnhardt, der Bürgermeister von Tönning, und der Staller der Landschaft Eiderstedt, Wohlgeboren Justizrat Ingwersen.«

Die Landleute wichen scheu beiseite und blickten zu Boden.

»Nicht doch, nicht doch«, beschwichtigte Ingwersen und trat zu ihnen. »Wir kennen uns ja schon. Sie haben in meiner Kanzlei Ihre Tochter als vermisst angezeigt. Uns alle schmerzt dieser grausame Verlust«, sagte er leise und legte seine Hände auf ihre Schultern. »Ich versichere Ihnen, wir werden nicht ruhen, bis wir den Unhold, der dafür verantwortlich ist, gefasst und seiner gerechten Strafe zugeführt haben.« Der Staller wandte sich an den Physikus. »Nun, verehrter Thomsen, was haben wir? Bürgermeister Dähnhardt und ich wollten sehen, wie weit Sie sind. Immerhin gibt es jetzt einen zweiten …« Er brach ab und blickte in die grauen Gesichter der Trauernden. »Nun, vielleicht unterhalten wir uns doch besser später darüber.«

»Herr Justizrat, die Identität ist geklärt. Was ich allerdings von den gramgebeugten Eltern wissen möchte, ist dies: Am Unterkleid der Deern stellte ich starke Rußspuren fest, geradezu in den Stoff hineingerieben. Und Hinweise auf torfige Erde fanden wir auch. Haben Sie eine Idee dazu?«

Der Haltung und ihren Mienen nach zu urteilen, erreichten die Worte die Eltern kaum. Der Physikus wiederholte seine Frage, und beide blickten sich fragend an.

»Thea hat in der Wattenmühle gearbeitet«, murmelte Mutter Jansen, »hat da im Haushalt geholfen. Wo Feuerstellen sind, gibt es auch Ruß. Aber bei der Hausarbeit kommt der Dreck nicht bis aufs Unterkleid. Und wo soll es hier torfige Erde geben?« Sie überlegte. »Da kenn ich keine Stelle. Vielleicht weiß mein Vater mehr, er kommt viel herum.«

Ihr Mann blickte geradeaus, als wäre er mit den Gedanken woanders. »Er ist Sargmacher und Totengräber, kennt die Böden hier gut. Handelt auch mit allerlei Zeug. Knochenhans, so nennen ihn die Leute. Aber Torf bei uns? Der wird doch für das Herdfeuer teuer eingeführt.«

»Es muss ja kein großes Gebiet sein. Gibt es in der Landschaft vielleicht moorige Flecken?«, lenkte Dr. Thomsen ein.

»Nun, da kann ich helfen«, sprach der Staller. »Schwarzwasserkoog. Schon der Name lässt es erahnen, nicht wahr? Erst vor geraumer Zeit war ich auf dem Schwarzen Hof.« Mit einer verstohlenen Kopfbewegung deutete er auf das trauernde Paar, das mit nach innen gekehrtem Blick im gekachelten Untersuchungsraum stand und wie ein Fremdkörper wirkte. Was machen wir jetzt mit denen?, schien Ingwersen den Physikus zu fragen.

Thomsen ging mit geöffneten Armen auf die Eltern zu, und Mutter Jansens Augen weiteten sich, als nähme sie zum ersten Mal die Flecken auf dem Kittel des Arztes wahr.

Sie wich zurück, ihr Mann knetete seine Hände, blickte zu Boden und folgte.

Thomsen räusperte sich. »Damit hätten Sie also die schwere Pflicht erfüllt und nun auch Gewissheit. Ich bedauere sehr, dass es Sie so grausam treffen –«

»Wann können wir unsere Tochter beerdigen?«, stieß Vater Jansen hervor und fixierte den Physikus mit überraschend hartem Blick. »Sie wissen ja nun alles. Da muss Thea nicht länger hier auf dem Tisch liegen, schutzlos vor den Augen anderer.«

Dr. Thomsen blickte zum Staller hinüber, der die Schultern zuckte und mit einer Handbewegung andeutete, dass er ihm diese Entscheidung überließ.

»Ich werde Ihre Tochter morgen freigeben. Wer wird sie dann abholen?«

»Mein Schwiegervater. Der Knochenhans wird sie auch beerdigen. Wir müssen noch mit dem Pastor sprechen.«

»Dann danke ich sehr für Ihr Erscheinen«, sprach Thomsen, trat auf die Eltern zu und trieb sie so zum Ausgang.

»Knochenhans, wirklich ein praktischer Name für einen Totengräber«, sagte der Physikus, als er wieder zwischen den beiden Leichnamen stand. »Nun, meine Herren, wo waren wir gerade? Bei meinem Bericht, nicht wahr? So will ich ihn für Sie in kurzen Stichpunkten zusammenfassen: Thea Jansen, Magd von der Wattenmühle. Ein nicht tödlicher Schlag auf den Hinterkopf, vermutlich durch einen stumpfen Gegenstand. Ein gebrochenes Genick. Verletzungen im Unterleib durch mehrfach erzwungenen, rohen Geschlechtsverkehr. In den Fingerkuppen fanden sich Holzsplitter, unter den teilweise abgebrochenen Fingernägeln Torf. Starke Rußflecken am Unterkleid, als wäre sie gegen eine Feuerstelle gedrückt worden. Wohlgemerkt nicht ins Feuer. Aufgrund der Spuren von Striemen an ihren Handgelenken halte ich eine Fesselung für wahrscheinlich. Im Zusammenhang mit dem Zustand der Finger vermute ich irgendeine Art von Gefangenschaft. Vielleicht hat sie gegen Holzwände geschlagen und gekratzt. Das Ganze könnte sich auf vormals moorigem Grund abgespielt haben.« Er wandte sich einer Schale zu, deckte sie ab und betrachtete den matschigen Inhalt. »Ihre letzte Mahlzeit bestand aus einem Apfel und Brot mit besonders dunkler Kruste.«

»Schwarzwasser? Mein Gott, das ist doch der Hof von Friedrich Besthorn«, murmelte Staller Ingwersen und biss sich kurz auf die Unterlippe. Den Ausführungen des Mediziners schien er kaum gefolgt zu sein. Schnell drehte er sich zu Bürgermeister Dähnhardt um. »Wo ist eigentlich Ihr Leutnant Asmus? Seit dem Fund der zweiten Leiche scheint er wie vom Erdboden verschluckt.«

»Nun, Euer Wohlgeboren haben ihn persönlich beauftragt und tägliche Berichterstattung befohlen. Wenn ich mich recht entsinne, haben Sie beim ersten Leichenfund die Leitung der Kriminaluntersuchung übernommen, ganz wie es uns Werth zusteht.« Dähnhardt spitzte die Lippen, verbeugte sich und trat einen Schritt zurück, als wollte er andeuten, mit den Morden nichts mehr zu tun zu haben.

Physikus Thomsen schmunzelte, wandte sich dem anderen Seziertisch zu und zog das Laken vom Gesicht des ermordeten Mannes hinunter bis zu dessen Bauchnabel. »Sinnert Runge, achtzehn Jahre alt, Knecht auf dem Schwarzen Hof. Zwischen ihm und Thea Jansen soll eine Liebschaft bestanden haben. Als Todesursache waren zweifelsfrei Stiche in den Oberkörper festzustellen, die Klinge wurde mit Wucht geführt und hat dabei lebenswichtige Organe verletzt. Sie drang gut drei Zoll tief ein, etwa eine Fingerlänge.« Der Arzt griff ein schmales Holzstäbchen von der Ablage und führte es in eine der Stichwunden. Dann bewegte er es hin und her, um den beiden anwesenden Herren die Dimension des Einstichs zu verdeutlichen. »Dabei hat jeder Stich andere Wundräume verursacht. Mehrfach sind sie innen größer, als der Eintrittsschnitt vermuten lässt. Den Gedanken an ein Küchen- oder Erntemesser habe ich inzwischen verworfen, stattdessen schwebt mir ein Klappmesser vor, dessen Klinge beweglich ist und demnach verschiedene Wunden erzeugen kann. Gewiss ist Ihnen der ungesicherte Klappmechanismus bekannt, bei dem der Messerbenutzer Gefahr läuft, in die zuschnappende Schneide zu greifen. So ein Messer ist auf den Höfen nicht ungewöhnlich, nahezu jeder Knecht dürfte damit hantieren.«

»Eigentlich besitzt so ein billiges Teil jeder Junge, der es sich leisten kann. Aber sagen Sie, Physikus, wann wurde das Paar aus dem Leben gerissen?«, wollte der Staller wissen.

»Nun, die Böden, in denen beide Leichen gefunden wurden, sind von sehr unterschiedlicher Beschaffenheit. Einerseits handelt es sich um lockeren, sandigen Marschboden, andererseits um luftdichten Lehmboden. Der Verwesungszustand der beiden Körper ähnelt sich, aber der Knecht dürfte schon vor gut vier Wochen sein Leben gelassen haben, die Magd zwei Wochen später.« Er blätterte in einem Kalender und tippte auf ein Datum. »Ausgehend vom Tönninger Pferdemarkt herrschte in der Woche ihrer Grablegung am Sonntag sogar Neumond.

Eine mondlose Nacht ist wie geschaffen für dunkles, lichtscheues Treiben. Natürlich ist das alles reines Wunschdenken meinerseits, denn leider lässt sich der Todeszeitpunkt auf den Tag genau nicht feststellen. Zu der Kleidung unseres Knechts möchte ich aber noch hinzufügen, dass sich nur auf dem Hosenboden und den Knien die von mir erwähnten schwarzen Spuren finden ließen. Der junge Mann wird auf torfigem Grund gekniet oder gesessen haben, mehr aber nicht.« Wieder wandte Thomsen sich einer Schale zu und wies auf ihren Inhalt. »Auch er hat einen Apfel und das schon erwähnte besonders dunkle Brot gegessen, zusätzlich fanden sich aber auch Reste von härterem Käse und Schinken im Magen des Unglücklichen.«

FOLGENREICHE STRANDUNG

Dorflehrer Rose bückte sich und ließ den Sand durch seine Finger rieseln. Auf dem endlosen Strand, mit Blick auf den unerreichbaren Meereshorizont, wurde er ruhiger. Wieder stieg die See und eroberte den letzten Streifen des frei liegenden Wattbodens zurück. Der stetige Wind fegte graue Wolken von der See über Land, Rose zog sein Halstuch enger, seinen hohen Hut hatte er tief in die Stirn gedrückt.

Der Unterricht heute war für ihn eine Qual gewesen, denn natürlich hatten die Nachrichten über die beiden Mordfälle die Schüler in ihren Bann geschlagen. Einige hatten sich nur in Gruppen in die Klasse getraut, getrieben von der Angst, der pferdefüßige Teufel könnte sich an einem weiteren Mädchen laben. Andere hatten aufgeschnappt, dass in jeden Deich etwas Lebiges gehöre, damit er hielt. Und so war auf dem Weg ins Schulhaus die Idee immer plastischer geworden, auch ein Kind sei unter der zähen Kleischicht vergraben. Wie zwei Geister durchwehten die Ermordeten den Schulraum und brachten die Schüler auf immer neue Gedanken. Rose war der Unruhe kaum beigekommen, er hatte gegen seine Überzeugung sogar mit dem Rohrstock drohen müssen. Und dann, kaum dass er endlich mit seinem Unterricht fortfahren konnte, hatte ein Schrei von der Dorfstraße her endgültig das Lernen unterbunden. Ein Schiff sei gestrandet! Für die Kinder hatte es kein Halten mehr gegeben, das ganze Dorf war ans Wasser gelaufen.

Draußen auf dem Meer hatte sich ein zweimastiger Schoner festgefahren. Soweit zu erkennen war, lag er mit gerefften Segeln schräg in den Wellen und kam nicht von der Stelle. Da es in Ording keine Fischer gab, konnten nur wenige Boote zu Wasser gelassen werden. Jedem, der da zum Bergen hinausfuhr, winkte per Gesetz ein Drittel der Ladung als Lohn, Ansporn genug, sich auf die See zu wagen. Das übrige Volk glotzte aufs Wasser, im Einerlei seines Alltages war ihm jede Abwechslung recht. Und in diesen Tagen, da die Angst umging, war die Bergung eine schöne Ablenkung.

Dorflehrer Rose hatte sich das Spektakel eine Zeit lang angesehen und war dem Strand dann gen Süden gefolgt. Er wollte seine Gedanken ungestört schweifen lassen. Wieder ging ihm Dina Martensen durch den Kopf. Was mochte sie inzwischen erlebt haben? War sie auch in Gefahr? Er nahm sich vor, am Samstag nach ihr zu sehen. Er bückte sich, hob einen kleinen, runden Stein auf und ließ ihn durch die Hand gleiten und zu Boden fallen. Eine Möwe schrie auf und schoss dramatisch nah über ihn hinweg. Rose riss seinen Hut vom Kopf, drehte sich um und sah ihr blinzelnd hinterher. Nur für einen winzigen Moment erfasste sein Blick in den Dünen eine Gestalt mit violettem Kopftuch und blauem Kleid. Die Frau musste sich sogleich geduckt haben, denn schon beim zweiten Blick war sie entschwunden. Neugierig setzte er seine Füße in ihre Richtung. Wer wollte sich hier vor ihm verstecken, und warum?

Kurz tauchte der violette Punkt oberhalb einer Sandmulde wieder auf. Ob die Person am Boden entlangkroch? Schnelleren Schrittes versuchte er, sich der geheimnisvollen Frau zu nähern, als die auch schon über den nächsten Dünenrand lief. »Heda, warten Sie! Ich bin der neue Magister! Kein Grund, vor mir davonzulaufen!«

Doch die Angerufene rannte weiter und verschwand.

Plötzlich hörte Rose einen Schrei. Er klang nach Schreck und Schmerz und kam aus dem Dünental vor ihm. So schnell es ihm im rutschenden Sand möglich war, lief er auf ihn zu.

Da hockte sie nun barfuß und hielt sich den Fußknöchel.

Als Rose sich der Kauernden näherte, riss sie den Kopf hoch und sah ihn mit vor Schreck starren Augen an. Dann blickte sie sich hastig um, als suchte sie Hilfe oder eine Fluchtmöglichkeit. Ihr Versuch, aufzustehen, misslang, und mit schmerzverzerrtem Gesicht sackte sie wieder zusammen.

Rose setzte seinen Hut auf, hob beide Hände in einer Geste der Beruhigung und trat zu ihr. So muss es sein, wenn man sich einem verängstigten Rehkitz nähert, dachte er, und sein

Blick fiel auf die Augen der Frau. Was für ein umwerfendes Smaragdgrün! Er räusperte sich, und die Verbeugung, die dann folgte, hätte jedem Städter auf einem Boulevard zur Ehre gereicht. »Nun, nun, mein Fräulein, haben Sie keine Angst.« Er kniete sich neben die junge Frau. »Niemand wird Ihnen ein Leid zufügen«, sprach er betont sanft und legte so viel Wärme wie möglich in seine Stimme, während sein Blick an ihrem Körper entlangglitt.

Unter ihrem violetten Kopftuch spitzte hellbraunes Haar hervor. Das Kleid ließ nur die Andeutung ihrer Brust zu. Ihre Hände waren schmal, wirkten aber kräftig, ihre eigentlich wetterbraune Haut zeigte eine unnatürliche Blässe. Wie alt mochte sie sein? An die zwanzig Jahre? Jedenfalls war die Deern das Arbeiten gewohnt und kein Stadtgewächs. Und sie war ganz alleine hier draußen. Sollte sie gar aus Ording stammen und ihm Gelegenheit geben, sie kennenzulernen? »Tut es sehr weh?«, fragte er leise und lächelte sie an.

Doch sie hob den Arm zur Abwehr und rückte ein Stück von ihm ab. Misstrauisch, die Stirn in Falten, musterte sie den ihr unbekannten Herrn. Als er keinerlei Anstalten machte, sich ihr weiter zu nähern, sank ihr Arm nieder. »Ich bin umgeknickt, vermutlich in einem Kaninchenbau«, antwortete sie und rieb sich über das bloße Fußgelenk. Vorsicht lag in ihrer Stimme.

Rose sah, wie sie die Zähne aufeinanderbiss. Der Schmerz in ihrem Knöchel musste heftig sein. »Aber warum sind Sie vor mir davongelaufen? Habe ich Sie am einsamen Strand erschreckt? Das würde mir sehr leidtun.«

Statt zu antworten, schüttelte sie den Kopf und betrachtete mit glasigen Augen den Sandboden.

»Auch ich hatte hier mit keiner Menschenseele gerechnet. Alle sind oben nahe der Bucht und bergen einen gestrandeten Schoner. Ist so ein Spektakel denn nichts für Sie? Aber, bitte verzeihen Sie, wo sind nur meine Manieren geblieben?« Rose stand auf und verbeugte sich erneut. »Bedauerlicherweise ist niemand zugegen, der uns miteinander bekannt machen könnte. Bernhard Albert Rose, ich bin der neue Schulmeister von Ording. Erst gestern habe ich meinen Dienst angetreten. Welcher durch ein Missgeschick so schmerzhaft verunglückten Dame darf ich zu Diensten sein?«

Über das Gesicht der Deern huschte ein Lächeln. Sie schien zu überlegen, dann blickte sie ihm direkt in die Augen. »Ich bin Immke Simons, gebürtig von Amrum. In Ording besuche ich Verwandte. Ich wollte das große Durcheinander bei der Bergung nutzen, um alleine nach Bernstein zu suchen. Nach einer rauen Seenacht wie der letzten soll ja so manches Stück angeschwemmt werden, hat man mir gesagt. Ich bin tatsächlich fündig geworden.« Sie nestelte an einer Tasche ihres Kleides und zog ein Tuch hervor, in dem zwei kleine Klumpen lagen. Mit ihrer bräunlichen schrundigen Oberfläche sahen sie aus wie gewöhnliche Steine.

Doch Rose erkannte rohen Bernstein sofort und nickte. »Ganz ausgezeichnet, mein Fräulein. Sie erwartet ein eindrucksvoller Moment, wenn das Meeresgold die Schale verliert und sein Geheimnis preisgibt. Vielleicht eine Fliege aus uralten Zeiten, in ihrer letzten Lebenssekunde für immer gefangen, oder der Rest eines einstmals gigantischen Farns.« Eine feuchte Windböe fegte durch die Dünenmulde, und Rose blickte besorgt zum Himmel. »Doch anstatt hier Ihren stolzen Fund zu feiern, sollten wir Sie jetzt sicher nach Hause bringen. Ich werde Sie stützen, bis wir ans Ziel gelangen.«

Immke reichte ihm den Arm und biss die Zähne aufeinander.

Vorsichtig und darauf bedacht, die Deern nicht unschicklich anzufassen, griff Rose zu und zog sie hoch. Sie schwankte und konnte ihren verletzten Fuß kaum belasten. Rose zögerte, verzichtete dann aber auf die Etikette. »Ich bitte um Verzeihung«, murmelte er, legte ihren Arm um seine Schulter und stützte ihre Hüfte.

Bei der Berührung zuckte Immke zusammen, ließ sie dann aber stumm geschehen und humpelte mit Roses Hilfe durch den Sand gen Ording

Sobald sie die Deichkrone erreicht hatten, deutete sie auf die Kirche. »Wir müssen auf die Höhe von St. Nikolai. In der

Nähe steht das Haus von Onkel und Tante. Sie werden gar nicht erfreut sein, mich so zu sehen«, seufzte sie und blickte Rose vielsagend an.

Der überlegte, ob sie damit ihre Verletzung oder seine Begleitung gemeint hatte, war sich aber in einem ganz gewiss: Obwohl die Dörfler am Strand ein Schiff bargen, würde doch jemand von ihnen beobachten, wie er die junge Deern unschicklich über den Deich führte. Immer und überall gab es neugierige Augen, die gelangweilt aus dem Fenster schauten. Und wenn erst Linchen sie beide so sähe, würde der Dorftratsch so richtig aufblühen. Die Jungfer wüsste sogar noch zu berichten, dass er die Deern in der Nacht zuvor bereits besucht hatte. Ein gestreutes Gerücht würde reichen, und der Dorflehrer wäre als unsittlich und moralisch verkommen verschrien. Aber was sollte er machen? Er konnte die Deern ja schlecht nur des guten Rufes wegen alleine im Dünenland zurücklassen.

»Hier hinunter«, lenkte ihn Immkes Stimme von seinen Befürchtungen ab. Sie deutete auf eine armselige Kate, die unterhalb von ihnen am Fuß des Walls lag.

Auf dem eingezäunten Stück Land, das rückseitig anschloss, sah Rose Hühner und Ziegen. Plötzlich riss jemand den Hintereingang auf und stürzte hinaus.

»Immke, um Gottes willen, was ist passiert?« Ein Mann richtete seine krumme Gestalt auf und humpelte den Ankömmlingen entgegen. Ihm folgte eine Frau, in der Hand eine Schüssel.

»Ich habe das Fräulein in den Dünen gefunden«, erklärte Rose und nickte den beiden zu. »Ein umgeknickter Knöchel. Wenn ich mich vorstellen dürfte, ich bin –«

»Wissen wir schon, der neue Magister«, entfuhr es barsch dem Onkel. »Aber Immke, wie konntest du nur? Du bist hinaus, hast nichts gesagt, wir waren in großer Sorge. Und dabei darf doch nieman…« Er hielt inne und sah misstrauisch zum Dorflehrer hinüber.

»So kommt doch erst mal herein«, meldete sich Immkes Tante zu Wort und winkte Rose und ihre Nichte zu sich.

»Vater, setz mal Wasser auf. Einen Tee werden wir unserem Gast wohl anbieten können.«

Kaum hatte der Lehrer die Verletzte in der kargen Stube auf einen Stuhl gesetzt, brachte die Gastgeberin auch schon eine Schüssel mit kaltem Wasser und Leinenzeug.

Während sich die beiden Frauen um den anschwellenden Knöchel kümmerten, nahm Rose wohlerzogen mit dem Rücken zu ihnen Platz. So blieb ihm jeder Blick auf die entblößten Beine Immkes verwehrt. Dabei hätte er liebend gerne die junge Frau weiter angesehen. Ihr gemeinsamer Weg nach Ording hatte bei Rose eine Illusion von Vertrautheit geweckt. Ein Gefühl, das er nur allzu gerne mit Leben gefüllt hätte. Der geplante Besuch bei Dina Martensen war vergessen.

Von der Herdstelle her erklang das Rumoren von Eisenkessel und Feuerhaken. Rose spürte, dass sich Tante und Nichte in seinem Beisein nicht unterhalten wollten. Ihn des Raumes zu verweisen, wäre nach seiner freundlichen Hilfe allerdings unhöflich gewesen. »Sagen Sie, besucht vielleicht eines Ihrer Kinder meine Schule?«, fragte er aufs Geratewohl und suchte so, die Stille zu durchbrechen. »Ich muss bekennen, dass mir noch etwas der Überblick über meine Schüler fehlt.«

Ein heiseres Frauenlachen war die Antwort. »Zu freundlich, Magister. Aber so jung sind wir nicht mehr. Unsere Tochter arbeitet beim Prediger in St. Peter.«

Rose stutzte. »Und wie gefällt es der Anna dort? Pastor Wolf ist sicherlich zufrieden mit ihr.« Er hatte mit größtmöglicher Beiläufigkeit gesprochen.

»Ach ja, es gibt viel Arbeit. Sie sagt immer …« Plötzlich verstummte die Stimme, Schritte ertönten, und Immkes Tante baute sich vor dem Magister auf. »Sie sind neu hier und wissen, wie unsere Tochter heißt?«

Rose ging nicht auf die Frau ein. »Nun, demnach werden Sie Frau Heller sein.« Sein Herz pochte deutlich, und sein Hals war trocken geworden. Langsam wandte er sich um und blickte Immke an. Ihr Knöchel war bandagiert. »Sollten Sie etwa die verschwundene Magd vom Ehsterhof sein, die von ihrer Cousine Anna so sorgenvoll vermisst wird? Selbst die Gendarmerie ist auf der Suche nach Ihnen. Immerhin stand zu befürchten, dass auch Sie Opfer … Vergeben Sie mir, ich weiß, es geht mich nichts an, aber was, bitte, steckt hinter Ihrem Untertauchen?« Rose war aufgestanden und blickte nun auf Immke, die zitternd auf dem Stuhl in der Stube saß. Ihr Blick war nach innen gekehrt, Tränen liefen ihr über die Wangen. Er verspürte den dringenden Wunsch, sie in den Arm zu nehmen, verharrte aber und ballte die Hände zu Fäusten. Er musste diesen Moment der Wahrheit aushalten, durfte ihn nicht durch Gerede zerstören.

»Geflohen ist sie, vor diesen Unholden weggelaufen!«, donnerte Immkes Onkel aus der Küche und betrat die Stube. »Die Deerns von uns einfachen Leuten sind ja nur dazu da, den hohen Herrn aufzuwarten. Und die nehmen sich, wonach ihnen gerade der Sinn steht. Da ist die Immke fortgerannt.«

Rose blickte verständnislos.

Immkes Tante schluchzte. »Der Ehsterhofbauer hat sie mitgenommen. Sie sollte bei anderen Herrschaften bei einem Gänseessen aushelfen. Und da hat sie dann gesehen, da ist ihr …« Sie brach ab, wischte nervös mit ihren Händen über die Schürze und verließ die Stube.

»Ach, Tante, so wird der Schulmeister nie verstehen, was passiert ist«, meldete sich Immke mit leiser Stimme und fuhr sich über die Augen. Sie wirkte ruhig und gefasst. »Ich kann mich nicht ewig verstecken, irgendwann muss ich wohl sprechen.« Mühsam erhob sie sich. »Wollen Sie mich hinters Haus begleiten? Draußen, unter freiem Himmel, spricht es sich gewiss leichter.« Damit reichte sie Rose den Arm, der sie höchst neugierig geworden hinaus zu einer Bank führte. Die Zutraulichkeit Immkes freute ihn ungemein.

»Ich hatte mir geschworen, mich hier auf Eiderstedt niemandem anzuvertrauen. Natürlich außer Tante und Onkel. Aber nun nehme ich Ihre liebe Fürsorge als Zeichen«, erklärte Immke und setzte sich. »Ich sollte also bei diesem Gänseessen aushelfen. Bauer Hirsch überredete mich mit einem Extrageld und wüsten Worten und fuhr mit mir dorthin. Die Stimmung an der Tafel war ausgelassen, irgendjemand hatte auf dem Pferdemarkt gut verkauft. Sogar in der Küche haben sie davon gesprochen. Spät am Abend bin ich auf den Hof, um etwas Luft zu schnappen. In der Küche war nicht mehr viel zu tun. Die Nacht war diesig, aber der Mond schien in einer dünnen Sichel durch die Wolken. Ich stand im Dunkeln an die Hauswand gelehnt und genoss die frische Brise, als ich auf der anderen Seite des Hofes etwas rascheln hörte und sah, wie jemand in der Schmiede verschwand.«

»Wo fand das Gänseessen statt?«, fuhr Rose dazwischen und beugte sich aufmerksam ihr zu.

»Auf dem Schwarzen Hof, habe ich das nicht gesagt?«

Rose zuckte zurück, jetzt begann es erst recht, in seinem Kopf zu arbeiten.

»Eine andere Tür öffnete sich, Licht fiel auf den Hof, und ich sah, wie ein Mann hinaustrat. Er wankte ins Dunkle neben die Schmiede, dann hörte ich es plätschern. Er wird wohl ...«

Rose nickte zum Zeichen des Verstehens. Ob nur einer seiner Schüler so flüssig erzählen konnte? Ob dieses absurden Gedankens musste er lächeln.

»In der Schmiede polterte es, vielleicht war im Dunkeln etwas umgestoßen worden, und der Mann sah nach. Ich konnte erkennen, wie er mit unsicheren Schritten hineinging. ›Wen haben wir denn hier?‹, rief er überrascht aus, dann folgte ein weiteres polterndes Geräusch, als fände ein Handgemenge statt. Neugierig und mit klopfendem Herzen schlich ich mich an, um einen Blick durch die Ritzen der Holzwand zu erhaschen. Doch ich sah nur Dunkelheit. Ich hörte eine junge Frauenstimme, die aber nur kurz aufbegehrte, dann hielt man ihr wohl den Mund zu. Plötzlich huschte etwas Helles vorbei, vielleicht ein Kleid, und ich hörte das Keuchen dieses Kerls. Mein ganzer Leib zitterte. Irgendwie schien noch ein anderer Mann in die Schmiede gekommen zu sein. Er rief: ›Thea, lauf!‹, dann krachte es dumpf. Thea schrie auf und rannte anscheinend davon, aber den Geräuschen nach folgte ihr jemand. Ich schlich mich vorsichtig zum Eingang der Schmiede, als mir ein Mann entgegenkam. Er stöhnte und hielt sich den Kopf. Erschrocken schrie ich auf. Mit böse zuckendem Mund knurrte er: ›Ein Wort von dir, und du bist tot.‹ Ich konnte sogar das Weiße in seinen Augen sehen.« Immke suchte Roses Blick und legte ihre Hand auf seinen Arm. Bei der Berührung durchrieselte es ihn warm.

Gebannt hatte er ihr zugehört, kam jetzt wieder zur Besinnung und streichelte ihre Finger, während er stumm nickte.

»Ich war schon zuvor geängstigt«, fuhr sie fort, »doch nun wich ich zurück und lief davon, ohne weiter zu überlegen. Erst als ich den Schwarzen Hof längst hinter mir gelassen hatte, hielt ich inne, und mir wurde gewahr, was geschehen war. Immerhin weiß ich, wie die reichen Bauern sind, ich arbeite doch schon eine ganze Zeit auf Eiderstedt. Ihr Wesen ist hochfahrend, für sie ist nur Mensch, wer auch viel hat. Die anderen sind Geschmeiß.«

»Und Sie konnten sich nicht den Autoritäten anvertrauen, der Gendarmerie oder dem Staller?«, fragte Rose mitfühlend.

Immke lachte auf. »Dem Staller, der Hand des Königs? Der war doch mit von der Partie, hat an dem Tisch beim Gänseessen gesessen. Wie hätte ich, eine einfache Magd, da etwas gegen seinen wüsten Freund sagen können? Bauer Besthorn war extra zu uns in die Küche gekommen. Für den hohen Besuch sollten wir unser Bestes geben, hat er gefordert, zu Ehren seines Hofes. Und was habe ich denn schon gesehen? Nur Schemen. Und einige merkwürdige Laute gehört. Natürlich ahne ich, dass der Bauer der Thea Gewalt antun wollte oder es gar getan hat. Aber weiß ich das mit Gewissheit? Nein. Aber was ich sicher weiß, ist, dass mein Leben in Gefahr ist. Und ist die Macht nicht stets auf der Seite der Besitzenden? Deshalb habe ich mich zu Onkel und Tante durchgeschlagen und mich hier versteckt. Nicht mal Cousine Anna durfte von den Geschehnissen erfahren. Eigentlich sollte ich die Küste entlang nach Husum gerudert werden und von dort nach Amrum übersetzen, um alles hinter mir zu lassen. Doch über die Zeit hat sich niemand gefunden, und dann tauchten die Leichen auf, und so entschieden wir uns, noch etwas auszuharren. Auch meinen Eltern sendete ich kein Lebenszeichen. Ich wollte auf keinen Fall auffallen, nicht bevor ich meine Heimatinsel betreten hatte. Konnte ich denn wissen, dass Anna meine armen Eltern anschreibt? Nun, deshalb also sitze ich jetzt neben Ihnen.«

Rose richtete sich auf und starrte sie an. »Der Bauer hat Thea Gewalt angetan? Besthorn vom Schwarzen Hof?«

Immke nickte.

Das war ein Motiv, jemanden aus dem Leben zu bringen, dachte Rose. Denn tote Opfer verrieten nichts.

SAFTIGE BIRNEN

Dina drehte in der Meierei die Buttertrommel. Ihr Oberkörper schwang monoton auf und ab, das Schlagen des Rahms gegen die Holzwand wirkte einschläfernd. Ihre Gedanken schweiften ab. Das geschorene Haupt der jungen Magd kam ihr in den Sinn, und sie fühlte erneut den kalten Blick des mageren Tagelöhnerjungen Claus auf sich ruhen, während er ihr Haar nach seinem Wert taxiert hatte. Obwohl sie bei der Arbeit schwitzte, fröstelte sie. Gott sei Dank war Immkes Haar bisher nicht aufgetaucht. Niemand hatte es zum Kauf angeboten, und im Verlies der Schäferhütte war es auch nicht gefunden worden. Vielleicht war sie ja doch in Sicherheit. Wie gerne würde Dina ihren Eltern diese Nachricht übermitteln. Trotzdem ging etwas Unheimliches von dem heruntergehungerten Jungen und seinem narbigen Vater aus. Hatten die beiden etwas mit der Toten aus der Marsch zu tun? Dina richtete sich ächzend auf. Jetzt erst fiel ihr auf, dass man sie, die Neue, mit dem Buttern allein gelassen hatte.

Die Türangeln quietschten, und Hedwig stand im Raum. Mit kritischem Blick trat sie an die Trommel und sah hinein. Dann nahm sie einen Holzspatel und kratzte über den Inhalt. Anerkennend nickend fuhr sie mit dem Finger darüber und streifte ihn ab. »Du hast gute Arbeit geleistet«, lobte sie und verschloss die Trommel. »Fast möchte man meinen, du hättest dein Leben lang gebuttert. Den Rest kannst du hier hineinkippen.« Sie zeigte auf ein irdenes Gefäß und wandte sich zum Gehen.

Dina verkniff sich den Hinweis darauf, dass sie sich auf Amrum weitestgehend selbst versorgt hatte und natürlich buttern konnte. Sogar eine Kuh nannte sie ihr Eigen. »Sag, Hedwig, dieser Tagelöhner Gosch, Vater von dem dürren Claus, der wohnt doch auf dem Schwarzen Hof. Kannst du mir sagen, wo genau?«

Hedwig ließ die Türklinke los und drehte sich um. In ihrem

Blick lag Neugier, aber auch Besorgnis. »Du bist neu hier, Dina. Jans Gosch ist kein Umgang für dich. Sein Gebaren ist zu seltsam, jede Frau, die etwas auf sich hält, meidet ihn. Was willst du nur von diesem Kerl?«

»Nichts Bestimmtes. Aber nachdem ich auf der Fahrt zurück von Tönning mit Claus gesprochen habe, muss ich immer wieder an ihn denken. Er tut mir leid, so ohne Mutter. Und sein Vater wird sich auch nicht genug kümmern, da verkommt er doch gewiss. Ich würde gern mehr über ihn erfahren. Wo kann ich ihn also finden?«

Hedwig überlegte und wies in nordöstliche Richtung. »Wenn es dir nur um den Jungen geht, will ich es dir sagen. Eine Allee führt auf den Schwarzen Hof zu und endet an einem dunklen Ententeich, hinter dem sich gleich das große Gehöft erhebt. Du hältst dich links davon, läufst an dem Teich vorbei und auf ein kleines Wäldchen zu, das eher ein besseres Gestrüpp ist. Dort versteckt liegt die Kate dieses komischen Gespanns. Aber du willst mir doch nicht weismachen, dass allein dein großes Herz für diesen Jungen der Grund für dein Interesse ist? Das glaube ich dir nicht! Du schnüffelst noch immer hinter der Immke her, ist es nicht so? Wer weiß denn schon, ob ihr dieses Nachstellen überhaupt recht wäre? Aber wer soll euch Friesen schon verstehen, ihr seid und bleibt ein eigenes Völkchen. Und was ist mit deiner neuen Stellung am Hof? Ist sie dir so wenig wert, dass du sie aufs Spiel setzt? Wenn du einfach die Arbeit verlässt, wird der Bauer dich hinauswerfen. Die anderen Mägde werden schon dafür sorgen, dass er von deinem Ausflug erfährt. Ich rate dir, dein Vorhaben, was immer es auch sein mag, zu vergessen, sonst wird es mit dir ein schlimmes Ende nehmen.«

Dina marschierte mit weit ausholenden Schritten den Pfad entlang, der einem Wassergraben folgte. Kopfweiden und Rohrgras wuchsen am Ufer, hin und wieder zeigte sich ein Teichhuhn. Sie spürte, dass ihr die Zeit davonlief. War es eine gute Idee gewesen, sich bei der Suche nach Immke an einen Hof zu binden, anstatt dem Amtmann von Eiderstedt über die

Vermisste Bescheid zu geben? Natürlich, schließlich war das Misstrauen in die Obrigkeit begründet. Die hohen Herren sorgten sich selten um die Bedrückungen der kleinen Leute. Aber was konnte sie in diesem Fall alleine schon ausrichten, wo sie den Ehsterkoog kaum verlassen durfte? Und jetzt lastete auch noch dieses Gefühl auf ihr, dass der Hungerleiderjunge Claus etwas wusste. Wenn nicht über Immke, dann doch über die Tote aus der Marsch. Je mehr Dina darüber nachdachte, desto sicherer war sie.

Das Geräusch von galoppierenden Pferdehufen riss sie aus ihren Gedanken. Kutschenfedern quietschten, und Dina blickte sich um. Ein Einspänner näherte sich ihr. Die Kutsche, die neben ihr hielt, kam ihr eigentümlich bekannt vor. Mit offenem Mund sah sie den Fahrer an, der sie lachend grüßte. Es war Edlef, der Knecht vom Pastorat in St. Peter. Sollte es wirklich erst gestern gewesen sein, dass er sie zum Ehsterhof gebracht hatte? So viel war inzwischen geschehen.

»Moin, Dina, wenn das mal keine Überraschung ist«, freute sich Edlef. »Da fährt man dich zum Ehsterhof, damit du etwas Geld verdienst, und schon trifft man dich am andern Tag flanierend zwischen den Weiden wie ein Badegast in der Sommerfrische. Du weißt zu leben. Oder hat dein Marsch einen anderen Grund?«

Dina trat neben das Pferd, tätschelte dessen Hals und sah zu Edlef hoch. »Ich möchte zum Schwarzen Hof. Genauer gesagt zu einem gewissen Jans Gosch und seinem Sohn. Den Grund kann ich dir nicht erklären. Lass dir gesagt sein: Ich verstehe ihn im Moment selbst nicht.«

Der Knecht kratzte sich am Kopf. »Merkwürdige Zeiten sind das. Du willst wohin, aber kennst nicht den Grund dafür? Außerdem solltest du in diesen Tagen nicht alleine umherlaufen. Unsere Landschaft ist nicht mehr geheuer. Pastor Wolf schickt mich mit einem Brief zum Staller nach Garding. In Ording ist eine Deern aufgetaucht, die wohl Grausames erlebt hat. Der dortige Schulmeister hat ihn wegen ihr zu Hilfe geholt. Pastor Wolf tat ganz geheimnisvoll und war sehr aufgeregt. So habe ich ihn selten erlebt. Die Dinge scheinen durcheinanderzugehen. Und du willst zu Jans Gosch? Das wird dir schwerlich gelingen. Erst vor gut zwei Stunden habe ich ihn zusammen mit unserem Totengräber, dem Knochenhans, am Strand in Höhe von St. Peter gesehen. Der Alte fuhr in seinem Wagen gemächlich mit lockeren Zügeln über den Sand, Jans Gosch saß müde auf der Ladefläche, lag schon halb. Wer weiß, was die beiden aushecken. Dieser Gosch ist im Herzen so dunkel wie das Wasser beim Schwarzen Hof. Er ist die rechte Hand von Friedrich Besthorn. Wenn du mich fragst, hat diese Kanaille ihre Seele an den Großbauern verkauft. Und die ihres Sohnes gleich mit. Aber jetzt muss ich weiter. Pastor Wolf sagte, mit dem eiligen Brief werden wir dem Teufel in die Arme fallen, er dulde keinen Aufschub. Wenn du trotz allem immer noch zur Hütte der Goschs willst, spring auf, ich nehme dich ein Stück mit.«

Bald hatten sie die Allee vom Schwarzen Hof erreicht. Dina blickte von der Kutsche aus die Baumreihen entlang auf den Haubarg, der in der beginnenden Dämmerung düster dalag. Hier war Immke Simons das letzte Mal gesehen worden. Sie schauderte. Ob sie bei dem Bauern in der Angelegenheit nachfragen sollte? Aber vermutlich hatte Cornelius das längst getan.

»Was nun?«, meldete sich Edlef ungeduldig. »Die Zeit drängt. Spring ab, den Rest wirst du zu Fuß gehen müssen.«

Dina zögerte. »Ich denke, ich fahre lieber mit dir zum Staller«, entschied sie und blickte in das überraschte Gesicht des Knechts. »Ich will den Mann kennenlernen. In den letzten Tagen ist immer wieder sein Name gefallen, und ich frage mich, wie sehr sich des Königs höchster Beamter auf Eiderstedt wirklich kümmert. Gebietet er nicht auch über die Polizei?«

Edlef zuckte mit den Schultern und schlug die Zügel. Langsam rollte der Wagen an. Weit über ihnen spannte sich der bewölkte Himmel und verlieh dem träge in den Gräben dahinfließenden Wasser die Farbe von mattem Blei. »Und du kannst einfach so deinen Hof und die Arbeit verlassen?« Edlef blickte ungläubig auf Dina. »Keine Angst, deine Stelle zu verlieren? Eine Milchmagd, die unbedingt Geld verdienen muss, sollte eigentlich Tag und Nacht auf dem Hof arbeiten, doch das soll meine Sorge nicht sein. Aber du weißt schon, dass wir hier auf Eiderstedt nicht alle gutgläubig sind? Niemand mag Schnüffler, auch wenn sie in Gestalt einer hübschen Deern daherkommen, also pass auf dich auf. Wenn es das Schicksal böse mit dir meint, wird dir niemand beispringen.«

Je näher sie Garding kamen, desto mehr Landleute passierten sie, die Handkarren zogen oder in Kiepen die Erzeugnisse ihrer kleinen Landwirtschaft oder Handarbeiten ins Städtchen schleppten.

Von dem Kirchplatz bog Edlef in die Straße nach Tönning ein. Sogleich deutete er nach links auf ein schmuckes Bürgerhaus mit besonders hohem Giebel, hielt den Einspänner vor dem Haus an und sprang aus der Kutsche. »Da wären wir. Die Residenz des Stallers, Justizrat Ingwersen. Wollen wir doch einmal sehen, ob uns Wehrt zu Hause ist. Besser wär das wohl.« Ohne auf Dina zu warten, sprang er die wenigen Stufen der Eingangstreppe hinauf und schlug laut den Türklopfer.

Der greisenhafte Dienstbote, der ihm die Tür öffnete, hörte ihm kurz zu, bedeutete, ihm zu folgen, und schlurfte zum Hintereingang. Dort wies er mit einem gichtigen Finger in einen großen Garten und auf einen hohen, ausladenden Birnbaum und hob das Kinn. »Da drüben«, krächzte er. »Kannst ihm selbst deinen Brief bringen. Meinen alten Beinen will das Hin-und-her-Gelaufe nicht mehr schmecken.« Er wandte sich zum Gehen, als er die buschigen Augenbrauen zusammenzog und mürrisch brummte: »Was macht die Deern …?«

Dina stand vor ihm, sie war ihm und Edlef unbeobachtet in die Diele gefolgt.

»Die gehört zu mir«, erklärte der Knecht in bestimmtem Ton und winkte sie zu sich. Aus seinen heruntergezogenen Mundwinkeln sprach genug Unwillen, um seine Behauptung Lügen zu strafen.

Doch der Dienstbote hatte bereits sein Interesse verloren und wankte von dannen.

Dina ließ den Blick schweifen. Das also war das Haus des mächtigsten Mannes auf Eiderstedt. Sie konnte ihre Enttäuschung kaum verhehlen. Zwar waren die Räume hoch und hell, die geschwungene Treppe ins obere Stockwerk und die Bodenfliesen von gediegener Qualität, aber es fehlte der erwartete Prunk. Jeder Haubarg in der Landschaft war beeindruckender. Ein Haus wie dieses hätte auch die Heimstatt des Kapitäns eines großen Seglers oder die eines Kaufmanns sein können.

Ohne sich um Edlefs mürrisches Gesicht zu scheren, trat Dina neben ihn und blickte in den Garten, zu dem ein paar Treppenstufen hinunterführten. Ein Kiesweg verlief um eine kleine Wiese. Die Blüten der Sonnenbraut leuchteten gelb, die des Rittersporns violett. Den Gemüsegarten umsäumte eine niedrige Buchsbaumhecke, an die sich stattliche Obstbäume anschlossen. Für einen Moment vergaß Dina die grausamen Morde und den Grund, der sie nach Eiderstedt geführt hatte.

Edlef wies auf den Herrn, der in einem abgetragenen Rock, den Kopf mit einem Strohhut bedeckt, unter einem tragenden Birnbaum stand.

Der Mann sah zu ihnen herüber, lächelte freundlich und bedeutete ihnen, mitzukommen.

So schritten sie die Treppenstufen hinab in den Garten, während Staller Ingwersen ihnen langsam entgegenkam.

Edlef reichte ihm nach einer Verbeugung den Brief. »Eine dringende Nachricht von Pastor Wolf aus St. Peter, Euer Wohlgeboren. Er lässt ausrichten, die Sache dulde keinen Aufschub.«

Dina betrachtete neugierig den mächtigen Mann, der so gar nicht ihren Vorstellungen entsprach. Wie schon zuvor beim Anblick seines Hauses war sie ernüchtert und hatte den Eindruck, einem Kaufmann gegenüberzustehen.

Ingwersen hob die Augenbrauen und blickte skeptisch auf den Schrieb. »Natürlich. Von den Predigern kommt stets nur Dringendes, obwohl sie dem ewigen Leben doch so nahestehen. Aber was ist noch dringend, wenn man an das ewige Leben glaubt?« Er brach das Siegel und faltete das Papier auseinander. Doch anstatt die Zeilen gleich zu lesen, sah er zurück auf den Birnbaum und zögerte.

Dina folgte seinem Blick und bemerkte einen Korb voller Früchte am Fuß des Stammes.

»Junge, komm herunter!«, rief Ingwersen. »Schluss für heute.«

In der Baumkrone raschelte es, das Brechen kleinerer Äste war zu hören, dann tauchten zwei Beine in einer abgerissenen Hose auf. Vorsichtig hangelte sich der Rest des Körpers vom Baum und sprang ins Gras.

Dina zog überrascht die Luft ein. Claus!

Der magere Sohn von Jans Gosch nahm eine der Birnen aus dem Korb und schlug seine Zähne hinein. Schlürfend sog er an der Frucht und taxierte die Besucher.

Obwohl Dina in seinem Gesicht keine Regung sah, machten die Augen auf sie einen lauernden Eindruck.

Staller Ingwersen strich dem Jungen über das dunkle Haar und klopfte ihm freundlich lächelnd auf die knochige Schulter. »Lass dir in der Küche etwas zu essen geben, du hast ordentlich gearbeitet. Morgen machen wir weiter, dann gibt es auch den Lohn. Und grüß mir Bauer Besthorn. Er hat gut daran getan, dich zu mir zu schicken!«, rief er Claus hinterher, der bei der Erwähnung der Küche sofort auf das Haus zugestürmt war.

Der Justizrat sah wieder auf den Brief in seiner Hand, und sein Lächeln erstarb. »Soso, Pastor Wolf also. Was mag er wohl wollen?« Langsam, in das Schreiben vertieft, schritt er über den Kiesweg. Mit einem Mal hielt er abrupt an, riss sich den Strohhut vom Kopf und blickte gen Himmel, als suchte er nach der Sonne. Erneut senkte er den Kopf und überflog die Zeilen, dann drehte er sich ruckartig zu Edlef um. »Wer weiß von dem Inhalt dieses Briefes?«, herrschte er ihn an.

Der Knecht dachte kurz nach. »Pastor Wolf. Und dann gewiss der Schulmeister von Ording, uns Werth.«

Ingwersen presste die Lippen aufeinander, nickte und schlug sich mit der Hand auf den Oberschenkel. »Tja, dann müssen wir wohl handeln. Sag deinem Herrn, dass ich mich sofort auf den Weg machen werde. Vorher aber gilt es, einige Order zu erteilen. Ihr könnt schon mal fahren.« Ohne Knecht und Magd weiterer Blicke zu würdigen, stürmte der Staller ins Haus und brüllte nach seinem Dienstboten.

»In dem Brief scheint es ja wirklich um Wichtiges zu gehen«, sagte Edlef, trat hinüber zu dem Korb voller Birnen, griff zu und reichte Dina eine Frucht.

Desinteressiert steckte sie sie in die Schürzentasche. Ihre Gedanken waren woanders.

»Und jetzt lass uns schnell heimwärts fahren«, drängte Edlef. »Dein Bauer wird dich schon vermissen, und in Ording könnte es heute noch recht spannend werden.«

Durch das Haus liefen sie zurück zu ihrem Wagen, begleitet von der Stimme des Stallers. Der hohe Herr rief aufgeregt nach Pferdeboten und Kutsche. Doch kaum kletterten sie in den Einspänner, horchten sie auf.

»Heda, ihr! Nehmt mich mit!«, rief Claus von der Treppe des Stallerschen Hauses aus. In der Hand hielt er eine Scheibe Brot, der Mund war pflaumenmusverschmiert.

Dina sah fragend zu Edlef. Der Junge war ihr nicht geheuer, am liebsten wäre sie ohne ihn gefahren.

Doch der Knecht bedeutete Claus mit einer Kopfbewegung, einzusteigen. »So verhungert, wie der ist, wird er nicht viel Platz beanspruchen«, meinte er und ließ den Wagen losrollen, kaum dass der Junge sich zwischen sie gesetzt hatte.

Dina ärgerte sich über sich selbst. Was stellte sie sich eigentlich so an? Erst wollte sie zum Schwarzen Hof, um mehr über den Handlanger und seinen Sohn zu erfahren, und nun, da der Knabe neben ihr saß, wünschte sie sich fort von ihm. Was war nur in sie gefahren?

Der Einspänner verließ Garding über die schmale Straße, und bald weitete sich ihr Blick auf die Weiden. Schon erreichten sie einen ersten, niedrigen Damm, der einen weitläufigen Koog eindeichte.

Während die anderen beiden Mitfahrer ihren Gedanken nachhingen, spürte Dina die Birne in ihrer Schürzentasche. An die hatte sie gar nicht mehr gedacht. Besser, sie holte sie hervor, bevor die Frucht zu Matsch wurde und ihr die Kleidung befleckte.

Als sie das verlockende Obst dem Jungen vors Gesicht hielt, leuchteten seine Augen auf, und er griff hastig zu.

»Die Birne ist noch nicht reif«, sagte Edlef, der wohl vergessen hatte, dass Claus noch im Garten genüsslich in eine gebissen hatte. »Man wird sie lagern müssen.«

Claus schnaubte verächtlich und kramte in der Tasche seiner abgerissenen Hose. Er zog ein Taschenmesser hervor, klappte es auf und zerteilte die Frucht mit geübter Bewegung. »Lagern? Aber wieso? Die ist doch schon weich«, erwiderte er und biss in eine der Hälften, bevor er Dina mit einer überraschend galanten Geste die andere reichte.

Die schaute zunächst auf sein Klappmesser, bevor sie die halbe Birne lächelnd entgegennahm. Als sie ein Stück abbiss, verzog sie den Mund. »Die schmeckt aber ordentlich nach Eisen. Dabei scheint dein Messer von guter Qualität zu sein«, sagte sie und war kurz davor, auszuspeien.

»Man muss aufpassen, dass man sich nicht schneidet«, erklärte Claus, »die Klinge klappt schnell ein. Gefährlich.« Er lächelte verschmitzt. »Wenn ich damit Äpfel zerteile, schmecken die noch viel stärker nach Eisen. Vielleicht liegt es ja an dem Blut.« Vorsichtig schielte er zu ihr hoch.

Dina hielt im Kauen inne und blickte den Jungen an.

Der zeigte plötzlich nach vorne. »Bei den drei Weiden könnt ihr mich rauslassen. Unser Koog liegt gleich dahinter.«

»Was für Blut? Willst du uns eine Gruselgeschichte auftischen?« Sie dachte an ihr Haar, das Claus vor Kurzem noch hatte verkaufen wollen.

»Als ich das Messer von Bauer Besthorn bekommen habe, klebte getrocknetes Blut in der Ritze zwischen Griff und Klinge. Ich hab es mit Wasser und Sand abgewaschen.« Er grinste.

Der Knecht Edlef lachte auf, und Dina warf den Rest ihrer Birne angeekelt in hohem Bogen von sich. Was für Blut war das wohl gewesen? Fischblut, Hühnerblut? Oder etwa …? Sie schüttelte sich.

KARREN MIT GAUL

Immer wieder war das Geläut von St. Laurentius in seinen Schlaf gedrungen. Unruhig hatte sich Gendarmerieleutnant Cornelius Asmus auf seinem Lager hin und her geworfen, bis er endlich aufgestanden war. Barfuß tappte er zu der Giebelluke der Dachkammer, die er in einem der niedrigen Häuser nördlich des Marktplatzes bewohnte. Auch wenn von den Herdfeuern der Nachbarschaft Torfrauch aufstieg, belebte ihn die Luft, die durch das geöffnete Fenster drang. Sein Kopfschmerz hatte nachgelassen. Die Dämmerung setzte bereits ein und tauchte die Umgebung in taubenblaues Licht.

Asmus ging zum Waschtisch, goss aus einem großen Krug Wasser in eine Schüssel und wusch sich ausgiebig. Was für ein Genuss, dachte er. Endlich fühlte er sich wieder sauber. Als er über seine Kopfblessuren fuhr, zuckte er zusammen. Grübelnd nahm er ein frisches Hemd und kleidete sich an. Nervosität stieg in ihm auf. Er musste sofort in die Wachstube, alles, was er wusste, niederschreiben. Der Bericht für den Staller war längst überfällig. Oder sollte er besser erst den Physikus aufsuchen? Die Räume des Amtsarztes lagen ohnehin auf seinem Weg. Plötzlich klopfte es, und Asmus öffnete.

In der Tür stand die Hauswirtin mit einem Tablett in den Händen. Darauf ein Stück Marmorkuchen und eine große Tasse duftenden Kaffees. »Moin, Herr Leutnant. Du meine Güte, Sie sehen ja immer noch so mitgenommen aus. Als Sie heute Mittag malade, wie Sie waren, nach Hause gekommen sind, bin ich ganz erschrocken. Und wie lange Sie fort waren. Da dachte ich, ich tue Ihnen etwas Gutes. Der Kuchen ist ganz frisch.«

Asmus nickte dankbar und nahm ihr das Tablett ab. »Sehr liebenswürdig, aber ich muss gleich schon wieder los. Nur eben noch in die Stiefel schlüpfen. Verzeihen Sie.« Damit ließ er die Wirtin stehen, stellte das Tablett neben sich aufs Bett, trank einen Schluck vom Kaffee, biss in den Kuchen und zwängte sich in die Stiefel. Seine Uniform sah wirklich allzu ramponiert aus, und er vermisste schmerzlich den Säbel. Seine Schirmmütze hatte er auch verloren. Wie würden seine Kollegen reagieren? Nur gut, dass sich bereits die Dunkelheit über Gassen und Straßen senkte. Endlich erhob er sich, strich über seinen Schnurrbart und wischte einige Krümel von seinem dunkelblauen Rock. Im Hinausgehen drückte er der wartenden Wirtin das Tablett in die Hand. »Nun denn. Ich denke, lange können sich die Mörder nicht mehr verstecken. Die Gerechtigkeit wird siegen.«

Mit großen Schritten trat Asmus auf das Tönninger Pflaster und eilte zur Praxis des Physikus. Dem entschlossenen Schlagen des Türklopfers folgte eine Stille, die ihm ebenso im Ohr dröhnte wie sein eisernes Anschlagen zuvor.

»Der Doktor ist nicht da«, hörte er plötzlich die Stimme eines Jungen in seinem Rücken und blickte hinter sich. »Der sitzt bestimmt im Krug am Markt und säuft mit dem Bürgermeister. Oder man hat ihm schon wieder eine neue Leiche gebracht.«

Asmus sah auf den Halbwüchsigen, der von einer Laterne beschienen barfuß und in löchriger Hose auf der anderen Straßenseite stand und neugierig zu ihm herübersah. »Das mit der neuen Leiche würde ich nicht so rausposaunen. Es kann auch vorlaute Jungs wie dich treffen.« Er setzte ein freundliches Grinsen auf und eilte davon. Die Gassen lagen verlassen da, die Tönninger hatten sich bereits in ihre Häuser zurückgezogen. Hin und wieder traf Asmus auf versprengte Matrosen, die wohl auf der Suche nach billigem Schnaps und leichten Mädchen waren. Am Stadtrand, wo die schiefen Häuser eng beieinanderstanden, würden sie fündig werden.

Wie edel dagegen präsentierte sich der Marktplatz. Stolze Bürgerhäuser mit ihren vielgestaltigen Giebeln. An der Ecke, wo der Platz in den Schlosspark überging, lag der Krug. Sein markanter Treppengiebel zog den Blick des Betrachters wie von selbst auf sich, und unter einem eleganten Mauerbogen luden die großen Fenster, hinter denen Kerzen und Öllichter brannten, zum Verweilen ein.

Durch den Tabakdunst hindurch erblickte der Gendarmerieleutnant die Honoratioren an einem Tisch. Der Bürgermeister saß zurückgelehnt mit einer Zigarre zwischen den Fingern auf einem Stuhl und blies den Rauch gegen die Decke. Der Physikus setzte gerade sein Glas Rotwein ab und schien in einer Art Vortrag fortfahren zu wollen. Neugierig beugte sich der Tönninger Apotheker vor, der auch zu der Runde gehörte.

»Ah, Asmus!«, rief Dr. Thomsen, als er den Uniformierten erblickte, der am Tisch Haltung annahm. »Der Gendarmerieleutnant untersucht die Fälle, von denen ich gerade spreche«, erklärte er dem Apotheker. »Ziehen Sie sich einen Stuhl heran und setzen Sie sich«, forderte er den Polizisten auf. »Was gibt es Neues?«

»Zu Befehl.« Asmus nahm Platz und sah in die Runde.

Bürgermeister Dähnhardt blickte weitaus unfreundlicher drein als Dr. Thomsen. »Sind Sie mit Ihrem Bericht nicht überfällig, Asmus?«, blaffte er denn auch und schnippte die Asche seiner Zigarre zu Boden. »Manchmal frage ich mich wirklich, was meine Polizei den ganzen Tag treibt.«

Asmus senkte ein wenig das Haupt. »Euer Wohlgeboren, ich habe seit dem Fund der weiblichen Leiche nahezu ununterbrochen ermittelt. Wenn ich keine Angehörigen ausfindig gemacht und befragt habe, war ich in den Kögen und Höfen unterwegs, habe dort sogar übernachtet, um keine Zeit zu vergeuden.«

»Aber doch in den warmen Armen einer fülligen Magd, so will ich hoffen!«, unterbrach ihn Dr. Thomsen lachend.

In Asmus stieg die Erinnerung an Dina auf. Die Sehnsucht nach ihrer Nähe zog ihm seine Brust zusammen, und wieder blickte er zu Boden. »Gerade bin ich auf dem Weg zur Wache, um meinen Bericht für den Staller zu verfassen«, erklärte er dann. »Dabei fehlen mir noch die markanten Sachverhalte, welche die Obduktionen ergeben haben. Erst wenn ich diese kenne, kann ich sie mit denen meiner Ermittlungen zusammenführen. So wären die Geschehnisse vermutlich auch leichter zu verstehen.« Ernst blickte er den Physikus an. »Nur aus diesem Grund störe ich Ihre Runde.«

»Was erlauben Sie sich!«, schrie Dähnhardt und hustete. »Halten Sie uns vielleicht für beschränkt? Tun Sie Ihre Pflicht, Mann, und überlassen Sie das Denken denen, die es können.«

»Lieber Herr Leutnant«, hob Dr. Thomsen an und bedeutete dem Bürgermeister mit einer Handbewegung, sich zu beruhigen, »selbstredend sollen Sie Ihre markanten Sachverhalte bekommen. Aber Sie werden auch verstehen, dass wir im Gegenzug natürlich wissen möchten, was für Informationen Sie in den letzten Tagen zusammengetragen haben. Wie mir scheint, wurden Sie bei Ihrem Ritt über Land verletzt?« Er deutete auf die Schürfwunde an Asmus' Stirn.

Der Polizist nickte. »Aber ich werde mich kurzfassen, die Zeit drängt.«

»Wirt!«, rief Dr. Thomsen in die Rauchschwaden hinein. »Ein Bier für den vorzüglichen Leutnant hier. Wir müssen sehen, dass der Kerl wieder zu Kräften kommt.«

Dähnhardt brummte unwillig und blies seinen Zigarrenrauch über die Tischplatte.

Nachdem Asmus den Honoratioren seine Feststellungen und Überlegungen berichtet hatte, trug der Physikus mit den Erkenntnissen seiner Obduktionen zur Komplettierung des Lageberichts bei. »Habe ich natürlich schon alles niedergeschrieben«, erklärte er, während der Leutnant sich Stichworte notierte.

Endlich schlug Asmus sein Notizbuch zu, erhob sich und salutierte. »Wenn ich mich dann zur Berichtsabfassung zurückziehen dürfte?«, sprach er in Richtung des Bürgermeisters, der gönnerhaft nickte. »Der Bericht soll dem Staller noch heute zugestellt werden.« So hastete Asmus über den inzwischen in vollkommener Dunkelheit liegenden Markt und an den im Hafen vertäuten Schiffen vorbei.

Die Polizeistation mit ihren angrenzenden Pferdeställen lag östlich am Ufer der Eider. Von hier aus ließ sich vortrefflich erkennen, wer über den Fluss in die Stadt einlief. Klamme Kälte lag in der Luft, Wolken verdeckten die Sterne.

Als Asmus die Wachstube betrat, salutierte der wachhabende Gendarm und überreichte ihm ein Schriftstück. Das Siegel war gebrochen. Der Untergebene zuckte entschuldigend die Schultern. »Kam gerade mit einem Boten aus Garding. Ich musste es lesen, war dringend. Gut, dass Sie da sind, Herr Leutnant, sonst hätte ich die Männer alleine losgeschickt. Die ganze Sache scheint in Fahrt zu kommen.«

Mit blakenden Fackeln und Laternen umstanden die Gendarmen zu Pferde den Schwarzen Hof. Die Lichter verschwammen im Nebel, der dem Teich und den feuchten Weiden entstieg.

Asmus ritt zu einer der Seitentüren des Hofes, trat ein und setzte knallend seine Stiefel auf den Holzboden. Überraschtes Gesinde schob er wortlos und mit grimmigem Blick beiseite und hielt erst an, als er Friedrich Besthorn und seine angetraute Amalie vor sich sah. Beide saßen beim Abendbrot.

Der verblüffte Großbauer verschluckte sich an seinem Bier und besudelte seine gestreifte Seidenweste.

Die Hausherrin wusste nicht, wie ihr geschah. Stumm öffnete sie immer wieder den Mund, ähnlich einem Karpfen an Land. Und als gäbe es nichts Wichtigeres, prüfte sie währenddessen den Sitz ihrer Spitzenhaube.

»Friedrich Besthorn, auf Befehl des Stallers Ingwersen nehme ich Sie in Haft. Sie sollen sich an der Milchmagd Thea Jansen vergangen und sie ermordet haben.«

Besthorn sprang auf und griff zum erstbesten schweren Gegenstand, einem dreiarmigen Leuchter.

»Keine Bewegung!«, rief ein weiterer Gendarm, der Asmus gefolgt war und nun in der Tür stand. Die blanke Klinge seines Säbels blitzte im Licht einer Öllampe.

Besthorn ließ sich auf den Polsterstuhl fallen.

Seine Gattin blickte mit aufgerissenen Augen von ihrem Mann zu den Uniformierten und begann durchdringend zu kreischen.

Asmus verzog das Gesicht und bedeutete dem Bauern mit einer Kopfbewegung, vor ihm den Raum zu verlassen. Mit jedem Schritt, den die beiden Männer durch den Flur gingen, wurde das Geschrei leiser.

Plötzlich drehte Besthorn sich um und setzte zu einer Erklärung an. »Herr Leutnant, das ist nicht recht.« Seine Stimme klang überraschend kräftig, allein sein Blick verriet Furcht. »Dem Staller ist ein Fehler unterlaufen. Er muss sich im Hof geirrt haben oder jemand anderen von hier meinen. Aber doch nicht mich, Friedrich Besthorn! Noch vor kurzer Zeit hat er große Hoffnungen in mich gesetzt, dass ich zum Wohle und Frommen der ganzen Landschaft beitrage. Eiderstedt soll erblühen. Durch mich. Was wollen Sie also bei mir?«

Aus einem Nebenraum erklangen die schneidigen Schritte weiterer Gendarmen, die sich mit stolpernden mischten. Im Licht einer Lampe erschien das blasse Gesicht Adam Kummerwies, Besthorns Schwiegervater. Sein weißes Haar war zerzaust, zu einem halb geöffneten Hemd trug er in der Hand seine prächtige Weste. Die Silberschnallen seiner Schuhe waren nicht geschlossen. Alles in allem wirkte er, als hätte er überhastet versucht, sich anzukleiden.

Einer der Uniformierten schob ihn unsanft neben seinen Schwiegersohn. »Wir haben ihn am Fenster seiner Kammer erwischt, Herr Leutnant. Wollte wohl hinausklettern. Und das in seinem Alter. Unser Hausbesuch muss ihn mächtig beeindruckt haben.« Der Gendarm lachte auf.

»Eine Unverschämtheit!«, widersprach Kummerwie. »Mir war unwohl, ich lag im Bett. Doch dann besann ich mich der guten Sitten und wollte meiner Tochter und ihrem Mann wenigstens für die Dauer des Abendessens Gesellschaft leisten. Als Gast des Hauses weiß ich, was sich gehört. Das kann man von Ihrer Truppe nicht behaupten!«

Asmus hob beschwichtigend die Hand und nickte mit ernstem Gesicht. Doch dann umspielte ein Lächeln seine Lippen, und er blickte auf seine Untergebenen. »Wir sind in einer Mordsache hier. Der Bauer ist festzunehmen. Immerhin gibt es eine konkrete Zeugenaussage. Und der würdige Herr hier wollte sich in diesem Aufzug durch das Fenster davonmachen? Allerhand! Nun, das sieht doch ganz nach einem Fluchtversuch aus. Nehmt den Mann auch mit. Seine Hochwohlgeboren, der Staller, wird entscheiden, was mit den beiden geschehen soll.«

Als aus dem Dunkel des Flurs das wütende Kreischen Amalie Besthorns ertönte, bedeutete Asmus einem seiner Männer, sich ihr entgegenzustellen, und scheuchte die Festgenommenen nach draußen. Dort wartete bereits der fahrbereite Zweispänner des Hofes mit einem der Uniformierten als Kutscher.

»Gut gemacht«, lobte Asmus. »Bindet ihnen die Hände und helft ihnen hinauf. Und dann los nach Ording.« Er zögerte. Sollte er die Schmiede noch in Augenschein nehmen? Doch im Dunkeln, nur im schwachen Licht einer Öllampe, wäre das wohl Zeitverschwendung, entschied er und saß auf.

Während die offene Kutsche mit den Gefangenen langsam über den Weg rumpelte, ritt Asmus nebenher und beobachtete seinen Fang. Bis vor Kurzem waren die zwei Männer noch großspurige Herren gewesen, jetzt wirkten sie wie festgesetzte Kleinkriminelle. Er ließ den Wagen anhalten, band seinen Apfelschimmel hinten an und setzte sich neben den Kutscher. Freundlich lächelnd drehte er sich zu den Festgenommenen. »Herr Kummerwie, ich kann Ihnen gar nicht sagen, wie sehr mich die grobe Behandlung gegen Sie schmerzt. Aber«, er zuckte mit den Schultern, »Befehl ist Befehl. Sie werden verstehen. Und natürlich erwartet spätestens der Staller von Ihnen eine bessere Erklärung Ihres Fluchtversuchs.« Leise lachte er auf. »Beim Abendessen Gesellschaft leisten, soso.« Seine freundliche Miene gefror, und seine Augen funkelten kalt.

»Das Gepolter im Haus und das Geschrei haben mich erschreckt«, verteidigte Besthorns Schwiegervater sich nach einem Moment des Schweigens. »Erst dachte ich an Räubergesindel, bevor ich einen Uniformrock erblickte. Ich habe mir nichts vorzuwerfen, aber mit der Polizei habe ich trotzdem nicht gern zu tun. Ihre Umgangsformen lassen stets zu wünschen übrig, und am Ende bedarf es großer Überzeugungskraft, dass nicht doch irgendein haarsträubender Vorwurf an einem hängen bleibt. Sie sehen, ich wollte nur in nichts hineingezogen werden.«

Besthorn schnaubte vernehmlich und sah Kummerwie von

der Seite an. »Hineingezogen«, äffte er seinen Schwiegervater nach. »In was denn? Die Sache wird sich aufklären, und schon bald wird Staller Ingwersen sich bei uns entschuldigen müssen. Mord! Absolut lächerlich. Und dann auch noch an einer Magd, die nicht willig war. Dabei könnte ich jede haben. Ja, jede!«, schrie er den Alten an, der entsetzt zurückwich. »So gefangen in der Moral, wie die Pastoren es gerne hätten, sind die Deerns zum Glück nicht, das weißt du selbst.«

»Oh Gott, worauf habe ich mich da nur eingelassen?«, jammerte Kummerwie und legte sich seine gebundenen Hände vors Gesicht. »Alles ist meine Schuld. Meine arme Tochter. Was für ein Ungetüm hat sie nur geheiratet!«

»Was ist Ihre Schuld?«, fragte Asmus und beugte sich ihm entgegen. »Sie dürfen frei sprechen, jeder Beitrag zur Aufklärung der Morde wird gewürdigt.«

Doch eine Antwort blieb aus.

»Sollten Sie etwas verschweigen, werden Sie der Mittäterschaft beschuldigt. Der Richter des Königs spricht in solchen Fällen ein gnadenloses Urteil.«

»Adam!«, zischte Besthorn. »Du sagst jetzt gar nichts mehr. Er dreht dir doch nur das Wort im Mund herum. Du wirst schon sehen, das sind alles nur hohle Drohungen. Haltung, Mann! Der Gendarm will Karriere machen, und dafür müssen Köpfe rollen. Aber ich sag Ihnen was, Herr Leutnant: Ein Eiderstädter Viehbauer ist ein Brocken, an dem Sie sich verschlucken oder gar ersticken werden.«

Der Wagen von Pastor Wolf stand schon geraume Zeit vor der Kate der Familie Heller in Ording, bis sich nun auch der von Staller Ingwersen hinzugesellte.

Im Innern des kleinen Hauses wurde es allmählich eng. In der Mitte der Stube saß Immke Simons und schluchzte. Ihre Hände bedeckten das tränennasse Gesicht. Dorflehrer Rose und ihr Onkel wirkten ratlos, während ihre Tante immer wieder die Schultern ihrer Nichte drückte und streichelte. Pastor Wolf sah grübelnd aus dem Fenster, als der Staller den Raum betrat. Kaum dass Immke den unbekannten, gut gekleideten

Herrn hereinkommen sah, wurde aus ihrem Schluchzen ein Heulen.

»Sie schämt sich«, erklärte die Tante. »All die Aufregung und die hohen Herren, und alles nur wegen ihr. So viel Aufhebens ist unsereins nicht gewohnt.«

Ingwersen nickte und bat den Pastor wie den Lehrer mit einem Handzeichen vor die Tür, wo er sich über den schrecklichen Sachverhalt nochmals ins Bild setzen ließ.

»Ich habe die Tönninger Gendarmen angewiesen, Friedrich Besthorn unverzüglich festzunehmen. Sie sollen ihn herbringen.« Als der Dorflehrer erschrocken dreinsah, hob der Staller die Augenbrauen. »Was denn, Herr Magister? Wir können uns keine Sentimentalitäten leisten. Ich muss wissen, wie Besthorn auf die Deern reagiert, wenn er unvorbereitet auf sie stößt.«

Rose dröhnten die Worte des Stallers im Ohr, dem die brutale Zweideutigkeit seines Satzes nicht klar zu sein schien.

»Herr Pastor«, fuhr Ingwersen fort, »was schlagen Sie vor? Wo soll das Tête-à-Tête stattfinden?«

»Im Krug, Euer Wohlgeboren. Einen anderen Raum haben wir nicht. Das Gotteshaus sollten wir mit dieser Sache nicht beflecken, und in den Katen …« Er zeigte auf die dunkle Straße mit ihren schäbigen Behausungen und schüttelte den Kopf.

»Uns Werth, ich hielte die Schule für geeigneter«, stieß Rose hastig hervor. Schon sah er vor seinem geistigen Auge, wie Immke in den Krug geführt und dadurch im Dorf für immer gebrandmarkt wurde. So schnell Gerüchte die Ehre einer Frau in den Schmutz ziehen konnten, so unmöglich war es, diese wiederherzustellen. »Man könnte sie jetzt schon hinführen«, schlug er vor, »bevor das Landvolk zusammenläuft und sich den Mund über sie zerreißt. Die Deern wird ja keines Verbrechens beschuldigt, sondern ist das Opfer in einer grausamen Geschichte. Nicht wahr, uns Werth?«

Pastor Wolf legte die Hände ineinander und nickte bedächtig. Der Staller sah Rose jedoch prüfend an. »Hängen Sie Ihr Herz nicht zu sehr an die Deern. Das Schicksal treibt mit der Wahrheit oft ein verblüffendes Spiel. Das habe ich in all meinen Eiderstedter Jahren nur zu gut gelernt. Hinter der verängstigten, züchtigen Deern versteckt sich bei genauerem Hinsehen mitunter doch ein lüsternes Weib, und ein Augenzeuge wird bei einer erneuten Befragung zum fabulierenden Tagträumer. Alles schon da gewesen. Aber gut, als Ort der Gegenüberstellung spricht nichts gegen die Dorfschule. Dann bringen Sie die junge Simons schon mal hinüber, Herr Magister. Sie scheint Ihnen ja zugetan.« Schmunzelnd sah er dem Lehrer hinterher und folgte ihm in die Kate.

Sie hielten an den drei Weidenbäumen, um Claus abzusetzen.

Dina überlegte. War die Hütte von dem Jungen und seinem Vater heute nicht ihr eigentliches Ziel gewesen? »Claus, warte! Wir fahren dich heim!«, rief sie entschieden. Der Knecht sah sie verblüfft an.

»Besser, wir bringen dich sicher in der Dunkelheit nach Hause, die Zeiten sind nicht mehr geheuer«, sagte sie und lächelte Edlef verschwörerisch zu.

»Du änderst deine Meinung ja wie der Herr das Küstenwetter«, spottete der und lenkte den Wagen in Richtung des Schwarzen Hofes.

»Um mich braucht ihr euch nicht zu sorgen«, protestierte Claus. »Ich bin ja kein Mädchen und kann mich wehren.«

»Das hat der Knecht vom Schwarzen Hof wohl auch gedacht«, antwortete Edlef, »und lag dann tot im Deich.«

Schweigend fuhren sie weiter und sahen bald die Lichter des Haubargs. Am dunklen Teich vorbei rollten sie auf das Gehölz zu, in dem sich das Zuhause von Claus verbarg. Die schwarzen Umrisse der windschiefen Büsche und Bäume hoben sich vor dem anthrazitgrauen Himmel ab.

Kaum hielten sie an, sprang der Junge vom Wagen und verschwand. Dina hatte ihre Mühe, ihm durch das Gebüsch zu folgen, im Dämmerlicht war er nicht mehr zu erkennen.

Bald stand sie vor einer Holzwand. Von drinnen hörte sie das Schlagen eines Schüreisens und sah durch ein Fensterchen ein helles Glühen. Claus hatte die gut abgedeckte Glut in der Herdstelle zu neuem Feuer entfacht, rötliche Flammen erleuchteten zuckend den Raum. Wachsam trat Dina ein.

In einer Ecke sah sie ein Durcheinander von Lumpen. Daneben gab es zwei Schlafstellen aus Stroh und einen grob gezimmerten Tisch mit zwei Hockern. Allerlei Werkzeug hing an der Wand, auf dem Lehmboden lagen leere Flaschen. Sie blickte sich nach Mäusen und Ratten um, die sie in dieser Höhle für unvermeidlich hielt, doch die Tiere blieben ihr verborgen. Das einzig Schöne, was sie entdeckte, war eine fein gearbeitete Gürtelschnalle, die im Licht der Herdstelle golden blitzte. Der dazugehörige breite Gürtel war abgewetzt.

»Hat mein Vater vom Trödler.« Claus war ihrem Blick gefolgt und legte den Gürtel samt Schnalle ins Dunkel des Raums, als missgönnte er Dina seinen Anblick.

»Vom Tönninger Kleidertrödler?«, wollte sie wissen. Bei all dem Zeug, was da noch in der Ecke gelegen hatte, war der Gedanke naheliegend. »Wo ist dein Vater jetzt?« Sie war begierig, von dem Jungen alles über Jans Gosch zu hören. Aber dessen Sohn tat so, als wüsste er darauf keine Antwort.

»Hab ich mir doch gedacht, dass niemand da ist«, erklang Edlefs Stimme am Eingang der Hütte. »Vielleicht ist er immer noch mit Knochenhans am Strand unterwegs.«

Claus erschrak und wich zurück. »Mit dem Totengräber«, flüsterte er. »Das ist kein gutes Zeichen.«

»Aber, aber«, versuchte der Knecht, den Jungen zu beruhigen. »Der Alte arbeitet auch mit Holz, handelt mit allerlei Zeug. So anders als wir ist er nicht.« Er lachte auf. »Und lebendig begräbt er bestimmt niemanden, solltest du Angst um deinen Vater haben.«

Dina verzog das Gesicht. Ein unpassender Scherz.

»Ich will zu ihm. Fahrt mich zu meinem Vater!«, rief Claus. Er lief aus der Hütte, blieb plötzlich stehen und drehte sich zu ihnen um. »Wenn er nicht mehr ist, bin ich eine Waise. Wer kümmert sich dann um mich?«

Während Immke in einer zu kleinen Schülerbank saß und sich nur langsam beruhigte, suchte Rose Papier und Federkiel zusammen. Immer wieder sah er besorgt zu ihr hinüber.

Der Staller hatte den niedrigen, nur durch wenige Kerzen

beleuchteten Raum verlassen und wartete vor der Tür. »Da drin ist es mir zu muffig«, hatte er erklärt, »und meine Schulzeit ist auch schon lange vorbei.«

Rose schmerzte es, zu sehen, wie Immke sich grämte und sorgte. Ihre Aussage hatte zur Festnahme des Bauern Besthorn geführt. Dem Dorflehrer war bewusst, wie sehr sie die Rache des mächtigen Mannes fürchtete. »Mein Fräulein, Sie dürfen sich nicht ängstigen. Sie werden sehen, Sie werden der Gerechtigkeit zum Sieg verhelfen. Pastor Wolf leistet Ihnen Beistand. Sie müssen nur bei der Wahrheit bleiben.«

Sie schlug die Hände vors Gesicht und schüttelte sich.

»Da kommen sie endlich!«, rief der Staller und trat zurück in den Schulraum.

Immke sprang auf und wich in eine Ecke zurück.

Inzwischen hatten sich zahlreiche Neugierige vor dem Schulhaus versammelt. Sie bildeten eine stumme, dunkle Wand, an der die Gefangenen vorbeigeführt wurden.

Gendarmen schoben Besthorn und seinen Schwiegervater in den Raum und drückten sie in die Bänke. Ingwersen stand im hinteren Teil der Klasse und ließ weder Immke noch die Festgenommenen aus den Augen. Als Gendarmerieleutnant Asmus salutierte und ihm seinen Bericht übergeben wollte, sah der Staller konzentriert an dem Uniformierten vorbei.

Besthorn blickte sich im Schulraum um, bis er im Halbdunkel langsam seine Umgebung wahrzunehmen schien. Endlich streifte sein Blick Immke Simons, die sich noch immer stumm gegen die Wand drückte. Er fuhr zusammen und wäre um ein Haar aufgesprungen, beherrschte sich aber in letzter Sekunde und lehnte sich betont lässig zurück.

Ingwersen winkte endlich den Leutnant zu sich, damit dieser ihm seinen Bericht übergab. Der Staller zog eine Kerze zu sich und überflog die Seiten.

»Sorgt mir dafür, dass die Leute draußen ruhig bleiben«, wies Asmus seine Männer an. »Ich will keinen Aufstand auf der Straße.«

Besthorn räusperte sich vernehmlich und spuckte aus. »Nun, uns Werth, darf man erfahren, was das hier darstellen soll? Vor nicht allzu langer Zeit taten Sie sich noch an meinem Tisch gütlich, und nun …?« Anklagend hielt er seine gefesselten Hände in die Höhe. »Dass mein armer Schwiegervater, ein untadeliger Mann in würdigem Alter, eine solche Schmach erleiden muss! Dem Dorfpack vorgeführt wie ein Tanzbär. Eine Schande …«

»Schweigen Sie!«, donnerte Ingwersen. Er sprang auf und wedelte mit den Berichtseiten. »Und erinnern Sie mich ja nicht an Ihre Gänseessen. Wäre dies nicht die Dorfschule, sondern Ihr ausstaffiertes Speisezimmer, ich würde alles wieder ausspeien. Sie bringen mich in eine unmögliche Lage, Besthorn!«

»Aber, ich …«

»Fräulein Simons, bitte treten Sie näher. Sie sehen, die Männer sind gefesselt, und Gendarmen bewachen den Raum, Ihnen wird also nichts geschehen. Bitte berichten Sie noch einmal, was Ihnen in der Nacht des Tönninger Pferdemarktes auf dem Schwarzen Hof widerfahren ist.«

Zögernd löste Immke sich wenige Zentimeter von der Wand und suchte den Blick des Dorflehrers. Als Rose ihr aufmunternd zunickte, trat sie in die Mitte des Schulraums.

»Tu es auch für Thea«, murmelte Rose.

Immke blinzelte ihm zu, begann zu sprechen, und des Schulmeisters Herz schlug höher.

Der Weg wurde spärlich vom blassen Licht des Mondes beleuchtet. Dina saß zwischen Edlef und Claus, sie waren auf der Fahrt nach St. Peter, ans Meer. Inzwischen war es ihr egal, ob Bauer Hirsch sie entlassen würde. In einem unbedachten Moment strich sie Claus über den Kopf, zog aber die Hand schnell zurück. Wieder hatte sich der Grusel gegenüber dem Jungen eingestellt.

Claus sah sie überrascht an und lächelte. Das kalte Taxieren in seinen Augen war verschwunden, sein Blick war besorgt.

»Da vorne ist St. Peter!«, rief Edlef, der die schwarzen Umrisse des Pastorates ausmachen konnte. Augenblicke später sprang er vor dem Gebäude ab und rannte hinein. Doch schnell war er wieder zurück. »Der Pastor ist in Ording«, wusste er zu berichten. »Und den Knochenhans hat unsere Magd Anna noch zur Dämmerung im Watt gesehen. Auf deinen Vater gibt es keinen Hinweis. Ich denke, wir sollten den Strand absuchen.«

»Im Dunkeln? Aber warum?«, fragte Dina. »Wer sagt denn, dass dieser merkwürdige Totengräber nicht alleine unterwegs ist. Eher werden wir den Vater von Claus unter Menschen finden, in den Wirtshäusern.«

Edlef wiegte den Kopf und lenkte den Wagen tatsächlich zur Kirche, die gegenüber dem Dorfkrug mit seinen erleuchteten Fenstern lag. Er sprang ab und bedeutete Dina, sitzen zu bleiben. »Lass mich machen. Du als Deern im Schankraum unter all den Zechern, das gibt nur Unruhe.«

Während der Knecht im Krug nach Jans Gosch fragte, lauschte Dina in die nebelige Nacht. Vom Kirchhof her schrie ein Käuzchen.

Claus zuckte zusammen.

Das ist der Ruf des Todesvogels, dachte Dina. Hier, am nächtlichen Friedhof, mochte er besonders eindrucksvoll sein. Sie schüttelte kurz den Kopf, wie um den Gedanken zu verscheuchen, denn vom Aberglauben hielt sie nichts. »Ist dein Vater abergläubisch?«, fragte sie den Jungen.

»Vater kennt keine Angst. In der Finsternis ist er genauso unterwegs wie am Tag.«

»Und was macht er im Dunkeln? Auf dem Hof oder den Weiden kann er dann ja kaum arbeiten.«

»Besthorn gibt ihm Aufträge. Und manchmal scheint auch der Mond.« Claus wandte sich von ihr ab und heftete seinen Blick auf die Lichter der Schänke.

»Der Mond?«, wunderte sich Dina, doch Claus schwieg.

»Keine Spur von ihm!«, rief Edlef wenige Minuten später mit einer Laterne in der Hand und sprang auf den Bock. »Die hab ich mir drinnen geliehen. Claus, halte die mal. Im Krug weiß niemand etwas über deinen Vater. Alle reden von festgesetzten Mördern, die Luft brummt von Gerüchten. In Ording soll der Staller gerade die Verhöre leiten. Lasst uns dorthin am

Strand entlangfahren. Und sollten wir dabei Knochenhans treffen, umso besser. Dann kann er uns sagen, wo er Jans Gosch zuletzt gesehen hat.«

Dina erschrak. Edlef hatte von Mördern gesprochen, also von mehreren Tätern. Das klang für sie nach noch mehr Toten. Was würden die Kerle gestehen? Ob sie wohl etwas über Immkes Verbleib wussten? Das könnte dann ja nur bedeuten, dass … Sie seufzte und rieb sich über das Gesicht. Hör auf, so schwarzzusehen, ermahnte sie sich. Bisher gibt es keinen konkreten Hinweis auf Immkes mögliches schlimmes Ende.

Das Mondlicht brach zwischen den Wolken hervor, der Sand glitzerte weiß. Zur Linken der Kutsche rauschten die Wellen der anflutenden See. Noch war der Wattboden von dem steigenden Wasser nicht ganz bedeckt, ein Band aus hellen Schaumkronen wies Edlef den Weg. Müde setzte das Pferd seine Hufe voreinander. Schon bald waren der Knecht, Dina und Claus alleine mit den Salzwiesen, dem Meer und den Dünen. Edlef lenkte die Kutsche mit straffen Zügeln und saß angespannt auf dem Bock. Mit einem Mal durchfuhr ihn ein Ruck.

Claus schoss hoch, auch er hatte es gesehen. »Da steht ein Karren!«, rief er und deutete in die Dunkelheit.

Sie näherten sich dem kräftigen Kaltblüter, der geduldig auf sie zu warten schien. Die hohen Karrenräder ließen keinen Zweifel zu: Das Gefährt gehörte Knochenhans.

Claus und Edlef sprangen ab, umrundeten es und starrten über Meer und Strand in die nächtliche Schwärze. Niemand war zu sehen.

»Was liegt auf dem Wagen?«, rief Dina in eine Windböe hinein.

Edlef nahm das Wagenlicht und sah nach. »Holzpfähle, ein schwerer Hammer, Stricke, ein buntes Tuch und – ein Säbel!«, rief er.

»Ist das Tuch rot, mit grünen und blauen Blumen bedruckt?«

»Woher weißt du …?«

Aber Dina hörte nicht hin. Sie erinnerte sich an die letzte Begegnung mit dem wunderlichen Alten. Den Stoff hatte sie kurz auf dem Wagen gesehen, Seile und Holz mussten unter der

Plane verborgen gewesen sein. Hatte Knochenhans ihr nicht das Wort gegeben, dass das Böse bald gerichtet sein würde? Was für ein großes Versprechen. Dina blickte hinaus in die rauschende Dunkelheit. Die Flut kam. Hatte man nicht zu alter Zeit die sogenannten Malefikanten an Pfählen im Watt …? »Ins Wasser!«, schrie sie und deutete auf die See. »Wir müssen ins Wasser! Los, Edlef, nimm den hohen Karren.« Schon griff sie die Zügel des Einspänners und lenkte ihn in die Wellen.

Der überraschte Knecht sah ihr nach, kletterte auf den Bock des Karrens und zog den Jungen zu sich.

Dina steuerte ihre Kutsche stehend und suchte das Meer ab. Spärlich lag das Mondlicht über den Schaumkronen. Wo wurde die Harmonie der Wellen gestört, wo entdeckte sie in der See einen markanten Punkt? Plötzlich sah sie etwas weiter vor sich zwei Flecken. »Dort drüben!«, rief sie Edlef zu, der mit dem hochrädrigen Karren weiter hinausfahren konnte. Kaum befand sich der Wagen neben ihr, kletterte sie zu dem Knecht des Pastors, und er schlug die Zügel. Der Gaul schien überaus flutfest zu sein und keine Angst zu kennen. Dina griff die Laterne und hielt sie in die Höhe.

Zuerst stießen sie auf Knochenhans, der bis zur Brust im Wasser stand und auf das Meer hinausstarrte. Sein bleiches Haar klebte am Schädel. Reglos fixierte er einen Mann, der in einiger Entfernung an einen Pfahl gebunden war. Sein Gesicht war im Dunkeln kaum zu erkennen. Die wogende Flut hatte bereits seinen aufgerissenen Mund erreicht, das Weiße seiner Augen leuchtete.

»Vater, das ist Vater!«, schrie Claus und sprang ins Wasser. Er prustete und ruderte, tauchte unter und schlug um sich, als er an der Wasseroberfläche wieder Luft bekam.

»Er kann nicht schwimmen!«, rief Dina und stellte die Laterne ab, um die Hände frei zu haben.

Knochenhans erwachte aus seiner Erstarrung, schnappte nach dem Jungen und hielt ihn mit überraschender Kraft über Wasser. Obwohl Claus um sich trat, hievte der Alte ihn in Dinas Arme. Sein wettergegerbtes Gesicht war zu einer Maske erstarrt, alles Leben war aus ihm gewichen.

Edlef lenkte das mutige Pferd so weit hinaus, bis es nur noch mühsam seine Nüstern über Wasser halten konnte. Ein Sprung, und er schwamm zu Jans Gosch. Immer höher stieg die Flut. Schon leckten die Wellen an der Nase des Gefesselten. Edlef förderte ein Messer aus seiner Hosentasche zutage, durchschnitt den Strick und zog den halb Ohnmächtigen keuchend zum Wagen. Dina gelang es kaum, ihn festzuhalten. Der schlaffe Körper kam ihr vor wie eine erlegte Robbe.

Claus sprang hinzu, schluchzte, während er an seinem Vater zerrte. Kaum lag Jans Gosch auf der Ladefläche, rüttelte und schüttelte sein Sohn den kalten Körper. »Wach auf, Vater, so wach doch auf«, stammelte er und weinte.

»Verrecken soll der Kerl!«, rief Knochenhans mit hasserfüllter Stimme, die tief und hohl wie aus dem Jenseits klang. »Er hat meine Thea ermordet, sie verscharrt und ihre Kleider verkauft. Hat sich vergangen an ihrem Leben und seines verwirkt. Die See soll ihn holen und vom Antlitz dieser Erde tilgen.«

Claus warf sich schützend über seinen Vater.

Als der unter ihm zu husten begann, stellte Edlef sich vor den Alten. »›Mein ist die Rache‹, so spricht der Herr. Seine Rache, Hans, nicht die deine. Versündige dich nicht. Ich weiß, Thea war deine Enkeltochter. Niemand kann ihre Leiden und deinen Schmerz ermessen, doch es ist nicht an uns, zu richten.«

Dina beobachtete Claus.

Der Junge hatte das trübe Wagenlicht neben seinen Vater gestellt und strich ihm, der den Blick abwandte und gegen die Karrenwand starrte, über das nasse Haar.

»Woher weißt du, was er getan hat?«, fragte Dina den Totengräber und griff das Schultertuch, auf dem sie grüne und blaue Blumen wusste.

Knochenhans' Blick bohrte sich in ihren. »Das Tuch da hat ihr gehört«, zischte er. »Der Lumpenhändler in Tönning hat es mir heute verkauft. Er konnte den Kerl, von dem er es hatte, gut beschreiben. Als er die auffälligen Pockennarben erwähnte, war mir sofort klar, wer meine Enkelin auf dem Gewissen hat.« Den letzten Satz spuckte er in Richtung Jans Gosch aus, der noch auf dem Karrenboden lag.

Dina lief ein Schauer über den Rücken. »Die Haare«, murmelte sie, und Vater wie Sohn sahen zu ihr hoch. »Ihr habt ihr Haar verkauft«, flüsterte sie, als wollte sie ruchlose Worte wie diese nicht aussprechen. »Deshalb ist Claus auch auf die Idee gekommen, meines zu verkaufen.« Sie wich vor den beiden zurück, kam dabei Knochenhans nahe und blickte in dessen milchig-blindes Auge. Auch von ihm nahm sie Abstand. Was für eine schauerliche Wagenladung Menschen! »Was ist mit Immke? Die Magd vom Ehsterhof ist schon seit Wochen verschwunden. Was habt ihr mit ihr gemacht?«

Jans Gosch hob matt die Hand und verneinte in einer kraftlosen Geste. Wieder wurde er von einem Hustenanfall geschüttelt, und Claus half ihm, den Oberkörper aufzurichten. »Die kenn ich nicht.« Das Sprechen fiel ihm schwer. »Und Hans, deiner Thea habe ich auch nichts zuleide getan. Wenigstens nicht, als sie noch lebte. Aber wir können jeden Schilling gebrauchen und packen jede Gelegenheit beim Schopf. Du hättest dich nicht anders verhalten.«

»Halt dein Maul, ich glaube dir kein Wort!«, schrie Knochenhans. »Für deinen Herrn und Meister tust du doch alles. Ich hatte schon so viele Tote in meinen Händen, aber keinem davon habe ich auch nur einen Knopf gestohlen. Und gewiss kein Haar gekrümmt oder es abrasiert, du Ausgeburt der Hölle!«

»Du solltest den Körper der Deern also nur beseitigen?«, fragte Dina.

Jans Gosch nickte.

»In wessen Auftrag?«

»In Bauer Besthorns Namen!«, rief Claus dazwischen. Allem Anschein nach antwortete er aus Angst, sein Vater könnte schweigen. »Er hat nichts Schlechtes gemacht. Wir übernehmen doch immer die besonderen Aufträge für unseren Herrn. Die Deern ist mit ihrem Kopf irgendwo gegengeschlagen und ohne Familie, hat er gesagt. Er hat keinen Ärger gewollt und keine schnüffelnden Gendarmen auf dem Hof. Das Geld für die Haare und ihre Kleider durften wir behalten.«

»Und der Knecht, der im Deich gefunden wurde?«, fragte Dina weiter. »Wer hat den vergraben?«

Claus blickte seinen Vater fragend an, der die Lippen zusammenpresste.

Edlef kniete nieder und fesselte den auf dem Karren Liegenden ohne jede Gegenwehr mit einem Strick. »Wir fahren jetzt nach Ording. Der Staller dürfte noch dort sein. Er soll sich alles anhören.«

Dina ließ nicht locker. »Sag, Knochenhans, wie hast du Jans Gosch eigentlich ins Watt geschafft?«

»Die Kanaille ohne Moral hatte den Gendarmen niedergeschlagen«, begann der Totengräber, und Dina entwich ein erschrockener Ausruf. »Jedenfalls glaube ich das. Ich bin heute aus Tönning gekommen, als du mir begegnet bist. Ich war wütend, denn gerade hatte ich erfahren, wer die Kleider meiner Enkeltochter verschachert hatte. Der da. Also musste er auch ihr Mörder sein. Auf der Heimfahrt habe ich Rauch gesehen. Ein alter Schäferverschlag stand in Flammen. Der Gendarm lag leblos zwischen den brennenden Brettern, da habe ich ihn ins feuchte Gras gezogen. Aber ich war auf der Suche nach Jans Gosch und wollte nicht säumen. Also bin ich weiter und unweit von den Flammen auf ihn gestoßen. Ohne lange zu überlegen, habe ich ihn vom Wagen aus niedergeschlagen. Mit einem Stück Holz. Erst da sah ich, dass er einen Säbel bei sich trug. Den Kerl auf den Karren zu hieven, war Schwerstarbeit. Als das aber erledigt war, hab ich ihn gebunden und geknebelt und bin mit ihm zum Strand runter. In der Dämmerung habe ich ihn an den Pfahl gefesselt und auf die Flut gewartet. Er sollte im Watt sterben, so wie die Verbrecher in den alten Zeiten. Doch dann seid ihr gekommen.«

»Der Säbel von Cornelius«, stieß Dina aus, und erneut durchflutete sie Erleichterung, dass ihr Polizist das Feuer überlebt hatte.

BRANNTWEIN UND LETZTE ERKENNTNISSE

Staller Ingwersen blickte auf. Die Papiere mit den akkurat geschriebenen Zeilen in den Händen, blickte er Immke streng an. »Fräulein Simons, warum nur haben Sie sich nicht rechtzeitig an mich gewandt? Warum das lange Versteckspiel? Ich bin die Hand des Königs, ihr kann man vertrauen.«

Immke schluckte und starrte zu Boden.

Bernhard Rose hatte sich bei der Befragung nur schwer zurückhalten können. Zu sehen, wie die Deern unter der geballten Autorität der im Raum anwesenden Herren litt, tat ihm weh. Nun hielt es ihn nicht mehr, und er trat neben sie. »Euer Wohlgeboren, Sie sehen doch, in welcher Verfassung das Fräulein Simons ist. Sollten Sie die weitere Untersuchung nicht lieber zu einem späteren –«

»Hätte sich die Deern früher gemeldet, hätten die Morde vielleicht vermieden werden können, Dorflehrer Rose«, wies ihn der Staller zurecht.

Immke schüttelte heftig den Kopf. »Aber es ist doch nicht meine Schuld«, sprach sie undeutlich und wischte sich die Tränen vom Gesicht. »Wenn Sie doch der beste Freund von diesem, diesem … Ungeheuer sind, wie soll eine einfache Magd wie ich da Vertrauen in Sie fassen?«

Besthorn, der die ganze Zeit gegen die Decke geblickt hatte, lachte nun auf. »Bester Freund, da hören Sie es. Was, mein Lieber, können Sie mir denn nun wirklich vorwerfen? Geräusche im Dunkeln einer Schmiede? Einen Unbekannten, der fortgelaufen ist? Alles Fieberphantasien einer Milchmagd. Wo sind die handfesten Beweise?«

Von der Straße drangen Rufe und Hufgeklapper in den Schulraum. Ein Gendarm riss die Tür auf. Noch bevor er etwas sagen konnte, stolperte der gefesselte Jans Gosch in den Raum, vom Knecht Edlef vor sich hergestoßen, der zudem den Knochenhans im Schlepptau hatte.

»Geh nur, es kann nicht schlimmer werden«, murmelte Dina

in der Tür stehend und schob Claus zu seinem Vater. Ängstlich blickte der Junge um sich, erschrak bei all den Uniformierten und wäre wohl davongelaufen, hätte Dina ihm nicht den Fluchtweg verstellt.

»Was soll …?« Der Staller starrte auf die Eindringlinge. Als er Edlef und Dina erblickte, legte sich seine Stirn in Falten.

»Euer Hochwohlgeboren, wir haben wichtige Neuigkeiten zu der ermordeten Magd«, platzte Edlef heraus und verbeugte sich ungelenk.

»Was Knechte und Mägde so wissen. Da sind wir aber gespannt«, antwortete Ingwersen und blickte ironisch lächelnd vom Gendarmerieleutnant zum Pastor.

Dina entdeckte die Deern auf dem Stuhl im Raum, blickte sich um und erfasste die Situation. Wer sollte diese junge Frau sein, wenn nicht …? »Immke?« Sie stürzte auf die Magd zu.

Immke nickte verdutzt.

»Ich suche dich überall. Deine Eltern machen sich Sorgen, weil sie lange nichts von dir gehört haben.« Sie wischte sich eine Träne aus dem Auge. »Und du bist nicht … Ich meine, bei all den grausamen Taten in letzter Zeit ist dir kein Leid geschehen?«

Immke sah ratlos zu Bernhard Rose hoch, der immer noch neben ihr stand.

»Sehr schön, so ein Wiedersehen. Wahrlich herzergreifend«, spottete der Staller. »Könnten wir jetzt trotzdem zur Sache kommen? Vielleicht setzt man mich auch ins Bild?«

Dina knickste und begann sogleich, von dem Brief zu erzählen, der Immkes Mutter Auguste so in Sorge versetzt hatte.

»Der Pferdemarkt, immer wieder ist von dem Pferdemarkt von Tönning die Rede«, brummte der Staller. »Ein guter Handel, ein Herrenessen auf dem Schwarzen Hof«, rekapitulierte er. »Immke Simons soll dort aushelfen und wird Zeuge, wie mein Gastgeber, unser Besthorn hier, in der Schmiede über Thea Jansen herfällt.« Anklagend hielt er die Berichte der Gendarmerie und des Physikus hoch. »Das Unterzeug der jungen Deern wird zerrissen, ein Mann kommt ihr zu Hilfe. Dann bleibt der Knecht Sinnert Runge seiner Arbeit fern und taucht wieder auf, um Wochen später für immer zu verschwinden.«

»Uns Werth, ich denke, es werden drei Wochen gewesen sein«, unterbrach Gendarmerieleutnant Asmus den Staller und reichte ihm die Zeitungsseiten, die er aus seinem Uniformrock gezogen hatte. »Dieses Detail habe ich in meinem Bericht nicht vermerkt«, entschuldigte er sich.

Ingwersen räusperte sich ungehalten und legte die Seiten zu seinen Unterlagen.

»Wenn ich Ihre Gedanken weiterführen dürfte«, erklärte Asmus weiter, »verschwand Sinnert Runge, da er tot in den Deich gelegt wurde. Vorher hatte er die Magd Thea in der ehemaligen Schäferhütte nahe dem Schwarzwasserkoog versteckt. Die beiden waren sich zärtlich zugetan. Für diese Vermutung sprechen Geschirr für zwei und die seltsam romantisch anmutende Blumenvase, die in der Hütte gefunden wurden. Zudem konnte ich in einer Wolldecke am Boden der in dem Unterschlupf befindlichen grausamen Grube Haare sichern. Sie sind blond und lang und passen der Beschreibung nach zu Thea Jansen.«

Ingwersen hatte Asmus konzentriert zugehört und beäugte nun die Festgenommenen. Besthorn versuchte immer noch vorzugeben, nur Teil eines langweiligen Theaterstücks zu sein, doch alle anderen lauschten gespannt.

Der Staller nickte und ergriff das Wort. »Der bedauernswerte Knecht Sinnert Runge endet also, wie wir gehört haben, im Deich. Physikus Thomsen ist der Meinung, sein Körper habe ein bis zwei Wochen länger im Erdreich verweilt als der von Thea Jansen. Ihre Leiche lag geschätzte zwei Wochen in der Marsch.«

»Als Tatwaffe für den Mord an dem Deichtoten vermutet er ein Taschenmesser mit ungesicherter Klinge«, warf Asmus eifrig ein. Dass er damit den Staller wieder unterbrach, kam ihm nicht in den Sinn.

Dina zuckte zusammen und streckte ihre Hand nach Claus aus, der neben ihr in einer der Schulbänke saß. Als sie seine nasse Kleidung und den knochigen Körper spürte, zögerte sie kurz, zischte dann aber doch: »Gib mir das Messer. Es ist wichtig.«

Claus, erschöpft und mit Unverständnis im Blick, kramte das Werkzeug aus der Hose und reichte es ihr.

»Was geht dahinten vor sich?«, fragte der Staller ungehalten.

Dina trat ins schwache Licht und drückte ihm das Taschenmesser in die Hand. »Das hat Bauer Besthorn Claus Gosch geschenkt, Sohn von Jans Gosch. Er ist Tagelöhner und Mann fürs Grobe auf dem Schwarzen Hof. Der Junge hat mir erzählt, es sei noch Blut daran gewesen, als er es bekam.«

Ungläubig öffnete der Justizrat das Beweisstück und hielt die angelaufene Klinge ins Licht. Nichts Auffälliges war zu erkennen. Als er den Schließmechanismus betätigte, stellte er fest, dass die Schneide für ihren Benutzer durchaus gefährlich sein konnte. Ungesichert, wie sie war, klappte sie viel zu einfach ein. Wie schnell war da ein Finger dazwischen! »So ein Messer wird Dr. Thomsen gemeint haben«, überlegte er laut und nickte Dina anerkennend zu.

Die ging aber nicht auf ihren Platz zurück, sondern gesellte sich zu Gendarmerieleutnant Asmus, der in gerader Haltung dastand und ihr nicht einmal das Gesicht zuwandte. Doch in seinen Mundwinkeln erkannte Dina ein Lächeln und hätte schwören können, dass jeder im Raum das Vibrieren der Luft zwischen ihnen bemerkte.

»Friedrich Besthorn, Sie haben doch eine Schnittwunde an der rechten Hand, schlecht verheilt, vermutlich schon etwas älter?«, lenkte Ingwersen die Aufmerksamkeit aller auf den Großbauern, der seine gebundenen Hände zu verdecken suchte.

»Du dämlicher Hund!«, schimpfte Adam Kummerwie und blickte seinen Schwiegersohn wütend an. »Wie kann man nur das Messer verschenken? Weggeworfen hätte es gehört, ins tiefste Wasser.«

Staller Ingwersen schmunzelte und dankte Kummerwie durch ein übertriebenes Kopfnicken.

»Aber so schwärzt dich jetzt dieses Kind an«, tobte der Alte weiter. »Ich hab dich schon immer davor gewarnt, den

Hungerleidern zu vertrauen. Sie nehmen deine Schillinge, versprechen Treue und verraten dich dann doch.«

»Wir nicht«, knurrte Jans Gosch. »Geld allein gibt nicht das Recht, so zu reden. Ich habe stets getan, was der Herr von mir gefordert hat. Sogar Leichen begraben und Spuren vernichtet. Was kann ich dafür, dass die Polizei die Schäferhütte gefunden hat? Habe ich etwa die Deern mit Stricken gebunden und ihr das Genick gebrochen? Jetzt starren Sie mich nicht so an, das konnte doch jeder erkennen, der mit der Toten umgegangen ist«, erklärte er in Richtung von Pastor Wolf und dem Staller, die ihn entsetzt ansahen. »Ich hab das gleich gewusst, als ich ihr die Kleider auszog, die sie ja nicht mehr brauchte. Die feinen Herren haben sie wohl für Wochen besprungen. Gehalten wie ein Tier und benutzt wie für die Zucht.«

Dina und der Prediger stöhnten erschrocken auf, Claus saß wie versteinert da.

»Als Bauer Besthorn mir befohlen hat, die Schäferhütte am Rand des Ehsterkoogs niederzubrennen, war mir alles klar. Erst wollte ich mich weigern, aber dann hat er gedroht, mich von seinem Land zu werfen. Wohin hätten wir denn gehen sollen, mein Junge und ich? Als dann auch noch der Magister aus Ording herumgeschlichen ist und Fragen gestellt hat, musste gehandelt werden. Es war wirklich nicht meine Idee«, murmelte er und schlug die Augen nieder. Plötzlich sprang er auf. »Ich habe niemanden zur eigenen Lust gequält oder ermordet! Ich habe nur getan, wofür der da mich bezahlt hat.« Seine gefesselten Hände zeigten auf Besthorn, seine Beine zitterten.

Der Großbauer hatte seinem Handlanger mit offenem Mund und starrem Blick zugehört. Die Fassade der gespielten Langeweile war in sich zusammengefallen. Nach einem Moment des Schweigens deutete er auf seinen Schwiegervater. »Die Deern könnte noch leben!«, schrie er. »Wir haben uns gut um sie gekümmert.«

»Mit Äpfeln und dunklem Brot versorgt, so steht es im Bericht der Leichenschau«, bemerkte Staller Ingwersen. »Ich habe Gleiches bei Ihnen vorgesetzt bekommen und kann wohl von Glück sagen, dass ich noch auf Erden wandle.«

»In der Grube eingesperrt wie in einem Sarg hat Thea Jansen noch versucht, sich zu befreien«, mischte Asmus sich wieder ein.

»Die Spuren an den Fingernägeln und die Holzsplitter«, sagte Ingwersen, stutzte dann aber. »Wenn sie gefesselt am Grubendeckel gekratzt hat, wurden ihr also die Hände nach vorne gebunden. Sehr christlich«, höhnte er.

»Vergessen Sie nicht den torfigen Boden«, ergänzte Asmus, »die Schäferhütte liegt auf solchem Grund.«

Staller Ingwersen nickte. »Gemeinschaftlicher Mord, doppeltes Geld für den Henker«, stellte er fest.

»Nein!«, rief Besthorn. »Adam Kummerwie war es allein. Er hat sie an dem Tag mal wieder haben wollen. Aber irgendwie hatte sie die Stricke gelöst, und als er die Bretter hob, ist sie ihm mit aller Wut aus dem Dunkel entgegengesprungen.«

»Ich habe sie zurückgestoßen«, sprach Kummerwie leise. »Sie stürzte unglücklich auf die Holzkiste in der Grube. Keinen Laut gab sie mehr von sich. Dass es so endet, habe ich nicht gewollt.« Der alte Mann klang weinerlich.

Pastor Wolf zog hörbar die Luft ein.

»Gewiss nicht«, höhnte der Staller. »Sie wollten die Gefangene weiter für die Befriedigung Ihrer tierischen Triebe benutzen!«, rief er und trat so heftig auf den Dielenboden, dass es krachte. »Ich brauche Luft zum Atmen!«

»Aber auch du wirst nicht davonkommen!«, schrie Kummerwie seinen Schwiegersohn an.

Ingwersen beruhigte sich wieder und nahm in einer Schulbank Platz.

»Besthorn hat von dem Paar gewusst«, wandte Kummerwie sich an den Staller. »Die Magd von der Mühle ist mehrmals zu uns auf den Hof gekommen, um ihren Angebeteten zu treffen. Die war wie eine läufige Hündin. Gesinde! Nachdem die Deern in der Nacht des Pferdemarktes verschwunden war, hat plötzlich auch unser Knecht gefehlt. Der tauchte aber wieder auf. Nicht wahr, Besthorn, du hast ihn belauert? Essen hat Sinnert gestohlen und zu seiner Liebsten in das Versteck gebracht. Er hatte es klug ausgesucht, es lag in einem anderen

Koog, etwas weiter entfernt. Aber eines Abends ist Besthorn zu dem Paar rein und hat es beim Liebesspiel überrascht. War es nicht so, werter Schwiegersohn? Zugestochen hast du, hier- und hierhin, viele Male.« Er hob die gebundenen Hände und führte sie zu Brust und Bauch. »Die Deern soll geschrien haben, ist aber ihrem Geliebten nicht beigesprungen.« Er lachte auf. »Und dann hat mein lieber Schwiegersohn das Hühnchen gefangen, gebunden und geknebelt. Als des Königs Amtswalter sollten Sie wissen, dass er mir noch in derselben Nacht, da er den Knecht erstochen hat, die Bluttat gestand. Die Grube in der Hütte hat er sogar eigenhändig gegraben. In dem Verlies dachte er den Fang sicher weggesperrt.«

»Wie oft haben Sie …? Ich meine, sind Sie gemeinsam zu ihr?« Staller Ingwersen fuhr sich über das Gesicht, als wollte er die Widerlichkeit dieser Tat abreiben.

Beide Männer zuckten mit den Schultern.

»Nicht so oft«, brummte Besthorn. »Meist bin ich alleine zu ihr, auch um ihr was zu essen und zu trinken zu bringen.«

»Und wer hat sich um den Eimer gekümmert?«

Besthorn machte ein gleichgültiges Gesicht. »Ich bin Viehbauer, da darf man nicht zimperlich sein. Und ich hatte nicht immer so viel Gesinde. Ich kann mich noch gut an die Zeiten erinnern, als ich mich täglich schmutzig gemacht habe.«

Schweigen legte sich schwer über die Anwesenden. »Viehbauer«, wiederholte Asmus leise. »Aber Thea war keine Kuh im Stall.«

Als Besthorn, Kummerwie und Gosch gefesselt aus der Ordinger Dorfschule traten, stand ihnen das Dorf gegenüber. Die Menschen trugen Fackeln und blakende Öllampen, niemand sagte ein Wort. Die zuckenden Lichter erhellten die vor Wut, Entsetzen, aber auch Sensationslust glühenden Augen.

Dorflehrer Rose hielt Immke am Arm, Asmus stand Dina so nahe, dass ihre Hände sich berührten. Doch dafür hatte niemand einen Blick. Alle schauten zum Staller, zum Pastor und zu den Gefesselten.

»Gute Leute«, hob der Geistliche nun an, »Gott der Herr

hat die Wahrheit ans Licht gebracht. Die grausamen Taten sind aufgeklärt, die Unwissenheit ist vorüber. Nun obliegt es dem Gericht König Christians, den Tätern die gerechte Strafe zuzuweisen. Seid gewiss, Staller Ingwersen wird nicht ruhen, ehe das geschehen ist.«

Rufe erschallten: »Vierteilen soll man sie! Sie sollen brennen! Das Schwert ist viel zu gut für sie!«

Asmus gab seinen Gendarmen einige Befehle, und sie führten die Gefangenen zu den Wagen.

Justizrat Ingwersen wandte sich zu denen um, die den Geständnissen in der Dorfschule beigewohnt hatten. »Darf ich Sie alle, auch die Fräuleins, auf einen Umtrunk in den Krug bitten? Ich muss gestehen, die Angelegenheit hat mich ordentlich aufgewühlt. Etwas Stärkendes käme jetzt gerade recht.«

Pastor Wolf nickte zögerlich und ging mit hängenden Schultern voran. Wenige Worte mit dem Wirt genügten, und die Gruppe hatte die Zusage, im Schankraum unter sich zu bleiben. Doch es gab ohnehin gerade keine Zecher zu bewirten, denn das gesamte Volk stand noch immer vor der Dorfschule.

»Soso, Sie sind also von Amrum zu uns gekommen, um eine Landsmännin zu suchen«, richtete Ingwersen das Wort an Dina, als jeder einen Zinnbecher mit Branntwein in den Händen hielt.

Dina nickte.

»Da sind Sie aber in eine dunkle und gefährliche Geschichte hineingeraten und haben sich wacker geschlagen. Auf der Insel kann man stolz auf Sie sein.«

»Nicht nur dort«, warf Asmus ein und strahlte Dina an, die errötete. »Vielleicht hat Fräulein Martensen ja trotz allem Gefallen an Eiderstedt und seinen Menschen gefunden. Das würde mich außerordentlich freuen.«

»Einer davon gefällt mir sehr«, flüsterte Dina ihm zu, »das soll fürs Erste reichen.«

Pastor Wolf verschränkte immer wieder seine Finger ineinander, sah sich um und atmete hörbar schwer. Er wirkte nervös.

»Nun, lieber Pastor«, sprach ihn der Staller an, »sind Sie nicht zufrieden am Ende dieses Abends?«

»Uns Werth, ich bin, wenn ich so sagen darf, auf dergleichen Umtrünke nicht vorbereitet. Der Anlass … Auch frage ich mich, wann Besthorn und sein Schwiegervater wohl die beklagenswerte Magd aus ihren Klauen gelassen hätten.«

Ingwersen klopfte wohlwollend auf die Schulter des Predigers. »Pastor, Pastor, glauben Sie immer noch an das Gute im Menschen? Hätten diese Bestien denn etwas gewonnen, hätten sie sie laufen lassen? Nein, die Entscheidung zur Notzucht und Gefangenschaft war Thea Jansens besiegelter Tod.«

Wie um sich abzulenken, blickte Wolf noch einmal in die Runde. Er räusperte sich und deutete auf den Dorflehrer, der nur noch Augen für die blasse Immke hatte. Von den Anwesenden hatte ihr dieser Abend am meisten zugesetzt, doch die Zuwendung Roses tat ihr sichtlich wohl. »Wenigstens scheint es, als hätten Eiderstedt und Amrum wirklich Gefallen aneinander gefunden«, sprach der Pastor und lächelte versöhnlich.

Schließlich stand Dina auf, trat in die Mitte des Schankraums und hob ihren Becher. »Nun, da die Unholde weggeschlossen sind, möchte ich einen Trinkspruch ausbringen, der der Sage nach besonders uns friesischen Frauen gut ansteht: Up dat es uns wohl goh up unsre ohlen Tage!«

Danksagung

Danken möchte ich Holger Piening vom Heimatbund Landschaft Eiderstedt e.V. für seine Unterstützung.

Hilfreich für die Recherche waren folgende Titel: Friedrich Feddersen, Beschreibung der Landschaft Eiderstedt, Altona 1853 und Johannes von Schröder, Topographie des Herzogthums Schleswig, Kiel 1854.